JANA SCHIKORRA

Sommerglück in der kleinen Bücherei der Herzen

Weitere Titel der Autorin:

Die kleine Bücherei der Herzen
Sommerglück in der kleinen Bücherei der Herzen

Hibiskusträume in der Bretagne

Über die Autorin:

Jana Schikorra, 1993 in Lübeck geboren, studierte Germanis-
tik und Soziologie an der Universität Hamburg. Zurzeit lebt
sie mit ihrer Familie in der Nähe ihrer alten Heimat, doch am
lautesten schlägt ihr Herz für die Berge. Die Liebe zum Schreiben entdeckte sie bereits in Kindertagen und arbeitet seither
an ihrem großen Traum, Schriftstellerin zu werden. Auf Instagram bloggt sie unter dem Nutzernamen »janas_wortwelten«
über den Autorinnenalltag.

Jana Schikorra

Sommerglück in der kleinen Bücherei der Herzen

Lübbe

MIX
Papier | Fördert gute Waldnutzung
FSC
www.fsc.org
FSC® C014496

Vollständige Taschenbuchausgabe
der bei Bastei Lübbe erschienenen E-Book-Ausgabe

Umschlaggestaltung: Birgit Gitschier, Augsburg
unter der Verwendung von Motiven von
© iStock: Ala Tsyganova und © shutterstock: Hans Debruyne |
RAYphotographer | RossHelen | Sergei25 | Valeria Sytnick | Worranan
Junhom | Here | tomertu | stock_studio | New Africa | Daria Gulenko |
stock_studio
Innenillustrationen: Motive © shutterstock: Bibadash | GoodStudio
Satz: 3w+p GmbH, Rimpar
Gesetzt aus der Adobe Caslon Pro
Druck und Verarbeitung: GGP Media GmbH, Pößneck

Printed in Germany
ISBN 978-3-404-19351-6

1 3 5 4 2

Sie finden uns im Internet unter luebbe.de
Bitte beachten Sie auch: lesejury.de

Für meinen Sohn.
Ich habe immer an Wunder geglaubt,
und du bist meines.
Das größte von allen.

Kapitel 1

In Luca Winklers Augen trug die Sonne über Howth am heutigen Samstag ihr schönstes Gewand. In einen goldenen Schimmer gehüllt, der sogar den wenigen am Himmel stehenden Wolken einen magischen Schein verlieh, wachte sie wie eine flirrende Schutzpatronin über Klippen und Meer.

Obwohl es nur wenige Monate her war, dass sie Katherine Madigan besucht hatte, wurde Luca bei diesem Anblick klar, wie sehr sie das irische Küstendorf vermisst hatte. Das Plätschern der Wellen an den Hafenmauern, den alten Leuchtturm am Ende des Piers, den Anblick der vielen, in sanfter Brise schaukelnden Boote, den aus den Pubs und Restaurants strömenden Geruch nach gebratenen Meeresfrüchten und anderen Delikatessen, den Geschmack von Salz und Freiheit auf ihren Lippen …

Und natürlich ihre beste Freundin, die in diesem Moment auf das Bahnhofsgebäude zueilt kam, vor dem Luca mit ihrem roten Rollkoffer stand und das rege Treiben auf der Promenade beobachtete.

»Lu! Entschuldige die Verspätung!«

Atemlos und strahlend zugleich kam Katherine vor ihr zum Stehen und schloss sie sogleich in eine feste Umarmung. Der vertraute blumige Duft und das Kitzeln der üppigen braunen Haarpracht an ihrer Wange entlockten Luca ein fröhliches Glucksen.

»Es ist so schön, dich zu sehen«, murmelte sie ihrer Freundin in die Flechtfrisur, noch ehe sie sich voneinander lösten und einander voller Zuneigung betrachteten.

Katherine wirkte so ausgeglichen und glücklich, dass Luca beinahe das Herz überquoll. Außerdem sah sie einfach hinreißend aus: Eine tiefe Bräune überzog ihre Haut und ließ ihre grünen Augen funkeln wie Amethyste. Die sonst eher braunen Haare waren von Sonne und Meer deutlich aufgehellt worden.

Sie war schon immer schön gewesen, dachte Luca, doch seit ihre Freundin in Howth lebte, besaß ihr Gesicht eine ganz neue, fast überwältigende Vollkommenheit.

Katherine seufzte. »Ich freue mich so, dass du hier bist. Komm, gehen wir. Doran und Ivy haben gebacken. Nusskuchen. Sie meinten, du hättest ihnen bei deinem ersten Besuch im letzten Jahr gesagt, dass du den am liebsten isst. Und ich dachte immer, du würdest Kirsche lieber mögen. Schande über mich.«

Luca spürte, wie sich ihre Wangen vor Rührung röteten. »Was? Extra für mich? Gott, die zwei sind einfach zu lieb.«

Sie hatte die älteren Herrschaften bei ihrem ersten Besuch im Fischerdorf sofort lieb gewonnen. Vor allem Doran Donnelly, zu dem Katherine ein inniges freundschaftliches Verhältnis pflegte, war ihr damals nach nur wenigen gemeinsamen Stunden ans Herz gewachsen. Mit seiner edlen Kleidung, den Hüten und dem Spazierstock wirkte der alte Mann stets, als wäre er aus der Zeit gefallen. Luca mochte seinen eigenwilligen Stil ebenso wie seine aufmerksame, offene Art. Doch auch Ivy, die mit ihrer besten Freundin Brianna und deren

Nichte Sophie eine örtliche Boutique besaß, war ihr positiv in Erinnerung geblieben. Immer schwer mit Schmuck behangen und vom Scheitel bis zur Sohle herausgeputzt, besaß auch sie eine liebenswerte Eigenwilligkeit.

»Sind sie«, stimmte Katherine zu, »aber der Rest freut sich genauso auf dich. Roxanne ist schon seit Tagen ganz hibbelig. Und Terry möchte dich unbedingt beim nächsten Spoil-Five-Turnier dabeihaben. Nur dass du vorgewarnt bist.« Grinsend schnappte sie sich den Griff des Rollkoffers und schlug den Weg in Richtung Ortszentrum ein.

»Hey«, protestierte Luca, »du bist doch nicht mein Packesel.«

»Aber deine Trauzeugin. Und somit dafür verantwortlich, dass es dir gut geht. Eine entspannte Braut ist eine glückliche Braut. Daran erinnert Doran mich schon, seit du die Einladungen verschickt hast. Er denkt wohl, ich nehme meinen Job nicht richtig ernst.«

Trauzeugin. Braut.

Bis zur Hochzeit waren es nunmehr zwei Wochen – dreizehn Tage, um genau zu sein –, und doch konnte Luca immer noch nicht recht glauben, dass sie und Adrian sich in Kürze tatsächlich das Jawort geben würden. Seit sechs Jahren gingen sie nun schon gemeinsam durchs Leben – mit einundzwanzig Jahren hatten sie einander in einem Münchner Nachtclub kennengelernt. Adrian war der erste Mann gewesen, den Luca in ihr Herz gelassen hatte, und würde nun ganz offiziell auch der letzte werden.

Wobei »offiziell« in diesem Fall relativ war, denn standesamtlich würden sie erst im Winter heiraten – am Todestag von Adrians Opa, der im vergangenen Jahr kurz vor Weihnachten überraschend verstorben war. Luca hätte die Reihenfolge gern andersherum gehabt: zuerst das Bürokratische inklusive Namenswechsel (sie würde fortan Luca Hofmann heißen), dann die freie Trauung mit anschließender Feier.

Denn in Irland war es sogar möglich, nach vorheriger Anmeldung im Standesamt rechtsgültig durch einen staatlich zugelassenen Trauredner, einen sogenannten Solemniser, zu heiraten. Adrian aber hatte sich, abgesehen von dem für ihn so wichtigen Datum im Dezember, vor allem für die älteren Gäste, deren Englisch nicht besonders gut war, eine Rede in seiner Muttersprache gewünscht. Luca respektierte diesen Wunsch – nicht zuletzt, weil Adrian sich seinerseits einverstanden erklärt hatte, in Howth zu feiern. Bis Luca das kleine Küstendorf im letzten Herbst das erste Mal besucht hatte und seinem Zauber unwiderruflich verfallen war, hatten sie nämlich vorgehabt, sich ein Gutshaus in einem Münchner Vorort zu mieten und ihre Party dort auszurichten.

Luca lächelte. »Oh, ich bin mir sicher, keiner nimmt diesen Job ernster als du.«

Es stimmte. Katherine hatte sich von Anfang an so leidenschaftlich in die Hochzeitsvorbereitungen gestürzt, dass es Luca manchmal vorkam, als wäre sie selbst nicht einmal ansatzweise aufgeregt genug. Während sie der Zeremonie, die in der mittelalterlichen Burg Howth Castle stattfinden sollte, größtenteils entspannt entgegenblickte, war Katherine in Sachen Planung nicht zu bremsen gewesen. Emsig hatte sie Brautmodengeschäfte abtelefoniert, Listen mit Floristen und Konditoren erstellt und nach Feierabend in der Bücherei bis tief in die Nacht hinein Deko gebastelt – nicht, ohne Luca über alle Fortschritte auf dem Laufenden zu halten.

Katherine warf sich lachend den langen Zopf über die Schulter. »Wo du recht hast ... Es macht mich ja wirklich ein bisschen verrückt, dass ich in der Bücherei noch nichts machen kann. Aber immerhin wissen inzwischen alle Leser Bescheid, dass ich am Freitag vor der Hochzeit zu Vorbereitungszwecken geschlossen habe.«

Luca schüttelte schmunzelnd den Kopf. Katherine hatte ihr bereits Fotos von dem Aushang geschickt, der an Schaufenster und Tresen der Rainbow-Hearts-Library pinnte: *Achtung, Achtung! Geänderte Öffnungszeiten aufgrund dringend anstehender Hochzeitsvorbereitungen für den großen Tag meiner allerbesten Freundin: Am 20.7. keine Leihe, keine Rückgabe und kein Verkauf. Mahngebühren werden selbstverständlich ausgesetzt.*

Im Anschluss an die in der Burg stattfindende freie Trauung sollte es zunächst auf die Klippen gehen, wo Cadan Fotos von Brautpaar und Hochzeitsgesellschaft schießen würde. Danach wollten sie, gemeinsam mit der Truppe rund um Mr Donnelly, in der Rainbow-Hearts-Library feiern. Für die Umgestaltung des Raumes würden sie allerdings weit mehr Zeit benötigen als einen Abend, weswegen Katherine vorgeschlagen hatte, bereits am Donnerstag nach der Schließung anzufangen und sich am Folgetag freizunehmen.

»Ich verdiene dich nicht. Jetzt gehen dir meinetwegen auch noch Einnahmen flöten.«

Katherine winkte ab. »Die hole ich schon wieder rein. Die Teilnehmerliste für den nächsten Schreibabend platzt aus allen Nähten. Wahrscheinlich, weil alle von mir wissen wollen, wie deine Feier war. Und außerdem«, sie imitierte ein empörtes Hüsteln, »kann sich nun wirklich niemand beschweren. Ich hatte seit der Wiedereröffnung zwei Tage Urlaub. Zwei! Da bin ich in etwa gleichauf mit Adrian, oder?«

Sie verließen die Promenade in Richtung des Ortsinneren.

Hier in den schmalen, sanft ansteigenden Straßen mit ihren zauberhaften Häusern herrschte eine angenehme sommerliche Stille.

»Ja«, seufzte Luca, »das kommt hin. Aber lange muss er ja zum Glück nicht mehr durchhalten.«

Da sie selbst noch ausreichend freie Tage zur Verfügung und für diese so besondere Zeit sogar einige Wochen unbezahlten Urlaub genommen hatte, war sie mit Adrian übereingekommen, bereits eher nach Howth zu kommen. Immerhin war er noch in ein wichtiges Projekt eingespannt, das ihm kaum einmal eine freie Minute gönnte. Ebenso wie der überschaubare Rest der Familie und die langjährigsten gemeinsamen Freunde, würde er am frühen Morgen vor dem Tag der Party anreisen, während der zweite Teil der Gäste voraussichtlich erst am Abend oder am folgenden Morgen eintraf. Am Montag nach den Feierlichkeiten sollte es dann in die gemeinsamen Flitterwochen gehen – fast einen ganzen Monat lang würden sie ihr Defizit gemeinsamer Zeit ausgleichen und es sich auf Kreta, ihrer liebsten aller griechischen Inseln, gut gehen lassen, und auch danach lagen in München noch ein paar gemeinsame Tage vor ihnen.

»Das stimmt. Und wenn er erst mal hier ist, ist sein ganzer Stress bestimmt ganz schnell vergessen.« Kate lächelte und blieb vor einem beschaulichen Haus mit hellblauem Anstrich und einer mit Muscheln verzierten Tür stehen. Obwohl sie Luca ohne zu zögern direkt bei sich im Haus einquartiert hätte, hatte diese sich ein Zimmer im Seashell gebucht – jenem Hotel, das Katherine ihr bereits bei ihrem letzten Besuch in Howth empfohlen hatte. Vor allem, weil sie Kate die nächtliche Zweisamkeit mit ihrem Freund Cadan nicht nehmen wollte. Am Ende würde sie vermutlich dennoch die meiste Zeit bei ihrer Freundin verbringen, doch so blieb ihr immerhin theoretisch die Möglichkeit eines Rückzugs.

»Also: Ab ins Hotel, dein Gepäck abladen und dann zu mir, ja? Dein Kuchen wartet.«

Lucas Magen antwortete mit einem vernehmlichen Knurren, und die Wärme kroch zurück in ihre Glieder. »Einverstanden.«

Kapitel 2

Eine Katzenwäsche und ein nettes Gespräch mit Mae, der Empfangsdame des Hotels, später bogen Luca und Katherine endlich in die vertraute, leicht ansteigende Straße zur Rainbow-Hearts-Library ein.

Es dauerte nicht lange, bis das breite Schaufenster der Bücherei in Sicht kam und Lucas Herz von einer wilden Wiedersehensfreude geflutet wurde. Mit den Händen die Sonne von den Augen abschirmend, warf sie einen Blick hinein.

Alles sah noch genauso hinreißend aus wie im Februar, als sie es Adrian voller Begeisterung gezeigt hatte: die mit Buchstaben verzierte Theke, die bis unter die Decke reichenden dunklen Regale, die gemütliche Schreibecke und der kleine, liebevoll dekorierte Verkaufsbereich.

Am liebsten wäre Luca geradewegs durch die Scheibe gestiegen, um den herrlichen Bücherduft einzuatmen und sich vom Zauber der zwischen den Seiten ruhenden Briefe einhüllen zu lassen. Nie würde sie den märchenhaften Moment vergessen, in dem sie von dem besonderen Konzept der Rainbow-Hearts-Library erfahren hatte – davon, dass ihre

Besucher alles, was ihnen auf der Seele brannte, niederschreiben und es anschließend in ihren Lieblingsromanen verstecken konnten. Sie war voller Vorfreude darauf, auch wieder ein paar Zeilen zu Papier zu bringen und sie der Bücherei anzuvertrauen.

Doch dafür würde später – und in den kommenden zwei Wochen – sicher noch genug Zeit sein.

Mit klimperndem Schlüsselbund winkte Katherine sie zur charakteristisch grünen Tür des Hauses, das sie letztes Jahr so unverhofft geerbt hatte.

Luca versuchte oft, sich vorzustellen, wie es für ihre beste Freundin gewesen war, hier zu stehen und zu realisieren, dass zu ebendiesem Haus auch die kleine Bücherei gehörte. Denn bis zu ihrem Treffen mit dem Nachlasstreuhänder hatte sie nichts von der Existenz der Rainbow-Hearts-Library geahnt.

Im Nachhinein, dachte Luca rührselig, war die überraschende Entdeckung dieses wunderbaren Ortes genau das gewesen, was Kate letztlich dazu bewogen hatte, das Erbe anzutreten.

»Hereinspaziert.«

Luca trat hinter Katherine in den schmalen Flur, der großzügig mit den Treibholz-Kreationen ihrer verstorbenen Tante Fiona bestückt war. Sie fand, dass es hier immer ein bisschen nach Wald und Meer roch – harzig und salzig zugleich. Eine ganz besondere Mischung, die ihr zuvor noch nirgendwo begegnet war. Heute allerdings gesellte sich noch eine andere, nussig-süße Note dazu.

Wieder reagierte Lucas Magen mit einem vernehmlichen Rumoren. Bis auf ein Sandwich am Flughafen hatte sie heute noch nichts gegessen.

»Nach dir«, sagte Katherine fröhlich und nickte in Richtung Küchentür.

Luca schlüpfte aus ihren Schuhen und ging, eine angenehm kribbelige Nervosität in der Brust, voran. Ob Ivy und

Doran hier waren? Oder hatten sie Kate nur den Kuchen vorbeigebracht?

Die Antworten auf diese Fragen ließen nicht lange auf sich warten, denn die kleine Küche platzte aus allen Nähten. Nicht nur die fleißigen Bäcker selbst, sondern auch Roxanne, Brianna, Mrs Seymour und sogar Sophie waren gekommen, um Luca willkommen zu heißen. Sie alle saßen um den reich gedeckten Tisch, in dessen Mitte der größte Nusskuchen stand, den Luca je gesehen hatte.

Cadan war halb hinter der geöffneten Kühlschranktür verschwunden und tauchte schnell wieder auf, als er sie reinkommen hörte. Zuerst fiel sein Blick auf Katherine. Es lag so viel Wärme darin, dass Luca an sich halten musste, um keine entzückten Geräusche von sich zu geben. Seit der Fotograf – Mr Ireland, wie sie ihn damals getauft hatte – und ihre beste Freundin sich während Kates erstem Besuch in Howth zufällig auf den Klippen begegnet waren, hatte sie gehofft, dass aus den beiden ein Paar werden würde. Und nun führten sie tatsächlich schon seit einem guten Jahr eine Beziehung.

»Luca! Wie schön, dass du hier bist.« Nun sah Cadan sie an. Wieder dachte Luca, dass Kate mit ihm einen wirklich tollen Fang gemacht hatte. Nicht nur, dass er mit seinen außergewöhnlichen Bernsteinaugen, den dunklen Haaren und der muskulösen Statur gut aussah, er war zudem noch ausgesprochen charmant und ergänzte Kate auf eine beinahe märchenhafte Art und Weise. Es verging kein Tag, an dem Luca sich nicht für die beiden freute.

Ergriffen von den vielen strahlenden Gesichtern, die ihr entgegenblickten, legte sie sich eine Hand auf die Brust. »Es ist so toll, euch alle zu sehen.«

Im Gegensatz zu Kate, die im Englischen durch ihre irische Mutter schon immer sicher gewesen war, musste Luca stets erst eine kleine Hemmschwelle übertreten, bevor sie sich in der Fremdsprache verständigte. In der Regel dauerte es aber nicht lange, bis sie sich ihres Akzents nicht mehr allzu deutlich bewusst war und die Kommunikation sich natürlich anfühlte.

Luca umrundete den Tisch und umarmte jeden Einzelnen von ihnen: Sophie, Briannas hübsche Nichte, die im letzten Jahr für so viel Trubel zwischen Kate und Cadan gesorgt hatte, Brianna selbst, die ihr Make-up wieder einmal dem Ivys angepasst hatte, Doran, der heute einen festlichen senfgelben Leinenanzug trug, Roxanne, die sich ihre Stachelfrisur violett getönt hatte, Ivy, deren schwere Ohrringe in der Bewegung klimperten, Mrs Seymour mit ihrer angenehmen mütterlichen Aura und zuletzt Cadan, der in jeder Hand eine gekühlte Weißweinflasche hielt.

»Du solltest dich noch stärken, bevor es losgeht«, sagte Katherine kryptisch, als Luca sich setzte, und deutete auf den Kuchen. Doran machte sich sogleich daran, ihr ein Stück auf ihren Teller zu laden.

Irritiert hob sie die Brauen und sah ihre Freundin an, deren Lippen sich unter einem unschuldigen Grinsen kräuselten.

»Stärken wofür?«

Anstelle einer Antwort nickte Katherine Ivy zu, die einen Fetzen rosafarbenen Stoff unter dem Tisch hervorzog. Was Luca auf den ersten Blick für ein Geschirrtuch hielt, stellte sich bei näherem Hinsehen als Schärpe mit dem goldenen Aufdruck *Bride to be* heraus. Mit einem schalkhaften Funkeln in den schönen verschiedenfarbigen Augen überreichte sie Luca die Binde.

»Das ist doch nicht euer Ernst.« Amüsiert und resigniert zugleich nahm sie das unverwechselbare Indiz für einen Junggesellinnenabschied entgegen und wedelte damit in Katherines Richtung. »Ich hatte doch schon einen!«

»Ja, einen, bei dem ich wegen meiner blöden Erkältung nicht dabei sein konnte. Also gibt es noch einen zweiten.«

»Ja«, bekräftigte Roxanne, stützte sich mit den Ellbogen auf dem Tisch ab und lehnte sich mit glitzernden Augen in Lucas Richtung, »und zwar mit uns alten Ladys.«

Ivy, Brianna und Mrs Seymour johlten zustimmend und erstickten jeden weiteren Protest damit im Keim.

Was für eine lustige Truppe sie doch abgeben würden!

»Keine Sorge, *wir* ziehen uns gleich zurück«, bemerkte Doran mit einem Zwinkern in Cadans Richtung.

»Ach, Quatsch, das müsst ihr doch nicht.«

Cadan warf die Hände in die Luft. »Brauch ist Brauch. Doran und ich machen heute unsere eigene Tour.«

»Puh. Na gut.«

Luca seufzte kapitulierend und band sich unter ausgelassenem Klatschen die Schärpe um. »Dann schätze ich, bin ich bereit für den Mädelsabend.«

»Steht dir hervorragend«, bemerkte Sophie grinsend.

Luca fing ihren Blick auf und lachte. Sie war heilfroh, dass Kate und die junge Irin, die ihr doch auf Anhieb sympathisch gewesen war, wieder zueinandergefunden hatten.

»Auf jeden Fall. Schmeichelt meiner Figur.« Sie sah an sich herunter. Hätte ich das gewusst, dachte sie, wäre ich nicht in ausgewaschenem T-Shirt und Jeans hergekommen und hätte mich wenigstens ein bisschen schick gemacht.

Im selben Moment trat Katherine hinter ihren Stuhl und legte Luca die Hände auf die Schultern. »Mein Kleiderschrank ist dein Kleiderschrank«, sagte sie beschwörend und stellte damit wieder einmal unter Beweis, dass Gedankenlesen unter besten Freundinnen etwas vollkommen Normales war.

»Na, Gott sei Dank. Dein Make-up auch?«

»Klar.«

»Perfekt. Das heißt, ich muss mich wenigstens nicht verkleiden?«, fragte Luca hoffnungsvoll.

In München hatte sie ein Einhornkostüm tragen müssen und einen Bauchladen umgeschnallt bekommen. Ein Outfit, das sie so schnell nicht wieder tragen wollte. Um nicht zu sagen, niemals.

Roxanne antwortete, indem sie ihrerseits etwas unter der Tischplatte hervorholte: ein plüschbesetztes Diadem.

»Nein. Nur ein klitzekleines bisschen.«

Sie stießen mit Lucas Lieblingswein, einem Sauvignon Blanc, an und aßen den Kuchen bis zum letzten Krümel auf.

Um 19 Uhr deutete Katherine an, dass es für Luca Zeit wäre, sich fertig zu machen. Was sie und die anderen sich für den Abend überlegt hatten, verrieten sie nicht – egal, wie sehr Luca sie auch löcherte.

Mit vor Neugier und Wein ganz warmen Wangen ging Luca über die Steintreppe nach oben und in Katherines Schlafzimmer.

Der kleine Raum mit der Dachschräge und dem verspiegelten Kleiderschrank war ebenso gemütlich wie der Rest des Hauses.

Erneut dachte Luca, was für einen Kontrast es doch zu Katherines Wohnung in München bildete. Überhaupt war das Leben hier so herrlich anders als in der Großstadt. So langsam. Entschleunigt, ohne dabei langweilig zu sein.

Ein sehnsuchtsvolles Ziehen meldete sich in ihrer Bauchgegend.

Es war nicht das erste Mal, dass sie es in Zusammenhang mit dem Küstendorf verspürte. Vor allem während der letzten Monate (besonders schlimm war es im Winter gewesen) hatte sie nachts oft wach gelegen und sich ausgemalt, wie es wäre, mit Adrian ebenfalls einen Neuanfang zu wagen. Nicht zwingend in einem anderen Land, wobei der Gedanke an Irland durchaus verlockend war, aber doch wenigstens in einer anderen Stadt. Für immer in München zu bleiben, würde bedeuten, sich niemals aus seiner Komfortzone herauszubewegen und auf wertvolle Erfahrungen zu verzichten.

Doch Adrian sah das anders. Er sah vieles anders. Luca stutzte. Apropos Adrian … Irritiert stellte sie fest, dass sie ihm seit ihrer Landung in Dublin gar nicht mehr geschrieben hatte. Schnell tippte sie eine Nachricht.

Bin gut bei Kate angekommen und starte gleich in meinen zweiten Junggesellinnenabschied. Ja, in den zweiten!! Verrückt, oder? Ich habe echt nichts geahnt. Melde mich später noch mal. Mach dir einen schönen Abend. Liebe dich!

Ein paar Sekunden lang fixierte sie die Statuszeile neben seinem Profilbild, doch Adrian kam nicht online, um die Nachricht zu lesen. Sicher war er beschäftigt.

Seufzend widmete Luca sich wieder dem Grund, warum sie hochgekommen war, schob die linke Schranktür auf und ließ den Blick über Kleider, Oberteile und Hosen schweifen. Sie entschied sich für eine schlichte Kombination aus Jeansshorts und Tunika-Bluse, band sich die langen blonden Haare zu einem hohen Pferdeschwanz und wollte gerade ins Bad gehen, als sie die rechte Schranktür plötzlich magisch anzog.

Denn dahinter, eingepackt in einen Kleidersack, wartete ihr Hochzeitskleid seit einigen Monaten geduldig darauf, alle anwesenden Partygäste mit seinem Anblick zu verzaubern.

Einem plötzlichen Bedürfnis folgend, schob Luca auch diese Seite des Schranks auf.

Dort, ganz außen, neben einer beachtlichen Anzahl von Jacken, hing er, der Stoffbeutel mit so besonderem Inhalt – direkt über einem Schuhkarton mit champagnerfarbenen, nicht minder besonderen Pumps. Mit leicht geöffneten Lippen zog Luca den Reißverschluss des Sacks nach unten. Der darunterliegende Traum aus weißer Spitze entlockte ihr auch jetzt einen ungläubigen Laut des Staunens. Es klang wie ein Klischee, und doch war es wahr: In diesem Kleid, mit der engen Korsage, dem ausladenden Rock und den seidendünnen Ärmeln, die bis zum Ellbogen reichten, fühlte Luca sich wie die Märchenprinzessin, die sie als Kind immer hatte sein wollen.

Katherine und sie hatten es während Lucas Februar-Aufenthalts spontan in Dublin gekauft, nachdem sie Adrian, der nur ein Wochenende geblieben war, zum Flughafen gebracht hatten. Seither hing es bei Kate – es mit nach Hause zu nehmen, nur um es ein paar Monate später wieder in einen Koffer zu quetschen und herzutransportieren, hätte wenig Sinn gemacht, zumal Luca ohnehin vorhatte, sich am Tag der Tage bei ihrer besten Freundin fertig zu machen und umzuziehen. Sie wusste, dass ihre Mutter und ihre Schwiegermutter ihr immer noch übel nahmen, nicht beim Kleiderkauf dabei gewesen zu sein und das gute Stück bisher nur auf Fotos zu Gesicht bekommen zu haben, doch rückblickend war es ihr nur recht so. Luca liebte die beiden, doch jede konnte bereits für sich genommen sehr anstrengend sein. Trafen sie aufeinander – was sich am Tag der Hochzeit kaum würde vermeiden lassen –, waren sie kaum zu ertragen.

Doch daran wollte Luca jetzt nicht denken. Stattdessen stellte sie sich vor, die Hand immer noch auf dem strahlenden Saum des Kleides, wie sie in knapp zwei Wochen vor den Altar treten würde, den Stoff ihrer Schleppe über das uralte Gestein schleifend und mit dem blauen Blumenkranz in ihrem hellblonden Haar, der die Farbe ihrer Augen aufnahm.

Ob sie Adrian gefallen würde? Wie würde er reagieren, wenn er sie sah? Und was würde sie bei seinem Anblick empfinden?

Luca tastete in ihrem Herzen nach den großen Gefühlen, die sie aus Filmen, Büchern oder von den Erzählungen bereits verheirateter Freunde kannte. Doch so sehr sie sich auch bemühte, gerade wollte sich dieses wilde, unbändige Glück nicht finden lassen.

»Lu? Alles klar da oben?«

Luca zuckte zusammen. »Ja, komme sofort.« Sie zog den Reißverschluss wieder nach oben, strich den Kleidersack glatt und atmete ein paarmal tief ein und aus.

Alles war gut, ihre Empfindungen sicher normal. Drehten nicht viele Bräute kurz vor der Hochzeit noch einmal ein kleines bisschen durch?

Luca lächelte ihr Spiegelbild zurückhaltend an.

Wenn es so wäre, dann würde sie heute immerhin in Gesellschaft vieler lieber Menschen durchdrehen.

Kapitel 3

Der erste Stopp des Abends war der Cliff Walk.

Für den Weg dorthin stattete Roxanne jeden von ihnen mit einem Piccolo aus, dessen süßer Geschmack nach Erdbeeren und Vanille Luca angenehm auf der Zunge prickelte.

Auf den Klippen angekommen, lotste Katherine sie zu einem von Ginsterbüschen und Heidekraut gesäumten Aussichtsplatz.

Aus dem Rucksack, den sie dabeihatte, zauberte sie eine große Picknickdecke, selbst gemachten Likör, Wasser, eine Musikbox und ein paar beschriebene und mit Fotos beklebte Karten.

»Wir haben beschlossen, liebste Lu, dass du dir ab sofort jedes Getränk des Abends verdienen musst. Starten wir mit einem kleinen Quiz zu alten Zeiten. Frage Nummer 1: In wen waren wir in der zweiten Klasse so verliebt, dass wir zur Schulkrankenschwester gegangen sind und darum gebettelt haben, dass sie uns wieder gesund macht? War das a) Henrik oder b) Yannick?«

Es gab insgesamt sieben Fragen zu beantworten, von denen jede längst verstaubte Erinnerungen wiederbelebte. Lachend ließen Luca und Kate ihre Schulzeit Revue passieren – und unterhielten Ivy, Roxanne, Mrs Seymour, Brianna und Ivy prächtig mit ihren Anekdoten.

Unter einem rosa Himmel, der das Meer zu Füßen der Klippen in ein mystisches Licht tauchte, brachen sie schließlich zur zweiten Station auf: einer Hafenbar, die Cocktails zum Mitnehmen anbot.

Um ihren gewünschten Cocktail zu bekommen (eine verboten lecker klingende Kalorienbombe aus Sahne, Kokosnuss, Rum und Mango), musste Luca ihre Bestellung singend aufgeben.

Der Barkeeper, ein älterer Herr mit Vollbart, der wie der Inbegriff eines Seemanns aussah, war von ihrem Ständchen so angetan, dass er ihnen ein paar Tüten Salt-and-Vinegar-Chips und einen Gratisdrink spendierte.

Kichernd wie Teenager saßen sie wenig später nebeneinander auf der Hafenmauer, schlürften ihre Getränke, knabberten Chips und ließen ihre Beine über den seichten Wellen baumeln.

Weiter ging es in einem Pub, in dem Luca sich innerhalb eines festgelegten Zeitraums von zunächst fünf Minuten jeden Schluck ihres Weines und jeden Bissen ihres Essens erwürfeln musste. Nur, wenn sie eine Sechs würfelte, durfte sie zugreifen oder trinken. Alle anderen Zahlen bedeuteten, dass sie zu von Ivy und Brianna ausgewählten Songs tanzen musste (beide bedienten die Jukebox). Die Stimmung wurde immer ausgelassener, und bald schon war Luca nicht mehr die Einzige, die sich zur Musik bewegte. Lachend wirbelten sie über das Parkett, mal Arm in Arm, mal jede für sich, und schnitten zwischendurch Grimassen für Kates Handykamera.

Luca wusste nicht, wann sie sich zuletzt so frei und unbeschwert gefühlt hatte. Bei ihrem Junggesellinnenabschied in München war sie die ganze Zeit über irgendwie abwesend gewesen, hatte nicht im Moment gelebt. Hier war es anders. Hier konnte sie Sekunden, Minuten und Stunden ganz bewusst genießen.

Umso geknickter war Luca, als die Truppe sich langsam auflöste. Zuerst verabschiedete sich Mrs Seymour, dann Ivy und Brianna, und schließlich auch Roxanne und Sophie. Alle bedankten sich überschwänglich bei Luca für den tollen Abend – und sie tat es ihnen gleich. Niemals hätte sie damit gerechnet, von Menschen, die sie doch eigentlich kaum kannte, so großartige Stunden geschenkt zu bekommen.

»So«, Katherine hakte sich bei Luca unter, als sie hinaus in die laue Sommerluft traten. »Wie wär's? Gehen wir noch auf einen Absacker ins Murphy's?«

Luca pustete sich eine Strähne aus dem Gesicht, die sich aus ihrem Zopf gelöst hatte. Sie trug noch immer Plüschdiadem und Schärpe und war sich inzwischen sicher, dass beide Accessoires wunderbare Andenken an diesen einzigartigen Abend sein würden. Ein Abend, der allem Anschein nach doch noch kein Ende nahm.

Sie fühlte sich wie elektrisiert. Zurückversetzt in die Jahre vor ihrer Beziehung mit Adrian, in denen sie noch regelmäßig mit Kate um die Häuser gezogen war.

»Wie könnte ich da Nein sagen?«

Luca kannte den Weg zum Murphy's nicht, also ließ sie sich von Katherine führen.

Howth war bei Tag bereits zweifellos eine Schönheit, doch auch die Nacht stand dem Fischerdorf unverschämt gut. Die Promenade erstreckte sich in warmem Laternenlicht vor ihnen, das gen Klippen von beleuchteten Fenstern abgelöst wurde. Von hier aus, wo doch nur die schattigen Konturen der Steilküste zu sehen waren, sah es stellenweise ein wenig so aus, als würden die Lichter in der Luft schweben.

Nach wenigen Gehminuten erreichten sie den Pub – oder besser gesagt die Bar, denn das mit auffälliger Leuchtschrift versehene Gebäude besaß einen modernen jugendlichen Touch.

»Ich war noch nicht oft hier«, gestand Katherine, als sie hineingingen und auf eine Eckbank mit fliederfarbenen Polstern zusteuerten, »aber Sophie hat gesagt, dass sie hier am längsten geöffnet haben. In den meisten Pubs hier ist am Wochenende spätestens um Mitternacht Zapfenstreich. Aber auch nur, wenn die Hütte voll ist. Sonst früher.«

Im Murphy's war die Hütte ganz und gar nicht voll, ein paar Besucher saßen aber doch noch mit gefüllten Gläsern an ihren Tischen. Aus den Deckenlautsprechern rieselte angenehme Musik, und hinter der hell beleuchteten Theke mixte ein Barkeeper gerade in beeindruckender Geschwindigkeit einen Cocktail.

Katherine schob Luca die Getränkekarte über den Tisch hinweg zu.

»Hier gibt es so ziemlich alles, was das Herz begehrt«, erklärte sie, als etwas hinter Luca ihre Aufmerksamkeit erregte. »Ach, guck mal einer an. Da hatte wohl jemand Sehnsucht.«

In Erwartung, Cadan und Doran zu sehen, drehte Luca sich um und folgte Katherines Blick. Doch der Mann, der dort an der Seite Cadans durch die Tür der Bar trat, war weder alt noch klein, sondern hochgewachsen, jung und gut aussehend. Sie erkannte ihn sofort.

Emilio.

Als Luca Kate im Februar besucht hatte, waren sie einander nur flüchtig begegnet, doch der Halbitaliener war ihr vor allem von ihrem Aufenthalt im letzten Jahr im Gedächtnis geblieben.

Damals war es ihm kaum gelungen, sein Interesse an ihr zu verbergen. Luca erinnerte sich lebhaft daran, wie seltsam es für sie gewesen war, von einem anderen Mann als ihrem langjährigen Freund voller Begehren angesehen zu werden.

Seltsam, aber auch aufregend. Nicht einmal ihrer besten

Freundin hatte sie anvertraut, dass sie Emilios Aufmerksamkeit sogar ein wenig genossen hatte.

Auch jetzt spürte Luca ein kaum wahrnehmbares, verheißungsvolles Ziepen hinter dem Brustbein, das ihr sofort ein schlechtes Gewissen bescherte. Als ihr im selben Moment einfiel, dass sie sich nicht wie versprochen noch einmal bei Adrian gemeldet, sondern ihr Handy die ganze Zeit über unangetastet in ihrer Handtasche gelassen hatte, nahmen die Gewissensbisse noch weiter zu.

»Ich schwör's dir, ich wusste nicht, dass die zwei heute unterwegs sind«, raunte Katherine ihr zu. »Doran hat wahrscheinlich nicht so lange durchgehalten.«

Luca machte eine wegwerfende Handbewegung. »Alles gut, kein Problem.«

Sie hatte sich wieder Kate zugewandt, hörte hinter sich jedoch Schritte näher kommen. Und tatsächlich tauchten Cadan und Emilio gleich darauf an ihrem Tisch auf.

»Das ist ja mal eine Überraschung.« Cadan klopfte mit den Fingerknöcheln auf die glänzende Holzplatte.

»Ich hab dir noch geschrieben, Kate, um dich vorzuwarnen, dass wir hier sind. Für den Fall, dass ihr weiterhin unter euch sein wollt. Eigentlich hatten wir nämlich vorgehabt, zu Emilio nach Dublin zu fahren, aber irgendwie war uns dann doch nach dem Murphy's zumute.«

»Also echt, Cay.« Emilio grinste. »Als würden die zwei auf unsere Gesellschaft verzichten wollen.«

Luca musterte ihn mit hochgezogenen Brauen. Er trug die schwarzen Haare ein wenig kürzer als das letzte Mal, der Rest aber hatte sich nicht verändert – weder die sturmgrauen Augen, die selbst im gedimmten Licht des Pubs bemerkenswert hell strahlten, noch die attraktiven Gesichtszüge oder das schiefe, irgendwie draufgängerische Lächeln auf seinen Lippen.

Auch seinem Kleidungsstil war er treu geblieben, obwohl

er heute nicht aussah, als befände er sich auf direktem Weg in die Oper. Doch auch das eng an seinem muskulösen Oberkörper anliegende Hemd, das er bis zu den Ellbogen hochgekrempelt hatte, die an seinem Handgelenk aufblitzende Uhr und die dunkle Stoffhose unterstrichen seine Vorliebe für elegante Outfits.

Als er bemerkte, dass Luca ihn prüfend ansah, verwandelte er sein beinahe freches Grinsen in ein charmantes Lächeln.

»Entschuldigung, das war vielleicht etwas voreilig. Hallo, zukünftige Braut. Hi, Kate. Dürfen wir uns zu euch setzen?«

Luca tauschte einen Blick mit Katherine, aus dem sie eindeutig herauslas, dass ihre beste Freundin ihr die Entscheidung überließ.

»Äh. Klar.«

Sie rutschte auf ihrer Bank zur Seite, Katherine tat es ihr gleich.

»Erst mal hole ich uns aber ein paar Drinks«, verkündete Emilio, als Cadan sich neben seine Freundin setzte und sie küsste. »Bei einem Junggesellinnenabschied sollte niemand auf dem Trockenen sitzen. Irgendwelche Wünsche? Die Runde geht auf mich.«

Luca überlegte kurz, ob es besser wäre, angesichts dieser unvorhergesehenen Situation auf Wasser umzusteigen, entschied sich dann aber in einer fast trotzigen Reaktion für ein weiteres Glas Wein. Andernfalls, dachte sie unbehaglich, müsste sie sich eingestehen, dass Emilio ihr in irgendeiner Art und Weise gefährlich werden könnte – und das war ganz klar nicht der Fall.

Katherine blieb bei Gin, ihrem Getränk des Abends, und Cadan wählte ein Bier, das auch Emilio sich bestellte.

»Dann stoßen wir mal auf deine Hochzeit an, was?«, ließ der Halbitaliener verlauten, als alle ihr Getränk vor sich stehen hatten, und erhob feierlich sein Glas. Er hatte sich neben sie gesetzt und sah sie nun erwartungsvoll von der Seite an.

Luca rang sich ein Lächeln ab. Wieso in aller Welt klang es auch jetzt, aus Emilios Mund, so unbegreiflich, dass sie heiraten würde? Was war geschehen, seit sie am Nachmittag aus der Bahn gestiegen war?

Nichts, beantwortete sie sich ihre eigene Frage in Gedanken. Wenn du mal ganz tief in dich hineinhorchst, kannst du das alles schon eine ganze Weile nicht mehr greifen.

Vielleicht sprach der Wein aus ihr, doch im Grunde stimmte es: Als Adrian ihr vor zwei Jahren den Antrag gemacht hatte, war die Ehe noch so weit weg und der Ring an ihrem Finger nur ein harmloses Versprechen gewesen. Ein kleines Abenteuer, dessen Zauber jedoch stets nur unter der Oberfläche geschwelt hatte.

Vermutlich, weil Adrian, nüchtern, wie er war, ihr von Anfang an die Planung überlassen hatte. Und genau das war vielleicht das Problem gewesen. Ich habe mich allein gelassen gefühlt, dachte Luca und ließ unter der plötzlichen Erkenntnis die Schultern hängen. Wahrscheinlich war die Vorfreude jetzt deswegen so viel leiser, als sie sein sollte.

Das Klirren der Gläser, die gegen ihr eigenes stießen, beförderte sie wieder zurück in die Gegenwart.

»Hey, ist alles in Ordnung?«, fragte Emilio und musterte sie prüfend. Dabei glitt sein Blick immer wieder zu ihrem Verlobungsring. Schon im letzten Jahr hatte er ständig dorthin gesehen, als hoffte er, der Schmuck würde sich dadurch irgendwann in Luft auflösen.

»Klar.« Eilig zog sie ihre Hand zurück und ließ sie unter den Tisch gleiten. »Ich war nur kurz in Gedanken.«

»In Gedanken bei mir?«, scherzte Emilio und streifte seine eben noch unpassend ernste Miene mit einem Wippen seiner Augenbrauen wieder ab.

Luca verkniff sich ein Lachen und antwortete stattdessen mit einem Schnauben.

»Das hättest du wohl gern«, warf Kate ein.

»Ja«, gab Emilio unverblümt zu, »allerdings.«

Luca spürte, wie ihre Wangen heiß wurden. »Tja, da muss ich dich leider enttäuschen«, erwiderte sie und verzog den Mund in gespieltem Bedauern. Ehe Emilio zu einer Antwort ansetzen konnte, die seinem Gesichtsausdruck nach zu urteilen nicht von dem Flirtkurs abwich, den er eingeschlagen hatte, ergriff Cadan das Wort.

»Kate sagte, in den Flitterwochen geht es für Adrian und dich nach Kreta? Da wollte ich schon immer mal hin! Du musst unbedingt ein paar Bilder schicken. Vielleicht lässt deine beste Freundin sich ja auf diese Weise überzeugen, mal mit mir dorthin zu fliegen.«

Katherine knuffte ihn in die Seite. »Hey, ich habe beim Urlaubsziel auswürfeln ehrenhaft gewonnen! Zuerst ist Frankreich dran.«

Es folgte ein unterhaltsamer Schlagabtausch in Sachen Reiseziel-Planung für die nächsten Jahre, den Luca und Emilio grinsend verfolgten.

Als sie alle ihre Gläser geleert hatten, sorgte Kate für Nachschub. Cadan und Emilio zogen sich mit ihren Getränken an die Bar zurück, um ihnen noch ein wenig Zeit zu zweit zu gönnen.

»Ich hätte Lust auf einen Kurzen«, bemerkte Kate, nachdem sie eine Weile lachend in Erinnerungen geschwelgt hatten. »Was meinst du? Tequila Gold, wie in alten Zeiten?«

Luca verzog das Gesicht. »Bloß nicht. Aber für einen Erdbeer-Limes wäre ich zu haben.«

Kate machte Anstalten aufzustehen und an die Bar zu gehen, doch Luca kam ihr zuvor. »Bleib sitzen. Die weltbeste Trauzeugin darf sich ausnahmsweise auch mal bedienen lassen.« Zwinkernd ging sie zum Tresen, an dem Cadan und Emilio nach wie vor lehnten. Beide waren so in ein Gespräch vertieft, dass sie nicht einmal bemerkten, wie Luca sich neben sie stellte.

»Du kannst mir doch nicht erzählen, dass Katherine das nicht sieht!«, hörte sie Emilio sagen, der ihr den Rücken zugewandt hatte. Neugierig neigte Luca den Kopf.

»Was meinst du?«

»Wann immer das Thema Hochzeit aufkommt, macht ihre beste Freundin ein Gesicht wie sieben Tage Regenwetter. Da stimmt doch was nicht. Ich meine, ich kenne sie kaum, aber mir kann keiner erzählen, dass sie glücklich ist. Und es wundert mich wirklich, dass das keinem von euch auffällt.«

Luca ließ die Hand, mit der sie gerade den Barkeeper hatte herbeiwinken wollen, langsam wieder sinken. Emilios Worte, deutlich über die Musik erhaben, bohrten sich wie kleine Pfeilspitzen in ihren Brustkorb.

Fahrig zupfte sie den Ausschnitt ihrer Tunika zurecht. Obwohl die Schärpe einen Großteil ihres Dekolletés verdeckte, fühlte sie sich plötzlich unverhältnismäßig nackt. Nicht nur körperlich, sondern vor allem seelisch. Als könnte Emilio geradewegs durch sie hindurchsehen, bis tief in ihr Innerstes. Dorthin, wo die Schatten zu Hause waren.

Sie schluckte die Tränen hinunter, die als salziger Kloß in ihrer Kehle steckten, und begrüßte die Wut, die dahinter wartete, mit offenen Armen. Wie konnte dieser Mann, der sie doch überhaupt nicht kannte, sich herausnehmen, aus dem Nichts solche Behauptungen aufzustellen? Einfach nur, weil es ihm gerade in den Kram passte und er eine Rechtfertigung dafür suchte, eine vergebene Frau anzubaggern?

Räuspernd tippte sie ihm auf die Schulter – und stellte mit grimmiger Zufriedenheit fest, dass ihm die Gesichtszüge entgleisten, als er sich umdrehte.

»Luca! Hör mal, das war ...«

»... absolut unangebracht? Da gebe ich dir recht.« Sie reckte das Kinn. »Ich glaube, wir sollten bald alle nach Hause gehen, bevor Emilios Bier ihm weiterhin so einen Unsinn zuflüstert.«

Als sie die Bar etwa eine halbe Stunde später verließen, war die Stimmung angespannt. Emilio, offensichtlich zerknirscht, vermied es, Luca anzusehen. Eine knappe Verabschiedung murmelnd, verschwand er die Straße hinunter. Auch Cadan wirkte befangen, doch ihr Groll galt nicht ihm. Immerhin konnte er nichts dafür, dass sein Kumpel sich zum Hobbypsychologen aufgespielt hatte. Kate machte keinen Hehl daraus, dass sie Lucas Ärger über Emilios Verhalten teilte. Dennoch hatte sie bei einem schnellen Vier-Augen-Toiletten-Gespräch sichergehen wollen, dass Emilio mit seiner Unterstellung auch tatsächlich falschlag. Nicht, weil sie ihm eine besonders gute Beobachtungsgabe bescheinigte, sondern weil sie sich als beste Freundin in der Pflicht sah, einer solchen Aussage auf den Grund zu gehen. Ganz gleich, wie viel am Ende dran war.

»Hätte ich gewusst, dass er mit solchen Unterstellungen um die Ecke kommt, hätte ich euch rückwärts wieder aus der Tür geschoben«, eröffnete sie Cadan, der zustimmend grunzte.

»Sorry, Luca. Wirklich. Wir wollten euch ganz bestimmt nicht den Abend verderben.«

»Ach, Quatsch! Das habt ihr nicht. Ein bisschen Männerdrama gehört dazu. Das hat uns schon Hollywood gelehrt.« Luca lachte leise – nicht weil ihr unbedingt danach zumute war, sondern weil sie die aufgeladene Stimmung schnell wieder entschärfen wollte.

Katherine seufzte. »Trotzdem ist das irgendwie ein doofer Abschluss. Du solltest dich nicht ärgern müssen.«

»Tu ich auch nicht«, widersprach Luca und rückte ihr Diadem zurecht, ehe sie sich, wie Kate bereits auf dem Hinweg bei ihr, bei ihrer Freundin unterhakte.

»Wenn du das sagst ... Dann bringen wir die Plüschprinzessin mal ins Hotel.«

Gesagt, getan: Cadan und Katherine begleiteten Luca bis vor die Türen des Seashell.

»Und du willst heute Nacht wirklich nicht bei mir bleiben?«, fragte Katherine und schob schmollend eine Unterlippe vor, als sie Luca zum Abschied umarmte.

»Ich hab doch all meine Sachen hier. Außerdem komme ich ja morgen schon zum Katerfrühstück. Das heißt, wenn es euch nichts ausmacht.«

»Soll das ein Witz sein? Meine Tür steht dir immer offen.«

»Vor allem, wenn du Brötchen mitbringst«, ergänzte Cadan zwinkernd.

Luca lachte. Dieses Mal war es ein echtes Lachen.

Kapitel 4

Aus dem locker geplanten Frühstück wurde ein spätes Mittagessen.

Luca schlief bis weit in den Tag hinein, und auch Katherine und Cadan hatten ihre Wecker verschlafen. Als sie bei Fish & Chips in Fionas kleiner Bauernküche zusammensaßen (Luca hatte drei Portionen aus einem der Hafenrestaurants mitgenommen), war ihnen allen der vergangene Abend anzumerken. Sie gähnten mehr, als dass sie redeten, doch diese erschöpfte, hin und wieder durch einen witzigen Kommentar unterbrochene Stille hatte etwas durchaus Gemütliches. Als Cadan sich irgendwann nach Hause verabschiedete, um ein paar Vorkehrungen für seinen morgigen Fototermin zu treffen, gingen Kate und Luca mit zwei bis zum Rand gefüllten Gläsern Eistee rüber in die Rainbow-Hearts-Library und machten es sich in der Schreibecke bequem.

»Das habe ich wirklich vermisst.« Luca schlug die Beine übereinander, nahm einen Schluck des angenehm kühlen Getränks, in dem zwei herzförmige Eiswürfel geräuschvoll gegeneinander klimperten.

Katherines Mundwinkel wanderten in die Höhe. »Die Kopfschmerzen am Tag danach?«

Luca lachte. »Nein, die nun wirklich nicht. Ich meine *das hier*«, sie nickte in Richtung der Regale, die sich unter der Last der Bücher bogen. »Dieses friedliche Gefühl. Das habe ich nirgendwo sonst.«

»Ja, ich weiß, was du meinst. So geht es mir selbst nach einem Jahr noch.«

Luca lehnte sich zurück und ließ den Blick über die auf dem Tisch zwischen ihnen ausgebreiteten Utensilien wandern: Briefpapier, Umschläge und Kugelschreiber mit regenbogenfarbenen Herzen darauf. Als sie im letzten Jahr an einem von Katherines Schreibabenden teilgenommen hatte, hatte sie selbst einen der Bogen beschrieben. Ob ihr Brief, den sie damals an eine zukünftige Version ihres Selbst adressiert und in *Weit wie das Meer* versteckt hatte, schon von jemandem gefunden worden war? Bestimmt. Immerhin erfreuten sich die Romane von Nicholas Sparks großer Beliebtheit.

Ihre beste Freundin räusperte sich leise. »Hör mal, Lu. Was Emilio da gestern gesagt hat … Darüber, dass wir alle einfach nicht merken, dass es dir nicht gut geht …«

Luca unterdrückte ein Stöhnen. Sie wusste, dass ihre beste Freundin es nur gut meinte, doch im Augenblick wollte sie wirklich nicht darüber reden.

»Kate, bitte nicht schon wieder. Es ist alles in Ordnung. Emilio hat einfach nur zu tief ins Glas geschaut, so wie wir alle gestern..«

»Ja, bestimmt.« Katherine rutschte unruhig in ihrem Sessel hin und her. »Ich wollte dir jedenfalls nur noch mal sagen, auch wenn du das sowieso schon weißt, dass du mir alles erzählen kannst. Wenn dich irgendwas belastet, egal, was es ist und für wie unwichtig du es hältst, kannst du mit mir darüber reden.«

Luca löste sich vom Anblick des Briefpapiers und zwang sich, Katherine in die Augen zu sehen.

»Es ist nichts. Wirklich, ich bin einfach nur aufgeregt. Mehr nicht.«

Sie wünschte sich nichts sehnlicher, als dass es stimmte. Trotzdem fühlten sich ihre Worte wie eine Lüge an.

***

Der Montag brachte schwere Regenwolken nach Howth. Dickbauchig und grau hingen sie über der Küste und trotzten sogar dem auffrischenden Wind, der vergeblich versuchte, sie zu vertreiben.

Luca schaffte es dennoch im Trockenen zur Bücherei. Sie hatte vor, Kate ein paar Stunden lang zur Hand zu gehen, ehe sie in Mrs Seymours Laden vorbeischauen und dort schon einmal einen Brautstrauß in Auftrag geben wollte. Danach würde sie die Konditorei aufsuchen, mit der sie schon von München aus bezüglich ihrer Torte telefoniert hatte, und anschließend für ein paar weitere Besorgungen nach Dublin fahren.

Ein voller Terminplan, der Luca jedoch gerade recht war. Alles war besser, als sich mit den wirren Gedanken auseinanderzusetzen, die seit ihrer Ankunft im Fischerdorf durch ihren Kopf spukten.

Aus dem Himmel drang ein unheilvolles Grollen, als Luca die Bücherei betrat und das Türglöckchen zum Bimmeln brachte.

»Da hast du aber kein besonders schönes Wetter mitgebracht«, begrüßte Kate sie tadelnd. Sie lehnte hinter der Theke und blätterte in einer Zeitung, ihre schlanke Gestalt in gedimmtes, irgendwie herbstliches Licht getaucht. Nun, da Sommer und Sonne sich eine Pause gönnten, hatte sie die Deckenbeleuchtung einschalten müssen.

»Nein, ich übe noch. Aktuell ist mein Verhältnis zu Petrus eher schlecht. Ich hoffe, das ändert sich bis zum Zwanzigsten«

»Das hoffe ich auch. Kaffee?«

»Kaffee.«

Luca schälte sich aus der leichten Regenjacke, die sie vorsichtshalber angezogen hatte, und gesellte sich zu Katherine an die Theke, wo bereits eine Thermoskanne und zwei Tassen bereitstanden. Von ihrem letzten Aufenthalt wusste Luca, dass in der Regel etwa eine halbe Stunde verging, bis nach Öffnung die ersten Leser eintrafen. Luca mochte diese unaufgeregte, entspannte Mentalität, die von den Einwohnern Howths auf die Touristen abzufärben schien.

»Wie hast du geschlafen?«, erkundigte sich Katherine, während sie ihre Tassen füllte. Begierig atmete Luca den aromatischen Kaffeeduft ein.

»Wie ein Baby«, antwortete sie wahrheitsgemäß. »Und du?«

Zu Hause hatte sie oft Schlafprobleme, doch in Howth schlummerte sie stets tief und fest. Vermutlich war es die salzige, frische Meeresluft, die sie abends so angenehm müde werden ließ.

»Geht so. Cadan hat sich ziemlich breit gemacht.« Kates Hand wanderte zum obersten Knopf ihrer Bluse. Abwesend drehte sie daran. »Allerdings hat er sich heute Morgen auch noch ziemlich überzeugend dafür entschuldigt.«

Luca prustete in ihren Kaffee. »Danke für die Info.«

»Immer wieder gerne. Das musste ich noch schnell loswerden, bevor Doran gleich zu uns stößt.«

Der alte Mann hatte sich am gestrigen Abend noch für den heutigen Vormittag angekündigt, um bei Kaffee, Keksen, guter Lektüre und leidenschaftlicher Kundenberatung ein wenig Zeit mit ihnen zu verbringen. Seit jeher gehörte er zum Inventar der Rainbow-Hearts-Library. Schon zu Fionas Zeiten war er täglich ein- und ausgegangen und hatte sich an ihrer Seite rührend um Leser und Briefeschreiber gekümmert. Diese Tradition führte er nun an Kates Seite fort, wenn seine Besuche laut ihr während der vergangenen Wochen wohl auch etwas abgenommen hatten.

»Ach ja, und Lu?«

»Ja?«

»Du hast Post.«

»Ähm ... okay?« Verwirrt sah Luca sich nach einem Brief oder einem Paket um, doch außer Kates Zeitung, ihren dampfenden Tassen und der Thermoskanne konnte sie auf der Theke nichts entdecken.

»Nicht hier. Da.« Katherine deutete in Richtung Tür. Nicht minder irritiert folgte Luca ihrem ausgestreckten Zeigefinger.

Am Schaufenster hing, von außen mit einem Stück Tesafilm befestigt, ein großer weißer Umschlag, der ihr beim Hereinkommen gar nicht aufgefallen war und auf dem tatsächlich ihr Name geschrieben stand. Sie runzelte die Stirn.

»Was soll das denn? Noch so ein Hochzeits-Gag von dir? Ich hoffe doch, das ist keine Einladung zu Junggesellinnenabschied Nummer drei?«

Einen Moment lang sah Katherine ertappt aus, dass Luca sich schon in ihrer Befürchtung bestätigt fühlte, doch dann hob sie beschwichtigend die Hände.

»Keine Sorge, mit mir hat das nichts zu tun. Es ist nur so, dass ... dass Emilio heute in aller Herrgottsfrühe hier war und mich gebeten hat, das hängen zu lassen, bis du es siehst.«

Luca blähte die Wangen auf und ließ geräuschvoll die Luft daraus entweichen. Sie hatte das Emilio-Thema als abgehakt betrachtet. Offenbar war der Halbitaliener da anderer Meinung.

»Und das sagst du mir nicht gleich?«

Kate setzte ein unschuldiges Lächeln auf. »Ich wollte dich erst mal ankommen lassen. Und außerdem hatte ich die Hoffnung, dass es vielleicht doch noch anfängt zu schütten. Dann wäre das Ganze ja sowieso erledigt gewesen.«

»Hmpf.« Widerwillen breitete sich in ihr aus. Wieso sollte sie dieses Spielchen mitspielen? Emilio hatte sich falsch verhalten. Wenn er sich dafür entschuldigen wollte, konnte er das persönlich tun.

Andererseits ...

Ja, andererseits war da auch diese brennende Neugier, deren Flammen bereits viel zu hoch züngelten, als dass Luca ihnen noch mit Vernunft beikommen könnte.

»Ich kann verstehen, wenn du ihn einfach hängen lässt«, warf Katherine ein und pustete in ihre Tasse. »Also, sowohl Emilio als auch den Brief.«

»Du kennst mich«, murmelte Luca resigniert, »ich muss so oder so nachsehen.«

Während sie rausging und den Umschlag von der Scheibe löste, kam sie sich ein wenig albern vor. Als würde sie an einer Schnitzeljagd teilnehmen, ohne zu wissen, was es eigentlich zu gewinnen gab. Dennoch riss sie das Kuvert ungeduldig auf, kaum dass sie es in den Händen hielt. Das darin enthaltene Papier auseinanderfaltend, ging sie zurück in die Bücherei. Gerade rechtzeitig, wie sich herausstellte, denn hinter ihr sprenkelten nun die ersten Tropfen den hellen Gehsteig dunkel.

Den Blick auf Emilios Zeilen gesenkt, ging Luca ein paar Schritte in die Rainbow-Hearts-Library hinein und blieb dann stehen, um zu lesen:

Liebe Luca,
ich hätte dir den Brief gern in ein Buch gelegt, aber ich
weiß nicht, was du so liest, außerdem wollte ich Katheri-
ne nicht weiter nerven. Ich glaube, sie ist ein bisschen
sauer auf mich. Gut möglich also, dass sie diese kleine

Schaufensterdeko entfernt, bevor du hier bist, aber das Risiko gehe ich einfach mal ein.

Kommen wir zum Wesentlichen: Ich möchte mich aufrichtig dafür entschuldigen, wie ich mich am Samstagabend benommen habe. Ganz ehrlich, es war absolut daneben, mit Cadan hinter deinem Rücken über dich zu reden und mir herauszunehmen, über dein Gefühlsleben zu urteilen. Ich könnte es jetzt darauf schieben, dass ich ein, zwei Drinks zu viel hatte, aber da hat nicht nur der Alkohol aus mir gesprochen. Ich habe mir in dem Moment einfach eingeredet, dass es dir nicht gut geht – keine Ahnung, wieso. Vielleicht, um mein Gewissen zu bereinigen, weil ich mit dir geflirtet habe, und das ist nicht okay. Überhaupt nicht okay. Du wirst heiraten, du bist glücklich, und das ist großartig. Ich hatte kein Recht, so ein Fass aufzumachen, und vor allem nicht, dir deinen Junggesellinnenabschied zu verderben. Ich war ein echter Idiot.

Wenn du mir die Chance gibst, sage ich dir das alles auch sehr gern noch einmal persönlich. Ich wollte dich nur selbst entscheiden lassen, ob du mich sehen und meine Entschuldigung annehmen willst.

Ich bin die nächsten Tage nach Feierabend immer mal wieder in Howth, weil ich meinem Dad im Restaurant zur Hand gehen muss. Teile mir deine Antwort also gern ebenfalls per Brief mit. Ich dachte mir, das ist irgendwie unverfänglicher, als Nummern auszutauschen – und überhaupt einfach mal was anderes.

Siehst du den roten Blumenkübel dort, auf der anderen Straßenseite? Vor dem Haus mit den dunklen Fensterrahmen?

Der gehört Mrs Redford, einer alten Bekannten unserer Familie. Ich habe sie gefragt, ob ich den Topf übergangsweise als Poststation beanspruchen darf. Du

kannst deine Antwort an mich also einfach darunterlegen. So halten wir Katherine da raus – und verletzen nicht den ungeschriebenen Ehren-Kodex der Rainbow-Hearts-Library, denn ich muss gestehen, dass ich ein Buchmuffel bin. Und für Buchmuffel ist Fionas Konzept sicher nicht gedacht.
Bis dann
Emilio

Luca stutzte. Sie war sich nicht sicher, was sie vom Inhalt des Briefes erwartet hatte – nur, dass es nicht *das hier* war.

Emilio musste sich ernsthafte Gedanken gemacht haben. Gedanken solcher Art, die einen stundenlang umtrieben und nachts wachhielten. Dabei hatte Luca ihn bisher nur als jemanden erlebt, der zwar durchaus humorvoll sein konnte, sich aber auch gern selbst reden hörte und sein gutes Aussehen als einen Garanten dafür betrachtete, bei jeder Frau seiner Wahl landen zu können. Dass er sich aufrichtig bei ihr entschuldigte, noch dazu auf eine ziemlich selbstreflektierte Weise, überraschte sie.

»Was schreibt er?«, wollte Kate wissen und winkte Luca ungeduldig zu sich heran. Obwohl sie sich noch immer allein in der Bücherei befanden, flüsterte sie. Sofort fühlte Luca sich in ihre Schulzeiten zurückversetzt, in denen sie in der letzten Reihe zusammengesessen und über Zettelchen getuschelt hatten, die zwei Jungs aus ihrer Parallelklasse ihnen in die Spinde gesteckt hatten. Die Erinnerung strich wie eine Feder durch ihren Brustkorb und hinterließ dort ein seichtes, aufgeregtes Prickeln.

»Hier, lies ruhig.« Sie überreichte Katherine den Brief, die so hastig danach griff, dass sie beinahe die auf der Theke stehende Kaffeetasse umgestoßen hätte. In Windeseile flog ihr Blick über die Zeilen. Luca konnte ihre Augen flackern sehen, als sie den Namen ihrer Tante einfingen. Erst im letzten Jahr hatte sie vollauf begriffen, wie sehr ihre beste Freundin an Fiona gehangen hatte. All die Zeit über hatte sie ihren Schmerz weggeschlossen, vor anderen und vor allem vor sich selbst. Denn obwohl Luca sehr wohl über die Funkstille zwischen ihnen und die Gründe dafür Bescheid gewusst hatte, war ihr nie richtig klar gewesen, was für eine Wunde der Bruch in Katherines Herz geschlagen hatte. Erst die Rainbow-Hearts-Library hatte Verborgenes ans Licht gebracht und Frieden gestiftet. Sogar Mary, Katherines Mutter, war nach Howth gekommen und hatte hier eine Wahrheit erfahren, die ihre Narben endlich verblassen ließ. Was genau das für eine Wahrheit war, darüber schwieg Kate bis heute. Etwas, das Luca voll und ganz respektierte.

»Unter einen *Blumenkübel?*«, empörte sich Katherine und sah von Emilios Brief auf. »Weil er ein Buchmuffel ist? Wow. Dieser Typ überrascht mich immer wieder.«

»Tja. Vielleicht ist das bloß eine Ausrede, und er hat einfach nur Angst vor dir. Immerhin schreibt er gleich zweimal, dass er dich nicht nerven beziehungsweise da raushalten will. Kann man ihm nicht verübeln. Niemand möchte sich mit dir anlegen, wenn du so richtig sauer bist.« Grinsend nahm Luca Katherine den Brief wieder aus den Händen, faltete ihn in der Mitte und nestelte an den Rändern des Papiers herum.

»Pff. Dabei war ich wirklich gnädig. Ich habe ihm nur eine klitzekleine Standpauke gehalten. Und seine Bitte sogar respektiert, wie man sieht.«

Luca nickte nachdenklich.

»Kann ich mir eine Mülltüte von dir borgen?«

»Bitte was?«

»Es regnet. So wird der Brief unter dem Kübel doch nass.«

»Du … du spielst dieses Spielchen mit?« Katherine sah genauso überrascht aus, wie sie sich anhörte.

»Ja. Aber nach meinen eigenen Regeln.«

»Okay. Klingt vernünftig.« Kate schnipste gegen das dunkle Porzellan ihrer Tasse. »Halt du hier die Stellung, ich hole dir deine Tüte.«

Mit wippendem Pferdeschwanz verschwand sie in der Zwischentür zum Haus und kam wenig später wieder mit dem versprochenen Beutel zurück. Gerade rechtzeitig, denn im selben Moment betrat ein ernst dreinblickendes betagtes Damen-Duo die Bücherei, das von Katherine – und nur von Katherine – eine eingehende Beratung zur Online-Ausleihe verlangte, die sie seit wenigen Monaten anbot (wer ein digitales Endgerät und einen Leserausweis besaß, konnte sich sämtliche alte und neue Titel zeitlich begrenzt darauf herunterladen, denn die Rainbow-Hearts-Library war in die landesweite Datenbank der Bibliotheken aufgenommen worden).

Gleich darauf trat auch schon Doran durch die Tür; ein ansteckendes Lächeln auf dem gutmütigen Gesicht und eine herrlich nach Gebäck duftende Tüte unter dem Arm. Zuerst begrüßte er Luca mit einer Umarmung, dann gesellte er sich zu Kate und ihren neugierigen Leserinnen, die seine Anwesenheit sogleich mit kokettem Gekicher quittierten.

Luca nutzte diese Zeit, in der sie ohnehin nicht gebraucht wurde, zog sich in die Schreibecke zurück und schnappte sich, einer spontanen Idee folgend, dort gleich zwei Bogen vom Tisch. Auf den ersten setzte sie nur wenige Worte:

Es tut mir leid, dich enttäuschen zu müssen, Buchmuffel, aber du findest meine eigentliche Antwort nicht hier unter dem Blumenkübel, sondern in der Rainbow-Hearts-Library. Frag mich einfach, und ich zeige dir, wo.

Ihre zweite Nachricht fiel ähnlich knapp aus:

Hallo Emilio,
ich nehme deine Entschuldigung an. Unter einer Bedingung: Lass dir einen Mitgliedsausweis erstellen, lies die-

ses Buch und sag mir, wie du es findest. Ich glaube, in jedem Menschen steckt die Liebe zu Geschichten. Man muss nur tief genug in sich hineinhorchen.

Luca lächelte. Ihre eigene Liebe zu Geschichten hatte sie schon in Kindertagen entdeckt, sie aber irgendwann wieder aus den Augen verloren. Erst vor ein paar Jahren war diese alte Leidenschaft wieder entbrannt, und das mit einer nie da gewesenen Macht. Vermutlich, um all das nachzuholen, was sie in den Zeiten des Nichtlesens verpasst hatte. Es hatte etliche Nächte gegeben, in denen sie kein Auge zugetan hatte, weil sie so gefangen in fiktiven Welten und Abenteuern gewesen war. Verloren im Rausch des Unmöglichen, das doch durch die Feder anderer möglich gemacht wurde. Luca bewunderte jedes Genre auf seine eigene Art und Weise. Mal jagte sie Mörder an der Seite verschrobener Ermittler, mal flog sie auf Drachen über magische Reiche, und mal wurde sie Zeugin romantischer Begegnungen und dramatischer Schicksale.

Zufrieden mit ihren Antworten tütete sie die Briefe in unterschiedliche Umschläge ein, wickelte den ersten schützend in Katherines Müllsack und nahm den zweiten mit zum Klassiker-Regal. Konzentriert fuhr sie mit dem Finger die Buchrücken der mit dem Buchstaben F gekennzeichneten Reihe entlang, bis sie fand, was sie suchte: *Die allertraurigste Geschichte* – im Englischen *The Good Soldier* – von Ford Madox Ford. Bis eben war sie nicht einmal sicher gewesen, ob ihre beste Freundin das Buch überhaupt in ihrem Bestand hatte. Doch hier war es; eine alte zerlesene Ausgabe, die wie ein Relikt aus jener Zeit wirkte, zu der es geschrieben worden war.

Beinahe ehrfürchtig schlug sie es auf und blätterte durch die teils bereits vergilbten, mit dicken Buchstaben bedruckten Seiten. Von so vielen Büchern, die sie gelesen hatte, war Luca

Fords Roman ganz besonders lebhaft in Erinnerung geblieben. Er zeichnete sich durch einen ungewöhnlichen Erzählstil aus, von dem sie später durch Recherchen erfahren hatte, dass er in Fachkreisen als »unzuverlässig« bezeichnet wurde. Die Art und Weise, wie der Leser mal direkt angesprochen und somit in das Geschehen eingebunden, ein anderes Mal jedoch durch Lücken und Sprünge in der Erzählung wieder hinters Licht geführt und im Dunkeln gelassen wurde, sorgte für ein abenteuerliches Leseerlebnis, das sie in dieser Form noch nie zuvor erlebt hatte. Luca war damals in einer Arztpraxis auf das Buch gestoßen und hatte die unverschämt lange Wartezeit von fast zwei Stunden genutzt, das Buch zur Hälfte durchzulesen. Nach ihrem Termin hatte sie sich dann ein eigenes Exemplar im Internet bestellt. Fords Geschichte, die ironischerweise von Ehebruch und dem wahren Seelenleben der Menschen hinter einer gutbürgerlichen Fassade handelte, war es damals gewesen, die ihre Leseleidenschaft wieder geweckt hatte. Ausgerechnet ein über hundert Jahre alter Klassiker. Vielleicht, dachte sie, als sie den Brief zwischen die abgenutzten Seiten schob, die Buchdeckel schloss und Fords Werk zurück an seinen Platz stellte, würde er diese Macht ja noch ein zweites Mal entfalten.

Kapitel 5

Wie sie so dastand, das Gesicht unter der Kapuze ihres Regenmantels verborgen und erst von links nach rechts sehend, bevor sie in die Hocke ging, den mit Fuchsien bepflanzten Blumenkübel anhob und den in eine Mülltüte eingeschlagenen Umschlag darunter versteckte, fühlte Luca sich ein bisschen so, als würde sie gerade etwas Illegales tun.

Wenn man es ganz genau nahm, dachte sie, während sie sich aufrichtete und zurück zur Bücherei eilte, stimmte das ja auch in Ansätzen: Immerhin schrieb sie einem Mann, der nicht ihr eigener war, munter kleine Briefchen. Andererseits, und das war gleichermaßen beruhigend wie beunruhigend, würde Adrian sich vermutlich nicht einmal daran stören. Zu Anfang ihrer Beziehung waren sie beide noch eifersüchtig gewesen, doch diese hitzigen, leidenschaftlichen Gefühle waren mit den Jahren abgeklungen und einem unaufgeregten Vertrauen gewichen. Hin und wieder kam es Luca jedoch vor, als hätte dieses Vertrauen eine weitere Verwandlung durchlaufen; eine, die es in einem schleichenden Prozess zu schlichtem Desinteresse hatte werden lassen.

Es kümmerte ihn nicht, wenn andere Männer ihr in seinem Beisein offensichtlich hinterhersahen oder mit ihr flirteten, und obwohl Luca Adrians entspannte und ruhige Haltung meist zu schätzen wusste, ertappte sie sich doch oft bei dem Wunsch, er möge sich zumindest ein bisschen darüber aufregen.

»Na? Brief erfolgreich deponiert?«

Katherine kam mit einem üppig beladenen Bücherwagen zwischen zwei Regalen vorgefahren. Allem Anschein nach waren wieder ein paar Vorbestellungen über Mail und Telefon eingegangen. Alles, was vor 12 Uhr angefragt wurde, konnte noch am selben Tag ab 16 Uhr abgeholt werden. Die entsprechenden Stapel (maximal zehn Bücher pro Leser) wurden dann auf die jeweiligen Kundenkonten reserviert und später mit einem unkomplizierten schnellen Scannen des Büchereiausweises verbucht. Ein Service, der laut Kate meist dann genutzt wurde, wenn sie gerade neue Titel in den Bestand eingearbeitet hatte.

Doran derweil war gerade damit beschäftigt, leise summend die Klassiker-Ecke zu entstauben. Eine Tätigkeit, der er nur allzu gern nachkam und in die er richtiggehend vertieft war – so sehr, dass Luca sich fragte, ob er überhaupt noch etwas von seiner Umgebung mitbekam.

»Ja. Mal sehen, ob ich ihn davon überzeugen kann, doch noch ein Buch in die Hand zu nehmen.«

Knapp berichtete sie, was sie Emilio geschrieben hatte, und bat Katherine, ihm an ihrer Stelle Fords *The Good Soldier* zu zeigen, wenn Luca während seines Besuchs noch unterwegs sein sollte.

»Klar«, versicherte sie und schob den Rollwagen gedankenverloren ein paar Zentimeter vor und zurück.

Luca stutzte. Der Blick, mit dem Kate sie ansah, hatte sich verändert. Es war, als hätte sich ein stummes Verstehen hineingeschlichen; eine unausgesprochene Erkenntnis. Ja, einen

Moment lang kam es Luca so vor, als wüsste Katherine etwas über sie, das sie selbst noch nicht wusste. Dann, einen kräftigen Herzschlag später, war der Moment verstrichen.

»Ähm … Super. Danke.« Sie räusperte sich. »Gibt's noch mehr Bestellungen? Kann ich dir beim Raussuchen helfen?«

»Erst, wenn du die nasse Jacke möglichst weit von meinen Büchern entfernt hast. Die Seiten ziehen Feuchtigkeit an.«

Kate versuchte sich an einem strengen Gesichtsausdruck, den Luca mit einem Schmunzeln quittierte.

»Alles klar, Frau Bibliothekarin.«

Luca blieb noch bis mittags in der Bücherei, dann verabschiedete sie sich von Kate und Doran und machte sich auf den Weg in den Ort, um die Zusammenstellung ihres Brautstraußes zu besprechen (sie entschied sich für eine Kombination aus Lavendel, Schleierkraut und weißen Rosen) und ihren Termin in der Konditorei wahrzunehmen. Nachdem sich ein aufgrund einer verschwundenen Mail entstandenes Missverständnis hinsichtlich Füllung und Verzierung der Torte geklärt hatte, stöberte Luca noch durch ein paar Läden und genehmigte sich am Hafen ein spätes Mittagessen, ehe sie sich auf den Rückweg in die Bücherei machte. Das Wetter wurde zunehmend schlechter; war es zwischendurch immer mal wieder trocken gewesen, sah es nun aus, als würde es sich für den Rest des Tages einregnen. Und in der Tat öffnete der Himmel seine Schleusen, kaum dass Luca ein paar Schritte gegangen war. Ihren Trip nach Dublin würde sie daher auf morgen verlegen, zumal es sich inzwischen ohnehin kaum noch lohnen würde, in die Stadt zu fahren. Die Kapuze tief ins Gesicht gezogen, den Blick auf ihr Handydisplay gesenkt, eilte Luca die Straße hinauf.

Sie hatte Adrian von unterwegs über ihre Erledigungen auf dem Laufenden gehalten und als Antwort zwei Emojis erhalten; einen nach oben gereckten Daumen und einen lächelnden Smiley mit Herzchenaugen. Obwohl sie sich einzureden versuchte, dass er auf der Arbeit nun einmal wenig Zeit hatte, ihr ausführliche Nachrichten zu schreiben, spürte sie einen seichten Stich der Enttäuschung. Wieder drängte sich ihr der Gedanke auf, dass die Hochzeit für ihn eine reine Pflichtveranstaltung war und er an der Planung kein weiteres Interesse hatte.

Zu allem Überfluss war auch noch eine Stellenanzeige in ihr E-Mail-Postfach geflattert, die Luca an etwas erinnerte, das sie bereits seit Monaten aufschob: Schon lange wuchs in ihr der Wunsch, sich beruflich nach jahrelangem Hadern endlich umzuorientieren.

In der Firma, in der sie als Bürokraft angestellt war und sich vornehmlich um Versicherungen und Rechnungen kümmerte, fühlte sie sich schlicht nicht mehr wohl. Sie mochte ihren Chef und die Kollegen, doch erfüllte sie die immergleiche Schreibtischarbeit einfach nicht mehr.

Luca hatte Lust auf etwas Soziales; auf Arbeit mit und für Menschen, die Abwechslung in ihren Alltag brachte. Katherines mutiger Umzug nach Howth hatte ihr, wenn auch mit Verspätung, den Anstoß gegeben, Bewerbungen zu schreiben – hauptsächlich für die Marketingabteilungen sozialer Verbände und Organisationen. Ihr Studium in Kommunikationswissenschaften hatte sie zwar nicht beendet, dafür aber eine Handvoll Praktika bei großen Institutionen vorzuweisen und außerdem einige Online-Weiterbildungen belegt. Mit etwas Glück würde sie also auch als erfahrene Quereinsteigerin eine passende Stelle finden.

Dass sie ihren sicheren Job aufgeben wollte, war bei Adrian alles andere als gut angekommen. Anstatt sie in ihrem Wunsch nach Veränderung zu bestärken, hatte er immer wieder betont, wie unvernünftig es sei, diesen Schritt jetzt, wo sie doch allmählich über einen Hauskauf nachdachten und in nicht allzu ferner Zukunft womöglich auch die Familienplanung in Angriff nehmen würden, zu gehen.

Vielleicht hatte er damit recht, doch Luca hatte seine Reaktion trotzdem wehgetan. Für Adrian diente ein Job nicht der Selbstverwirklichung, er musste keinen Spaß machen, sondern war lediglich dazu da, ein Einkommen zu erzielen.

Also – und Luca schämte sich, nicht für sich eingestanden zu haben – ruhten die fertig geschriebenen Bewerbungen noch unverschickt auf ihrer Festplatte.

Ein verdächtiges Ziehen kroch ihre Kehle hinab. Vorboten eines Kloßes, der sich darin einzunisten versuchte.

Eben noch beseelt darüber, zwei weitere Punkte von ihrer To-do-Liste abgehakt zu haben, spürte sie nun eine quälende Frustration in der Magengegend.

»Vorsicht, Gegenverkehr.«

Eine bekannte dunkle Stimme zerschnitt den trüben Nebel ihrer Gedanken. Vor Schreck ließ Luca beinahe das Handy fallen. Schnell steckte sie es in die rettende Jackentasche und schob ihre Kapuze ein Stück zurück, um ihr Gegenüber ansehen zu können.

Emilio, allem Anschein nach in Richtung Hafen unterwegs, war nur wenige Schritte von ihr entfernt stehen geblieben.

Seine schwarzen Haare fielen ihm schwer und nass ins Gesicht, von den Spitzen lösten sich dicke Tropfen, die ihm über Wangen, Nase und Lippen liefen. Er trug eine dunkle Stoffhose, einen edel aussehenden, ebenfalls vollkommen durchnässten Anorak – und unter dem Arm, eingeschlagen in die Mülltüte, in die Luca ihre Blumenkübel-Botschaft gesteckt hatte, ein Buch.

Nein, nicht irgendein Buch, sondern ganz eindeutig jenes, dessen Lektüre sie als Voraussetzung dafür benannt hatte, Emilio sein Macho-Gehabe zu verzeihen. Luca konnte die

Farben des Covers durch den transparenten Beutel hindurch erkennen.

»Du warst schon in der Rainbow-Hearts-Library?«

Zwar hatte er in seinem Brief erwähnt, dass er seinem Vater nach Feierabend in der Pizzeria helfen wollte, doch Luca war dennoch nicht darauf gefasst gewesen, ihn schon so früh in Howth wiederzusehen. Vor allem weil sie bis zuletzt geglaubt hatte, Emilio würde sein Stolz zumindest ein kleines bisschen im Weg stehen. Es war eine Sache, ihr zu schreiben, eine völlig andere jedoch, noch am selben Tag nachzusehen, ob bereits eine Antwort da war.

Lag ihm tatsächlich so viel daran, dass sie seine Entschuldigung annahm, oder spielte er gerade einfach nur ein Spiel weiter, das er für unterhaltsam befand?

Er schien seine Worte genau abzuwägen. Schließlich entschied er sich für ein unverfängliches, von einem Achselzucken begleitetes »Lag auf dem Weg«.

Na also. Da war er doch, der besagte Stolz.

»Soso.« Der Regen wurde stärker und trommelte mit unsichtbaren Fäustchen auf Lucas Kapuze. Sie warf einen unheilvollen Blick nach oben und machte einen Schritt zur Seite, um zumindest ein bisschen Schutz unter den Giebeln der Dächer zu suchen. »Und der selbsternannte Buchmuffel traut sich also tatsächlich zu, dieses Schätzchen zu lesen?« Sie deutete auf sein ungewöhnliches Gepäck. Vermutlich, dachte Luca, hatte Kate Emilio dazu verdonnert, es in die Tüte zu stecken.

»Wenn ich möchte, dass du mir verzeihst, habe ich ja keine andere Wahl, oder?«

Luca machte eine zustimmende Kopfbewegung. »Da ist was dran. Also … ich bin gespannt auf deine Meinung.«

»Ich komme dann zur Buchbesprechung in die Rainbow-Hearts-Library. Sagen wir, übermorgen? Vielleicht auch schon morgen. Mal sehen.«

»So schnell? Wow. Da ist aber jemand optimistisch.«

»So bin ich. Optimist durch und durch.« Emilio sah aus, als wollte er zwinkern und würde sich in letzter Sekunde eines Besseren besinnen. Vielleicht hatte Katherine ihm noch einmal ein striktes Luca-Flirtverbot mit auf den Weg gegeben.

Die Vorstellung, dass er versuchte, sich daran zu halten, war irgendwie süß.

»Okay. Dann mal viel Erfolg.«

»Danke.« Emilio lächelte und wandte sich zum Gehen, blieb dann aber doch noch einmal stehen. »Ach, und Luca?«

»Ja?«

»Soll mir dieser Titel eigentlich irgendwas sagen?« Er klopfte auf die von Tropfen benetzte Tüte unter seinem Arm. »Kate hat mir verraten, wie er auf Deutsch lautet. Bin ich etwa die allertraurigste Geschichte, die du kennst?«

»Hm.« Luca bemühte sich um eine nachdenkliche Miene. »Vielleicht. Vielleicht auch nicht.«

Emilio zog die dunklen Brauen zusammen. »Pff. Na ja, was soll's. Geschichten können umgeschrieben werden, stimmt's?«

»Ich habe davon gehört.«

»Na also. Dann halt besser schon mal Stift und Papier bereit.«

Sein Grinsen war ansteckend. Lucas Mundwinkel wanderten wie von selbst in die Höhe.

»Alles klar, Mr Größenwahn. Schönen Montag noch.«

Ehe ihm eine passende Erwiderung einfallen konnte, setzte Luca sich in Bewegung. Dass Emilio sich ihren Wunsch tatsächlich zu Herzen nahm und sogar vorhatte, das Buch im Eiltempo zu lesen, rührte sie. Außerdem musste sie sich eingestehen, dass sie seinen Humor mochte. Ganz egal, wie sehr er sich am Freitag danebenbenommen hatte, er schien nicht bloß der Sprüche klopfende Frauenheld zu sein, für den man ihn auf den ersten Blick halten konnte.

Und während Luca in kindlich vergnügter Zielsicherheit in jede Pfütze trat, die ihren Weg kreuzte (ihre Schuhe waren ohnehin schon durchnässt), stellte sie etwas fest, das sie noch viel mehr erstaunte: Das drückende Einsamkeitsgefühl in ihrer Brust war zu einem dumpfen, kaum wahrnehmbaren Ziehen abgeklungen.

Kapitel 6

»Das ist ein Scherz, oder?«

Fassungslos starrte Luca den Bildschirm ihres Laptops an, der ihr im extra gedownloadeten Musikprogramm anstelle einer fertigen Playlist nur noch ein paar einzelne Songs anzeigte. Sie musste vergessen haben, ihre letzten Änderungen zu speichern – ein Fauxpas, der wie das Klischee eines komödiantischen Hollywoodstreifens anmutete.

Es war Dienstagmittag, und sie saß in der kleinen gemütlichen Küche des Hauses, wo sie und Kate ihre Pause mit Eiskaffee und Salat verbracht hatten. Die Freundin war inzwischen wieder in die Bücherei rübergegangen, während Luca nach dem Essen noch einmal ein paar ihrer ausgewählten Lieder hatte durchgehen und ihre Reihenfolge anpassen wollen – etwas, das sich nun als hinfällig herausstellte.

Resigniert schlürfte sie die Reste ihres Eiskaffees, der im Wesentlichen nur noch aus Wasser bestand, und versuchte, ihren Frust in Konzentration umzuwandeln.

Ein paar der bereits in Deutschland ausgewählten Songs hatte sie auf ihrem Handy als Favoriten gespeichert, doch den

Großteil musste sie aus ihrer Erinnerung hervorkramen – ebenso wie die Reihenfolge, über die sie sich im Vorfeld reichlich Gedanken gemacht hatte. Immerhin sollte die Musik auch zu den unterschiedlichen Phasen des Tages und Abends passen. So gab es Songs für den Einmarsch und den Auszug in die Burg, welche für das Fotoshooting, als entspannte Begleitung für das Essen und schließlich für das Stürmen der Tanzfläche. Bei ihrer Auswahl hatte Luca darauf geachtet, dass für jeden der Gäste etwas dabei war; egal ob Jung oder Alt, Schlagerliebhaber, Rockfans oder Hip-Hop- und Dance-Fanatiker. Jeder sollte mindestens einmal das Bedürfnis haben, mit leuchtenden Augen »Das ist mein Lied!« zu rufen und ausgelassen zu feiern.

Einzig um den wohl wichtigsten Song des Abends, nämlich jenen, der ihren Hochzeitstanz untermalen würde, hatte sie sich noch keine näheren Gedanken gemacht. Keiner von ihnen hatte je einen Tanzkurs besucht, und Adrians Überstunden nicht zugelassen, dass sie dieses Manko behoben. Zwar hatten sie daraufhin gemeinsam beschlossen, dass es keine klassische Tanzflächeneröffnung, sondern nur ein kurzes, in inniger Umarmung erfolgendes Hin- und Hergeschaukel geben würde, doch fehlte ihnen auch dafür nach wie vor die passende Musik. Ein Umstand, der Luca vermutlich hätte nervös bis in die Haarspitzen werden lassen, doch seltsamerweise war sie in dieser Hinsicht entspannt.

Es gab haufenweise romantische Lieder – sie würde nur eines finden müssen, das so emotional war, dass es die Gäste von dem unbeholfenen Geschehen auf der Tanzfläche ablenkte.

Entschlossen ließ Luca die Finger knacken und navigierte sich ins Hauptmenü des Programms. Sie würde sich durch die dort angelegten Playlists klicken und alles aufschreiben, was sie für tauglich hielt. Für das Eheversprechen fehlte ihr gerade die nötige Ruhe, doch sie nahm sich vor, zumindest ein paar Stichworte aufzuschreiben.

Abwechselnd tippend und in Lieder reinhörend, arbeitete Luca sich durch den Nachmittag. Hin und wieder sah sie auf die kleine Uhr rechts oben auf dem Bildschirm und erschrak über die Geschwindigkeit, mit der die Minuten verstrichen. Musik besaß eine ganz ähnliche Macht wie Bücher, dachte Luca versonnen, sie hebelten die Gesetze von Raum und Zeit vollkommen mühelos aus und versetzten Seele und Geist in einen tranceähnlichen Zustand.

Als der Abend allmählich hereinbrach, war Luca durchaus zufrieden mit dem, was sie sich während der letzten Stunden erarbeitet hatte. Die Playlist war beinahe wieder vollständig – zumindest, soweit sie sich erinnern konnte – und das Eheversprechen immerhin grob strukturiert. Vielleicht würde sie später im Hotel noch die Gelegenheit haben, die schon einmal geschriebenen Worte in ihrem Gedächtnis wiederzubeleben.

Sie speicherte die erstellten Dateien mehrfach, schickte sich selbst eine Sicherungskopie per E-Mail (bloß kein Risiko mehr eingehen) und wollte ihren Laptop gerade wieder zuklappen, als ihr plötzlich noch ein Song einfiel. Ein wichtiger. Wie nur hatte sie ausgerechnet den vergessen können?

Vermutlich war ihre Mutter schuld, die ihr bereits in Teenie-Tagen gequält zugerufen hatte, sie möge dieses »von E-Gitarren begleitete Gejaule« gefälligst leiser drehen.

Mit kribbelnden Fingerspitzen tippte Luca den Namen der Interpreten – Guns n' Roses – in die Suchleiste ein und musste nur kurz scrollen, bis ihr der Titel angezeigt wurde: *Sweet Child O' Mine.*

Der Song war einige Jahre vor Lucas Geburt veröffentlicht worden, und sie hatte ihn erst spät, zu Beginn ihrer Jugend, für sich entdeckt. Was genau sie daran so fasziniert hatte, wusste sie bis heute nicht. Vielleicht das Wissen darum, dass das Stück angeblich innerhalb von nur fünf Minuten geschrieben worden und ursprünglich ein Gedicht gewesen war.

Sie drückte auf Play, schloss die Augen und ließ zu, dass die Melodie ihr Bilder hinter die Lider zauberte. Längst vergangene Sommer verschmolzen mit traumgeborenen Fantasien; Realität und Illusion wirbelten eng umschlungen durch ihre Brust und hinterließen dort ein honigwarmes Glücksgefühl.

»Hi. Kate hat gesagt, ich finde dich hier.«

Zum zweiten Mal innerhalb kürzester Zeit wurde Luca von Emilios Stimme überrascht, ohne im Entferntesten mit ihm gerechnet zu haben. Im Gegensatz zu gestern allerdings fühlte sie sich nun seltsam ertappt, als wäre er in einen sehr intimen Moment hineingeplatzt. Wenn man es genau nahm, war er das ja auch – immerhin hatte sie ihr Herz gerade ganz und gar der Musik geöffnet.

Gott sei Dank habe ich nicht auch noch mitgesungen, dachte sie und spürte, wie der Gedanke kleine Feuer in ihren Wangen entfachte. Hastig pausierte sie den Song und drehte sich zu Emilio um, der im Türrahmen stand und entschuldigend lächelte.

Cadan hatte mehrfach erwähnt, dass Emilio und er Kollegen bei der Polizei gewesen waren, und doch war Luca überrascht, ihn in Uniform zu sehen. Er war offenbar auf direktem Wege von der Arbeit in die Bücherei gekommen. Die dunkelblaue Dienstbekleidung mit dem reflektierenden Schriftzug *Garda* stand ihm ausgesprochen gut, auch (oder gerade weil) sie einen so deutlichen Kontrast zu seinem sonst sehr ausgesuchten, edlen Stil bildete. Gemeinsam mit seinen dichten Haaren, dem Dreitagebart und den stahlgrauen Augen verlieh sie ihm ein zugleich wildes und autoritäreres Äußeres.

Eine Schusswaffe trug er hingegen nicht bei sich, dafür aber einen Schlagstock. Luca meinte, einmal gelesen zu haben, dass das in Irland den Spezialeinheiten vorbehalten war. Zu einer solchen schien er also nicht zu gehören.

Von Cadan wusste sie außerdem, dass der Garda ansonsten sämtliche polizeiliche Aufgabengebiete unterlagen.

»Ich wollte dich nicht erschrecken. Sorry.«

»Schon okay. Ich war nur etwas, na ja, vertieft. Was gibt's?«

»Der Song ist klasse.« Emilio deutete auf den Laptop. »Hab ich früher rauf und runter gehört. Die Hymne meiner Jugend sozusagen.«

»Was? Wirklich?«

»Klar. Ich fand immer, der Song hat was …«

Etwas Leichtes, dachte Luca. Etwas Leichtes und Wildes, das gleichzeitig komplex und einfach war. Wie ein Duett aus unerfüllter Sehnsucht und erfüllter Liebe. Ihr gefiel die Widersprüchlichkeit, die darin lag.

»… Unkompliziertes«, sagte Emilio.

Luca blinzelte perplex. »Etwas Unkompliziertes«, wiederholte sie leise und nickte. Gedankenübertragung war offenbar nicht nur besten Freundinnen vorbehalten.

In Emilios Blick lag stummes Verstehen.

Er erstickte die verlegene Stille, die sich zwischen ihnen auszubreiten versuchte, mit einem Räuspern. »Sorry, ich bin nicht hergekommen, um dich mit meinen Songvorlieben zu nerven.«

Irgendwie erleichtert über den Themenwechsel stützte Luca die Arme auf die Lehne der Eckbank und legte den Kopf schief.

»Nicht? Womit willst du mich denn dann nerven?«

»Mit der Buchbesprechung natürlich.« Emilio stieß sich vom Türrahmen ab und trat zu Luca an den Tisch. Er setzte sich nicht hin, sondern blieb kurz vor der Bank stehen. Sie konnte sein Parfum riechen, diesen würzig-herben, schrecklich anziehenden Duft, der sich wie ein Nebel um ihre Sinne legte.

Kompliment an den Hersteller, dachte Luca trocken und zog kurz in Erwägung, sich die Nase zuzuhalten, um bei klarem Verstand zu bleiben. Sie hob das Kinn und sah zu ihm auf. »Du hast das also wirklich durchgezogen?«

»Klar. Ich halte mein Wort. Warum der skeptische Blick?«

»Weil ich mich gerade frage, ob auf Dublins Straßen so wenig los ist, dass du Zeit hast, während deiner Schicht zu lesen.«

Emilios Mundwinkel zuckten. »Autsch. Das ist mal eine fiese Unterstellung. Ich muss dich enttäuschen, es gibt in meinem Job tatsächlich was zu tun. Dafür habe ich ganz *größenwahnsinnig*«, er betonte das Wort überdeutlich, um auf Lucas gestrigen Spitznamen für ihn anzuspielen, »die Nacht zum Tag gemacht und das gute Stück in einem Rutsch durchgelesen.«

Sie zog anerkennend die Nase kraus. »Ich bin beeindruckt. Wirklich.«

»Ich auch. Also, darf ich dir erzählen, wie mir die Geschichte gefallen hat?«

»Okay, aber könntest du dich dafür vielleicht setzen? Es macht mich nervös, wenn du stehst.«

Luca merkte erst, was sie gesagt hatte, als ein kecker Ausdruck über Emilios Gesicht huschte.

»Aber natürlich.« Folgsam nahm er ihr gegenüber Platz.

Sie verdrehte die Augen. »Hey, so habe ich das nicht gemeint. Jeder macht mich nervös, wenn er steht, während ich sitze.«

»Jeder, wirklich?« Emilio seufzte theatralisch und strich sich die schwarzen Haare aus der Stirn. »Du trittst mein Ego wirklich mit Füßen, zukünftige Braut.«

Zukünftige Braut.

Da waren sie wieder, die Worte, die Vorfreude auslösen

sollten und doch das Gegenteil bewirkten. Etwas in Luca verschloss sich.

»Ach, ich glaube, dein Ego ist ganz gut gepolstert. So. Dann erzähl mal.«

Emilio faltete seine Hände auf der Tischplatte und setzte eine ernste Miene auf. Kurz dachte Luca, der jähe Stimmungswechsel wäre wieder Teil einer kleinen Inszenierung, doch das sonst so humorvolle Glitzern war aus seinem Blick verschwunden. Übrig geblieben war ein Grau, das wie die aufgeraute Oberfläche des Ozeans aussah. Eines Ozeans, der vielleicht mehr Tiefen unter seinen Wellen verbarg, als er auf den ersten Blick vermuten ließ.

Emilio holte tief Luft. »Ich fand es schlimm.«

Die Aussage schwebte ein paar Sekunden lang verloren im Raum, ehe Luca losprustete. Sie hatte mit vielem gerechnet, jedoch nicht mit einer so kurzen und vernichtenden Zusammenfassung.

»Das ist mal ein Statement.«

Emilio stimmte nicht in ihr Lachen ein. »Nein, es war nicht auf diese Weise schlimm. Es hat mich … mitgenommen. Berührt. Weil es so echt war, weißt du? Ich meine, klar, stellenweise auch ein bisschen verwirrend. Aber vielleicht hat genau das am Ende den Ausschlag gegeben.«

Interessiert beugte Luca sich ein Stück vor. »Was? Dass es verwirrend war?«

»Ja. Ich meine, alles fängt so harmlos an. Zwei befreundete Ehepaare, Sommer, Luxus … Und dann fällt alles auseinander. Plötzlich geht es um Betrug und um Selbstmord.« Emilio schüttelte den Kopf.

Er hat sich wirklich Gedanken gemacht, dachte Luca verblüfft.

»Ja, das ist schon aufwühlend. Mir ist es damals auch so gegangen, als ich die Geschichte zum ersten Mal gelesen habe. Irgendwie nimmt sie einem ein großes Stück Naivität, oder?«

»Absolut. Eins, das ich gern behalten hätte.« Emilio lachte – vermutlich, um seiner Aussage die Dramatik zu nehmen.

»Jetzt habe ich fast ein schlechtes Gewissen, dass ich dir kein fröhlicheres Buch empfohlen hab. Die gibt es nämlich auch, versprochen. Aber für den Anfang … dachte ich, es müsste etwas Aufwühlendes sein. Etwas, das du auch garantiert nicht so schnell vergisst.« Sie dachte an Kafkas berühmtes Zitat, in dem er Bücher mit Äxten verglich. »Wenn du aber weiterhin daran arbeiten willst, dein Buchmuffeltum hinter dir zu lassen, unterstütze ich dich gern auch mit leichterer Lektüre.«

Emilio sah plötzlich verlegen aus. »Das ist sehr nett von dir. Danke. Weißt du, wo wir gerade von Unterstützung reden … Eigentlich möchte ich dir auch gern meine Hilfe anbieten, Luca.«

Verdutzt runzelte Luca die Stirn. »Was? Wobei?«

»Bei den Hochzeitsvorbereitungen. Einfach, um zu zeigen, dass es mir ernst mit meiner Entschuldigung ist. Außerdem … na ja. Ich will nicht schon wieder irgendetwas überinterpretieren, aber du hast am Montag wahnsinnig gestresst ausgesehen. Wenn ich etwas tun kann, um dir unter die Arme zu greifen, sag es mir bitte. Besorgungen, Deko, Musik, Buffet – du kannst mich mit allem beauftragen, was dir einfällt. Mittwochs und donnerstags habe ich Spätschicht, kann also vor der Arbeit noch losziehen. Alternativ abends und natürlich am Wochenende. Vielleicht entlastet das Katherine ja auch ein wenig.« Er zuckte die Achseln. »Cay hat erzählt, dass sie sich ganz schön viel Stress macht. Positiven natürlich, aber trotzdem.«

Erstaunt sah Luca ihn an. Emilio wirkte nicht, als würde er scherzen, dennoch blieb ein Hauch von Misstrauen. Immerhin war er nicht einmal zur Feier eingeladen, und nun bot er sich an, Aufgaben zu übernehmen, für die normalerweise die Trauzeugen zuständig waren. Und ihre Trauzeugin wäre sicher nicht allzu erfreut darüber, wenn ihr auf einmal jemand den Posten streitig machte. Entlastung hin oder her. Kurz kam Luca der alberne Gedanke, dass Emilio doch lieber Adrian bei der Planung unterstützen könnte. Dessen bester Freund Mark nämlich zeigte in Sachen Organisation wenig Tatendrang. Als Luca der Fairness Kate gegenüber halber einmal gefragt hatte, ob er auch ein paar Punkte auf der noch offenen To-do-List zu übernehmen gedachte, hatte er ihr geantwortet, er würde an einer besonderen Überraschung für beide tüfteln – einer, die all seine freie Zeit beanspruche. Zuweilen kam Luca das wie eine Ausrede vor, doch ob sie damit recht hatte, würde sich wohl erst am Tag der Feier herausstellen.

»Ich meine das vollkommen ernst«, beteuerte Emilio, denn offenbar standen Luca ihre Zweifel ins Gesicht geschrieben.

»Aber warum?«, sprach sie aus, was als großes Fragezeichen durch ihren Kopf schwebte.

»Weil ich dich mag. Deswegen.« Er sah Luca unverwandt an. »Als Mensch. Nicht als Objekt meiner Begierde, mit dem ich durchbrennen und das ich ihrem Zukünftigen vor der Nase wegschnappen möchte.«

Ihr entging die Anspielung auf seine am Freitag benutzte Wortwahl nicht. Es wäre einfach gewesen, Emilio zu sagen, dass sie doch eigentlich gar nicht deswegen wütend gewesen war.

Doch dann, und das würde der ganzen Sache ihre Einfachheit wieder nehmen, müsste sie auch erklären, was sie stattdessen so getroffen hatte.

»Du kennst mich doch kaum. Wie kannst du dir da so sicher sein, dass du mich magst?«

Er rieb sich über das stoppelige Kinn.

»Intuition? Keine Ahnung. Ich denke, manchmal trifft man einfach auf jemanden und weiß, dass man harmoniert. Dass man sich sympathisch ist.«

»Das heißt also, du bist mir auch sympathisch?«

Luca versuchte sich an einem Pokerface, das offenbar seine Wirkung tat. Einen Moment lang wirkte Emilio, als hätte sie ihn ein wenig aus dem Konzept gebracht.

»Ähm ... na ja, ich meinte nur –«

Sie erlöste ihn mit einem Grinsen. »Schon gut, du hast ja recht. Ich mag dich auch.«

Das tat sie wirklich. Schon seit er letztes Jahr in seinem irgendwie exzentrischen, opernreifen Outfit in die Rainbow-Hearts-Library gekommen war, um sich ihr vorzustellen.

»Wenn das so ist ... Nimmst du mein Hilfsangebot an?«

Unschlüssig lehnte Luca sich zurück und verschränkte die Arme vor der Brust. Der vernünftige Teil ihres Gehirns gab ihr unmissverständlich zu verstehen, dass sie ablehnen sollte. Zum einen wegen Kate, zum anderen wegen Adrian. Wenn es ihn auch vielleicht nicht stören würde, fände Luca die Vorstellung, dass eine ihr wildfremde attraktive Frau ihn bei seiner Hochzeitsplanung unterstützte, doch reichlich befremdlich.

Außerdem wollte sie Emilio nicht das Gefühl vermitteln, dass er in ihrer Schuld stand.

Und doch ...

Doch würde es sicher Spaß machen, noch eine weitere Person ins Boot zu holen, die tatkräftig mit anpackte. Vor allem, wenn diese Person eine so positive Ausstrahlung besaß wie Emilio.

Immer noch mit sich hadernd, widerstand Luca dem Drang, an ihren Fingernägeln zu knabbern.

»Das ist ein superliebes Angebot, wirklich. Aber das kann ich nicht annehmen. Du musst doch schon deinem Dad im Restaurant unter die Arme greifen. Wo bleibt da neben der Arbeit noch Zeit für dich?«

Ertappt kratzte Emilio sich im Nacken. »Na ja, vielleicht habe ich das im Brief ein bisschen missverständlich formuliert. Ich *muss* ihm nicht helfen, ich *wollte* nur. Er hat vollstes Verständnis dafür, wenn sein Sohn bei einer jungen Dame, die er in eine wirklich unangenehme Situation gebracht hat, Wiedergutmachung leisten will.«

»Und wenn diese junge Dame dir auch so schon verziehen hat?«

»Dann wäre es mir trotzdem eine Ehre, ihr zu helfen.«

Luca kniff die Augen zusammen. »Du hast auf alles eine Antwort, oder?«

»Und du für alles eine Frage parat, stimmt's?«

Sie lieferten sich ein Blickduell, das Luca schließlich mit einem Prusten unterbrach. »Okay. Okay, ich muss vollkommen verrückt sein, aber … Willkommen an Bord, Emilio. Damit bist du dann übrigens auch zur Feier eingeladen – ich kann dich ja schlecht für mich schuften und dich dann nicht mal das Ergebnis sehen lassen.«

Es mochte Einbildung sein, doch einen Augenblick lang wirkte Emilio von der Vorstellung, Teil des großen Tages zu sein, nicht gerade übermäßig erfreut. Dann aber schlich sich das charmante Lächeln zurück auf seine Lippen. »Alles klar, klingt fair. Morelli.«

»Was?«

»Ich dachte, du brauchst vielleicht meinen vollständigen Namen. Für die Gästeliste, weißt du?« Er zwinkerte schalkhaft.

»Emilio Morelli«, wiederholte Luca und bemühte sich, ihre Stimme nicht allzu verträumt klingen zu lassen. »Das hört sich an wie der Name eines großen Künstlers.«

»Das wird ja immer bunter. Erst bin ich die allertraurigste Geschichte, die du kennst, dann größenwahnsinnig und jetzt auch noch ein großer Künstler. Alles in allem also ein trauriger, größenwahnsinniger Künstler? Vielleicht sollte ich mal über einen Berufswechsel nachdenken.«

»Ja, das würde ich dir auch ans Herz legen.«

Luca hörte ein leises Poltern aus dem Flur, das zweifellos

von der anderen Seite der Zwischentür zur Bücherei herrührte.

Offenbar war Katherine bereits dabei aufzuräumen – und das deutlich lauter als sonst. Sicher ein Wink mit dem Zaunpfahl, der Emilio mitteilen sollte, dass es an der Zeit war, Luca wieder allein zu lassen. Und er zeigte Wirkung: Tatsächlich stand der Halbitaliener nun von der Bank auf und zupfte seine Uniform zurecht.

»Ich wollte dich gar nicht weiter aufhalten, entschuldige. Was meinst du? Soll ich dann morgen Abend noch mal vorbeikommen, und du erstellst mir bis dahin eine Liste mit allem, was ich euch abnehmen kann? Vielleicht gegen 19 Uhr?«

Luca tat es ihm gleich und rutschte ebenfalls von der Bank. »Klingt gut.« Sie wippte auf den Zehenspitzen vor und zurück und verschränkte ihre Fingerknöchel ineinander. »Danke noch mal. Wirklich.«

Emilio winkte ab. »He, noch habe ich nichts gemacht. Also bis morgen. Ich gehe gleich durch die Bücherei raus, du musst mich also nicht zur Tür bringen. Ach ja, und wenn dir doch irgendwas dazwischenkommen sollte …«

»Sage ich es Mrs Redfors Blumenkübel«, vervollständigte Luca seinen Satz.

Emilio strahlte bis über beide Ohren. »Genau! Viel spannender, als übers Handy zu schreiben, oder?«

Darauf wusste Luca nichts zu erwidern.

Spannend, ja. Vielleicht auch ein bisschen unpraktisch, aber definitiv eine kreative Alternative zur herkömmlichen Art der Kommunikation.

Ungläubig sah sie Emilio nach, als er die kleine Bauernküche verließ und die Dielen mit seinen schweren Stiefeln hörbar zum Ächzen brachte. War das gerade wirklich passiert? Hatte sie Emilio Morelli tatsächlich zu ihrem persönlichen Weddingplaner gemacht? Mechanisch ging Luca zum Kühlschrank und öffnete die Tür. Was sie jetzt brauchte, waren ihre beste Freundin und ein Glas Wein.

Nicht mehr und nicht weniger.

Kapitel 7

»Noch mal: Er möchte *was?!*« Katherine ließ die Gabel, auf die sie ein Stück Melone gespießt hatte, beinahe fallen.

Nachdem sie die Türen der Rainbow-Hearts-Library für den heutigen Tag geschlossen hatten, waren sie mitsamt eines kleinen Picknickkorbs auf die Klippen gewandert und hatten sich eine freie Bank gesucht. Das Wetter ließ immer noch zu wünschen übrig, doch ihnen war nach Frischluft zumute gewesen.

Luca genoss den kühlen Wind auf ihren Wangen und war fasziniert von der Wandelbarkeit des Meeres, das doch stets die Farben des Himmels annahm: Während es an sonnigen, milden Tagen wie ein blaues seidenes Tuch unter dem Horizont lag, war es heute grau und unruhig. Ein winziger Vorgeschmack auf die Macht, die es unter einem Sturm entfesseln konnte.

Hatten Emilios Augen nicht vorhin genauso ausgesehen?

Sie wischte den Gedanken beiseite.

»Bei den Hochzeitsvorbereitungen helfen«, fasste sie noch einmal in einem Satz zusammen, was sie Katherine gerade ausführlich erklärt hatte. Diese hatte Lucas Bericht mit einem gelegentlichen »Ist nicht dein Ernst« oder einem sarkastischen »Ja, genau« kommentiert. Nun schien sie sich noch einmal rückversichern zu wollen, ob sie die Essenz des Ganzen auch wirklich begriffen hatte.

»Wow. Und zu mir hat er gesagt, er wollte mit dir über das Buch sprechen, das du für ihn ausgesucht hast. Dreist.« Kate schob sich den fast verunglückten Melonenwürfel in den Mund und kaute energisch darauf herum. »*Ganz schön* dreist.«

Ihr Beschützerinstinkt war rührend. Schon zu Schulzeiten hatten Luca und Kate immer aufeinander aufgepasst, sich solidarisch über Eltern und Männer aufgeregt und stets sichergestellt, dass es der jeweils anderen mit allem, was sie tat, gut ging.

»Mh-hm. Jedenfalls ...«, Luca drehte den Stiel ihres Weinglases zwischen den Fingern, »habe ich sein Angebot angenommen.«

Katherine fing an zu husten und klopfte sich mit der geballten Faust auf die Brust. »Sorry, verschluckt.« Sie trank etwas Wasser und setzte ein so hoffnungsvolles »Und verhört?« hinzu, dass Luca mitleidig lachen musste.

»Nein. Mit deinen Ohren ist alles in Ordnung.«

»Okay.« Kate nestelte am Verschluss der Flasche, fixierte einen Punkt in der Ferne und nickte langsam. »Okay, das kam jetzt ziemlich überraschend.«

Eine Meinung, die Luca teilte. Noch immer fühlte es sich seltsam an, Emilio zugesagt zu haben. Irgendwie leichtsinnig, wie ein Kitzeln an den Nerven. Als würde man bei Gewitter baden gehen oder ohne Helm auf ein Motorrad steigen.

»Ich weiß. Ich war mir zuerst auch ziemlich unsicher, aber dann dachte ich, warum nicht? Dass es ihm leidtut, glaube ich ihm. Er hat keine Sekunde lang mit mir geflirtet und klang so, als würde er uns beide«, Luca zeigte von Kate zu sich, »wirklich gern unterstützen wollen. Vielleicht braucht er das, um langfristig von seinem Casanovatum geheilt zu werden. Als Läuterungsprozess oder so.«

»Na klar. Versteh mich nicht falsch, ich mag Emilio unheimlich gern. Das heißt, wenn er nicht gerade meine beste Freundin anbaggert, die einen Verlobungsring am Finger trägt. Aber ganz ehrlich? Ich glaube kaum, dass er da aus seiner Haut kann. Er war von Anfang an vernarrt in dich. Sein Hilfsangebot ist also bestimmt nicht ganz uneigennützig.«

Luca knuffte ihre Freundin spielerisch in den Arm und angelte sich dann ebenfalls einen Melonenschnitz aus der Dose, die sie gepackt hatten.

»Er hat gesagt, er möchte mir helfen, weil er mich als Menschen mag. Nicht, weil er mir – wie war das noch? – meinem Ehemann vor der Nase wegschnappen will.«

Katherine grunzte. »Wie großzügig von ihm.«

»Ja«, sinnierte Luca mit erhobener Gabel, »in ihm steckt wohl doch ein echter Gentleman.«

»Na, da bin ich ja mal gespannt auf seine Selbstdisziplin. Wehe, er hält sich nicht daran. Dann kriegt er's mit mir zu tun.« Kate machte eine Pause, in der sie über ihre eigenen Worte nachzudenken schien. »Es sei denn natürlich, du möchtest das«, ergänzte sie. »Dann höre ich sofort auf, mich zu deinem Bodyguard aufzuspielen.«

Schlagartig verlor der Wind seine kühlende Wirkung und wurde von einer verräterischen Wärme abgelöst, die über Lucas Glieder kroch.

»Was? Nein! Warum sollte ich wollen, dass er mit mir flirtet?«

Sie hörte es selbst: Ihre Stimme war eine Nuance zu hoch, die Betonung überdeutlich. Jetzt bitte nicht noch rot werden, flehte sie ihr Innerstes an, obwohl sie sich vermutlich genauso gut hätte auffordern können, nicht an einen blauen Elefanten zu denken.

»Keine Ahnung.« Kate legte den Kopf in den Nacken und schloss die Augen. »Aber wenn es so ist, kannst du es mir sagen. Du kannst mir *alles* sagen. Auch, dass es dir vielleicht wirklich nicht gut geht.«

»Puh.« Luca lachte gekünstelt. An ihrem Kiefer zuckte ein Muskel. Sie wusste, dass jeder noch so alberne Gedanke bei ihrer besten Freundin gut aufgehoben war. Dennoch brachte sie es nicht über sich, ihr zu gestehen, dass sie Emilios Aufmerksamkeit ein Stück weit genoss – vorausgesetzt natürlich, er überschritt dabei nicht so viele Grenzen, wie er es am Samstag getan hatte.

Dieses kleine Geheimnis gehörte nur ihr allein. Ebenso wie jenes, dass Emilio mit seiner Beobachtung einen wunden Punkt getroffen hatte. Nein, sie würde Kate nicht in Sorge versetzen. Dafür war der Abend zu schön.

»Ich fühle mich ein bisschen wie damals, als mein Vater mit mir *das* Aufklärungsgespräch geführt hat«, sagte sie beschwörend, ohne auf Kates letzten Satz einzugehen. Noch heute musste sie über seine unbeholfenen Versuche schmunzeln. Von Adrian einmal abgesehen, freute sie sich am meisten darauf, ihn zu sehen. Martin und Anette Winkler lebten seit geraumer Zeit getrennt; er in Heidelberg, sie nach wie vor in München. Luca hatte ihren Vater eine halbe Ewigkeit nicht gesehen, auch wenn sie regelmäßig miteinander telefonierten.

»Echt? So schlimm?«

»Du machst dir keine Vorstellung.«

Katherine öffnete ein Auge und grinste, doch Luca wurde wieder ernst.

»Es geht bei dieser Sache mit Emilio nur um die Hochzeit. Darum, das Bestmögliche aus dem Tag herauszuholen. Und wenn er dazu beitragen möchte, kann er das gern tun. Sobald er irgendetwas anderes versucht«, sie nahm sich noch ein Stück Melone, »platzt unsere Vereinbarung. Ganz einfach.«

»Ganz einfach«, wiederholte Kate und klang dabei ironischerweise, als prophezeite sie das genaue Gegenteil. »Dein Wort in Gottes Ohr.«

∗∗∗

Der Mittwoch flog mit mächtigen Schwingen dahin.

In der Rainbow-Hearts-Library gab es viel zu tun; eine Touristengruppe entdeckte die bunte Bücherei und hielt Kate und Luca beinahe den ganzen Vormittag lang in Atem. Nachdem ihnen nämlich erklärt worden war, was es mit der Schreibecke und dem Briefeverstecken auf sich hatte, waren die größtenteils älteren Herrschaften nicht mehr zu bremsen und schwangen munter die Kugelschreiber. Wer gerade nicht schrieb, las oder überlegte, welchem Buch er seine Zeilen anvertrauen wollte, war in Plauderlaune und fragte nach Sehenswürdigkeiten und Geheimtipps in und um Howth.

Nach der Mittagspause, in der Sophie spontan mit einem Korb selbst gebackener Kekse vorbeikam, kümmerte Katherine sich um eine Leserin, die Probleme hatte, sich für das Online-Lesen anzumelden (mit dem Tablet, das ihr Enkel ihr geschenkt hatte, kam sie partout nicht zurecht, wollte die Handhabung aber unbedingt bis zu ihrem Urlaub lernen, um nicht sieben Bücher in ihrem Koffer mitschleppen zu müssen). Während ihre Freundin also geduldig erklärte, übernahm Luca am Tresen den normalen Leih- und Rückgabebetrieb, wickelte zwei Verkäufe ab und widmete sich nebenbei noch der Einarbeitung frisch eingetroffener neuer Romane.

Als sie die Türen der Rainbow-Hearts-Library um 18 Uhr schlossen, war Luca erschöpft, aber zufrieden. Sie liebte das Gefühl, produktiv gewesen zu sein – egal, in welcher Hinsicht –, und freute sich, mit Emilio gleich daran anzuknüpfen. Kate versicherte ihr, sie dürfe sich großzügig an allem bedienen, was sich im Kühlschrank befinde. Sie selbst nämlich war nach Feierabend am Bahnhof mit Cadan verabredet; sie wollten sich in Dublin einen Film ansehen und danach eine Kleinigkeit essen gehen.

»Und du willst wirklich nicht mitkommen?«, fragte ihre beste Freundin sie schmollend, als sie einander wenig später in der Tür verabschiedeten. »Wir freuen uns ehrlich, wenn du dabei bist. Du warst außerdem noch nie in einem irischen Kino, oder? Das gehört definitiv zu den Dingen, die man vor seiner Hochzeit mal gemacht haben sollte.«

Luca lachte. »Du willst mich ja bloß nicht mit Emilio allein lassen.«

»Möglich.«

Sie umarmten sich zum Abschied, und Kate war exakt eine halbe Stunde aus dem Haus, als Emilio an der Tür klingelte.

Luca schmunzelte. Es war Punkt 19 Uhr, keine Sekunde früher oder später. Sie stellte sich vor, wie er draußen gestanden hatte, den Finger über dem Klingelknopf schwebend und sein Handydisplay beobachtend, bis es die vereinbarte Zeit anzeigte.

Luca erwischte sich dabei, dass sie ihre Frisur (einen hohen Dutt) kritisch im Spiegel beäugte und zurechtrupfte, ehe sie die Tür öffnete.

»Hi, Luca.«

Heute trug Emilio keine Uniform, sondern war wieder gewohnt chic unterwegs: dunkle Chinohose, helle Wildlederslipper und ein schmeichelhaft eng sitzendes Hemd. Luca hatte das Gefühl, als hätte sein Gesicht innerhalb eines einzigen Tages noch mehr an Farbe gewonnen; seine Haut schien jeden einzelnen Sonnenstrahl bereitwillig aufzusaugen und in eine satte goldene Bräune zu verwandeln. Je dunkler sein Teint wurde, desto bemerkenswerter trat der faszinierende Kontrast zu seinen hellgrauen Augen in Erscheinung.

»Hi, Emilio.« Sie machte einen Schritt zur Seite, um ihm zu signalisieren, dass er hereinkommen sollte. Als er an ihr vorbei ins Haus trat, folgte ihm der betörend zitronig-holzige

Duft, den Lucas Sinne bereits auf ihrem Junggesellinnenabschied deutlich zur Kenntnis genommen hatten.

Verschämt fragte sie sich, ob es unangebracht wäre, ihn nach Marke und Namen seines Parfums zu fragen, um Adrian eine Flasche davon zu schenken.

»Gehen wir in die Küche?«

»Gern.«

Sie setzten sich gegenüber voneinander hin, zwischen ihnen eine Schüssel mit Knabberkram, zwei Gläser und eine Karaffe Limonade, die Luca noch eilig bereitgestellt hatte.

»Alles klar.« Emilio schenkte ihnen beiden ein, fing mit dem Zeigefinger einen Tropfen auf, der an seinem Glas hinunterrann und blickte erwartungsvoll drein. »Dann lass mal hören, was so anliegt. Ich bin gespannt.«

Luca runzelte belustigt die Stirn. »Immer noch so motiviert? Ich bin beeindruckt.«

Sie zog einen zusammengefalteten Zettel aus ihrer Laptoptasche und schob ihn Emilio über den Tisch hinweg zu. Luca hatte die Liste während der Mittagspause in der Schreibecke der Bücherei zusammengetragen; natürlich auf dem hübschen Regenbogenpapier, von dem Kate erst am Morgen ein neues Paket erhalten hatte und das bereits so fleißig von der Rentnergruppe beschrieben worden war. Schon zu Fionas Zeiten hatte Mr Darson, Inhaber einer kleinen, von außen unscheinbaren Papeterie, die Luca sehr mochte, sich um die charakteristischen Umschläge und Briefbögen gekümmert.

Ursprünglich hatte sie auch die Save-the-Date- und die Einladungskarten zur Hochzeit bei dem quirligen Iren anfertigen lassen wollen, doch Adrian hatte einen alten Kumpel unterstützen wollen, der sich mit der Gestaltung von Karten und Websites etwas dazuverdiente. Wenn Luca es sich recht überlegte, war es das erste und letzte Mal gewesen, dass Adrian sich aktiv in die Planung mit eingebracht hatte.

»Motiviert ist gar kein Ausdruck«, beteuerte Emilio feixend und senkte seinen durchdringenden Blick auf die Liste.

Folgende Punkte hatte Luca darauf notiert:

- *Wegweiser für Strecke zur Burg gestalten*
- *Programmheft für Trauung/Menükarten entwerfen und drucken (spät. 3 Tage vor Hochzeit Mr Darson Bescheid geben)*
- *superkreativen Aperitif überlegen*
- *Eheversprechen verfassen*
- *Rede vorbereiten für Feier*
- *Spiele und Bräuche?*
- *für Frisur und Make-up entscheiden (von Kate stylen lassen o. doch allein machen?)*
- *Getränke kaufen*
- *Buffet evtl. doch noch aufstocken?*

Der Vollständigkeit halber hätte sie die Aufzählung noch um die nach wie vor bestehende Hochzeitstanzproblematik ergänzen sollen, doch aus irgendeinem Grund schämte Luca sich, das Thema vor Emilio aufzugreifen. Nicht einmal mit Kate sprach sie gern darüber, denn sonst hätte sie früher oder später zugeben müssen, dass es ihr allmählich doch etwas ausmachte, nicht eine Sekunde lang mit Adrian geübt zu haben.

»Ganz so viel ist es gar nicht mehr«, bemerkte Luca, während Emilio las. »Die Deko für die Rainbow-Hearts-Library hat Kate total im Griff, da mische ich mich nicht mehr ein. Für den Blumenschmuck ist gesorgt, mein Torten-Problem ist gelöst und mit der Playlist werde ich auch noch fertig.«

Emilio machte ein brummendes Geräusch, das wohl Zustimmung vermitteln sollte, legte die Liste ab und strich sie mit der Handkante glatt. »Ich glaube, den superkreativen Aperitif finde ich am besten. Klingt nach einer Herausforderung, aber nach einer guten.«

Luca nickte. »Ich möchte keinen klassischen Sektempfang,

weißt du? Irgendwas Besonderes. Am besten etwas Selbstge-mixtes, das dann nach Adrian und mir benannt wird. Da müsste ich noch mal ein bisschen herumexperimentieren.«

»Das solltest du nicht allein machen. Du brauchst jeman-den, der deine Kreationen bewertet. Ich opfere meine Ge-schmacksnerven gern.«

Luca lachte auf. »Beeindruckend, deine Selbstlosigkeit.«

»Ich weiß, ich weiß.« Emilio sah noch einmal auf den Zet-tel. »Was ist mit einem Gästebuch?«

»Oh, darum hat Kate sich auch gekümmert. Sie hat eine Art Hochzeitszeitung entworfen, an der wohl alle Gäste mit-wirken sollen. Keine Ahnung, wie genau das aussehen soll, aber ich bin sicher, das wird großartig.«

»Alle Achtung.« Emilio pfiff leise durch die Zähne. »Das klingt wirklich gut. Und beim Buffet und den Spielen bezie-hungsweise Bräuchen bist du dir unsicher? Wegen der Frage-zeichen, meine ich?«

Luca neigte abwägend den Kopf. »Tja, das ist so eine Sa-che. Ich war in meinem Leben erst auf zwei Hochzeiten, hatte da aber eher das Gefühl, dass die Spiele gestört haben und fast etwas Zwanghaftes an sich hatten. Irgendwie hatte keiner so richtig Spaß daran. Ich meine, die Leute haben *so* geguckt.« Konzentriert imitierte sie die wenig begeisterten Gesichtsaus-drücke der Leute und übertrieb dabei bewusst, um Emilio den Ernst der Lage zu verdeutlichen.

Er beobachtete das Schauspiel sichtlich amüsiert. »Okay, das scheint dich wirklich geprägt zu haben.«

»Total! Und wir sind nicht gerade die größte Hochzeitsge-sellschaft. Umso wichtiger, dass alle gut drauf sind und Stim-mung machen.«

»Sind Spiele denn in Deutschland so ein Riesending?«

Luca zuckte die Achseln. »Ich denke schon. Ich höre je-denfalls immer wieder davon.«

»Verrückt. Auf italienischen Hochzeiten wird in der Regel

so gut wie gar nicht gespielt. Dafür gibt es eine Menge cooler Bräuche, genau wie in Irland. Ich kann ein bisschen was zusammenschreiben, wenn du willst, und du suchst dir dann in Ruhe etwas aus, was dir gefallen könnte. Das betrifft übrigens zum Teil auch Frisuren. Wir schlagen also möglicherweise gleich mehrere Fliegen mit einer Klappe.«

»Frisuren?!«

»Ja. Ein geflochtener Zopf zum Beispiel steht in Irland für Kraft und Glück.«

Luca überlegte. Bisher hatte sie sich an ihrem großen Tag nur mit zusammengesteckten oder allenfalls mit halb offenen, kunstvoll gelockten Haaren gesehen. Sicher würde man den blauen Blumenkranz, den sie zu tragen gedachte, aber auch mit kunstvoller Flechtkunst gut in Szene setzen können. Ihr gefiel der Gedanke, ein paar der Traditionen des Landes, in dem sie heiratete, zu übernehmen. Überhaupt erschien es ihr deutlich charmanter, Bräuche anstelle von Spielen in die Feier zu integrieren.

»Lass mal einen hören«, forderte sie Emilio auf, der sie – verständlicherweise – ratlos ansah. Immerhin hatte er ihren Gedankengang ja nicht verfolgen können.

»Was?«

»Einen lustigen italienischen oder irischen Brauch.«

»Ach so. Klar, warte.« Emilio überlegte kurz. »Das betrifft zwar die Zeit vor der Hochzeit, aber dort, wo mein Vater herkommt, macht man seiner Traumfrau üblicherweise einen Antrag, indem man ihr einen Holzklotz vor die Tür legt.«

Ungeniert prustete Luca los. »Du veräppelst mich!«

»Nein! Wirklich wahr. Wenn sie ihn sich ins Haus holt, heißt das, sie sagt Ja. Wenn sie ihn von der Tür wegstößt ...«

»Stößt sie auch ihren Liebsten von sich weg?«

»Jap. Genial, diese Symbolkraft, oder?«

»Mehr als genial. An so einen Antrag erinnert man sich bestimmt ewig.«

»Wie war deiner?«, fragte Emilio unvermittelt.

»Wie bitte?«

»Dein Antrag. Was hat dein Freund sich für dich ausgedacht?«

»Oh. Ähm.« Luca hatte das Gefühl, sich einen Fixpunkt im Raum suchen zu müssen, um nicht Gefahr zu laufen, von Emilios Augen eine Wertung abzulesen. Bis auf Kate hatte jeder in ihrem Umfeld – von ihren Eltern bis hin zu Freunden und Kollegen – regelrecht enttäuscht auf ihre Nacherzählung des Tages reagiert, von dem die Gesellschaft doch erwartete, er müsse etwas ganz Besonderes sein. In ihrem Fall nämlich hatte es kein Meer aus Rosenblüten gegeben, kein Herz aus brennenden Kerzen, keinen Kniefall vor einer schönen Kulisse. Sie hatten nach einem normalen Arbeitstag beisammengesessen, Adrian hatte gekocht und Luca auf ihrem Dessertteller den Ring serviert.

Sie war überrascht und glücklich gewesen und hatte in diesem Moment keinen Gedanken daran verschwendet, dass es weitaus kreativere und spektakulärere Möglichkeiten gab, die Frage aller Fragen zu stellen. Erst der Dialog mit anderen hatte Luca ins Grübeln gebracht, und sie ärgerte sich darüber, sich von all den schillernden Geschichten beeinflusst haben zu lassen.

Denn inzwischen konnte sie selbst nicht mehr an Adrians Antrag zurückdenken, ohne sich zu fragen, ob er wirklich so lieblos gewesen war, wie ihre Gesprächspartner es (mal direkt, mal durch die Blume) dargestellt hatten.

»Er war … schön. Für mich jedenfalls. Nichts Großes, einfach nur wir zwei zu Hause, aber ich hatte in der Richtung auch nie irgendwelche Ansprüche.« Knapp berichtete Luca, wie der Abend damals abgelaufen war, und merkte, dass ihre Worte fast wie auswendig gelernt klangen. Vor allem jene Stellen, an denen sie betonte, wie schön sie alles trotz oder gerade seiner Einfachheit halber in Erinnerung hatte.

»Wieso rechtfertigst du dich? So was muss doch nicht immer ein riesengroßes Brimborium sein«, sagte Emilio und irritierte Luca damit so sehr, dass sie ihn prüfend ansah. Ob er sich wohl über sie lustig machte?

Ihr wurde klar, dass sie von jemandem wie Emilio am allerwenigsten erwartet hatte, dass er sich positiv über etwas Schlichtes äußerte – vor allem vor dem Hintergrund, dass er angenommen hatte, Luca sei in ihrer Beziehung nicht glücklich. Dennoch wirkte er nicht, als würde er ihr zuliebe lügen.

Nein, soweit Luca es beurteilen konnte, meinte er tatsächlich ernst, was er sagte.

»Findest du?«, fragte sie, ohne ihr Erstaunen verbergen zu können.

»Ja, klar. Wenn es sich für Adrian und dich gut und richtig angefühlt hat, ist das doch prima. Letztlich wünschen viele sich diese hollywoodreifen Inszenierungen doch auch nur, um schöne Fotos für Instagram und Co. zu haben und dann untereinander wetteifern zu können, oder? Kann sein, dass ich da Vorurteile habe, aber so empfinde ich es manchmal.«

»Wow.« Luca lehnte sich zurück und verzog anerkennend die Mundwinkel. »Wo wir gerade bei Vorurteilen sind: Ich hätte dich auch Team Hollywood zugeordnet, wenn ich ehrlich bin.«

Emilio schnaubte. »Nur wegen meiner umwerfenden Ausstrahlung? Frechheit.«

Kurz spielte Luca mit dem Gedanken, eine der gesalzenen Erdnüsse aus der Schale vor ihr nach Emilio zu werfen, kam aber zu dem Schluss, dass es zu schade um den leckeren Snack wäre, ungegessen auf dem Küchenboden zu landen.

»Mr Größenwahn ist zurück. Ich habe ihn schon fast ein bisschen vermisst.«

»Verständlich, Mylady«, seufzte Emilio melodramatisch. »Ihr habt mir nicht minder schlimm gefehlt.«

Luca überlegte sich bereits eine passende Erwiderung, mit

der sie ihre kleine zynische Unterhaltung vorantreiben konnte, als sie registrierte, wie er wieder ernster wurde.

»Entschuldige, ich habe versprochen, dir zu helfen. Albern sein kann ich auch später noch.« Er nahm Lucas Liste wieder zur Hand. »Was hat es mit dem Fragezeichen hinter dem Buffet auf sich?«

Luca hatte Mühe, sich dem jähen Stimmungswechsel anzupassen.

Sie fand es rührend, wie wichtig Emilio es nahm, sein Wort zu halten und sie zu unterstützen. Gleichzeitig hatte sie aber den Eindruck, dass er in dieser Hinsicht ein wenig zu hart mit sich selbst ins Gericht ging. Er sollte sich und seine Art in ihrer Gegenwart nicht einschränken oder das Gefühl haben müssen, sich auf dünnem Eis zu bewegen.

»Emilio, von mir aus kannst du albern sein, wann immer du willst. Ich bin mittlerweile sogar fast schon froh darüber, dass du am Freitag so neben der Spur warst. Sonst hättest du dich nicht entschuldigen müssen und wärst auch nicht auf die Schnapsidee gekommen, meine Hochzeit mit mir zu planen.«

Sie konnte die Last förmlich von seinen Schultern fallen hören. Er wirkte schlagartig wie befreit; das offene Grinsen kehrte zurück in sein Gesicht und zauberte etliche kleine Lachfältchen hinein.

»Schnapsideen waren schon immer die besten.«

Kapitel 8

Sie kamen ausgezeichnet voran. Nachdem Emilio Luca auch zum letzten auf der Liste mit einem Fragezeichen versehenen Punkt befragt hatte – sie war unsicher gewesen, ob das wenig reichhaltige, ausschließlich kalte Buffet, das sie vor Monaten bei einem Caterer beordert hatte, wirklich ausreichend sein würde –, war ihm auch dafür sofort eine Lösung eingefallen: Er würde seinen Vater fragen, ob dieser ein paar warme Spezialitäten beisteuern könnte.

»Mein Dad liebt es, Menschen mit seinem Essen glücklich zu machen«, hatte Emilio beteuert, »wenn diese Menschen auch noch mit seinem Sohn befreundet sind, umso besser. Glaub mir, das wird toll.«

Sollte es in diesem Tempo weitergehen, dachte Luca, als sie Emilio schließlich verabschiedete, würde sie die Planung tatsächlich mehr als pünktlich abschließen und vor der Feier vielleicht sogar noch ein bisschen ausspannen können.

Schon am Folgeabend kam Emilio mit den versprochenen Vorschlägen zu Bräuchen und Spielen wieder und überbrachte außerdem die frohe Kunde, dass sein Vater sich des spontanen Buffet-Upgrades ohne zu zögern angenommen hatte.

Er überreichte Luca eine Speisekarte des Il Gusto und legte ihr ans Herz, dass sie sich aussuchen sollte, was immer sie wollte; sein Vater würde ihr daraufhin ein faires Angebot mit ›exklusivem Braut-in-spe-Rabatt‹ zukommen lassen.

Doch damit nicht genug: Sogar Bilder von Frisuren und Ideen für ein Braut-Make-up hatte Emilio mitgebracht. Bereitwillig übergab er Luca und Kate, die dieses Mal mit von der Partie war, sein Handy, ließ sie durch seine Galerie scrollen und ihre Favoriten markieren. Die fertige Auswahl schickte Katherine an sich selbst (Luca und Emilio hatten noch immer keine Nummern getauscht). Auch Cadan saß an diesem Abend bei ihnen am Tisch. Er wollte mit Luca noch das Fotoshooting durchgehen, das auf den Klippen geplant war.

»Emilio würde sich bestimmt gern zu Übungszwecken zur Verfügung stellen, hab ich recht?«, witzelte Kate und setzte damit den Startschuss für ein hitziges, aber dennoch sehr unterhaltsames Wortgefecht zwischen den beiden.

Als Emilio und Cadan schließlich aufbrachen, zogen Luca und Kate sich nach oben zurück, um sich an ein paar der ausgesuchten Frisuren zu versuchen. Während Luca im Schneidersitz auf dem Bett saß und sich abermals durch Emilios Bräuche-und-Spiele-Notizen las, die sie auf ihrem Schoß ausgebreitet hatte, flocht Katherine ihr geduldig die Haare.

»Und? Ist was dabei, was dir gefällt?«

Luca hielt sich im letzten Moment davon ab zu nicken – auf keinen Fall wollte sie zerstören, was ihre beste Freundin dort in so mühseliger Arbeit an ihrem Hinterkopf zauberte.

Sie zögerte mit ihrer Antwort. Ihr gefiel vor allem die Tradition, das tanzende Brautpaar mit Luftschlangen einzuwickeln, um damit gute Wünsche zu symbolisieren, aber es gab noch immer keine Fortschritte hinsichtlich einer Liedauswahl für die Eröffnung der Tanzfläche.

Sie nahm sich vor, Adrian am nächsten Tag anzurufen und nicht aufzulegen, ehe sie sich beide auf einen Song geeinigt hatten. Vielleicht musste sie ihm in dieser Sache einfach die Pistole auf die Brust setzen.

»Ich weiß auch nicht. Das ist alles ganz schön, aber irgendwie passt nichts so richtig. Ich meine, es gibt einen italienischen Brauch, der beinhaltet, dass das Brautpaar den ganzen Abend über immer wieder von den Gästen dazu aufgefordert wird, sich zu küssen. Superniedlich, aber ob da nicht irgendwann doch jeder genervt von sein wird? Außerdem ist da noch diese Scherbensache ... Wir werfen eine Vase auf den Boden, und die Anzahl der Scherben gibt dann Aufschluss über unsere glücklichen Jahre miteinander. Witzig, keine Frage, aber das können wir weder vor der Burg noch in der Rainbow-Hearts-Library machen. Am Ende übersehen wir beim Wegräumen etwas und jemand verletzt sich.«

Luca sah ihre Tante Helga, die seit jeher als Unglücksrabe der Familie galt, förmlich vor sich, wie sie, einer Ohnmacht nahe, Scherben aus den Sohlen ihrer geliebten grellpinken Pumps zog.

»Hm ... Also doch Ballontanz und Reise nach Jerusalem?« Katherines Grinsen schwang in ihrer Stimme mit.

Luca stöhnte auf. »Bitte nicht!«

»Nein, keine Sorge. Wenn nichts Passendes dabei ist, dann eben nicht. Ich meine, wir werden ganz sicher auch so Spaß haben.«

»Du hast recht. Wer, wenn nicht wir?«

Kate war gerade dabei gewesen, eine Strähne abzuteilen, und hielt nun mitten in der Bewegung inne. »Lu?«

»Ja?«

»Hör mal, da gibt es etwas, das ich dir –«

Die wilde Melodie eines Handyklingeltons schnitt ihr das Wort ab. »Oh, warte kurz, da muss ich rangehen. Bin gleich wieder da.« Sie befestigte ihr bisheriges Werk eilig mit einer

Haarnadel an Lucas Hinterkopf, zog ihr Smartphone aus der Hosentasche und ging aus dem Zimmer.

»Ja? Wie schön, dass du anrufst. Was sagst du? Ja, Moment ...«

Luca hörte, wie ihre Freundin sich auf leisen Sohlen die Treppe hinunterbewegte. Einen kurzen Moment lang war sie gekränkt darüber, dass Kate nicht offen vor ihr sprechen wollte.

Dann fiel ihr ein, dass das Telefonat womöglich mit ihrer Hochzeit und einer dafür geplanten Überraschung zusammenhing.

Oder, dachte Luca verschmitzt, es ist einfach Cadan und die zwei führen eines solcher Paargespräche, bei denen man eben keinen Dritten in Hörweite haben möchte. Ganz egal, wie gut und wie lange man diesen Dritten schon kannte.

Sie stand vom Bett auf, ging zu Kates verspiegeltem Schrank hinüber und drehte sich so in Position, dass sie einen Großteil ihrer Frisur darin erkennen konnte.

Der leicht schräg sitzende Kranz aus kräftigen geflochtenen Strähnen, die, um noch mehr Fülle zu erlangen, sanft auseinandergezogen worden waren, gefiel ihr ausgezeichnet.

Luca fand, dass er ihr sogar etwas Elfenhaftes verlieh, das sich wunderbar in die urige Kulisse der Trauung einfügen würde.

»Sorry.« Kate kam zurück ins Zimmer, die Wangen leicht rosig, als hätte sie sich aufgeregt.

Luca drehte sich zu ihr um. »Alles in Ordnung?«

»Ja. Alles gut.« Sie lächelte, doch es wirkte irgendwie gezwungen. Auf einmal hatte Luca ein seltsames Gefühl. Eines, das sie nicht benennen konnte, jedoch am ehesten mit einer Vorahnung zu vergleichen war. Einer unguten Vorahnung.

»Was wolltest du mir eben sagen, bevor der Anruf kam?«

»Puh, keine Ahnung. Gott, ich bin echt vergesslich in letzter Zeit.«

Kritisch betrachtete Luca ihre beste Freundin. Sie kannten einander zu gut, um eine Lüge vor der jeweils anderen zu verbergen. Und Kates Gesicht verriet zweifelsfrei, dass sie nicht die Wahrheit sagte. Ob es bei alldem wirklich nur um ihre Hochzeit ging?

Luca zögerte. Sollte sie nachhaken oder nicht? Nein. Nein, vermutlich war es besser, es gut sein zu lassen. Warum auch immer Kate beschlossen hatte, ihr etwas verschweigen zu müssen, sie würde ihre Gründe haben.

»Wenn es dir wieder einfällt, kannst du es mir sagen. Du kannst mir *alles* sagen.« Luca verwendete bewusst dieselben Worte, die auch Kate während ihres kleinen Picknicks auf den Klippen an sie gerichtet hatte.

»Ich weiß.« Ihre beste Freundin nickte dankbar. »Danke, Lu.«

»Keine Ursache.«

Letztlich, dachte sie und wandte sich wieder dem Spiegel zu, haben wir wohl alle unsere kleinen Geheimnisse.

Kapitel 9

Luca schlief schlecht in dieser Nacht.

Sie träumte von ihrem und Adrians Tanz. Unter den Augen aller Gäste bewegten sie sich steif hin und her, die Gesichter voneinander abgewandt, die Hände dafür aber umso fester miteinander verschränkt. So sehr Luca sich auch anstrengte, den Kopf zu drehen, um Adrian ansehen zu können, es wollte ihr nicht gelingen.

Und noch etwas war komisch: Kein Geräusch war zu hören. Niemand flüsterte aufgeregt, niemand lachte – und vor allem fehlte die Musik. Es war totenstill in der Rainbow-Hearts-Library.

Als sie aufwachte, klebte ihr Top schweißnass an ihrer Haut.

Alles ist gut, beruhigte sie ihren rasenden Herzschlag, nur ein Traum. Sie blinzelte in das noch fahle Licht der Morgendämmerung, das durch das Fenster des Hotelzimmers fiel, und ließ ihrem Körper ein paar Sekunden Zeit, sich wieder in der Realität zurechtzufinden.

Bei Gott, der fehlende Song für den nicht einstudierten Hochzeitstanz beschäftigte sie mehr, als sie vermutet hatte.

Wie spät mochte es sein? Luca drehte sich auf die Seite, griff ihr Handy vom Nachttisch und aktivierte das Display. Halb fünf – in Deutschland aufgrund der Zeitverschiebung von einer Stunde also halb sechs.

Eine Zeit, zu der Adrian unter der Woche schon wach war, denn er verließ das Haus in der Regel pünktlich um 6 Uhr und legte großen Wert darauf, vorher in Ruhe seinen Kaffee zu trinken und auf seinem Tablet durch die Nachrichten des Tages zu scrollen.

Er liebte Routinen, tapezierte seinen Alltag geradezu fanatisch mit ihnen. Was für ihn ein stabilisierendes Gerüst war, empfand Luca zuweilen jedoch eher als Gefängnis denn als Stütze.

Freitags immerhin machte er hin und wieder eine Ausnahme, indem er von seiner gewohnten Aufstehzeit abwich. In einem Akt für ihn untypischer Spontaneität kam es dann vor, dass er sich ein wenig später auf den Weg in die Bank machte, doch darauf konnte und wollte Luca heute keine Rücksicht nehmen.

Ächzend setzte sie sich auf, tippte in der Anrufliste auf Adrians Namen und lauschte gebannt auf das Freizeichen.

Er ließ sie nicht lange warten.

»Luca? Alles okay?«

Der vertraute Klang seiner Stimme ließ eine Welle der Erleichterung über ihre verspannten Schultern hinweggleiten.

»Entschuldige, dass ich so früh anrufe. Ich musste kurz deine Stimme hören.«

»Ist was passiert?«

»Nein … nein, alles gut. Ich bin nur schon wach und dachte, ich klingle mal durch. Wir haben ja jetzt ein paar Tage nicht mehr gesprochen.«

Sie hörte, wie Adrian von etwas abbiss. Vermutlich von

seinem obligatorischen Roggenbrötchen mit Johannisbeergelee, das er Morgen für Morgen aß, seit er ein kleiner Junge gewesen war.

»Es war superviel los, und mein Chef hatte wieder mal ein paar Extra-Projekte für mich. Jetzt, wo ich so lange am Stück im Urlaub sein werde, lässt er mich natürlich noch einiges abarbeiten.«

»Das sollte kein Vorwurf sein«, beeilte Luca sich zu sagen. »Hier war auch viel zu tun. Wir … wir kommen mit den Vorbereitungen echt gut voran, weißt du?«

»Schön. Freut mich.«

Luca erwischte sich dabei, wie sie die Augen verdrehte. Viel Arbeit und dadurch ein voller Kopf hin oder her, aber war es denn zu viel verlangt, einmal nachzufragen, was es in Sachen Planung Neues gab? War es Adrian wirklich so gleichgültig, was sie für eine Feier haben würden, oder vertraute er Luca in dieser Sache einfach nur blind?

Sie brannte darauf, ihn genau das zu fragen, doch das würde ihn nur zusätzlich aufregen. Zusätzlich deshalb, weil Luca nun etwas anderes aussprach, was das Potenzial besaß, seine morgendliche Ruhe zu stören: »Wir brauchen jetzt nur noch dringend einen Song. Ich war dahingehend ja die ganze Zeit entspannt, aber das macht mich langsam doch richtig nervös.«

Adrian seufzte.

Es war nicht schwer zu erraten, was er dachte – nämlich, dass seine Verlobte schrecklich viel Langeweile haben musste, wenn sie auf die Idee kam, ihn in aller Herrgottsfrühe wegen so einer Lappalie anzurufen.

»Haben wir nicht beide gesagt, dass der Tanz uns nicht wichtig ist?«

»Der Tanz an sich nicht, aber die Musik. Das ist schon etwas Besonderes. Ich meine … Die Vorstellung, irgendwann im Alter mal deine Hand zu halten und zu sagen »Das ist unser Song«, wenn wir ihn im Radio hören, ist doch schön, oder nicht?«

»Na klar. Aber hör mal, Lu, das hat trotzdem noch Zeit, bis –«

»Bis du da bist? Ich finde nicht. Du würdest mir wirklich einen Gefallen damit tun, wenn du dir auch ein paar Gedanken dazu machen würdest.«

»Okay, *das* ist jetzt aber ein Vorwurf. Ich denke, es macht dir Spaß, alles selbst zu organisieren!«

Erneut schluckte Luca den Protest, der ihr auf der Zunge lag, hinunter. Sie wusste, dass es keinen Sinn hatte zu diskutieren, wenn Adrian sich angegriffen fühlte. Schon gar nicht, wenn sie einander nicht gegenüberstanden.

»Such du dir doch einfach einen aus, okay?«, schlug er vor, als Luca nichts sagte. »Den nehmen wir dann.« Adrian klang versöhnlich, doch was er sagte, verletzte Luca nur umso mehr. Sie kam sich vor wie ein kleines, störendes Kind, dem man einen Lolli anbot, damit es still war und die Erwachsenen in Ruhe ließ.

»Klar.«

»Siehst du. Schreib mir, wenn du dich für einen entschieden hast.«

»Mach ich. Schönen Arbeitstag dir.«

»Dir auch, ich liebe –«

Luca legte auf, bevor er die mit den Jahren in Fleisch und Blut übergegangene Verabschiedung aussprechen konnte.

Sie war nicht in der Stimmung, sie zu erwidern.

***

Erst am frühen Nachmittag machte Luca sich auf den Weg in Rainbow-Hearts-Library. Sie hatte Kate geschrieben, dass es ihr nicht gut gehe und sie sich noch ein wenig hinlegen wolle, und sie hatte tatsächlich den halben Tag im Bett verbracht.

Nebenbei hatte sie sich durch etliche Playlists gehört, ohne zu einem Ergebnis zu kommen. Es war wie verhext: Ihr wollte partout kein Lied einfallen, das ihnen beiden gefiel und, im besten Fall, auch noch an einen schönen gemeinsamen Moment erinnerte.

Hatten sie überhaupt jemals bewusst Musik miteinander gehört?

Wenn sie beide im Auto unterwegs waren, machte Adrian meist einen Podcast an, und zu Hause dudelte zwar manchmal Musikfernsehen im Hintergrund, wurde dann aber genauso wenig wahrgenommen wie das Dröhnen eines Rasenmähers oder die Verkehrsgeräusche, die von außen durch die geöffneten Fenster drangen. Alles in ihr sträubte sich dagegen, ihre Auswahl willkürlich zu treffen. Das war, dachte Luca, als würde sie sich ein Tattoo stechen lassen, ohne dass es auch nur den Hauch einer Bedeutung hatte.

Also hatte sie das Ganze noch einmal vertagt – schon wieder –, ihr Handy kurzerhand ausgeschaltet und das Hotel nach einer ausgiebigen Dusche verlassen.

Ihre Haare waren noch nass, als sie zielstrebig durch die belebten Straßen lief, und der leichte Wind, der den Einheimischen nach in Howth vor allem im Sommer ein gern gesehener Dauergast war, verhalf ihr im wahrsten Sinne des Wortes zu einem kühlen Kopf.

Sie würde den Rest des Tages nicht damit zubringen, sich zu ärgern. Nein, dafür war das Wetter zu schön, die Aussicht auf das Wochenende zu gut (heute war sie zwecks Hochzeitsplanung wieder mit Emilio verabredet, und am Sonntag wollten sie mit der Clique rund um Doran, Sophie und Co. gemeinsam brunchen) und auch die Vorfreude auf Feier und Flitterwochen eigentlich zu groß.

Eigentlich.

Ein störendes, unpassendes Wort in diesem Gefüge, und doch ließ es sich nicht daraus entfernen.

»Liebes! Liebes, warte einen Augenblick!«

Irritiert blieb Luca stehen.

Ihre Beine hatten sie vollkommen automatisiert durch die Straßen getragen. Ohne es zu bemerken, hatte sie gerade Mrs Redfords Blumenkübel passiert – und ebendiese beugte sich nun eifrig winkend aus ihrem geöffneten Fenster.

Jedenfalls glaubte Luca, dass es sich bei der älteren Dame mit den schlohweißen langen Haaren, den freundlichen Augen und der leicht krumm gewachsenen Nase um Mrs Redford handelte, immerhin hatte sie sie noch nie gesehen.

Auf einmal schämte sie sich ein bisschen, dass sie nicht von selbst auf die Idee gekommen war, bei der Hausbesitzerin zu klingeln.

»Hallo«, sagte sie ein wenig unbeholfen und machte einen Schritt auf das Fenster zu, »Mrs Redford, richtig? Wie schön, Sie kennenzulernen.«

»Ja, die bin ich. Nennen Sie mich doch Penny. Und Sie sind Luca, Emilios Brieffreundin.« Sie deutete strahlend auf ihren Blumenkübel. »Es ist Post für Sie da. Sehen Sie ruhig nach.«

»Oh. Ähm ... okay, klar, danke.«

Verlegen ging Luca vor dem Topf in die Hocke, hob ihn an und zog einen hellen Umschlag darunter hervor.

Emilio hatte der alten Dame doch wohl hoffentlich nicht aufgetragen, am Fenster den ganzen Tag über Ausschau nach ihr zu halten, um sie auf seinen Brief hinzuweisen?

Vielleicht wurde es allmählich doch Zeit, dass sie Handynummern austauschten. So könnten sie einander bei neuer Blumenkübel-Post immerhin eine kurze Info geben.

»Es gibt Tage, da sitze ich gern am Fenster und beobachte das Geschehen auf der Straße«, erklärte Penny Redford und stützte ihre Ellbogen auf den Fensterrahmen. Die weite Musselinbluse, die sie trug, blähte sich in einer Bö. »Seit Fiona damals die Rainbow-Hearts-Library eröffnet hat, lohnt sich das erst richtig. Ich sehe so viele Leute kommen und gehen. Meist wirken sie viel gelöster, wenn sie die Bücherei verlassen. Ich frage mich dann immer, was sie wohl für Geschichten dort gelassen haben.«

Luca empfand eine jähe Welle der Zuneigung für diese ihr doch so vollkommen fremde Frau, deren Blick sich immer mehr verklärte, während sie sprach.

»Sie könnten nachsehen«, schlug sie vor. »Auf gut Glück durch die Bücher blättern oder welche ausleihen und erst zu Hause schauen, ob Sie einen Brief erwischt haben.«

Aber Penny schüttelte den Kopf, dass ihre weißen Haare nur so flogen. »Das Rätseln ist es, was mir Spaß macht. Gewissheit würde das nur kaputtmachen. Deswegen war ich auch noch nie dort. Ich würde der Versuchung nicht widerstehen können, bei so vielen schlummernden Geheimnissen um mich herum.« Sie nickte in Richtung des Umschlags, den Luca fest in beiden Händen hielt. »Das ist wie mit den Briefen, die Sie beide sich schreiben. Am Ende steht vielleicht nichts von dem, was ich mir vorstelle, darin, und dann wäre ich womöglich enttäuscht. Aber solange ich das nicht weiß, kann ich mir eine eigene Geschichte zu Ihnen ausdenken.«

Es mochte sicher Menschen geben, denen Penny Redfords nachmittägliche, in einem Fensterrahmen hervorgebrachte Geständnisse ein wenig seltsam vorgekommen wären, doch Luca zählte sich nicht dazu. Im Gegenteil: Sie mochte diese irgendwie skurrile, aber doch herzlich wirkende Frau, die ihre Fantasie offenbar Tag für Tag auf Reisen schickte.

Vielleicht kommt sie ja irgendwann doch mal in die Bücherei, dachte Luca, und sei es nur, um einen eigenen Brief zu verstecken.

»Wenn Sie es sich anders überlegen, sind Sie jedenfalls jederzeit willkommen«, ließ sie die alte Dame wissen.

»Danke«, sagte die alte Irin leise, »das weiß ich sehr zu schätzen. Ich möchte Sie nicht länger aufhalten, Luca.« Sie löste sich wieder vom Anblick des Ringes und lächelte verschwörerisch. »Bei allem, was Sie tun: Lassen Sie Ihr Herz lesen und nicht Ihren Verstand, ja?« Ohne eine Antwort abzuwarten, schloss sie das Fenster und zog die Gardinen zu.

Verdutzt starrte Luca das Blumenmuster an, das darauf zu sehen war, und wartete ein paar Sekunden lang förmlich darauf, dass sich ein Spalt im Stoff auftat und Mrs Redford hinausspähte. Doch hinter den Spitzenvorhängen regte sich nichts mehr.

Ein verblüfftes Lachen schlich sich auf Lucas Lippen.

Die Begegnung hatte etwas Märchenhaftes gehabt – und auch auf eine solche Weise geendet. Es kam ihr fast vor, als wäre das Gespräch mit Mrs Redford nur ein Wachtraum gewesen.

Lassen Sie Ihr Herz lesen und nicht Ihren Verstand.

Während sie die letzten Meter zur Rainbow-Hearts-Library zurücklegte, öffnete sie sie den Umschlag und zog Emilios Brief heraus.

Luca,

ich weiß, wir hatten uns bei Katherine verabredet, aber hättest du heute Abend mal Lust auf eine andere Planungskulisse?

Ich habe früher Feierabend gemacht und war eben in der Bücherei, aber du warst noch nicht da, sonst hätte ich dich persönlich gefragt. Es wird am Hafen ein kleines Jazz-Konzert geben, und ich konnte im Olive & Pepper einen Tisch reservieren.

Werde ab 19 Uhr da sein. Wenn du Lust hast, komm gern vorbei. Wenn nicht ... Dann komm bitte trotzdem kurz vorbei, um mir abzusagen und dir wenigstens einen Song mit mir anzuhören.

Grüße
Emilio

*PS: Keine Sorge, das ist kein Date! Nur ein Tapeten-
wechsel.*

*Katherine, Cadan, Mr Donnelly, Sophie, Roxanne und
die anderen werden später auch dazustoßen, soweit ich
weiß.*

Live-Musik.

Luca steckte den Brief in ihre Hosentasche und schüttelte
den Kopf.

Was für eine Ironie!

Vielleicht würde sie ja heute Abend ihren Hochzeitssong
finden.

Kapitel 10

Katherine sah schlecht aus.

Nicht, dass sie nicht immer noch schön gewesen wäre – das war sie ganz ohne Zweifel –, aber unter ihren Augen hatten sich dunkle Schatten gebildet, und ihre sonst so glänzende wallende Haarmähne wirkte stumpf und glanzlos.

»Oje, Kate, brütest du was aus?«, fragte Luca besorgt, als sie, begleitet vom vertrauten Glöckchengebimmel über der Eingangstür, in die Bücherei trat. Soweit sie es erkennen konnte, war gerade kein Leser anwesend, dennoch hatte sie ihre Stimme vorsichtshalber gesenkt.

»Nein, alles gut. Ich hab nur echt bescheiden geschlafen.«

Luca grunzte verständnisvoll. »Da sind wir schon zwei. Soll ich übernehmen? Dann kannst du rübergehen und dich etwas ausruhen.«

Katherine winkte ab, trat hinter dem Tresen hervor und steuerte auf einen vollen Bücherwagen zu. »Nein, Quatsch. Aber danke fürs Angebot. Möchtest du Kaffee? Ist noch welcher da.«

Luca verneinte und machte sich unaufgefordert daran,

Kate beim Einstellen der Rückgaben zu helfen. »Ist wirklich alles in Ordnung?«, hakte sie vorsichtig nach.

»Ja. Klar.« Sie lächelte matt. Dann blitzte das Grün ihrer Augen plötzlich auf. »Und bei dir? Du sagtest gerade, du hättest auch schlecht geschlafen. Entschuldige, ich bin ein bisschen durch den Wind.«

Luca machte eine wegwerfende Handbewegung. »Nur die Aufregung, nichts weiter.« Sie sah, dass Kate eine neuerliche Frage à la ›Und du bist auch wirklich und ganz sicher glücklich?‹ auf der Zunge lag und war erleichtert, dass ihr nächster Satz ein anderes Thema anschnitt.

»Ach ja, bevor ich's vergesse: Ich soll dir von Emilio sagen, dass er einen neuen Brief bei Mrs Redford hinterlegt hat.« Sie rümpfte die Nase. »Ist ja nicht so, dass er das nicht auch *hier* tun könnte, aber nein, er eröffnet einfach mal den Rainbow-Hearts-Blumenkübel …«

Luca prustete los. »Rainbow-Hearts-Blumenkübel«, wiederholte sie belustigt, »das klingt irgendwie süß. Vielleicht sollten wir ihn entsprechend anmalen, damit die Leute wissen, wo sie ihre Briefe außerhalb der Öffnungszeiten loswerden können.«

»Hör mir bloß auf. Du siehst ja … Es gibt immer wieder Tage, an denen hier echt wenig los ist. Vormittags geht's, abends auch, aber nachmittags …« Energisch rückte sie einen Stapel Romane zurecht, »die totale Flaute. Ich glaube, ich muss wieder ein paar mehr Veranstaltungen stattfinden lassen. Wieder kreativer sein, am besten mit Doran zusammen.«

»Hm. Ja, vielleicht. Eure Ideen waren immer super.« Luca dachte mit Bewunderung daran, was die beiden alles gemeinsam auf die Beine gestellt hatten: Origami-Falten für Kinder, regelmäßige Literatur-Bingo-Runden, Film- und Themennachmittage, eine große Halloweenfeier und natürlich die allseits beliebten Schreibabende. Ihr war gar nicht aufgefallen, dass Kate dieses Angebot reduziert hatte. Wie auch, von Deutschland aus?

»Wie kam es denn, dass du das Programm runterfahren musstest?«

Kate unterdrückte ein Gähnen, nahm das letzte Buch vom Wagen und versenkte es im Fantasy-Regal. »Ach, ich hatte so viele andere Dinge im Kopf. Die Rainbow-Hearts-Library an ein Programm anschließen, das es möglich macht, auch online zu lesen, den Bestand erweitern, mich hier und da ein bisschen fortbilden ... Und nach Feierabend habe ich Cadan oft unterstützt. Es war nicht leicht für ihn, komplett in die Selbstständigkeit zu wechseln, da hing viel dran.« Sie zuckte die Achseln. »Irgendwie ist meine Kreativität dadurch wohl ein bisschen auf der Strecke geblieben. Und meine Energie auch.«

Luca seufzte mitfühlend. »Das war auch ja auch ein wahnsinnig turbulentes Jahr für dich. Klar, dass du mal auf Sparflamme läufst.«

Kate öffnete den Mund, um etwas zu sagen, schloss ihn dann jedoch abrupt wieder. »Fast hättest du mich so weit gehabt, aber nein, ich werde meiner verlobten besten Freundin jetzt nicht die Ohren volljammern.« Sie machte eine scheuchende Handbewegung in Richtung Tür. »Hol schnell deinen Brief ab und erzähl mir, was drinsteht. Ich bin neugierig, das wird meine Liebensgeister sicher wieder wecken.«

»Hey, du jammerst mich nie voll, du –«

»Lu.« Kate sah sie flehend an. »Bitte.«

Resigniert warf Luca die Hände in die Luft. »Den Brief habe ich mir schon abgeholt. Penny hat mich sozusagen abgefangen. Sie war noch nie hier, oder?«

Katherine, nach dieser Neuigkeit nun tatsächlich wieder etwas munterer, zog eine Braue hoch. »Du nennst sie beim Vornamen?«

»Ja. Sie hat es mir angeboten. Ich finde sie wirklich ... interessant. Vielleicht auch ein bisschen merkwürdig, aber gerade das macht ihren Charme aus.«

»Keine Ahnung, ich habe ehrlich gesagt noch nie großartig mit ihr gesprochen. Nicht, dass ich es nicht versucht hätte. Aber ich glaube, wir haben einfach keinen Draht zueinander. Wie auch immer. Erzähl schon, was schreibt Emilio?«

Knapp gab Luca den Inhalt des Briefes wieder.

»Ach, das Jazz-Konzert ist heute?!« Zerstreut zupfte Kate an ihrem Zopfgummi, das den unordentlichen Dutt auf ihrem Kopf nur mit Mühe zusammenhielt. »Sorry, das hatte ich gar nicht mehr auf dem Schirm. Dabei hat Cadan sogar bei der Gestaltung der Plakate geholfen.« Sie seufzte. »Nein, ich glaube, darauf habe ich heute keine Lust. Ich würde gern ein bisschen für mich sein, vielleicht eine Runde lesen und dann schlafen. Aber geh ruhig hin, das wird bestimmt lustig!«

Luca wollte gerade widersprechen, als die Tür aufschwang und ein junges Pärchen hereinkam.

»Ich habe gewonnen – du kennst ja meine erste Faustregel: Keine Diskussion vor Besuchern«, raunte Kate ihr noch zu, ehe sie die Neuankömmlinge eine Spur zu fröhlich und unbeschwert begrüßte.

Skeptisch beobachtete Luca die Freundin. Allmählich verstärkte sich ihr ungutes Gefühl, dass Kate etwas bedrückte. Etwas, das weit über den alltäglichen Stress hinausging. Sie hoffte inständig, dass sie sich täuschte.

***

Der Abend war malerisch. Als hätte ihn jemand von der Leinwand eines großen Künstlers gestohlen, eigens, um ihn nach Howth zu bringen.

Luca war nach Schließung der Rainbow-Hearts-Library zurück ins Hotel gegangen, um Shorts und Top gegen ein knielanges Kleid zu tauschen und ihr Make-up noch einmal aufzufrischen.

Nun lief sie mit wippendem Zopf die Promenade entlang und genoss, wie schon vorhin auf dem Weg zur Bücherei, die sanfte Brise, die ihr um die Nase wehte.

Als der heute übermäßig belebte Hafen in Sicht kam, breitete sich eine leichte, aber dennoch unbestreitbar vorhandene Nervosität in ihrer Magengegend aus. Immerhin war es das erste Mal, dass sie Emilio an einem anderen Ort treffen würde, noch dazu an einem Freitagabend. Für einen Außenstehenden musste es aussehen, als hätten sie eine Verabredung – sicher käme niemand auf die Idee, dass sie nur gemeinsam eine Hochzeit planten, die nicht einmal ihre gemeinsame war.

Kein Date, nur ein Tapetenwechsel, rief Luca sich Emilios Formulierung aus dem Brief in Erinnerung. Sie musste grinsen. Den etwaigen Missverständnissen zum Trotz, die ihr Zusammensein nach außen hin säen könnte, war sie ihm schon jetzt für diesen Tapetenwechsel dankbar. Denn so gern sie sich auch in Katherines kleiner Küche aufhielt, so sehr liebte sie es doch, unter freiem Himmel unterwegs zu sein. Außerdem freute sie sich darauf, Doran, Roxanne und die anderen nun sogar schon vor dem Sonntag wiederzusehen – und von dieser herrlich zusammengewürfelten Truppe, das stand fest, hatte sie keine Missverständnisse zu befürchten.

Den Schulterriemen ihrer Handtasche zurechtrückend, wagte sie sich ins Getümmel. Die Atmosphäre hatte etwas von einem Sommerfest: Jeder Außentisch war besetzt, es roch nach Sonnencreme und gebratenem Essen, Kinder rannten ausgelassen kreischend auf und ab, Erwachsene lachten und prosteten einander zu. Eiswürfel klirrten gegen Gläser, Besteck kratzte über Teller und Möwen stritten geräuschvoll um das heute offenbar überschaubare Buffet im Hafenbecken.

Am Ende der Anlegestelle war eine kleine Bühne aufgebaut worden, auf der Lautsprecherboxen, Instrumente und

Mikrofonständer bereitstanden. Die Bandmitglieder waren noch nicht zu sehen – vermutlich befanden sie sich irgendwo in der schnatternden Menge und genehmigten sich vor ihrem Auftritt einen kühlen Drink. Luca ließ ihren Blick suchend über die Leute schweifen und entdeckte Emilio vor einer kleinen Tapas-Bar, die ihr bisher noch bei keinem ihrer Besuche aufgefallen war.

Zwischen all den farbenfrohen Pubs und Restaurants, die zum Großteil mit üppigen Blumenkübeln geschmückt waren, fiel das Olive & Pepper mit seiner vergleichsweise schlichten honiggelben Fassade kaum auf. Hätte Emilio ihr nicht zugewinkt, wäre sie vermutlich einfach daran vorbeigelaufen.

»Du bist gekommen«, freute er sich und stand auf, als Luca den Tisch erreichte. Er war heute ganz in helle Farben gekleidet: eine erdfarbene Hose, weiße Slipper und ein cremefarbenes Hemd, das in einem angenehmen Kontrast zu seinen tiefschwarzen Haaren stand.

»Bin ich. Und zwar nicht, um abzusagen.« Sie lächelte. »Hier ist ja ordentlich was los.«

»Da sagst du was. Ich bin froh, dass ich reservieren konnte. Die anderen stoßen übrigens ein bisschen später zu uns. Sophie habe ich eben schon getroffen, die wollte wohl Doran abholen.«

Er zog einen Stuhl zurück, damit Luca sich setzen konnte, und ließ sich seinerseits zurück auf seinen Platz sinken.

»Sehr schön. Ich freue mich. Was gibt es denn hier Feines zu trinken?«

Wie aufs Stichwort kam ein junger Kellner, der kaum älter aussah als achtzehn, mit gezücktem Block und freundlichem Lächeln zu ihnen. Nach einem raschen Blick in die Karte bestellten sie Sidra und eine Vorspeisenplatte für mehrere Personen, in der Hoffnung, die anderen würden später auch noch etwas essen wollen.

»Gott, sieht das gut aus«, befand Luca, als die spanischen

Köstlichkeiten wenig später serviert wurden. Pimientos, gebackener Ziegenkäse, Datteln, Oliven, frittiertes Gemüse, Kartoffeln mit Salzkruste, ofenfrisches Brot und hausgemachte Dips – die dargebotene Auswahl ließ keine Wünsche offen.

»Genauso schmeckt es auch«, prophezeite Emilio und bestrich ein Stück Baguette mit Guacamole. »Hätte mein Dad aus welchen Gründen auch immer gesagt, er steuert nichts zu eurem Buffet bei, hätte ich hier nachgefragt. Damit kann man nichts falsch machen.«

Es brauchte nur einen Bissen Gemüse und Dip, um Luca davon zu überzeugen, dass Emilio recht hatte.

»Ich bin deine Vorschläge übrigens alle durchgegangen«, informierte sie ihn, nachdem sie sich in einvernehmlichem Schweigen etwas gestärkt hatten.

»Ja?« Emilio nahm einen Schluck Apfelwein. »War was für dich dabei?«

Luca lächelte. »Ja. ›Tying the knot‹.«

Von allen aufgeführten Ideen, eine ausgefallener und schöner als die andere, war ihr vor allem diese im Gedächtnis geblieben.

Dabei würde die Traurednerin, nachdem sie die Ringe getauscht hatten, ein seidenes Band um Adrians und ihr Handgelenk wickeln und sie auf diese Weise den Bund fürs Leben schließen lassen. Nicht nur, dass es auf Fotos toll aussehen würde, wenn sie – symbolisch wie tatsächlich verbunden – aus der Burg schreiten würden, das Band wäre außerdem ein wunderbares Andenken, das sie in ihrer Wohnung aufhängen könnten.

Emilio wirkte über ihre Entscheidung nicht überrascht.

Manchmal empfand Luca es als unheimlich, wie gut er sie nach der verhältnismäßig kurzen gemeinsamen Planungszeit schon zu kennen schien.

»Eine gute Wahl. Dieser Brauch hat mir auch schon immer gut gefallen. Er macht besondere Momente ohne viel Aufwand noch besonderer.«

»Besser hätte ich es nicht formulieren können.« In Lucas Nacken kribbelte es. Die neuerliche Übereinstimmung ihrer Gedanken machte sie verlegen. »Jedenfalls«, fuhr sie hastig fort, »werde ich – werden *wir* – wohl auf Spiele für die Feier verzichten.«

Verstohlen musterte Luca Emilio. Ob ihm auffiel, wie häufig sie über die Hochzeit redete, als wäre Adrian gar nicht involviert?

Und wenn schon, dachte sie in einem Anflug von Trotz, im Grunde ist es doch die Wahrheit. Er schiebt seit Wochen und Monaten alles von sich, um am Ende offiziell Gastgeber einer Feier zu sein, mit deren Ausrichtung er nicht das Geringste zu tun hatte.

Verdammt. Der Gedanke an das morgendliche Telefonat mit ihm stimmte sie noch immer traurig. Traurig, aber auch wütend.

Den ganzen Tag über hatte er nichts von sich hören lassen, kein Wort des Entgegenkommens oder der Entschuldigung.

»Aber das ist doch perfekt«, freute sich Emilio. Kurz war Luca irritiert, bis ihr einfiel, dass er sich damit keineswegs auf ihre angespannte Situation mit Adrian bezog.

»Das heißt ja, wir sind schon wieder einen Schritt weitergekommen. Bleibt wirklich nicht mehr viel, was? Wenn du mich fragst, liegen wir mit allem richtig gut in der Zeit.«

Sie hätte ihm gern zugestimmt, und tat es zumindest teilweise auch, immerhin schrumpfte ihre To-do-Liste unbestreitbar von Tag zu Tag, und bis zur Trauung blieb noch eine Woche. Nichtsdestotrotz waren die übrig gebliebenen Punkte so wichtig, dass sie ihr den Magen verknoteten.

Das Eheversprechen zum Beispiel, das sich bisher auf ein paar so inhaltslose, abgedroschene Sätze beschränkte, dass Luca sich beim Lesen die Zehennägel hochrollten. Und natürlich der Tanz, der doch ohnehin keiner werden würde und für den es nicht einmal ein Lied gab.

»Ja. Ja, wir sind wirklich prima vorangekommen.«

Emilio gluckste. »Deine Worte passen irgendwie nicht zu deinem Gesichtsausdruck.«

»Ach, alles gut, es ist nur … Ich komme mit dem Eheversprechen einfach nicht weiter, und dann ist da noch diese Sache mit –«

Jäh setzte die Musik ein. Luca war so auf das Gespräch konzentriert gewesen, dass sie gar nicht bemerkt hatte, wie die Band sich auf der Bühne eingefunden hatte.

An einigen Tischen erstarben die Gespräche oder wurden leiser, während andere ihre Stimmen hoben, um sich über die neuerliche Geräuschkulisse hinweg unterhalten zu können.

Gebannt beobachtete Luca die sechs Männer, in deren Mitte eine kurvige Frau in einem schimmernden Kleid stand und erste Töne in das Mikrofon summte. Ein zarter, fast schüchterner Vorgeschmack auf den wunderschönen Gesang, der Sekunden später folgte und der Luca geradewegs ins Herz traf.

Einzig am Text erkannte sie den Song als Cover irgendeines beliebten Pop-Songs, ohne dabei jedoch auf dessen Namen zu kommen. Sie wusste, sie hatte ihn schon etliche Male gehört, aber nie *so*. Nie auf diese Weise. Die rauchige, unaufgeregte Stimme der Sängerin erhob sich gerade so weit über die Musik, dass man trotzdem noch mühelos jedes einzelne Instrument heraushören konnte. Banjo, Bass, Trompete, Schlagzeug, Gitarre, Klavier … All das war in seiner erfrischenden Ambivalenz gleichzeitig aufputschend und entspannend, gleichzeitig fröhlich und sinnlich. Es lud ebenso zum Träumen ein wie dazu, mit dem Bein zu wippen.

»Das ist schon ein viel besserer Gesichtsausdruck«, befand Emilio neben ihr.

»Luca! Emilio!« Eine fröhliche Roxanne mit Doran, Ivy,

Brianna und Sophie im Schlepptau bahnte sich ihren Weg durch die Tische. Mit ihrer violetten Igelfrisur und dem ansteckenden Lächeln war sie ein solcher Hingucker, dass sie die Blicke der Anwesenden magisch anzog. Doch auch Ivy und Brianna, stets top gestylt unterwegs, und Doran mit seinem Hut und in seinem piekfeinen Leinenanzug konnten sich sehen lassen. Ebenso wie Sophie, die den alten Mann an ihrem Arm führte und die vor allem mit ihrer Natürlichkeit bestach. Sie brauchte nicht mehr als ihre wunderschönen roten Haare und die hübschen Sommersprossen, damit man sich nach ihr umdrehte.

Aus all der Aufmerksamkeit, die ihr zuteilwurde, schien sie sich jedoch nicht viel zu machen. Ihr strahlendes Lächeln galt einzig ihren Freunden.

»Luca!«, rief sie fröhlich aus. »Wie schön, dass du auch gekommen bist.«

Umarmungen wurden verteilt, Getränke bestellt und fröhlich gequatscht. Es war ein perfekter Abend, der nur noch dann hätte perfekter sein können, wenn Kate und Cadan mit von der Partie gewesen wären. Luca dachte mehr als einmal an sie und hoffte inständig, dass es ihrer Freundin gutging.

Als die Band nach einer guten Stunde eine Pause einlegte und ihre kleine Gruppe sich ein wenig zerstreute (Ivy und Brianna hatten ein paar Bekannte entdeckt und Sophie und Doran gerade dabei, Terry heranzuwinken), streckte Emilio sich auf seinem Stuhl, als würde er aus einem angenehmen Trance-Zustand erwachen. Luca merkte, dass es ihr ähnlich erging.

»Was meinst du?«, fragte er sie und verschränkte die Arme hinter dem Kopf, »machen wir in Sachen Planung noch ein bisschen weiter?«

Beschämt stellte Luca fest, dass sie eigentlich keine große Lust dazu hatte. Lieber wollte sie sich weiterhin der zufriedenen Trägheit widmen, die Cider, Musik und das Beisammensein mit Freunden in ihr ausgelöst hatten. Doch natürlich sagte sie das nicht.

»Klar.«

»Das wollte ich hören.« Emilio stand auf und sah sie auffordernd an. »Komm, lass uns kurz reingehen. Ich habe da was Kleines vorbereitet.«

Erstaunt wie neugierig folgte Luca ihm ins Innere der Bar, das, bedingt durch die wenigen kleinen Fenster, in einem dämmrigen Licht lag. Was dem Raum an Helligkeit fehlte, machte er jedoch doch seine farbenfrohe Aufmachung, die sich deutlich von der schlichten Außenfassade abhob, wieder wett.

Gepolsterte Sitzbänke in Grün und Rot, bunte Lampions, fransige Wandteppiche – das Interieur war an bunter Vielfalt kaum zu übertreffen. Kaum einer der Tische, die aus zusammengestellten Fässern bestanden, war besetzt; vermutlich hatte es nur diejenigen hineinverschlagen, die draußen keinen Platz mehr bekommen hatten.

In der Mitte der Bar gab einen runden, mit etlichen Flaschen bevölkerten Tresen, über dem Regale angebracht waren, die ebenfalls Spirituosen beherbergten.

Emilio steuerte geradewegs auf den Tresen zu, griff ungeniert dahinter und förderte ein laminiertes Blatt Papier zutage, das er Luca reichte. Verwirrt nahm sie es entgegen.

»Was ist das?«

»Eine Zutatenliste. Wir dürfen hinter die Bar gehen und uns unsere eigenen Drinks mixen. Du weißt schon, damit wir deinen superkreativen Aperitif erfinden können.«

»Nicht dein Ernst.« Luca überflog die Karte, und tatsächlich waren darauf Früchte, Gewürze, verschiedene Zuckersorten, Liköre, Rum, Wodka und ein paar Kombinationsmöglichkeiten aufgeführt.

»Aus Danielles Privatbestand.« Emilio zwinkerte der brünetten Bardame zu, die gerade in der Tür stand, mit einem

Auge das Geschehen am Tresen im Blick hatte und den Rest ihrer Aufmerksamkeit einer anderen Frau widmete, mit der sie sich angeregt unterhielt. Luca erwischte sich dabei, wie sie sich fragte, ob zwischen ihr und Emilio womöglich etwas lief oder gelaufen war.

Das geht dich überhaupt nichts an, wies sie sich im Stillen zurecht.

»Wow. Emilio, das ist ...« Die Schultern hochziehend, unterbrach sie sich. Inzwischen kam es ihr fast so vor, als engagierte er sich mehr für ihre Hochzeit als sie selbst. »Danke«, schloss sie ihren Versuch, auszudrücken, was sie fühlte.

»Eigentlich müsste ich mich bei dir bedanken, nicht umgekehrt. Ich hab noch nie hinter einer Bar gestanden. Ein denkwürdiger Augenblick für mich.« Emilio schlüpfte durch die Pendeltüren, die ein untrügliches Saloon-Gefühl vermittelten, und rieb sich vorfreudig die Hände.

Grinsend schloss Luca zu ihm auf. Wie er so dastand und die vor ihm ausgebreiteten Utensilien bestaunte (Luca konnte nur Cocktail-Shaker, Barlöffel, Sieb und Stößel benennen), erinnerte er sie an ein Kind, das zum Geburtstag einen Kaufmannsladen geschenkt bekommen hatte und nun zum ersten Mal damit spielen durfte.

»Machen wir ein kleines Duell draus«, schlug sie vor. »Jeder mixt drei Cocktails. In Probiergröße natürlich, sonst schaffe ich es nicht mehr ins Hotel. Die leckersten aus jeder Runde lassen wir nachher draußen verkÖstigen – wenn wir dürfen – und wählen so demokratisch den Gewinner.«

Selbst im schummerigen Licht der Lampions sah sie den Wettbewerbsgeist in seinen Augen aufblitzen.

»Einverstanden. Los geht's.«

Sie nickten einander zu wie Sportler, ehe sie sich, fast Kopf an Kopf, über die Zutatenliste beugten.

Luca entschied sich für eine Kombination aus Malibu-Rum, Grenadinen- und Blutorangensaft und Kokossirup.

Nachdem sie alles miteinander vermengt und geschüttelt hatte, goss sie es in ein Glas, füllte es mit Crushed Ice auf und machte sich daran, Schnitze aus einer Orange zu schneiden, die sie kunstvoll auf den Rand steckte. Zum Schluss versah sie ihre Kreation mit einem Papierschirmchen.

»Wenn das mal nicht verführerisch aussieht«, kommentierte sie ihre eigene Schöpfung stolz. Allerdings war auch Emilios Exemplar hübsch anzusehen: Gefärbt in einem satten Grün und mit Kiwistückchen und Raspeln aus weißer Schokolade garniert.

»Nicht schlecht, nicht schlecht. Möge der Bessere gewinnen.«

Sie hoben ihre Gläser, nippten zuerst an ihren eigenen Cocktails und probierten dann vom jeweils anderen, nur um im Anschluss wieder zurückzutauschen. Während sie sich die unterschiedlichen Geschmäcker auf der Zunge zergehen ließen, rauschte Danielle an ihnen vorbei, flötete ein heiteres »Lasst euch von mir nicht stören« und zapfte in Rekordgeschwindigkeit ein paar Biere für ihre durstigen Gäste.

»Verdammt. Runde eins geht an dich«, musste Luca schließlich anerkennen. Emilios Cocktail besaß genau das richtige Verhältnis von Süße zu Säure und war dominant, ohne dabei zu aufdringlich zu sein. Ein Getränk, von dem man gern noch ein zweites Glas bestellte und an das man sich erinnern würde. »Hast du dir das Rezept gemerkt, für den Fall, dass er am Ende das Rennen macht?«

»Aber klar. Hach.« Er roch selbstherrlich an seiner Kreation. »Der wird die Welt verändern, Luca. Ich muss mir noch mal überlegen, ob ich die Namensrechte an euch abtreten will, oder ob ich ihn nicht doch lieber nach mir benenne. ›Der allertraurigste Cocktail‹ oder vielleicht ›Mr Größenwahn‹. Was meinst du?«

»Witzbold.« Luca streckte ihm die Zunge heraus – und bekam sofort heiße Wangen. Seit wann benahm sie sich so sonderbar? Malibu-Rum war offenbar keine gute Idee gewesen.

Emilio hingegen schien sich daran nicht zu stören. Amüsiert blies er sich die Haare aus der Stirn. »Soso. Jetzt werden wir also frech, ja?«

Luca verschränkte die Arme vor der Brust und musterte ihn herausfordernd. »Vielleicht. Aber das tut nichts zur Sache. Die nächste Runde gewinne ich.«

Emilio betrachtete sie seinerseits prüfend und verengte die Augen zu Schlitzen. »Sehr optimistisch«, raunte er im selben Moment, da die Musik wieder einsetzte. Dieses Mal fiel Luca der Titel des Liedes, dessen Klänge sanft und melodisch durch Fenster und Tür hineinflossen, auf Anhieb ein: *All of me* von John Legend. Sanft wie eine Feder streichelte er über Stellen in ihrem Unterbewusstsein, von deren Existenz sie nie zuvor gewusst hatte.

»Wir haben noch keinen Song für unseren Hochzeitstanz«, beichtete sie Emilio aus einem plötzlichen Bedürfnis heraus. Dabei sprach sie so leise, dass sie die Hoffnung hegte, er würde sie erst gar nicht verstehen. Doch natürlich hörte er sie trotzdem. Er schien sie immer zu hören.

»Wie wäre es mit diesem?« Emilio neigte den Kopf vielsagend in Richtung Tür.

»Was? Nein. Nein, das geht nicht. Ich meine, ich finde ihn wunderschön, aber er sagt nichts über Adrian und mich aus.«

»Nicht? Dafür leuchten deine Augen aber ziemlich hell.«

»Was?« Luca versuchte sich im Edelstahl des Cocktail-Shakers zu spiegeln. »Blödsinn. Da leuchtet gar nichts.«

»Doch. Ehrenwort. Ich wette, das kommt noch besser zur Geltung, wenn du tanzt.«

»Was?«

Emilio verlagerte sein Gewicht gerade so weit nach vorn, dass er Luca ein paar Zentimeter näher kam und sie das Kinn heben musste, um ihm in die Augen zu sehen.

»Du hast mich schon verstanden.«

»Ich kann nicht tanzen.«

»Unsinn! Jeder kann tanzen. Komm, lass mich es dir beweisen.«

»Nein. Nein, Emilio, untersteh dich, ich werde auf gar keinen Fall –«

Kurz befürchtete sie, er würde sie einfach an sich heranziehen und hinter dem Tresen herumwirbeln, doch stattdessen wirbelte *er* um *sie* herum. Luca konnte nicht beurteilen, ob er sich dabei an irgendeine real existierende Schrittfolge hielt oder improvisierte. Was es auch war, es sah ziemlich gekonnt aus – und brachte sie dennoch dazu, herzhaft zu lachen. Die wenigen Gäste drehten sich neugierig zu ihnen um.

»Das passt *überhaupt nicht* zu dem Song!«, japste Luca.

»Ach ja? Wer sagt das? Das ist eben meine Interpretation davon.« Emilio dirigierte seine Füße in atemberaubender Geschwindigkeit über die klebrigen Holzdielen. Zwischendurch sprang er, ließ die Hüften kreisen und vollführte seltsame spontane Verrenkungen mit dem Oberkörper.

Bald schon tat Luca der Bauch weh vor lauter Lachen – dabei lachte sie ihn keineswegs aus, sondern freute sich einfach über diese herrlich absurde Situation.

Sie war fast ein bisschen enttäuscht, als das Lied endete und in eine schnellere, schwungvollere Darbietung überging. Emilio griff keuchend nach dem Kübel mit Eiswürfeln, nahm sich mit der Zange zwei heraus und ließ sie in seinen beinahe ausgetrunkenen Cocktail fallen. Mit einem dritten fuhr er sich über die Stirn.

»So. Jetzt, da die Tanz-Problematik besprochen ist, machen wir doch gleich mit dem nächsten schwierigen Thema weiter. Wenn ich nicht völlig falschliege, bedrückt dich die Sache mit dem Gelübde noch ziemlich arg, oder?«

Luca holte hörbar Luft – und beschloss, ihren eigenen Drink auch noch auszutrinken, albern machender Malibu-

Rum hin oder her. »Deine Hilfe in allen Ehren, aber das muss ich schon alleine schreiben«, witzelte sie. »Alles andere wäre absolut schräg. Schräger als schräg sogar.«

»Sag bloß. Ich hatte auch nicht vor, Adrian eine Liebeserklärung zu machen. Weder in meinem noch in deinem Namen.« Luca kam es vor, als betone Emilio diese Tatsache mit besonderem Nachdruck. »Aber«, fuhr er fort, »ich finde wirklich, es kann nicht schaden, wenn du den Kopf dafür freikriegst. So richtig, meine ich. Also habe ich deine Liste um einen Punkt ergänzt.«

In einer lässigen Handbewegung zog Emilio den Zettel, den Luca am Mittwoch geschrieben hatte, aus seiner Hemdtasche, faltete ihn auseinander und schob ihn ihr zu. Tatsächlich: Ganz unten, in auffallend roter Tinte geschrieben, stand in Emilios schnörkeliger Schrift:

Wichtig: Hochzeitsplanungsfreier Abend.

»Wann hast du mir denn meine Liste geklaut?«, fragte sie erstaunt und hoffte, dass es ihr gelang, ihre Rührung damit einigermaßen zu verbergen.

»Tja«, gab Emilio sich geheimnisvoll, »ein guter Zauberer verrät seine Tricks nicht. Aber mal ernsthaft: So ein freier Abend wird dir bestimmt guttun. Einer, an dem du dich partout nicht mit deiner Hochzeit beschäftigst.«

»Und womit sollte ich mich sonst beschäftigen?«

Ein geheimnisvolles Funkeln schlich sich in seinen Blick.

»Lass dich überraschen. Morgen Abend?«

Überrumpelt holte Luca Luft. Ein Abend ohne Planung wäre unwiederbringlich verloren. Konnte sie das riskieren? Was, wenn es zum Schluss genau diese Stunden waren, die ihr zu einer guten Feier fehlten?

Doch die Stimme der Vernunft war leiser als gewöhnlich. So leise, dass es leicht war, sie zu überhören.

»Ja«, sagte Luca zuerst unsicher und dann noch einmal mit Nachdruck, »Ja. Morgen Abend.«

Kapitel 11

Der Samstag brachte eine brütende Hitze mit sich.

Luca frühstückte im Hotel und verbrachte den Vormittag damit, sich in ihrem klimatisierten Zimmer Notizen zu ihrem Eheversprechen zu machen, nur um diese Minuten später wieder durchzustreichen. Obwohl Adrian sich inzwischen mit einer versöhnlichen Nachricht gemeldet hatte, war Luca ihm gegenüber kaum milder gestimmt als gestern. Noch immer brodelte eine lange unterdrückte Wut in ihr, und nach wie vor wollte sie keinen Zugang zu den tiefen Gefühlen finden, die sie doch so gern zu Papier bringen wollte.

Um wenigstens irgendwie voranzukommen, schickte sie Adrian kurzerhand den YouTube-Link zu einer Jazz-Version von *All of me* und tippte ein kurzes *Wie wär's damit?* hinterher, auf das sie keine zehn Minuten später eine allzu begeisterte Antwort erhielt. Zu einhundert Prozent sicher war sie sich mit dieser Auswahl zwar nicht, doch wenigstens hatte Emilio behauptet, ihre Augen hätten beim Hören des Songs geleuchtet.

Vielleicht war das ein Zeichen.

Die noch so frische Erinnerung an den gestrigen Abend schickte ihre Mundwinkel auf eine steile Aufwärtsreise.

Luca hatte riesigen Spaß gehabt, umgeben von herrlicher Musik, gutem Essen und ihren neu gewonnenen Freunden. Vor allem das von Emilio organisierte Cocktail-Mixen würde sie wohl ihren Lebtag nicht vergessen.

Es hatte bei ihrer Verkostung zwei Sieger gegeben: Emilios schmackhafte Kiwi-Kreation und Lucas sehr freie Interpretation eines Cosmopolitan, der statt Cranberrys vor allem Himbeeren enthielt. Also würde sie beide Getränke als Aperitif anbieten – und sich passende Namen überlegen, sobald ihre Kreativität zurückgekehrt war.

Vielleicht lag Emilio ja mit seiner Vermutung richtig, dass ein Abend ohne Hochzeitsplanung ihr guttun würde. Immerhin küsste die Muse einen in der Tat nur selten, wenn man ihr bereitwillig die Wange darbot, sondern schaute mit Vorlieb dann vorbei, wenn man nicht mit ihr rechnete. Wenn es ihm also tatsächlich gelang, sie auf andere Gedanken zu bringen, mochte das Wunder wirken.

Wie und wo auch immer er das anstellen wollte.

Luca wusste nur, dass sie um neun zum Pier kommen und sich unbedingt warm anziehen sollte. Nicht mehr und nicht weniger. Vor allem Letzteres erschien ihr aufgrund der herrschenden Temperaturen ziemlich absurd, doch Emilio hatte nicht den Eindruck vermittelt, als sei diese Aufforderung abhängig vom Wetter.

Was er wohl vorhatte?

Es würde sie zweifelsfrei einige Überwindung kosten, sich eine langärmelige Bluse oder Jeans im Kleiderschrank auch nur anzusehen. Doch sie würde Emilios Bitte nicht ignorieren. Im Augenblick verspürte sie ihm und seinem Einsatz gegenüber eine solche Dankbarkeit, dass sie, wenn er sie darum gebeten hätte, auch im Schneeanzug zu ihrem Treffen erschienen wäre.

Nach einem herrlichen Tag mit Kate am Balscadden Bay Beach hatte Luca ihren überhitzten Körper mit Wechselduschen so weit heruntergekühlt, dass ihr Kreislauf stabil war. Das Outfit, für das sie sich entschieden hatte – eine lange Leinenhose, Sneakers, ein dünner Pullover und eine leichte Frühlingsjacke um die Hüften – war angenehm luftig und ließ ihre von der Sonne gereizte Haut ausreichend atmen. Weit entfernt von einem Schneeanzug, aber hoffentlich dennoch gut gerüstet für Emilios Pläne.

Lucas Neugier trug sie flinker als sonst hinunter zum Wasser. Als die sanft schunkelnden Segelmasten der Boote in Sicht kamen, die sich entlang des Piers bis kurz vor den historischen Leuchtturm aneinanderreihten, verlangsamte sie ihre Schritte ein wenig und hielt Ausschau nach Emilio. Wie in Howth am Wochenende üblich, war das Areal rund um die Hafenrestaurants und Pubs auch heute recht belebt.

Viele Leute waren unterwegs, einige stillschweigend den Abend genießend, andere angeregt schwatzend, wieder andere mit ihrem Handy am Ohr und Blick auf die seichten, in müdes Sommerlicht getauchten Wellen.

Sie blieb stehen und betrachtete die Szenerie mit einem inneren Frieden, von dem sie während der vergangenen Tage bereits hin und wieder einmal gefürchtet hatte, er sei ihr abhandengekommen. Dabei, und das stand außer Frage, war es so wichtig für Körper und Geist, regelmäßig zur Ruhe zu kommen. Eine Fähigkeit, die man trainieren musste wie einen Muskel, wenn man nicht wollte, dass sie verkümmerte.

»Hi, Luca.«

Jemand – der Stimme nach zu urteilen Emilio – tippte ihr auf die Schulter. Schwungvoll wandte sie sich zu ihm um.

»Hi.«

Er hatte sich rasiert, und obwohl Luca Bartstoppeln normalerweise gegenüber glatten Wangen und Kinn bevorzugte, musste sie zugeben, dass Emilio auch dieser frische jungenhafte Look ausgesprochen gut stand. Die feinen, klar konturierten Gesichtszüge kamen auf diese Weise besser denn je zur Geltung.

Wie immer war Emilio, mit seinem dunklen Hemd und der schicken blauen Stoffhose, auffallend gut gekleidet. Nur die ungewohnt lässigen Turnschuhe an seinen Füßen markierten einen deutlichen Bruch in seinem Stil. Die Schuhe – und ein Rucksack, der so groß war, dass er Emilio bis über den Hinterkopf ragte. Außerdem hatte er noch eine Tasche über dem Arm hängen.

Nachdenklich kniff Luca ein Auge zu und musterte ihn durch das andere eingehend.

»Gehen wir wandern? Oder warte, nein: Wandern wir *aus*? Weil es nämlich aussieht, als hättest du deinen halben Hausstand dabei.«

Emilio lachte. »Fast. Ich dachte mir, wir fahren ein bisschen raus aufs Wasser.«

»Aufs Wasser? Du hast einen Bootsführerschein?«

Luca wusste selbst nicht, warum diese Tatsache sie so sehr überraschte. Immerhin war es alles andere als ungewöhnlich, dass jemand neben seiner Arbeit noch Hobbys nachging. Und da Emilio durch das Restaurant seines Vaters und die Freundschaft zu Cadan sicher oft in Howth war, hatte er bestimmt eine tiefe Verbindung zum hier allseits präsenten Meer.

»Ja. Eine Zeit lang bin ich kaum gefahren, aber vor ein paar Jahren habe ich es wieder für mich entdeckt. Komm, ich zeig dir das gute Stück.«

»Ähm … okay«, murmelte Luca verblüfft und folgte Emilio, der zielstrebig auf den Pier zusteuerte. Mit einer Bootstour hatte sie von allen möglichen Aktivitäten am allerwenigstens gerechnet. Sie war noch nie auf dem Meer unterwegs gewesen – das hieß, wenn man das Treiben auf einer Luftmatratze einmal außer Acht ließ.

»Darf ich vorstellen?«, fragte Emilio, nachdem sie einige Meter gelaufen waren, »Die Königin der See: ›Betty‹.«

Das Boot, auf das er zeigte, war klein und wirkte auf den ersten Blick wenig vertrauenerweckend: Die gelbe Farbe auf dem Rumpf, golden im Licht der Abenddämmerung, blätterte großflächig ab, und auch die halb offene Kabine, hinter deren Fenster man den Ausschnitt eines großen Lenkrads erkennen konnte, hatte ihre besten Tage schon hinter sich.

Luca war bei dem Gedanken, damit hinauszufahren, ein wenig mulmig zumute, doch das behielt sie für sich. Emilio nämlich klang so stolz, dass sie seine Begeisterung auf keinen Fall trüben wollte.

»Wie schön!«, sagte sie inbrünstig und trug damit vermutlich ein wenig zu dick auf, denn seine Lippen kräuselten sich wissend.

»Keine Sorge, ich bin auf alle Eventualitäten vorbereitet.« Er ließ den riesenhaften Rucksack vorsichtig von seinen Schultern gleiten und widmete sich dann der Tasche, die er zusätzlich mit sich führte. »Hier.« Emilio beförderte zwei Schwimmwesten daraus hervor und warf Luca eine davon zu. Die andere zog er sich anstandslos selbst an.

»Sicherheit vor Schönheit«, sagte er trocken, als er ihren Blick bemerkte. »Ich finde, sie verleiht deinem Outfit das gewisse Etwas.«

»Ja? Perfekt. Ich fühle mich auch schon so richtig schön paradiesvogelig.«

Emilio grinste. »Paradiesvogelig? Was ist das denn für ein Wort?«

Luca zuckte die Achseln. »Mein eigenes. Gefällt's dir nicht?«

»Doch. Hat Potenzial, mein neues Lieblingswort zu werden.«

»Na siehst du.«

Sie ließ die Schnallen ihrer Weste ineinander klicken und

zurrte die Gurte um Brust und Bauch fester. Emilio tat es ihr nach. Während ihr eigenes Exemplar am Ende allerdings trotzdem noch locker saß, spannte seines sichtbar an Brust und Schultern. Vom Bootsfahren hatte er diese Muskeln sicher nicht, dachte Luca. Also musste er noch einem weiteren Hobby nachgehen. Einem sehr sportlichen, wohlgemerkt.

Erst jetzt wurde ihr bewusst, wie wenig sie den Mann, der dort vor ihr stand, eigentlich kannte. Während der letzten Tage hatten sie nie über ihn geredet, weder hatte sie ihn gefragt, noch hatte er von sich aus etwas aus seinem Leben erzählt. Sie wusste nicht im Geringsten, wer er war, wenn er gerade nicht um die Häuser zog, Frauen datete oder seinem Job als Polizist nachging – und selbst bei Letzterem war ihr nicht einmal klar, was er dort eigentlich genau tat. Dabei interessierte es sie. Es interessierte sie wirklich. Luca nahm sich fest vor, den hochzeitsplanungsfreien Abend zu nutzen, um Emilio endlich besser kennenzulernen. Nach allem, was er schon jetzt für sie getan hatte, war das längst überfällig.

»Gehört die ›Betty‹ dir?«, fragte sie, während er seinen Rucksack vorsichtig über die Kante des Piers und in das Boot hievte.

»Nein, meinem Onkel. Also, jedenfalls in der Theorie – er wohnt nicht mehr in Howth und lässt seine Freunde und mich abwechselnd mal nach der alten Lady sehen. Mum und ich sind früher oft zusammen rausgefahren. Für Dad war das nichts. Der wird leicht seekrank.«

Die Erwähnung seiner Mutter ließ Luca hellhörig werden. Bisher hatte Emilio immer nur von seinem Vater gesprochen, weswegen Luca wie selbstverständlich angenommen hatte, dass sie geschieden waren, wie ihre eigenen Eltern. Der melancholische Ausdruck auf Emilios Gesicht und der unterdrückte Schmerz, den Luca aus seiner Stimme herauszuhören glaubte, ließen sie allerdings etwas Schlimmeres vermuten.

Noch bevor sie fragen konnte, sprang Emilio seinem Rucksack behände hinterher, landete in einem sicheren Stand auf dem schaukelnden Untergrund und reichte Luca auffordernd die Hand. »Bitte, Mylady.«

Sie zögerte. Was, wenn ihr Magen auf dem kleinen Ausflug zu Wasser ähnlich reagieren würde wie der von Emilios Vater?

»Sag jetzt nicht, du kneifst«, neckte er.

»Ich kneife nicht. Ich versuche nur einzuschätzen, ob mein Kreislauf das mitmacht oder ob ich deinem Dad nacheifere.«

Emilio grinste. »Es ist so gut wie windstill. Keine Panik, das wird schon. Und wenn nicht, brechen wir das Ganze ab und ich überlege mir etwas anderes.«

»Du hast einen Plan B für einen planungsfreien Abend?«, witzelte sie in einem Versuch, ihre Nervosität zu überspielen.

»Ich habe für *alles* einen Plan B. Aber Plan A ist immer der bessere.«

Luca gab sich einen Ruck und ergriff Emilios ausgestreckte Hand. Die Berührung seiner Finger auf ihrer Haut jagte einen adrenalingepeitschten Funken durch ihren Arm. Eilig sprang sie ins Boot und ließ Emilio dann so hastig los, als hätte sie sich an ihm verbrannt.

Was zum Teufel war nur los mit ihr?

Nervös. Ich bin nervös wegen der Tour, beruhigte sie sich.

Wenn Emilio ihr Verhalten merkwürdig fand, ließ er sich zumindest nicht anmerken.

»Setz dich gern schon in die Kabine, wenn du möchtest«, bot er an, während er selbst dorthin ging, den Motor startete und einen Gang einlegte. Luca folgte ihm und nahm auf einer Sitzbank Platz.

»Wind und Strömung kommen von hinten, deswegen drehe ich das Ruder jetzt in Richtung Fahrrinne«, erklärte Emilio fachmännisch.

Anschließend machte er sich routiniert daran, den mächtigen Knoten zu lösen, mit dem das Boot am Dock vertäut war.

Interessiert beobachtete Luca, wie er sich mit einem Gegenstand, der an einen Haken erinnerte, vom Dock abstieß. Dann eilte er zurück hinters Lenkrad, kurbelte abwechselnd nach links und nach rechts und – ihr fiel kein anderer Ausdruck dafür ein – parkte die zwischen zwei anderen Kuttern liegende »Betty« gekonnt aus.

»Auf geht's.« Emilio drehte das Boot und steuerte es in gemächlichem Tempo aus dem Hafenbecken hinaus.

Luca wusste gar nicht, wohin sie zuerst sehen sollte: auf das dunkler werdende Blau, das sich endlos weit vor ihnen erstreckte und langsam eins wurde mit dem Himmel über ihnen, auf die von ersten Schatten geküssten Klippen zu ihrer Rechten oder das Dorf mit den warmen Lichtern seiner Läden und Restaurants in ihrem Rücken.

Howth aus dieser vollkommen neuen Perspektive zu betrachten, hatte etwas durch und durch Magisches und war vergleichbar mit dem ersten Mal, als Luca den Cliff Walk entlanggewandert war.

Sie fragte Emilio nicht, wohin er fuhr, sondern ließ sich von jedem sanften Richtungswechsel überraschen. Ihre anfängliche Unsicherheit war vom Wind davongetragen worden. Sie vertraute ihm, vertraute der leise vor sich hin ratternden »Betty«.

Ein paar Minuten lang folgte das Boot dem Ruf der Freiheit und bewegte sich immer weiter vom Festland fort, dann beschrieb es eine Schleife und tuckerte gemächlich auf die Klippen zu. Im Halbdunkel des schwindenden Tages, dessen letzte Strahlen über Fels und Wildblumen verglommen, wirkten sie noch eindrucksvoller als gewöhnlich.

Luca stellte sich vor, dass es nicht länger Emilio war, der seine »Betty« lenkte, sondern dass sie einen eigenen Willen besaß und Luca stolz ihre Welt, ihr Zuhause präsentierte.

Sie stand auf und ging zur Reling. Ihre Beine waren ein bisschen wackelig, doch solange das Boot in Bewegung war, schwankte es kaum. Andächtig ließ sie den Blick über Wasser und Land schweifen. Die Wellen plätscherten gegen den Bug, vermischten sich mit dem gleichmäßigen, beruhigenden Rattern des Motors. Salziger Wind strich durch Lucas Haare und kitzelte ihre Lippen. Wie schon vorhin, als sie das Geschehen am Hafen beobachtet hatte, hielt auch jetzt wieder eine friedvolle Ruhe Einzug in ihr Innerstes und legte sich schwer und beruhigend über die unterschwellige Anspannung der vergangenen Tage.

Luca warf einen Blick über die Schulter und lächelte Emilio dankbar zu. Es war, als hätte er gewusst, dass sie genau das hier brauchte.

Er erwiderte ihr Lächeln, hielt das Boot an und ankerte. »Kleine Pause gefällig?«

»Ein Pause vom Staunen? Ja, warum nicht.« Luca umfasste die Reling vorsichtshalber ein wenig fester.

Nun, da sie nicht mehr fuhren, nahm sie das Schaukeln deutlicher wahr als zuvor. Doch bis auf einen leichten Schwindel, der sich sicher bald legen würde, schien ihr Körper keinen Widerstand gegen das ungewohnte Gefühl zu leisten.

»Keine Sorge, du darfst nachher noch weiterstaunen.« Emilio schaltete einen sehr hellen Scheinwerfer ein, der sich an der Außenseite der Kabine befand, und lüftete einen weiteren Teil des Geheimnisses um sein Gepäck, als er daraus eine Decke und Verpflegung zutage förderte.

»Du machst Witze«, sagte sie bewegt. Ein Picknick auf einem Boot an einem lauen Sommerabend – was konnte es Herrlicheres geben?

»Ich? Niemals. Erst recht nicht, wenn Essen im Spiel ist.«

Luca wagte es, ihren sicheren Posten zu verlassen, um ihm zu helfen, das kleine Festmahl anzurichten.

Es gab Käse, Weintrauben, Brot, geschnittenes Obst, Wasser und Wein.

Sie setzten sich nebeneinander auf die Decke, und Emilio

füllte ihnen die Gläser, die er ebenfalls eingepackt hatte. Feierlich stießen sie miteinander ein.

»Das ist ein Traum«, stellte Luca fest. »Ich glaube nicht, dass ich jemals etwas Cooleres gemacht habe. Wirklich nicht.«

»Uff.« Emilio streckte die langen Beine von sich. »Mit dieser Aussage fütterst du meinen Größenwahn aber ganz schön. Ach ja, wo wir gerade bei ›cool‹ sind: Sag Bescheid, wenn du frierst, okay? Ich habe noch einen Pullover dabei.«

»Das mache ich. Danke.«

Die Versuchung war groß, Emilio zu kneifen und ihn zu fragen, ob er tatsächlich existierte. Wann hatte er diese 180-Grad-Wendung von einem Sprüche klopfenden, selbstverliebt wirkenden Mann, der er letztes Jahr noch gewesen war, hin zu einem aufmerksamen, charmanten Gentleman vollzogen? Oder war er unter seiner Maskerade bereits die ganze Zeit über Letzteres gewesen?

Vermutlich schon. Ja, vermutlich hätte sie nur von Anfang an genauer hinsehen müssen. So wie er es getan hatte.

Das brachte Luca zurück zu ihrem am Pier gefassten Plan, mehr über diesen Menschen in Erfahrung zu bringen, der ihr inzwischen doch so sehr ans Herz gewachsen war.

»Was genau machst du bei der Polizei eigentlich, wenn ich fragen darf?«

»Klar darfst du.« Emilio biss herzhaft von einem Stück Baguette ab. »Ich fahre aktuell Streife und kümmere mich um Verkehrsdelikte, möchte mich aber noch mal in Sachen Organisierte Kriminalität weiterbilden.«

»Das klingt spannend.«

»Ist es auch. Langweilig ist es mir bis jetzt jedenfalls noch nie geworden.«

Luca griff ihrerseits nach dem angenehm knusprigen Brot. »Wolltest du schon immer Polizist werden?«

»Nein.«

»Was dann?«

»Okay, lach jetzt nicht, aber als Kind habe ich auf diese ›Was willst du mal werden, wenn du groß bist‹-Fragen einfach immer mit ›glücklich‹ geantwortet.«

Luca war nicht ansatzweise nach Lachen zumute. Im Gegenteil.

»Und? Bist du's jetzt?«

»Ziemlich, ja. Noch nicht ganz, aber ausreichend.«

Sie nickte versonnen. Ihre Antwort auf diese Frage würde vermutlich ähnlich ausfallen.

»Du hast vorhin gesagt, dass du früher oft mit deiner Mum rausgefahren bist«, schnitt sie dieses möglicherweise heikle Thema vorsichtig wieder an. Sie wollte Emilio keinesfalls zu nahe treten, doch wenn sie ihn besser kennenlernen wollte, musste sie auch dort nachfühlen, wo es möglicherweise wehtat.

Er neigte den Kopf. »Keine Ahnung, ehrlich gesagt. Wir sprechen kaum. Das letzte Mal vor Monaten. Sie hat sich ziemlich verändert in den letzten Jahren. Ist vor einiger Zeit nach Italien gezogen und hat dort neu geheiratet. Irgendwie lustig, oder? Meine Eltern haben quasi ihre Nationalitäten getauscht.«

Das gezwungene Lachen, das Emilio darauf folgen ließ, sprach dafür, dass er an dieser Situation in Wahrheit nicht das Geringste lustig fand. Unwillkürlich musste Luca an Doran und seinen Sohn denken. Katherine hatte berichtet, dass zwischen dem alten Mann und seinem einzigen Sprössling lange Funkstille geherrscht hatte. Seit er ein Handy besaß, telefonierten sie wohl immerhin ab und an miteinander. Ob diese Telefonate sie einander aber wirklich näherbrachten, wusste Luca nicht.

Mitfühlend musterte sie Emilio. Das Scheinwerferlicht verfremdete seine vertraut gewordenen Züge ein wenig, nahmen seinem Gesicht jedoch nichts von seiner Attraktivität.

»Tut … tut mir leid. Das ist bestimmt nicht leicht für dich, oder?«

»Ach. Weißt du, es klingt hart, aber man gewöhnt sich dran. Außerdem kann ich mich nicht beklagen: Ich hatte wirklich eine tolle Kindheit und Jugend. Keine Probleme, so richtig heile Welt. Aber ich glaube, Mum war nie wirklich glücklich. Sie hat mich sehr früh bekommen, mit neunzehn, und hatte wohl immer das Gefühl, etwas verpasst zu haben. Das holt sie jetzt eben nach.«

»Mit neunzehn, wow. Meine Mutter war dreiundzwanzig, und das finde ich schon jung. Wobei das nicht heißt, dass ich das verurteile. Im Gegenteil. Ich finde es bemerkenswert, wenn man in diesem Alter schon so viel Verantwortung übernehmen kann.«

Emilio nickte. »So sehe ich das auch. Deswegen kann ich es ihr nicht mal verübeln, dass sie jetzt weg ist und Abstand von ihrem alten Leben nimmt. Als sie mich am meisten gebraucht habe, war sie ja für mich da.«

Luca bewunderte seine Einstellung. Sie war, wie so vieles an ihm, reif und reflektiert. Dennoch fand sie es nicht fair, dass Emilios Mutter ihn allem Anschein nach so radikal aus diesem ihrem alten Leben ausradiert hatte. Nachdenklich griff sie zu einem Stück Mango.

»Du siehst das anders, stimmt's?«, hakte er nach.

»Ja. Nein. Ich weiß auch nicht. Ich meine, deine Mum hat natürlich das Recht hinzuziehen, wo sie möchte. Aber dass sie kaum Kontakt zu dir sucht, finde ich schade.«

Emilio fuhr sich durch die Haare. »Nenn mich einen unverbesserlichen Optimisten, aber ich glaube, das wird sich auch wieder ändern. Sie braucht das einfach gerade. Diesen Abstand zu Howth und allem, was sie damit verbindet.«

Luca wechselte von einer ausgestreckten Position in einen Schneidersitz. »Das heißt, du bist hier in Howth aufgewachsen?«

»Nein, in Navan. Wir waren aber oft am Wochenende in Howth, weil mein Onkel ja hier gelebt hat. Mum und er hatten immer ein super Verhältnis zueinander.« Emilio nahm einen Schluck Wein. »Und du? Eine waschechte Münchnerin, oder hat es dich erst später dorthin verschlagen?«

»Münchnerin durch und durch.«

Luca erzählte von ihren frühkindlichen Wünschen, in den Norden Deutschlands zu ziehen, seit sie sich bei einem Besuch ihrer Lübecker Urgroßmutter unsterblich in das Holstentor und Marzipan verliebt hatte. Emilio hörte ihr interessiert zu, unterbrach sie nur dann und wann, um eine Frage zu stellen.

Schnell entwickelte das Gespräch eine Eigendynamik. Sie reisten zurück in ihre Jugend, die Schulzeit, die ersten Jahre nach dem Abschluss. Jeder berichtete von seinen eigenen Erfahrungen und teilte lustige Anekdoten aus den unterschiedlichen Stationen seines Lebens (von Partypannen über Geschichten aus dem Arbeitsalltag war alles dabei), während jenseits der hell erleuchteten »Betty« die Nacht hereinbrach.

»Jetzt bin ich aber doch neugierig geworden«, sagte Luca, nachdem sie ihre kleine Zeitreise beendet hatten und wieder in die Gegenwart zurückgekehrt waren.

Emilio sah sie erwartungsvoll an. »Neugierig worauf?«

»Na ja.« Sie angelte sich eine Weintraube. Nach Stunden des abwechselnden Essens und Redens war sie eigentlich pappsatt, doch die kleinen Früchte machten süchtig. »Aus allem, was ich gerade über dich erfahren habe, geht eins eindeutig *nicht* hervor: Picknickst du öfter im Dunkeln?«

»Ab und an«, antwortete Emilio zu ihrer Überraschung völlig ernst. »Vor allem, wenn ich die halbe Nacht hier draußen bin.«

»Okay, das musst du mir erklären.«

»Klar doch. Das hatte ich sowieso vor.« Er schob den linken Hemdsärmel ein Stück weit nach oben, sah auf eine darunter zum Vorschein kommende Uhr und brummte zufrieden. »Was soll man dazu sagen? Perfektes Timing.«

Verwirrt beobachtete Luca, wie Emilio sich nach hinten streckte und das Ungetüm von Rucksack zu sich heranzog, in dem er Decke und Proviant transportiert hatte. »Darf ich vorstellen? Der eigentliche Grund für unseren heutigen Ausflug.«

Er förderte eine längliche schwarze Tasche zutage, öffnete den daran angebrachten Reißverschluss und gab den Blick auf etwas frei, das Luca erst bei genauerem Hinsehen als Teleskop erkannte.

»Sterne«, murmelte sie beeindruckt. »Du fährst hier raus, um dir die Sterne anzugucken.«

»Nicht nur. Auch Planeten, Galaxien ... Das ist unheimlich faszinierend, weißt du?« Er klappte das filigrane Stativ auseinander, montierte das Teleskoprohr darauf und richtete es aus. »Ein Spiegelteleskop. Mein erstes war ein Linsenteleskop. Super für den Einstieg, aber mit diesem hier kannst du viel mehr Details erkennen. Das liegt an der großen Öffnung – durch die wird mehr Licht gesammelt.«

Sie verstand nicht einmal die Hälfte von dem, was Emilio da sagte, dennoch sog Luca alles begierig in sich auf.

Das Universum in all seiner paradoxen Unendlichkeit hatte sie schon immer fasziniert. Wann immer sie über die neuesten Entdeckungen der Astrologen las und Fotos aus dem All sah, hatte sie allerdings das Gefühl, an die Grenzen dessen zu stoßen, was ihr Gehirn begreifen konnte.

»Warte, bin gleich wieder da.« Emilio verschwand in die Fahrerkabine und schaltete den Scheinwerfer aus. Erst jetzt, da das künstliche Licht erloschen und nur noch der ferne Schein des Leuchtturms zu sehen war, konnte Luca erkennen, dass der Himmel sein Sternenkleid bereits übergestreift hatte. Der Mond, nur in der Hälfte seiner Pracht stehend, tauchte das schwarze Wasser in einen silbrigen Schein. Schon mit bloßem Auge war der Anblick atemberaubend schön.

»Komm«, sagte Emilio ermunternd, »die Pause vom Staunen ist vorbei. Jetzt geht's erst richtig los.«

Luca stand auf. Euphorie kitzelte ihr Herz, als sie sich hinter das Teleskop stellte – und Emilio wiederum hinter sie.

»Pass auf, hier musst du durchgucken.« Er griff um sie herum, umfasste sanft ihre Hand und führte sie zum oberen Ende des Tubus. »Das ist ein Okular. Du kannst an den Rädern drehen, bis das Bild scharf ist.«

Lucas Atem ging flach. Emilio so dicht hinter sich zu wissen, machte sie nervös. Es lag nicht an ihm, bestimmt nicht – einfach nur daran, dass ein Mann, der nicht ihr eigener war, ihr auf diese Weise nahekam. Und natürlich an der Vorfreude darauf, was sie gleich erstmals zu Gesicht bekommen würde: die Nacht in Nahaufnahme.

Aufgeregt folgte sie Emilios Anweisungen, kniff ein Auge zu, sah mit dem anderen durch die Öffnung, die er ihr gezeigt hatte, und verstellte die Rädchen.

»Ich sehe etwas!«, rief sie aufgeregt aus. »Einen Punkt, klein und hell. Und er funkelt. Ist das ein Stern?«

»Ja. Ja, das wird ein Stern sein.« Wieder führte Emilio ihre Hand, dieses Mal, um das Rohr in eine andere Position zu bringen.

»Sieh dich um, ganz in Ruhe. Und … entdecke.«

Eine andere Welt.

Ja, es war, als würde Luca durch das Teleskop hindurch eine ganz andere Welt sehen. Planeten in aberwitzigen Farben und Formen, Krater und Ringe, Nebel und funkelnde Sternenhaufen.

Es war vollkommen surreal. Sie ließ sich von Emilio erklären, welcher Planet welchen Namen trug, wie die Sternbilder hießen, die sie mit der Linse einfing, und wie weit die Entdeckung der Andromedagalaxie zurücklag, die auch ohne Teleskop am Himmel ausgemacht werden konnte, und über die

Astronomen bereits im 10. Jahrhundert in ihren Aufzeichnungen geschrieben hatten.

Als sie Emilios Ausrüstung schließlich wieder zusammenpackten und die »Betty« zurück in den Hafen einlief, war Luca sich sicher: Jeder, der aufgehört hatte, an Wunder zu glauben, müsste nichts weiter tun, als in einer klaren Nacht den Himmel zu betrachten.

Nachdem er angelegt und das Boot vertäut hatte, half Emilio Luca von Bord. Es fühlte sich seltsam an, wieder festen Grund unter den Füßen zu haben. Ein bisschen wie nach einer langen Zugfahrt oder einem ausgedehnten Flug. Kurz geriet sie ins Schwanken und spürte sogleich ein Paar starker Hände an ihren Schultern, die sie festhielten.

»Vorsicht.« Emilios Mund war ganz nahe an ihrem Ohr, seine plötzlich angeraute Stimme kitzelte die dort so empfindliche Haut. Obwohl er sie festhielt, damit sie nicht fiel, fühlte es sich an, als würde sie nun erst recht das Gleichgewicht verlieren. Verlegen machte sie einen Schritt rückwärts und entzog sich so seiner Berührung.

»Emilio?«

Das Licht des Leuchtturms und der Laternen auf dem Hafengelände erhellte den Pier gerade so weit, dass sie sein Gesicht erkennen konnte. Er sah sie an, ebenfalls ein wenig verschämt dreinblickend, und zurrte seinen Rucksack fest.

Seine Augen in ihrem intensiven stählernen Grau, das selbst den spärlichen Lichtverhältnissen trotzte, kamen Luca plötzlich vor wie eine ganz eigene Galaxie.

»Ja?«

»Danke. Danke für diesen wundervollen Abend.«

Er lächelte. »Von Herzen gern.«

Während sie Seite an Seite zurück in Richtung Promenade gingen, wurde Luca nach all den heute gewonnenen Erkenntnissen noch etwas bewusst: Sie hatte nicht an die bevorstehende Hochzeit gedacht. Nicht daran, was noch alles schiefgehen könnte, aber auch nicht an die guten Sachen. Nicht an Adrian, an ihre Familie, an den Ringtausch, den Kuss oder die Feier.

An nichts davon.

Nicht ein einziges Mal.

Kapitel 12

Luca trug den Samstag auf dem Meer im Herzen wie eine Lichtkugel, die ihr in Momenten des Zweifelns und Verzagens ausreichend Helligkeit spendete, um letztlich doch Schritt für Schritt auf ihrem Weg weiterzugehen. Die ganze Woche über dachte sie sich an die Stunden unter dem märchenhaften Nachthimmel zurück und schöpfte Kraft aus diesen kleinen, in ihrem Kopf stattfindenden Zeitreisen. Kraft, die bitter vonnöten war, denn je näher die Hochzeit rückte, desto dünner wurde Lucas Nervenkostüm.

»Bereit?«, fragte Katherine am Donnerstagabend erwartungsvoll. In den Händen hielt sie eine zylinderförmige goldene Konfetti-Kanone, deren silbernes Pendant sie Luca übergeben hatte.

»Bin mir nicht so sicher. Du weißt ja, ich habe selbst mit Knallerbsen so meine Probleme.«

»Ja, ich erinnere mich.«

Sie grinsten einander an. Seit der Nachbarsjunge von Lucas damaligem Elternhaus am Silvesterabend einmal unvermittelt hinter einer Mülltonne hervorgesprungen war und eine ganze Dose der kleinen Kügelchen abgefeuert hatte, um sie zu erschrecken, war Luca nicht mehr gut auf die vermeintlich harmlosen Feuerwerkskörper zu sprechen.

»Ist okay, lass uns starten. Auf drei?«

»Auf drei.«

Sie zählten gemeinsam rückwärts, ehe sie den Drehmechanismus am unteren Ende der Kanonen betätigten. Mit einem Knallen gaben diese sogleich ihre metallisch funkelnde Ladung frei, die zuerst bis unter die Decke flog und sich dann in unzähligen Schnipseln rieselnd auf dem Boden verteilte.

»Das kriegst du doch im Leben nie wieder weggesaugt«, sagte Luca und lachte.

»Nicht schlimm. Dann können die Leser künftig eben Briefe und Konfetti mit nach Hause nehmen. Man muss auch für Abwechslung sorgen, oder?« Mit der freien Hand zupfte Kate sich einzelne Schnipsel aus den offenen Haaren. »Außerdem war das erst der Anfang. Ich habe für Samstag noch ein paar in petto. Auch in der Luftschlangen-Version.« Sie zwinkerte. »Regenbogenbunt.«

Luca schüttelte in gespieltem Tadeln den Kopf, womit sie einen zweiten kleinen Glitzerregen verursachte. »Bin ich aber mal gespannt, wie es hier aussieht, wenn du mit deinem kleinen Makeover fertig bist.«

Die zwei seit der Schließung vergangenen Stunden hatten sie bereits damit verbracht, die Bücherei für den Samstag vorzubereiten, und waren dabei erstaunlich gut vorangekommen.

Girlanden waren aufgehängt, der Thekenbereich freigeräumt und mit weißen Tischtüchern gedeckt, Lichterketten gespannt und Kates teils gebastelte, teils bestellte Deko verteilt worden. Kleine Gestecke, geflochtene Körbe, herzförmige Teelichter und mit Schleifchen versehene Petroleumlampen zierten die Bücherei und verliehen ihr ein festliches Gewand. Auch für Luftballons hatte Kate gesorgt – glücklicherweise solche, die mit Helium befüllt waren und nicht extra aufgepustet werden mussten.

Morgen dann würde Cadan vorbeikommen, um beim Rücken der Regale zu helfen und die gemieteten Stehtische aufzubauen. Außerdem wollte Kate mit Dorans Hilfe noch ein paar »Überraschungselemente«, wie sie es kryptisch nannte, einbauen, von denen Luca vorab nichts mitbekommen sollte. Daher hatte Katherine ihr bereits ein mit der Morgendämmerung einsetzendes Rainbow-Hearts-Library-Verbot erteilt, das einzuhalten ihr in dem Trubel, der sie erwartete, sicher nicht schwerfallen würde. Immerhin stand die Anreise der Hochzeitsgäste kurz bevor – morgen früh würde Luca die kleine Gesellschaft vom Bahnhof abholen, sie zum Hotel begleiten und ihnen anschließend das Dorf zeigen. Mit ihnen essen gehen, vielleicht einen Spaziergang zu den Klippen unternehmen.

Und dabei Adrians Hand halten.

Sie ließ ihre immer noch zur Decke gerichtete Konfetti-Kanone langsam sinken. Es fühlte sich vollkommen surreal an, dass ihr Wiedersehen nur noch einen halben Tag entfernt lag.

Die ganze Zeit über hatte sie sich gewünscht, dass er sich mehr in die Planung einbrachte, mehr von sich hören ließ, einfach *da* war. Nun stellte sie fest, dass sie während der letzten zwei Wochen begonnen hatte, sich an ihren irgendwie unabhängigen Zustand zu gewöhnen. Hinzu kam das Gefühl, das sie seit ihrem Bootsausflug mit Emilio begleitete: Mit ihrem Blick durch das Teleskop war etwas in ihr wach geworden, das sie während der letzten Jahre immer wieder versucht hatte, mit Vernunft zu ersticken. Eine irgendwie wilde, stürmische Sehnsucht, die altbekannte Strukturen und Tagesabläufe niederreißen wollte. Ein Widerstand mit der Kraft einer Abrissbirne.

Wenn sie erst einmal zurück in München war, würde Luca

ihre Bewerbungen losschicken. Jede einzelne von ihnen. Und dann würde sie weitere schreiben. So lange, bis sie einen neuen Job gefunden hatte, Kreditwürdigkeit hin oder her.

Es war, als hätte der Anblick des Nachthimmels ihr eine veränderte, klarere Sicht auf die Dinge geschenkt. Etwas, wofür sie Emilio vermutlich auf ewig dankbar sein würde.

Ich muss es ihm sagen, dachte sie unvermittelt. Er weiß nicht, wie viel er mir mit diesem Abend gegeben hat.

Eigentlich hatte er spätestens heute vorbeikommen wollen, um noch einmal alles für den morgigen großen Tag gemeinsam durchzugehen. Doch bisher hatte er sich weder sehen lassen, noch eine Nachricht unter Penny Redfords Blumenkübel hinterlegt, was Luca trauriger stimmte, als sie zugeben wollte. Zwar konnte sie sich beim besten Willen nicht vorstellen, dass er nach all den gemeinsamen Tagen wirklich darauf verzichtete, ihre abgehakte To-do-Liste Revue passieren zu lassen, doch langsam würde er sich damit ein wenig beeilen müssen.

Am Dienstag hatten sie sich zuletzt gesehen – dieses Mal bei Cadan zu Hause –, um ihre Cocktail-Kreationen zu präsentieren und ihre Mix-Kenntnisse weiterzugeben. Immerhin würde Luca sich am Samstag nach der Zeremonie kaum im Brautkleid in die Küche stellen, um ein Tablett Lucapolitans und Adrikiwis vorzubereiten.

»Lu? Alles klar?« Kate schnipste vor ihren Augen herum, als würde sie sie aus einer Hypnose aufwecken wollen.

»Hab kurz geträumt, sorry.«

»Ich muss gleich schnell los und«, sie unterbrach sich, sah auf ihre freie Hand und zählte stumm mit den Fingern, »Teil fünf deiner Überraschungsdeko abholen. Bleibst du noch, bis ich zurück bin? Auf ein Glas Wein oder KiBa?«

Teil fünf. Luca war übermäßiges Engagement von ihrer Freundin durchaus gewohnt, doch es schien, als hätte sie nun vor, sich selbst noch einmal zu übertrumpfen.

Sie hegte den leisen Verdacht, dass Kate dieses Mal etwas

gemeinsam mit Doran ausgetüftelt hatte. Zumindest war sie während der letzten Tage wieder vermehrt dort und nach ihren Besuchen ungewohnt schweigsam gewesen.

»Ja, ich bleibe. Aber du machst dir wirklich viel zu viel Mühe«, stellte Luca in einem Ton fest, der liebe- und vorwurfsvoll zugleich war.

»Hallo?« Katherine stupste ihr mit der Konfettikanone sanft gegen die Schulter. »Du bist meine beste Freundin. Da gibt es kein ›zu viel‹.«

Luca seufzte ergeben. »Na gut. Ich erinnere dich dran, wenn Cadan und du mal heiratet.«

»Keine Sorge, dann hast du von mir einen Freifahrtschein für jede Art von Schabernack, die dir einfällt. Ich schwöre es.«

»Ist abgespeichert.«

»Gut! Dann werde ich mal losflitzen. Die kannst du mir geben, schmeiße ich draußen schnell in die Tonne.« Katherine nahm Luca den leeren Konfettiwerfer ab und klemmte ihn sich unter den Arm. »Oh, und ich lass mich hier schnell selbst raus, schließ einfach hinter mir wieder ab, ja?«

»Klar. Bis gleich.«

Begleitet vom melodischen Klingeln des Glöckchens oberhalb der Eingangstür verließ Kate die Bücherei in Richtung Hafen. Luca sah ihr durch die Glasfront hindurch nach, das Herz voller Zuneigung für diesen Menschen, den sie liebte wie eine Schwester. Den Hauch warmer Abendluft tief einatmend, der gerade hineingeströmt war, wollte sie den noch im Schloss steckenden Schlüssel gerade wieder umdrehen, als sie eine vertraute Silhouette zügig die Straße hinablaufen sah.

Emilio.

In ihrem Brustkorb zuckte es spürbar. Er war doch noch gekommen. Natürlich war er das.

Doch es war nicht nur Freude, die Luca empfand, sondern auch ein nagendes, wehmütiges Gefühl. Hier und heute waren sie das letzte Mal für eine sehr lange Zeit unter sich. Emilio würde ihr fehlen – als der gute, aufmerksame Freund, der er ihr seit seinem ersten Brief unter Penny Redfords Blumenkübel geworden war.

Schnell öffnete Luca die Tür wieder, um sie Emilio aufzuhalten.

»Hey!«, rief sie ihm zu, weil er aussah, als würde er auf den Haupteingang des Hauses zusteuern wollen, »die Rainbow-Hearts-Library hat gerade eine außerplanmäßige Sonderöffnungszeit.«

Er nahm die Hände aus den Hosentaschen, als er sie entdeckte, und straffte die Schultern. Erst durch diese winzige Veränderung seiner Haltung fiel ihr überhaupt auf, dass er angespannt aussah. Irgendwie niedergeschlagen. Als würde ihn etwas bedrücken – im wahrsten Sinne des Wortes.

»Luca.« Atemlos kam er vor ihr zum Stehen. »Tut mir leid, dass ich so auf den letzten Drücker herkomme. Ich hatte gehofft, du wärst noch nicht im Hotel, und dachte, ich schaue auf gut Glück mal bei Katherine vorbei.«

»Dein Timing ist bemerkenswert. Ich bin noch hier – und Kate gerade ausgeflogen.« Luca fand, dass sie ein bisschen wie ein Teenager klang, der seinem ersten Freund stolz verkündete, dass die eigenen Eltern nicht zu Hause waren und sich von der sturmfreien Bude eine aufregende Nacht versprach. Eigentlich eine perfekte Vorlage für eine lässige und gewitzte Bemerkung, wie Emilio sie oft auf Lager hatte, doch entgegen seiner sonstigen Art ging er überhaupt nicht darauf ein.

»Darf ich kurz reinkommen?«

»Natürlich.«

Heute war Emilio wieder in Uniform unterwegs, musste also direkt von einer Einsatzfahrt nach Howth gekommen sein.

Verstohlen musterte Luca ihn. Er sah nicht nur angespannt aus, sondern vor allem müde. Ähnlich wie bei Kate nahmen aber auch Emilio seine Augenringe und der stumpfe

Blick nichts von seiner Attraktivität – es stimmte schlicht, dass einen schönen Menschen nichts entstellen konnte.

»Hattest du einen harten Tag auf der Arbeit?«, erkundigte sie sich vorsichtig. Eine Frage, die sich seltsam intim anfühlte, weil sie sie in dieser sanften Tonlage sonst nur Adrian stellte, wenn er spät am Abend mit gestresster Miene heimkam.

Emilio machte eine vage Kopfbewegung. »Auch, ja.«

Luca wartete geduldig darauf, dass er weiterredete, doch stattdessen nahm er die Deko in Augenschein und pfiff leise durch die Zähne.

»Das sieht ja schon richtig festlich aus. Wobei ich sagen muss, dass es mir vorher besser gefallen hat.«

Luca lachte perplex. »Ach ja? Dir, dem Buchmuffel, gefällt eine Bücherei in ihrer ursprünglichen Form besser als zu einer Partylocation umfunktioniert?«

Emilio zog die dunklen Brauen zusammen. »Vielleicht bin ich ja schon gar kein so großer Buchmuffel mehr.«

»Soso. Was liest du denn gerade?«

»Im Moment nichts, aber ich habe mir vorgenommen, die Tage mit Tolkien anzufangen.«

Wieder konnte Luca ihre Überraschung nicht verbergen – dieses Mal äußerte sie sich in einem wenig charmanten ungläubigen Schnauben. Selbst sie als Vielleserin hatte mehrere Anläufe für die großartigen Geschichten aus dem Universum des *Herr-der-Ringe*-Schöpfers gebraucht, dessen Schreibe sie zwar sehr bewunderte, aber auch als sehr anspruchsvoll empfand.

Glücklicherweise schien Emilio ihr diese Reaktion nicht übel zu nehmen. Es kam Luca sogar vor, als entspannte er sich nun, da sie ins Gespräch gekommen waren, wieder etwas.

»Ich weiß, ich hab mir da wohl ziemlich viel vorgenommen, aber ich mag Herausforderungen.«

»Gute Einstellung.«

»Ja, oder?«

Er ließ seinen Blick erneut über Konfetti, Gestecke, Lampen und Lichterketten wandern. Dann stieß er abgehackt die Luft aus, wie ein Sportler, der sich mit diesem kurzen gehauchten Geräusch für eine entscheidende Perfomance motivierte.

»Das ist jetzt vielleicht ein bisschen kitschig, aber ich habe noch ein Geschenk für dich.«

Lucas Ohren wurden heiß. Der rasante Themenwechsel behagte ihr nicht. Lieber würde sie sich in endlose Diskussionen über Elben, Zwerge und Hobbits verstricken, als den wahren Kern dieser Unterhaltung freizulegen: Nämlich das bevorstehende Ende ihrer gemeinsamen Zeit als Hochzeitsplanungs-Duo. Und ›ein Geschenk‹ klang in diesem Zusammenhang sehr nach einem Lebewohl, auch wenn sie nicht leugnen konnte, dass Emilios Worte ihre Neugier weckten.

Was in aller Welt hatte er sich nun wieder einfallen lassen?

»Vor der Hochzeit? Bringt das nicht Unglück?«, versuchte sie das freudig-aufgeregte Gefühl in ihrem Bauch zu überspielen.

Emilio lachte leise. »Bist du etwa abergläubisch?«

»Sieht so aus. Das macht wohl die intensive Auseinandersetzung mit Bräuchen aus mir.«

»Mhm. Das hier dürfte das Unglück wieder ausgleichen.« Emilio griff in seine Hosentasche, zog seine geballte Faust wieder heraus und machte einen Schritt auf Luca zu. Neugierig beobachtete sie, wie er seine Handfläche öffnete und ein filigranes silbernes Armband offenbarte, an dem ein winziger Anhänger in Form eines Hufeisens baumelte.

»Schon wieder ein irischer Brauch«, sagte Emilio und klang dabei beinahe entschuldigend. »Viele Frauen tragen am Tag ihrer Hochzeit ein Hufeisen bei sich. Ich glaube, das steht überall auf der Welt für Glück, oder?«

»Ja«, hauchte Luca ergriffen, »und es ist nach oben hin geöffnet, damit das Glück auch ja nicht hinausfließen kann.«

Sie war gerührt. Emilio war ihr, neben Kate, in den letzten Tagen eine unheimlich große Stütze gewesen. Er hatte keine Mühen gescheut, Luca zu helfen, war in der Planung sogar richtig aufgegangen und hatte ihr dabei immer wieder ein Lächeln aufs Gesicht gezaubert. Mit seinem Geschenk setzte er dieser besonderen Zeit, die Luca wohl immer positiv in Erinnerung behalten würde, die Krone auf.

Behutsam nahm sie das Armband an sich und legte es um ihr Handgelenk.

»Soll ich es zumachen?«, bot Emilio an.

Sie nickte. »Bitte.«

Konzentriert widmete er sich dem Verschluss, der in seinen großen Händen aberwitzig klein wirkte. Dabei streiften seine Finger immer wieder sacht ihre Haut. Sie hoffte, dass er die Gänsehaut nicht bemerkte, die sich unter seiner Berührung über ihren ganzen Arm ausbreitete.

»So.« Er ließ die Hände sinken. Luca schüttelte ihr Handgelenk und brachte den kleinen Anhänger damit zum Klimpern.

Eine kleine Glücksmelodie, dachte sie entzückt.

»Wunderschön«, sagte Emilio leise. Er sah dabei nicht das Armband an, sondern sie. In seinem Blick lag eine Wärme, die an Lucas Magen zupfte. »Entschuldigung«, setzte er hastig hinzu, »das war nicht … Ich meinte den Schmuck. Er sieht wunderschön an dir aus. Also, nicht dass du nicht auch wunderschön wärst, denn das bist du definitiv. Das soll jetzt kein Baggern sein oder so, nur eine Feststellung, ich würde nicht –«

»Emilio.« Luca legte ihm beruhigend eine Hand auf den Arm. »Schon gut.« Sein Kompliment war ihr nicht unangenehm, im Gegenteil. Ihr Herz saugte es so bereitwillig auf, als hätte es die ganze Zeit über darauf gewartet.

Kapitel 13

Es war ein tränenreiches Wiedersehen, das den Freitag einläutete. Der erste Teil der deutschen Hochzeitsgesellschaft, fünfzehn Personen an der Zahl, strömte als ein riesiges, fröhlich schnatterndes Knäuel aus den Türen der Bahn und stürzte sich sofort auf die am Gleis wartende Luca.

Zuerst schloss ihre stets von Kopf bis Fuß perfekt gestylte Mutter sie in die Arme (»Du siehst dünn aus, Kind, wir müssen gleich unbedingt etwas essen gehen!«), dann ihr Vater, der mit seinen langen Haaren und den ausgebeulten Klamotten aussah wie ein in die Jahre gekommener Biker. Gleich im Anschluss drückten ihre Schwiegereltern ihr eine Armada Küsse auf die Wange; eine von Erika und Joseph Hofmanns liebsten Arten, ihrer Herzlichkeit Ausdruck zu verleihen. Kurz vermisste Luca Josephs Mutter, Adrians einzig verbliebene Oma Magret, bis ihr wieder einfiel, dass diese für eine Flugreise inzwischen zu gebrechlich war und daher nur bei der standesamtlichen Trauung dabei sein würde.

Die nächsten in der Begrüßungsabfolge waren Hannelore und Ralph, Lucas Großeltern mütterlicherseits (die Eltern ihres Vaters hatte sie nie kennengelernt, da sie beide noch vor ihrer Geburt gestorben waren), ihre für gewöhnlich dauerangespannte, heute erstaunlich locker wirkende Tante Charlotte, Adrians bester Kumpel und Trauzeuge Marc und zwei befreundete Pärchen (Nicole und Tobias sowie Sevcan und Morten), die sie vor Jahren einmal bei einer Brauereitour kennengelernt hatten und mit denen sie seitdem monatlich Spieleabende veranstalten. Zuletzt wurde Luca von Adrians Tanten Sybille und Gerda begrüßt, und endlich, sie hatte sich schon die ganze Zeit über den Hals nach ihm verrenkt, von ihrem Verlobten selbst.

»Lu.« Er lächelte sie schief an. Wie so oft, wenn er mit dem Flugzeug verreiste, trug er anstelle von in der klimatisierten Luft schnell austrocknenden Kontaktlinsen seine Brille, die ihm ein jungenhaftes, irgendwie freches Aussehen verlieh. Vor allem in Kombination mit seinen widerspenstigen hellbraunen Haaren, die selbst dann unordentlich aussahen, wenn er sie stundenlang mit Bürste und Haargel zu bändigen versuchte.

»Adrian.« Sie hauchte ihm einen Kuss auf die Lippen und umarmte ihn. Suchte Geborgenheit im karamelligen Duft seines Parfums und fand darin stattdessen ein Gefühl von Distanz.

Das ist normal, beruhigte sie sich, ich war jetzt zwei Wochen lang in einer Blase aus Hochzeitsstress und irischen Sommermomenten gefangen, weit weg von meinem gewohnten Alltag. Kein Wunder, dass ich erst mal wieder aufwachen und in der Gegenwart ankommen muss.

»Wie war euer Flug? Ist alles gut gegangen?«

Es war gar nicht so leicht, so vielen Menschen beim Beantworten einer Frage zuzuhören, und insbesondere Charlotte, Sybille und Marc, die bei Weitem redseligsten Mitglieder der ungleichen Truppe, fielen einander oft ins Wort. Überhaupt zogen sie auf dem Weg zum Seashell, das mit der Ankunft der neuen Gäste nun vollständig ausgebucht war, viele neugierige Blicke auf sich; sei es durch ohrenbetäubend lautes Lachen (bei Lucas Vater hatte dies nämlich große Ähnlichkeit mit dem Klang einer Kettensäge), den nie enden wollenden und nicht weniger geräuschvollen Schlagabtausch zwischen Oma Hannelore und Opa Ralph, oder das ständige kommentierte Fotografieren und Filmen jedes einzelnen Quadratzentimeters des Ortes, mit dem Tobias und Nicole Material für ihren gemeinsamen Travel-Blog sammelten.

»Okay«, sagte Luca laut, als sie vor dem Hotel ankamen, »ich würde sagen, jeder macht sich in Ruhe fertig, und wir treffen uns in einer Stunde in der Lobby wieder?«

Sie kam sich ein bisschen vor wie ein Tourguide. Fehlte nur noch der neonfarbene Regenschirm, den sie als Erkennungszeichen in die Luft reckte.

Alle waren einverstanden, und so begleitete Luca Adrian auf sein Zimmer, wartete auf seinem Bett, bis er geduscht und sich umgezogen hatte, packte in der Zeit seine Sachen aus (der Anzug für den großen Tag steckte in einem schwarzen Kleidersack) und versuchte dann, die restlichen paar Minuten Zweisamkeit zu nutzen, um wieder Nähe zwischen ihnen herzustellen.

Als er sich seufzend neben ihr auf dem Bett ausstreckte, kuschelte sie sich ein wenig steif an seine Schulter.

»Bist du aufgeregt?«, fragte sie ihn, während sie mit der Hand über seine Brust strich. Sein Blick wanderte zu dem Armband, das Emilio ihr am Vorabend geschenkt und das sie nicht einmal in der Nacht abgelegt hatte.

»Ein bisschen schon, klar. Aber eigentlich muss ich das nicht sein, oder? Ich weiß ja, wen ich heirate.« Er drehte den Kopf zu ihr und lächelte. Es fiel Luca schwerer als sonst, dieses Lächeln zu erwidern, lag ihr doch gerade auf der Zunge, dass er angesichts des nicht einmal geübten Tanzes schon ein wenig nervöser sein könnte. Sie wusste selbst nicht, was sie zurückhielt, den Song anzumachen und ihn zu bitten, ihn wenigstens ein einziges Mal durchzugehen. Vielleicht die beinahe trotzige Hoffnung darauf, er möge sich daran erinnern, dass es ihr wichtig war.

»Schönes Armband übrigens«, bemerkte er, ohne sich an ihrem gezwungenen Lächeln zu stören. »Das ist neu, oder?«

Luca zögerte nicht mit ihrer Antwort. »Ein Geschenk von einem Freund. Irische Frauen tragen traditionell ein Hufeisen zur Zeremonie.«

Sie beobachtete Adrians Reaktion genau. Hielt nach dem leisesten Hauch von Eifersucht Ausschau, scannte sein Gesicht förmlich nach der kleinsten Veränderung. Doch seine Züge wirkten unverändert entspannt.

»Schön. Kommt er morgen auch zur Feier?«

»Ja.«

»Cool. Ich freue mich, ihn kennenzulernen.«

Damit war das Thema erledigt.

Luca setzte sich auf und rieb sich den Nacken. »Er sich bestimmt auch. Also dann. Gehen wir?«

***

Bis auf Lucas Großeltern und Tante Gerda, die müde von der Anreise waren, nahm jeder an dem Ausflug durchs Dorf teil. Wie geplant gingen sie unter Lucas Führung zuerst hinauf zu den Klippen, schlenderten dann die Promenade entlang und kehrten schließlich in eines der Hafenrestaurants ein, das draußen noch ein paar freie Tische hatte.

Die Nachmittagssonne wärmte ihnen die Gesichter, während sie aßen und tranken, und selbst die gesprächigsten unter ihnen hielten immer wieder inne, um die Idylle des Moments zu genießen.

Luca freute sich über die allgemeine Begeisterung über Howth, die ihr ausnahmslos von jedem in der Runde (sogar von der kritischen Charlotte) entgegenschlug. Sie erkannte ihr eigenes Leuchten in den Augen der anderen wieder; dieses Staunen darüber, wie ein einziges kleines Fleckchen Erde eine so wilde verwunschene Schönheit besitzen konnte. Wenn unter ihnen noch jemand gezweifelt hatte, ob das irische Küstendorf wirklich die richtige Location für die Hochzeitsfeier war, hatte der Tag sie nun sicher restlos überzeugt.

»Katherine hat mit ihrem Umzug hierher wirklich alles richtig gemacht«, befand Lucas Mutter, während sie das Glas Rosé zwischen ihren Fingern schwenkte und einer Möwe nachsah, die ein Stück Pommes erbeutet hatte, das sie auf der Hafenmauer nun gegen ihre Artgenossen verteidigte. Ihr Gesicht glitzerte von leicht verschmiertem Lidschatten, Rouge und Puder. Seit Luca sich erinnern konnte, verbarg sie ihr Gesicht hinter einer Schicht aus Make-up, die sogar Ivys und Briannas offen zur Schau getragener Liebe zur Kosmetik Konkurrenz machte. Hatte sie ihre Mutter überhaupt je ungeschminkt gesehen?

»Wo ist Kate überhaupt?«, schaltete sich Lucas Vater ein. »Sie wird doch nicht den ganzen Tag schuften, während wir uns hier eine schöne Zeit machen?«

»Ich fürchte, so ist es. Sie wollte mir schreiben, wenn sie fertig ist, und dann mit ihrem Freund dazukommen, aber noch habe ich nichts gehört.«

»So kennen wir sie. Immer fleißig.«

»Allerdings.« Luca nickte zustimmend, doch das Gespräch entwickelte sich bereits wieder in eine andere Richtung. Sybille hatte jemanden entdeckt, dessen Jacke nicht zu seinen Schuhen passte, und geriet darüber in eine Grundsatzdiskussion mit Charlotte.

Luca merkte, wie sie gedanklich abdriftete und sich außerdem immer wieder dabei erwischte, wie sie neidvoll zu einem Pärchen am Nebentisch sah, das gar nicht genug davon bekommen konnte, einander zu berühren. Es waren kleine, zurückhaltende, aber dadurch nicht minder gefühlvolle Gesten, die ihre Liebe sichtbar machten: hier eine Hand auf dem Bein des anderen, da ein seichtes Streicheln über den Arm oder die Wange. Von der Steifheit, die sie vorhin im Hotel an sich selbst bemerkt hatte, war den beiden nichts anzumerken.

Wann hatte sie das letzte Mal so mit Adrian zusammengesessen? Sie konnte sich nicht mehr daran erinnern.

Wir brauchen das nicht, sagte Luca sich eisern, wir führen seit Jahren eine stabile Beziehung. Wer wusste schon, wie lange das andere Pärchen zusammen war? Möglicherweise ja erst seit wenigen Monaten, wobei Luca das ehrlicherweise bezweifelte. Dafür war ihr Umgang miteinander zu vertraut, die Atmosphäre zwischen ihnen zu entspannt. Wie konnten sie sich dennoch diesen goldenen Zauber des Anfangs erhalten? Am liebsten wäre sie einfach aufgestanden, zu ihnen herübergegangen und hätte sie gefragt.

Stattdessen legte Luca Adrian die Hand auf den Oberschenkel. Ganz beiläufig, ohne ihn direkt anzusehen, während sie mit einem halben Ohr den immer abstruser werdenden Ausführungen von Tante Sybille zum Thema Stilsicherheit zuhörte. Gebannt wartete sie, wie und wann er reagieren würde, und nahm aus dem Augenwinkel wahr, wie er sich in ihre Richtung lehnte.

»Was ist?«, wisperte er ihr so diskret wie möglich zu. »Alles gut?«

Luca presste die Lippen aufeinander. Wenn sie nicht so verletzt gewesen wäre, hätte sie laut aufgelacht. Adrians Frage war der Beweis: Ihren Berührungen fehlte jede Art von Selbstverständlichkeit. Wenn Luca ihn anfasste, deutete er daraus, dass sie ihm etwas erzählen wollte. Und sie wusste, dass es umgekehrt genauso gewesen wäre.

»Hat sich schon erledigt«, flüsterte sie und zog ihre Hand zurück. Das Hufeisen daran verursachte ein klimperndes Geräusch. Mit einem schnellen Blick vergewisserte Luca sich, dass sie es nicht falsch herum trug. Dass das Glück nicht hinausfloss, sondern weiterhin dort war, wo es sein sollte.

Kapitel 14

Was man in der ersten Nacht in einem fremden Bett träumte, so sagte man, sollte wahr werden. Luca schlief zwar nicht zum ersten Mal auf der weichen Matratze ihres Hotelzimmers, hoffte aber, dass es einen solchen Aberglauben nicht auch für den letzten Traum vor einer Hochzeit gab. Denn wenn doch, erwartete sie heute jedenfalls ein pures Chaos aus Tränen, Streitigkeiten und einer überstürzten Flucht mit der »Betty« übers Meer.

Die unruhigen, wirren Traumbilder hafteten selbst nach einer kalten morgendlichen Dusche noch wie die klebrigen Fäden eines Spinnennetzes an ihr und wollten sich partout nicht abschütteln lassen.

Kate würde beim Schminken und Frisieren gleich einiges zu tun haben, dachte Luca beim Anblick ihres abgespannten Spiegelbildes verzagt und versuchte, die steile Falte zwischen ihren Augenbrauen glattzustreichen. Eigentlich bestand doch kein Grund zur Besorgnis: Sie lag super in der Zeit, das Wetter versprach herrlich zu werden, und alles, was sich in irgendeiner Art und Weise beeinflussen ließ, war vorbereitet.

Und trotzdem …

Trotzdem war sie nicht in ihrer Mitte, nicht annähernd, sondern schwenkte wie ein Pendel hin und her.

Unruhig schlüpfte Luca in Bluse und Shorts, föhnte sich die Haare und verließ dann mitsamt bereits gestern Abend fertig gepackter Clutch das Zimmer.

Als sie den Gang hinuntereilte, hörte sie lautes Gelächter aus Adrians Zimmer dringen, das eindeutig Marc zuzuordnen war. Der hauptberufliche Ingenieur war schon immer in der Lage gewesen, seinen Sandkastenfreund ohne große Mühe zum Lachen zu bringen. Oftmals reichte eine Grimasse aus, ein simpler Blick oder auch nur ein bestimmtes Wort, an das gemeinsame Erinnerungen geknüpft waren und das in ihrer Freundschaft wie eine Art Geheimcode fungierte.

Etwas, auf das Luca eine Zeit lang sogar ein wenig neidisch gewesen war. Nicht auf die Verbindung als solche – immerhin besaß sie eine genauso intensive auch zu Katherine –, sondern darauf, dass ihr eigener Umgang mit Adrian bei Weitem nicht so ungezwungen war.

Mittlerweile aber (und vor allem heute) freute sie sich einfach nur darüber, dass die beiden ihren Spaß miteinander hatten. Mit wehenden Haaren nahm Luca die Treppe nach unten, grüßte Mae, die Rezeptionistin, im Vorbeigehen und trat hinaus auf die Straße.

Schon in München liebte sie die verheißungsvoll frische Luft eines frühen Morgens, doch hier, versetzt mit der salzigen Rauheit der Küste, kam er einem reinigenden Zauber gleich, der durch Körper und Geist strömte, um dort Frieden zu stiften.

Schon nach wenigen Atemzügen fühlte Luca sich besser, und als sie Kates Haus erreichte, war der Nachhall des schlechten Traumes endgültig verklungen.

Luca musste schmunzeln, als sie an der Bücherei vorbei in Richtung der charakteristischen grünen Eingangstür mit dem hübschen goldenen Knauf ging. Die Jalousien vor dem Schaufenster der Rainbow-Hearts-Library waren heruntergelassen und ermöglichten keinen noch so kleinen Blick ins Innere. Es hätte Luca nicht einmal gewundert, wenn Kate es in ihrem Eifer vernagelt hätte, nur um sicherzugehen, dass Luca sich auch ja nicht die Überraschung verderben konnte.

Keine zwei Sekunden, nachdem sie die Klingel betätigt hatte, öffnete die Freundin ihr auch schon atemlos. Sie trug bereits das fliederfarbene Chiffonkleid, das sie eigens für den heutigen Tag geshoppt hatte, und die langen Haare fielen ihr in wallenden Locken über die Schultern.

»Da ist ja meine Braut!« Strahlend schloss Kate sie in die Arme und hüllte Luca ein in eine Wolke aus Parfum, in die sich der Duft nach frisch aufgebrühtem Kaffee mischte, der aus der Küche in den Flur strömte. Etwas, von dem sie normalerweise gar nicht genug bekommen konnte, doch heute rebellierte ihr Magen bei dem simplen Gedanken an das sonst so heiß geliebte Getränk.

»Und da ist meine Trauzeugin, die jetzt schon besser aussieht als ich. Verstehe einer diese Ungerechtigkeit«, witzelte Luca, löste sich sanft von Kate, die sofort protestierend schnaubte.

»Blödsinn. Dir kann man gar nicht die Show stehlen. Du siehst aus wie Engel. Gerade vielleicht wie einer, der eine harte Anreise vom Himmel Richtung Erde hinter sich hat, aber das ist nichts, was wir nicht mit ein paar Pinselstrichen wieder hinkriegen würden. Und mit einem Croissant.« Sie zwinkerte. »Ich zitiere gern deinen Pa: Frühstück ist die wichtigste Mahlzeit des Tages. Vor allem für jemanden, der heute noch viele Lucapolitans und Adrikiwis trinken wird.«

An Essen aber war nicht zu denken, und so beließ Luca es bei einem Höflichkeitsbissen und einem Schluck Wasser.

Erst als Kate ihr beruhigend durchs Haar bürstete und zu leiser entspannter Musik die vereinbarte Flechtfrisur zauberte, ebbte ihr nach der Aufregung über den lebhaften Traum bereits zweiter Nervositätsschub des noch jungen Tages langsam ab.

Während Kate die letzten Haarnadeln befestigte und akribisch an einzelnen Strähnchen herumzupfte, kam Luca erstmals der Gedanke, dass sie diese gemeinsamen Minuten genießen sollte.

Wenn das Leben so verlief, wie sie es sich vorstellte, würde sie immerhin nie wieder heiraten. Dann wären die Erinnerungen an die Zeit der Vorbereitung – inklusive des Stylings unter der Dachschräge dieses wunderbaren kleinen Hauses – als umso heiliger und es vor allem wert, dass man sie ganz bewusst sammelte.

»Früher auf dem Schulhof haben wir Wetten abgeschlossen, wer von uns wohl mal zuerst heiratet und Kinder bekommt. Weißt du noch?«

Katherine machte ein vergnügtes Geräusch, ließ von Lucas Hinterkopf ab und widmete sich nun ihrem Gesicht. Dafür hatte sie auf dem Nachttisch einen richtig professionell wirkenden, metallisch glänzenden Make-up-Koffer aufgestellt, dessen Inhalt in allen Farben und Formen daherkam. Pinsel in unterschiedlicher Größe reihten sich neben Wimpernzangen und Pinzetten, Lidschattenplatten neben Lippenstiften, Puderdöschen und einer Auswahl verschiedener Concealer. Kate hatte den Koffer Anfang der Woche aus Dublin mitgebracht, als sie Cadan zu einem Termin begleitet hatte.

»Klar weiß ich das noch. Theresa hat auf sich selbst gesetzt, und wir aufeinander. Tja … du weißt ja, ich habe nicht mehr den besten Kontakt zu ihr, aber fest steht, dass ich mit meinem Tipp gewonnen habe. Du bist die Erste von uns dreien, die einen Ring am Finger trägt.«

Sie griff nach einer Cremetube, drückte eine haselnussgroße Portion heraus und begann, Lucas Gesicht damit einzutupfen.

»Stimmt. Du hattest schon immer ein Talent für Vorhersagen.«

Lucas Herz galoppierte ein paar Schläge voraus. »Deswegen würde ich dich gern um noch eine bitten.«

»Jederzeit.« Kate räusperte sich. »Was willst du wissen, mein Kind?«, fragte sie mit verstellter, dunkel-mystischer Stimme.

Luca lachte. »Verrate mir, o du großes Medium, werde ich glücklich sein in dieser Ehe?«

Kate verharrte in ihrer Tupfbewegung. Jäh hatte sie ihre Albernheit abgestreift. »Okay, dafür werde ich ein bisschen ausholen müssen. Wir haben an diesem Tag, von dem du gerade gesprochen hast, nicht nur gewettet, sondern uns auch etwas geschworen. Als wir nach der fürchterlichen Doppelstunde Mathe bei Herrn Saibel mit unseren vergeigten Klausuren im Fahrradschuppen gestanden haben und Angst hatten, nach Hause zu fahren, erinnerst du dich? Plötzlich war da dieses Versprechen zwischen uns, dass wir immer für die andere da sein würden. Das war sicher auch vorher schon selbstverständlich für uns, aber damals haben wir es zum ersten Mal laut ausgesprochen. Haben Pläne geschmiedet, wie wir zusammen abhauen, wenn uns wegen unserer Noten die Hölle heiß gemacht wird. Darüber gescherzt, wie wir uns zu zweit ein neues Leben aufbauen und es auch ohne Schulabschluss mal zu etwas bringen würden.« Kates Lippen kräuselten sich leicht. »Und schon sah die Welt wieder ein kleines bisschen besser aus. Deswegen: Ja. Ja, ich glaube, du wirst glücklich sein, egal, in welche Richtung sich dein Leben entwickelt. Ob du nun verheiratet bist oder nicht. Weil ja feststeht, dass wir beide einander immer haben werden. Ich bin dein Fallschirm, und du bist meiner. Und solange ich an deiner Seite bin, passe ich darauf auf, dass es dir gut geht.« Sie atmete geräuschvoll aus. »Sorry, das war wahrscheinlich die theatralischste Prophezeiung, die ich je getroffen habe.«

Gerührt tastete Luca nach der freien Hand ihrer Freundin und drückte sie. »Nein, überhaupt nicht. Eigentlich war das sogar die schönste von allen.«

Den Fallschirm-Pakt fest in ihrem Herzen, ließ Luca sich ohne weitere zweifelnde Fragen und Gedanken von Kate zu Ende stylen. Das Ergebnis konnte sich durchaus sehen lassen: Ihre dichten langen Wimpern waren dunkel getuscht und besaßen dank Zange und Bürste einen eleganten Schwung, die Lider schimmerten in Perlmutt und einem vanilligen Glitzer. Auf den Wangen trug Luca einen Hauch von Rosa, während ihre Lippen in einem Nudeton geschminkt waren, der ihre Fülle auf zurückhaltende Art und Weise betonte.

Luca sah noch immer wie sie selbst aus, hatte ihre Natürlichkeit größtenteils behalten, und doch war in ihrem Gesicht eine Veränderung vonstattengegangen. Nicht eine, die verfremdete, sondern die das, was ohnehin schon da war, noch deutlicher zum Vorschein brachte. Sie fühlte sich wie eine Rose, die zwar schon vor einem Regenguss geblüht hatte, nun aber, nachdem belebenden Kuss ihrer Blüten, noch kräftiger leuchtete.

»Märchenhaft«, versicherte sie der erwartungsvoll dreinblickenden Katherine und erntete ein Strahlen, »absolut märchenhaft.«

Wenn sie in diesen Morgenstunden etwas begriffen hatte, dann, dass Freundschaft ein so unerschütterlich festes Konstrukt war, dass sogar die Liebe sich an ihm die Zähne ausbeißen konnte. Selbst wenn eines Tages alles zerbrechen würde (wovon sie selbstverständlich erst einmal nicht ausgehen wollte), wäre Luca nicht allein, sondern hätte einen Menschen an ihrer Seite, auf den sie zählen konnte.

Nachdem Kate ihr in das Hochzeitskleid geholfen, die Knopfleiste auf dem Rücken geschlossen und ihr mittels mehrerer, in verschiedenen Winkeln gehaltener Spiegel vor Augen geführt hatte, wie wunderschön sie aussah, verabschiedete sie sich hastig in Richtung Burg. Als Trauzeugin wollte sie vor allen anderen da sein, schon einmal nach dem Rechten sehen und dafür sorgen, dass jeder Gast auf dem für ihn vorgesehenen Platz saß, wenn die Zeremonie begann. Auch Cadan würde nach Absprache unter den ersten Anwesenden sein, um bereits das Eintreffen der kleinen Hochzeitsgesellschaft – und natürlich später Lucas Einzug in die Kirche – fotografisch festzuhalten.

Luca selbst sollte indes von ihrem Vater nach Howth Castle gebracht werden (wie und womit hatte er ihr noch nicht verraten wollen), den Kate noch schnell hineingelassen hatte, bevor sie hinausgerauscht war. Während Luca sich zum schätzungsweise hundertsten Mal ungläubig vor dem Spiegelglas des Kleiderschranks betrachtete, hörte sie, wie die beiden einander flüchtig, aber herzlich begrüßten, ehe die Tür ins Schloss fiel und Martin Winkler ein hörbar nervöses: »Ich bin da, Schatz«, nach oben rief. Ein Satz, auf den ihr Zwerchfell mit einem gewaltigen Salto antwortete.

Nun also wurde es wirklich ernst.

»Komme schon!«

Fast zwanghaft betastete Luca noch einmal ihre Flechtfrisur und prüfte den Sitz ihres Haarbands. Dann schnappte sie sich ihre mit Handy, Taschentüchern und Lippenstift gefüllte Clutch, schlüpfte in ihre champagnerfarbenen Pumps und machte sich auf den Weg nach unten.

Ihr Vater wartete im Flur. Kerzengerade stand er neben der Haustür, die Hände vor dem Schoß gefaltet und jeden Muskel in seinem schmalen Gesicht angespannt. Ein Schleier aus Tränen färbte seine sonst eher dunkelblauen Augen ganz hell, als sein Blick Luca einfing.

»O Gott, Lu. Du siehst einfach bezaubernd aus.«

Seine Stimme klang vor lauter Stolz so erstickt, dass Luca an sich halten musste, um nicht sofort loszuweinen. Der Kloß in ihrer Kehle war inzwischen beinahe unerträglich groß.

Atmen, ermahnte sie sich. Denk an dein wunderschönes Make-up.

»Danke, Papa. Du siehst aber auch toll aus.«

Und das tat er wirklich. In seinem samtblauen Anzug war er kaum wiederzuerkennen, und auch die graue, sonst so wilde Lockenpracht hatte er im Nacken zu einem ordentlichen Knoten gebunden.

»Darf dein alter Herr dich mal kurz umarmen, oder gefährdet das die Frisur?«

Luca schmunzelte. »Das gefährdet sie auf jeden Fall, aber was wäre das Leben ohne Risiko?«

Sie ließ zu, dass ihr Vater sie an sich drückte, und hätte ihr Gesicht am liebsten tief in den Falten seines Anzugs vergraben.

Noch einmal Kind sein, dachte Luca wehmütig, noch einmal so unbeschwert und frei sein wie früher.

Verdammt, bekam sie jetzt schon wieder kalte Füße?

»Lass uns fahren«, murmelte Lucas Vater sanft, »dein Ehemann in spe wartet sicher schon ganz nervös auf dich.«

Sie lächelte angespannt, während sie sich aus der Umarmung löste. »Ja. Ja, es ist Zeit.«

Luca nahm den Zweitschlüssel von der Anrichte, den Katherine ihr dagelassen hatte, und wedelte damit herum. »Ich bin so weit.«

Ihr Vater zog seufzend sein Jackett glatt. »Alles klar. Auf geht's meine kleine Große. Dann lassen wir deinen schönsten Tag mal beginnen.«

Kapitel 15

Lucas Mädchentraum war eine Kutsche mit weißen Pferden gewesen, in deren Mähnen bunte Perlen geflochten waren.

Noch auf dem Weg nach draußen hoffte sie, dass ihr Vater sich nicht an diesen Wunsch erinnert hatte – immerhin fühlte sie sich inzwischen zu alt für solche Prinzessinnenträume –, und war entsprechend erleichtert, als sie den dunkelroten Oldtimer am Straßenrand entdeckte, auf dessen langer Motorhaube ein üppiger Blumenschmuck angebracht war. Mit dem breiten Kühlergrill und den großen runden Scheinwerfern entsprach er der Mustervorstellung eines in die Jahre gekommenen edlen Autos.

»Wo hast du den denn her?!«, fragte sie begeistert, während ihr Vater ihr die Hintertür aufhielt.

»Von einem gewissen Terry Mitchell«, verkündet er stolz. »Katherine hat den Kontakt zwischen uns hergestellt. Ein netter Mensch, dieser Terry, wirklich.«

Dem konnte Luca nur zustimmen. Sie hatte den alten Iren mit dem verlebten Gesicht auf dem Schreibabend in der Rainbow-Hearts-Library kennengelernt, an dem sie letztes Jahr teilgenommen hatte, und konnte nur erahnen, wie sehr ihr Vater ihn um den Besitz eines so sichtlich gepflegten Oldtimers beneidete. Seit sie denken konnte, besaß er ein Faible für Autos, Maschinen und Motoren – insbesondere für solche vom alten Schlag.

Ihr Vater lenkte den alten ratternden Wagen wie ein rohes Ei durch die Straßen – ob seiner Fracht, des Linksverkehrs oder seines Wertes wegen, blieb zu rätseln.

Trotz des eher mäßigen Tempos erreichten sie Howth Castle innerhalb weniger Minuten. Das herrschaftliche Gebäude wirkte in seiner altertümlichen, prächtigen Schönheit regelrecht einschüchternd. Es war nicht schwer, sich vorzustellen, wie Ritter und Adelige aus dem Tor traten und sie zu ihrer erfolgreichen Zeitreise beglückwünschten.

Ein Stück Vergangenheit, in dem nun eine gemeinsame Zukunft geschmiedet werden sollte.

Niemand war mehr auf dem Gelände zu sehen; alle schienen bereits drinnen zu warten. Auf sie, die Braut und ihren Vater, der sie an seinen zukünftigen Schwiegersohn übergeben würde.

Unter dem Stoff ihres Kleides zitterten Luca heftig die Knie, und ihr Magen fühlte sich an, als hätte jemand eiskaltes Wasser hineingefüllt und ihn dann munter geschüttelt. Noch während er den Wagen vorfuhr, wollte sie ihren Vater fragen, ob es üblich war, sich so zu fühlen – nicht bloß aufgeregt, sondern beinahe ängstlich. So, als wäre man drauf und dran, einen Fehler zu begehen. Doch sie wollte ihn nicht beunruhigen und dachte stattdessen an das, woran Kate sie vorhin erinnert hatte: Daran, dass sie nie allein sein würde, ganz gleich, welche Windungen die Pfade ihres Lebens auch beschreiben mochten.

»So.« Ihr Vater parkte den Wagen, stolperte beim Aussteigen fast über seine eigenen langen Beine und holte zuerst den

Brautstrauß aus dem Kofferraum. Dann öffnete er Luca mit der freien Hand die Tür.

Ihre in Gummi verwandelten Muskeln machten es ihr nicht leicht, sich aus dem Sitz des Oldtimers zu kämpfen, doch irgendwie gelang es ihr. Zitternd Luft holend, nahm sie den Strauß entgegen. Ihr Vater hatte diese wunderschöne Sinfonie aus zarten Lila- und Weißtönen am Morgen aus Mrs Seymours Gärtnerei abgeholt. Sie sog den süßlichen Duft der Blumen ein und stellte sich vor, es wäre Zuversicht, die da in ihre Lunge strömte. Aber es half nichts: Die Unsicherheit blieb.

»Bereit?« Ihr Vater sah sie erwartungsvoll an und bot ihr seinen Arm dar. Luca atmete tief durch. Machte einen Schritt auf ihn zu. Und dann war es plötzlich, als könnte sie durch die Mauern der alten Burg hindurchsehen. Sie sah die Stuhlreihen vor sich, in denen Freunde und Verwandte in festlichen Outfits und mit rosigen Gesichtern standen. Den Blumenschmuck, den sie ausgesucht hatte – all die weißen Blüten und Schleifchen, all die hübschen Gestecke, die den Gang flankierten. Die mit Kränzen behangenen Stühle, die Traurednerin mit dem herzerwärmenden Lächeln und natürlich Adrian. Adrian, wie er dastand und ungeduldig mit dem Fuß wippte, während er den Eingang beobachtete und darauf wartete, dass seine Braut an der Seite ihres Vaters hindurchkommen würde.

Und dann sah sie noch etwas anderes. Oder viel mehr *jemand* anderen: Emilio. Ja, sie spürte seinen Blick auf ihr liegen, diesen stahlgrauen, faszinierenden Blick, der die Fähigkeit besaß, Fassaden zu durchdringen und Seelengeheimnisse zu lüften. Dachte an den Abend auf dem Boot, an die Sterne, die noch nie heller gefunkelt hatten als in diesen unvergesslichen Stunden auf dem Meer. Plötzlich war sie sich des silbernen Armbands, das sie trug, überdeutlich bewusst. Bildete sich ein, das Gewicht des winzigen Hufeisens zu spüren, das ihr doch eigentlich Glück bringen sollte. Im Moment aber tat es nichts dergleichen, sondern flüsterte ihr zu, dass sie mit ihrem Weg in die Burg gerade drauf und dran war, eine falsche Entscheidung zu treffen. Eine, die sie womöglich immer bereuen würde, wenn sie jetzt nicht handelte.

»Nein«, hauchte sie und zog die Hand, die sie auf den Unterarm ihres Vaters hatte legen wollen, wieder zurück.

»Was? Schatz, ist alles okay?« Irritiert musterte er sie, die Stirn von Sorgenfalten zerfurcht.

Luca spürte, wie sich ein Schwindelgefühl in ihren Schläfen zusammenbraute, das vermutlich dem Adrenalin geschuldet war, das ihr nun in unbarmherziger Geschwindigkeit durch die Adern peitschte.

»Nein. Ich … ich bin doch noch nicht bereit. Fahr mich bitte zurück.«

Durch einen Schleier hindurch, der alle Geräusche und Farben dämpfte, nahm Luca wahr, wie ihrem Vater die Gesichtszüge entgleisten. »Aber Lu«, er schüttelte den Kopf so heftig, dass sich eine graue Locke aus seinem Zopf löste. »Das ist doch –«

»Papa. Bitte.«

Ihr Vater war blass geworden. Die Erkenntnis, dass Luca es ernst meinte, entzog ihm jeden Hauch seiner Sommerbräune. Zerstreut fuhr er sich durchs Gesicht. »Jemand muss drinnen Bescheid geben. Du solltest ihm … du solltest ihm sagen …« Er machte eine hilflose Handbewegung.

»Ich kann nicht.«

Sie wusste, dass sie feige war. Dass sie Adrian ein Gespräch schuldete, ihm von Angesicht zu Angesicht sagen musste, dass sie ihn nicht heiraten konnte. Nicht wollte.

Doch der Gedanke daran, es vor den Augen aller zu tun, war unerträglich.

»Schatz, sei bitte vernünftig.«

Der Schwindel wurde schlimmer.

»Kannst du ihn rausschicken? Nur ihn?«

»Deine Mutter wird –«

»Papa! *Nur* Adrian. Und dann fahr mich bitte zu Kate. Bitte.«

Lucas Vater nickte. Seine sich gleich darauf in Richtung Burgeingang entfernende Silhouette verschwamm vor ihren Augen. Auf einmal hatte Luca das Gefühl, keine Luft mehr zu bekommen. Mit geschlossenen Augen lehnte sie sich gegen das Auto und versuchte, die aufsteigende Panik auszuatmen. Es war zu viel, einfach zu viel. Sie fühlte sich, als wäre sie sehenden Auges in einen Abgrund gesprungen, aus dem es kein Entkommen mehr gab. Ein Ort ohne Licht, dessen gefräßige Dunkelheit ihre Zähne wieder und wieder in ihrem Fleisch versenkte – und die den letzten, schmerzhaften Bissen tat, als Adrian auf sie zugeeilt kam. Er trug einen perfekt geschnittenen beigen Anzug, darunter ein eierschalenfarbenes Hemd und eine dunkelrote Fliege. Seine Schuhe glänzten in hellem Lack, und an seinem Handgelenk blitzte eine goldene Uhr auf. Perfekt herausgeputzt für den perfekten Tag, für seine perfekte Frau, für das perfekte Foto im Familienalbum.

Perfekt, perfekt, perfekt – eine einzige große Lüge, gekleidet in Buchstaben.

Je näher Adrian kam, desto enger wurde Luca die Brust. Alles an seinem so vertrauten Aussehen zerriss ihr das Herz. Die hellbraunen, immer irgendwie struppigen Haare, die blaugrünen Augen, das Grübchen im Kinn und die kleine Narbe über der Oberlippe, die er den ersten Rasierversuchen seines 14-jährigen Ichs verdankte.

Am meisten aber tat ihr das ahnungslose Strahlen auf seinem Gesicht weh. Die Art, wie er sie musterte und mit seinen Lippen ein stummes »Wow« formte. Obwohl ihm die Situation seltsam vorkommen musste, schien sein Vertrauen darin, dass sie gleich gemeinsam vor ihre aus Deutschland eingeflogene Traurednerin treten würden, unerschütterlich.

Luca holte Luft. Ihre Kehle fühlte sich an wie mit Stacheldraht ausgekleidet.

»Adrian«, sagte sie heiser.

»Lu. Du siehst so schön aus.« Er streckte eine Hand nach ihr aus, doch sie wich zurück. Eine einzige Berührung von ihm würde ausreichen, um alle Dämme brechen zu lassen.

Das Leuchten auf seinem Gesicht erlosch. Er blinzelte ein paarmal, wie um sich selbst daran zu erinnern, dass hier etwas ganz und gar nicht stimmte. Dass Luca ihn nicht ohne Grund nach draußen hatte beordern lassen, anstatt wie geplant zu feierlicher Musik an der Seite ihres Vaters in die Burg einzulaufen.

»Was ... was ist eigentlich los?«

Lucas Puls hämmerte, als hätte sie gerade einen Marathonlauf hinter sich gebracht. Etwas, das zumindest auf emotionaler Ebene der Wahrheit entsprach. Die letzten Wochen waren ein Auf und Ab der Gefühle gewesen. Ein Hin und Her, ein Hoffen und Zweifeln, ein Sehnen und Bangen.

»Ich kann das nicht, Adrian. Es tut mir so leid.«

War das wirklich sie, die da sprach? Ihre eigene Stimme klang plötzlich so fremd, so weit entfernt.

Ihr Herz zog sich schmerzhaft zusammen, als sie Adrians Mundwinkel zucken sah. Er glaubte an einen Scherz. Obwohl er sie so gut kannte wie kein anderer, dachte er wirklich, dass sie es nicht ernst meinte.

»Komm schon, Lu. Das ist ein ziemlich fieser Gag. Und außerdem ein echter Stimmungskiller. Du solltet die da drinnen mal sehen – meine Mutter fällt jeden Moment in Ohnmacht.«

Er bot ihr eine letzte Möglichkeit, das Gesagte Ungeschehen zu machen. Einen Notausgang mit einem hektisch blinkenden Exit-Schild, dem sie nur zu gern gefolgt wäre. Stattdessen kratzte Luca ihren Mut ein zweites Mal zusammen.

»Ich meine das ernst. Ich kann dich nicht heiraten.«

Jedes Wort fühlte sich an wie ein Speer, den ihre Zunge schleuderte und der ihre Lippen aufriss.

In einer Übersprungshandlung tastete Adrian nach seiner Fliege und nestelte frenetisch daran. Die Finger, mit denen er den bordeauxroten Stoff berührte, zitterten.

»Wieso? Wieso sagst du das?«

»Weil ich es so empfinde, Adrian. Es wäre nicht fair dir gegenüber, wenn ich heute Ja zu dir sagen. Ja zu uns. Meine Gefühle für dich …« Sie stockte. Sekunden wurden zu schleichender Ewigkeit. »Ich habe keinen Zugang mehr zu ihnen.«

Seine Augen waren glasig vor Fassungslosigkeit. Adrian musterte sie, als würde er sie zum ersten Mal sehen. »Das bist doch nicht du. Das ist nicht die Luca, die ich kenne.«

Die Kälte, die in seiner Stimme lag, ließ den Sommerhimmel über Howth mit einem Schlag in Dunkelheit erstarren.

Er hatte recht, dachte sie, ohne in der Lage zu sein, es laut auszusprechen. Ich bin nicht mehr die, die er kennt.

Aus dem Augenwinkel nahm sie wahr, wie ihr Vater aus der Burg kam und in gebührendem Abstand zu ihnen stehen blieb. Sicher hatte es ihn jegliche Überzeugungskraft gekostet, die Gäste drinnen auf ihren Plätzen zu halten.

»Das war es also?«, fasste Adrian zusammen.

Alles, was Luca als Antwort auf diese schrecklich endgültige Frage zustande brachte, war ein schwaches Nicken.

Adrian stemmte die Hände in die Hüften und lachte überdreht. »Das war's«, wiederholte er und entfernte sich ein paar Schritte von Luca. »Das war's.«

Sie konnte es nicht länger ertragen, in seiner Nähe zu sein.

Fahrig tastete sie nach dem Griff der Autotür, riss sie auf und ließ sich in die weichen Polster sinken.

Ihr Vater, der die Szenerie offenbar mit Argusaugen beobachtet hatte, kam umgehend herbeigeeilt. Nur am Rande registrierte Luca, wie er Adrian im Vorbeigehen ein paar

Worte zusprach, ehe er sich hinters Lenkrad schwang und den Motor startete.

»Danke, Papa«, sagte sie brüchig, als er den Wagen wendete und ihn zurück in Richtung Straße lenkte.

Er murmelte etwas, das entfernt nach einem »Alles wird gut« klang. Nie war ihr eine Floskel weniger wahr vorgekommen als in diesem Moment, da sie Adrians Gestalt im Rückspiegel kleiner werden sah. Seine hängenden Schultern, den immer noch vor Unglauben geneigten Kopf.

Ein Bild, von dem sie sicher war, dass sie es niemals vergessen würde und das ihr eine unmissverständliche Tatsache vor Augen führte: Nämlich, dass der 20. Juli niemals der Tag sein würde, an dem sie den Bund der Ehe eingegangen war, sondern der Tag, an dem sie sich selbst und einem anderen Menschen das Herz gebrochen hatte.

Möglicherweise ohne Aussicht auf Heilung.

Kapitel 16

Reglos saß Luca da.

Die Arme hatte sie fest um ihre angezogenen Knie geschlungen, den Rücken kerzengerade gegen das sorgsam zur Seite geschobene Klassiker-Regal gepresst. Jeder Muskel in ihrem Körper schmerzte aufgrund dieser durch und durch unbequemen, angespannten Haltung, doch das war nichts im Vergleich zu dem Sturm, der ihre Gefühle aufgewirbelt hatte und mit zerstörerischer Kraft durch ihr Seelenleben gefegt war.

Sie hätte nach oben gehen sollen, sich in Katherines Bett verkriechen. Stattdessen hatte ein masochistischer Teil von ihr sie geradewegs in die Rainbow-Hearts-Library gelotst, wo sie nun in ihrem Brautkleid auf dem Boden hockte, inmitten von Luftballons, Girlanden und glitzerndem Konfetti.

Sie vermied es, sich genau umzusehen, wollte gar nicht erst entdecken, was Kate sich noch ausgedacht und womit sie vorgehabt hatte, ihre beste Freundin zu überraschen.

Auch die Jalousien hatte sie daher gelassen, wo sie waren; bis auf einen einzigen, schmalen Streifen Licht, der ins Innere des Raumes fiel, lag die Bücherei in einer dämmrigen Dunkelheit.

Im Augenblick, dachte Luca, würde sie es nicht ertragen, ein bekanntes Gesicht zu sehen, wenn auch nur durch die Scheibe eines Fensters hindurch.

Heiße, salzige Tränen trieben ihr in die Augen, die sie immer wieder stoisch fortblinzelte.

Hier hätte sie tanzen sollen, Arm in Arm mit Adrian, noch wie berauscht von der Trauung und dem Fotoshooting auf den Klippen.

Tanzen und trinken, Glückwunsche entgegennehmen, lachend in die Zukunft blicken. Stattdessen hatte sie diese Zukunft mit ihren eigenen Händen erwürgt. Einem Menschen schrecklich wehgetan, den sie zwar nicht mehr liebte, der ihr jedoch nach all der gemeinsamen Zeit noch immer am Herzen lag.

Plötzlich hatte Luca das Gefühl, ihr Verlobungsring würde sich in ihr Fingergelenk brennen. Hastig streifte sie ihn ab, ließ ihn in ihrer Clutch verschwinden und presste die Lippen zusammen, um den Laut der Verzweiflung zu unterdrücken, der sich in ihrer Kehle zusammenbraute.

Sicher würde ihr Vater sofort angerannt kommen, wenn sie auch nur das geringste Geräusch von sich gab. Er hatte darauf bestanden, bei ihr zu bleiben, doch Luca wollte um jeden Preis allein sein. Sie mochte die Enttäuschung auf seinem Gesicht nicht sehen und brachte außerdem nicht die nötige Energie auf, sich zu erklären. Also hatte er sich pietätvoll in die Küche zurückgezogen, jedenfalls ein paar Minuten lang, ehe Luca seine unruhigen Schritte vor der Zwischentür zur Rainbow-Hearts-Library gehört hatte.

Es brauchte nicht viel, um sich auszumalen, wie er dort stand, immer wieder die Hand auf die Klinke legte und sie zurückzog. Wie sein Wunsch, für seine Tochter da zu sein, mit der Frage konkurrierte, ob er ihr Bedürfnis nach Einsamkeit respektieren sollte.

Luca lehnte nun auch den Hinterkopf gegen das Regal, spürte den sanften Druck der Buchrücken an ihrem Haar. Sie fühlte sich wie in einem Albtraum gefangen, aus dem es kein Erwachen gab. Niemand würde ihr dabei helfen können, die Augen zu öffnen und die Scherben zusammenzukehren, die sie hinterlassen hatte.

Wie sollte sie Adrians Familie je wieder in die Augen sehen können? Wie ihrer eigenen? Was sollte sie ihren Freunden sagen? Wie würden Doran, Roxanne und die anderen reagieren? Ließ sich das für die Flitterwochen gebuchte Hotel auf Kreta so spontan noch stornieren?

Lucas Gedanken überschlugen sich, prasselten wie tennisballgroße Hagelkörner unermüdlich auf sie ein.

Ein Klopfen an der Tür schob sich wie ein schützender Regenschirm zwischen ihren Kopf und den heftigen Schauer.

Wertvolle Sekunden der Ablenkung – und trotzdem aktivierte Luca schnell sämtliche Schilde.

»Papa, bitte. Ich brauche noch ein paar Minuten für mich, okay?«

Doch es war nicht ihr Vater, der sich gleich darauf über ihre Ablehnung hinwegsetzte und die Rainbow-Hearts-Library betrat, sondern Kate. In der einen Hand hielt sie eine Flasche Wein, in der anderen eine Packung Taschentücher.

Luca erschrak bei ihrem Anblick. Noch nie hatte sie ihre beste Freundin so aufgelöst gesehen. Wenn bereits Kate so mitgenommen wirkte, wie mochte sie selbst dann erst aussehen?

»Darf ich mich zu dir setzen?«, fragte ihre beste Freundin heiser.

Alles in Luca schrie danach, Nein zu sagen, doch sie brachte es nicht übers Herz, Katherine fortzuschicken. Schon gar nicht, wo es doch *ihre* Bücherei war, in die sie sich verkrochen hatte.

Also nickte sie.

Katherine ließ sich förmlich auf den Boden fallen, als fürchtete sie, Luca könnte es sich in letzter Sekunde noch anders überlegen, wenn sie weiterhin stehen blieb.

»Es tut mir so unendlich leid, Lu. Ich ... ich hätte etwas merken müssen. Unbedingt. Sehen, was Emilio gesehen hat. Aber ich war so ... Ich meine, ich hatte ...« Sie unterbrach sich, atmete zischend aus. »Egal. Es geht jetzt nicht um mich. Sondern um dich. Ich hab dich so lieb, weißt du? Es kommt alles wieder in Ordnung.« Ihre Stimme war wie eine Feder, die Luca tröstend über die Seele strich. Mitgefühl strömte aus jeder ihrer Poren. »Ich wünschte so sehr, ich könnte irgendetwas sagen oder tun, das dir hilft, aber wahrscheinlich willst du gerade gar nichts hören. Sei dir nur bitte sicher, dass ich immer hinter dir stehe. Und dass wir zusammen alles schaffen. Das, was ich heute Morgen – und damals im Fahrradschuppen – gesagt habe, meine ich auch genau so. Okay?«

Der Druck wurde unerträglich. Als Kate dann auch noch ihren Kopf an Lucas Schulter lehnte, brachen die Dämme mit einem Tosen. Noch nie in ihrem Leben hatte sie so hemmungslos geweint. Nicht, als ihr Lieblingsstofftier damals von einer Brücke aus in die Isar gefallen war, nicht, als ihre erste große Grundschul-Liebe Alex hinter ihrem Rücken fremdgeknutscht hatte. Es war ein Weinen, das ihr durch Mark und Bein ging, das ihren ganzen Körper zum Beben brachte und ihren Brustkorb mit Watte ausstopfte.

Sekunden und Minuten verflossen zu einer neuen Zeitform, dehnten und stauten sich, bis sie urplötzlich wieder ihre gewohnte Gestalt annahmen. Luca schluckte die letzten Tränen hinunter und tastete ihre brennenden Wangen ab. Ihre Finger waren schwarz vor Mascara und Lidschatten.

Fürsorglich wischte Katherine das zerlaufene Make-up mit

ihren Taschentüchern ab, ehe es auf das unschuldige Weiß des Hochzeitskleides tropfen konnte. Sie fühlte sich unwahrscheinlich leer, doch immerhin hatte ihr Kopf aufgehört zu dröhnen.

»Wein?«, fragte Katherine zaghaft und hielt Luca die Flasche hin. Wortlos nahm sie sie entgegen, öffnete den Schraubverschluss und trank einen Schluck. Halt suchend klammerte sie sich an die Falsche und kratzte mit den Zeigefingern am Etikett.

»Ich habe mir die ganze Zeit etwas vorgemacht«, sagte sie leise. Es war ein Eingeständnis, das sie nicht nur an Kate, sondern vor allem auch an sich selbst richtete. »Meine Gefühle ... das Feuer zwischen uns war schon so lange erloschen, und ich wollte es einfach nicht wahrhaben.«

Es stimmte. Wann immer ihr Herz ihr diese unbequeme Offenbarung hatte zuflüstern wollen, war Lucas Verstand ihr mit Ausreden beigesprungen. Für alles hatte sie eine Erklärung gehabt – für die ausbleibenden Zärtlichkeiten, die immer gleich ablaufenden Tage und die unterschiedlichen Lebensvorstellungen. Vor allem Letzteres hatte sich während der vergangenen zwei Jahre immer mehr herauskristallisiert. Luca hatte ihre Wünsche nach Veränderung begraben und stattdessen Adrians Pläne übernommen. Sein Bedürfnis nach Sicherheit, seine Liebe zu Routinen.

»Mach dir das nicht zum Vorwurf, Lu. Bitte nicht. Ich glaube, dass es vielen Menschen so geht, weißt du? Aber längst nicht alle schaffen den Absprung. Du schon. Du hast dich heute selbst vor einem Leben gerettet, das du nicht führen möchtest.«

Luca nickte dankbar. »Wo sind alle hin?«, wechselte sie das Thema, obwohl sie sich vor der Antwort fürchtete.

»Im Hotel, soweit ich weiß. Oder im Ort, um auf den Schock etwas zu trinken.« Katherine schnipste demonstrativ gegen den Flaschenhals. »Bis auf deine Mutter, die ist hier. Bei deinem Vater in der Küche. Und Adrian ... ich weiß nicht. Marc ist bei ihm, und Cadan auch.«

Da war er wieder, dieser reißende Schmerz.

Worüber sie wohl redeten? Oder war er längst dabei, seine Koffer zu packen und mit dem nächstbesten Flugzeug nach Deutschland zurückzufliegen?

Luca schauderte.

Zu Hause würde sie die Konsequenzen ihrer Entscheidung erst so richtig zu spüren bekommen. Wer würde in der Wohnung bleiben? Wer von ihnen sich etwas Neues suchen? Und wie würden sie die Zeit bis zur räumlichen Trennung überbrücken?

»Ich kann nicht zurück«, sagte sie mehr zu sich selbst als zu Katherine, die sofort nach ihrer Hand griff und sie drückte. »Jetzt noch nicht.«

»Das musst du auch nicht. Bleib so lange hier, wie du möchtest. Das Sofa gehört dir. Oder das Bett. Was immer du willst.«

Ihr Körper hatte offenbar bereits neue Tränen produziert, denn wieder verschwamm die Bücherei vor Lucas Augen. Vor rund einem Jahr, als Kates Welt von einem auf den anderen Tag auf den Kopf gestellt worden war, hatte Luca ihr dabei geholfen, ihr Gleichgewicht wiederzufinden. Nun war es umgekehrt. Nun war Kate an ihrer Seite und half ihr dabei, in dieser so plötzlich herausbeschworenen Finsternis zu bestehen.

Der Fallschirm war aufgegangen.

Kapitel 17

Das Wochenende zog an Luca vorbei, ohne dass sie es richtig wahrnahm. Sie fühlte sich wie betäubt von Schuldgefühlen und einer unbestimmten Zukunftsangst. Ihr Appetit hatte sich größtenteils verabschiedet. Hin und wieder erinnerten ihr knurrender Magen oder ihr absackender Kreislauf sie daran, dass sie etwas zu sich nehmen musste, doch die meiste Zeit ernährte Luca sich von Wasser und Kaffee.

Während die Truppe rund um Doran sich ebenso wie die gemeinsamen Freunde zurückhielten und sie nur vorsichtig übers Handy kontaktierten, belagerten ihre Eltern und Schwiegereltern Katherines Haus regelrecht. Alle vier suchten das Gespräch mit Luca – mal abwechselnd, mal zusammen – und versuchten sie immer wieder zu überreden, am Sonntagnachmittag mit zum Flughafen zu kommen. Doch sie weigerte sich strikt, und so reiste die aus Freunden, Winklers und Hofmanns bestehende Hochzeitsgesellschaft schließlich ohne Luca ab.

Wie in Trance saß sie von früh bis spät auf Kates Sofa, starrte vor sich und spielte immer wieder mit dem Gedanken,

Adrian anzurufen. Oft schwebte ihr Daumen schon über seinem Namen, ehe sie sich im letzten Moment wieder besann.

Was hätte sie auch sagen sollen? Kein in Gedanken noch so lange zurechtgelegter Satz fühlte sich richtig an.

Letztlich war er es, der das Schweigen zwischen ihnen brach: Am späten Montagnachmittag schickte er ihr eine Nachricht mit der Bitte, ihre Sachen zeitnah aus der Wohnung zu holen.

Buchstaben abwechselnd eintippend und wieder löschend, ließ Luca es schließlich bei einem unverbindlichen *Ja* bewenden. Sie hatte keine Ahnung, wann sie zurückkommen würde. Sicher, ihr Urlaub war zeitlich begrenzt, weswegen sie in spätestens fünf Wochen ohnehin wieder in München sein musste. Ob sie aber noch eine oder zwei Wochen blieb, oder gar die gesamte für die Flitterwochen eingeplante Zeit nutzte, würde sie spontan entscheiden. Und zwar erst dann, wenn ihr Herz sich nicht mehr anfühlte wie eine notdürftig versorgte Wunde – gerade so weit verbunden, dass kein Blut mehr austrat, aber unter dem Mull noch heiß und pulsierend.

Ein Zustand, der sie auch davon abhielt, Kate in der Bücherei zur Hand zu gehen. Eigentlich nämlich hatte Luca vorgehabt, sich so bald wie möglich bei ihrer Freundin für deren Hilfe zu revanchieren, doch ähnlich wie eine anständige Entscheidungsfindung gestaltete sich auch das als schier unmöglich. Alles, wonach Lucas Körper verlangte, war Schlaf. Und so verließ sie die Couch, die Kate ihr liebevoll hergerichtet hatte, zwei weitere Tage lang nur, um zu duschen oder auf die Toilette zu gehen. Hin und wieder versuchten ihre Eltern unabhängig voneinander, mit Luca zu telefonieren, doch sie ließ ihr Handy stets klingeln und antwortete, dass es ihr den Umständen entsprechen gut gehe, sie aber noch keine Lust zum Reden habe. Obwohl es ihnen schwerfallen musste, respektierten sie den Wunsch ihrer Tochter. Auch Katherine bedrängte Luca nicht, sah nur hin und wieder nach ihr.

Am Donnerstag allerdings – dem Stand der Sonne, die sie durch das Wohnzimmerfenster aus sehen konnte, etwa um die Mittagszeit herum – war das Klopfen, mit dem sie sich ankündigte, drängender.

»Lu. Ich mache mir langsam Sorgen.«

Sie lehnte in der Tür, die Stirn in tiefen Falten liegend und dunkle Ringe unter den sonst so strahlenden Augen. Kate sah aus, als hätte sie seit Lucas Entschluss, die Hochzeit abzublasen, nicht mehr geschlafen. Vermutlich entsprach das sogar der Wahrheit – immerhin hatte sie die Rainbow-Hearts-Library wieder für Besucher herrichten müssen, etliche Gespräche geführt und versucht, den für Luca und Adrian finanziell entstanden Schaden in Grenzen zu halten. Anhand von Gesprächsfetzen, die in das kleine Wohnzimmer gedrungen waren, hatte sie mitbekommen, wie Kate mit Emilios Vater und der örtlichen Konditorei verhandelt und Deko kartonweise wieder verpackt und zurückgeschickt hatte. Alles Dinge, um die sie sich selbst hätte kümmern sollen. Stattdessen musste ihre beste Freundin im wahrsten Sinne des Wortes hinter ihr aufräumen, während sie apathisch auf dem Sofa lag und Löcher in die Luft starrte. Die Scham darüber prickelte unangenehm auf ihrer Haut.

»Du brauchst dir keine Sorgen zu machen«, sagte Luca heiser und hörte selbst, wie unglaubwürdig das klang. »Ehrlich.«

Kate sah nicht ansatzweise überzeugt aus. »Mh-hm. Jedenfalls ... soll ich dich grüßen. Emilio war hier und hat sich einen ganzen Stapel Bücher ausgeliehen. Verrückt, oder? Erst nennt er sich selbst einen Buchmuffel, und dann räumt er mir förmlich die Regale leer.«

Sie schien Luca genau zu beobachten. Gerade so, als erwartete sie von ihr eine freudige Reaktion auf die Erwähnung seines Namens. Luca hätte ihr den Gefallen gern getan, doch etwas anderes als das seltsame Gemisch aus Brodeln und

Taubheit, das in ihrem Inneren zu einem schweren Knäuel verschlungen war, konnte sie beim besten Willen nicht spüren.

Erst jetzt wurde sie sich des Armbands wieder gewahr, das sie, im Gegensatz zu ihrem Verlobungsring, noch immer trug. Sie musste innerhalb weniger Tage immens abgenommen haben, denn es saß deutlich lockerer als zuvor. Warum fiel es ihr so schwer, es abzulegen, wenn es seinen Zweck des Glückbringens doch ohne jeden Zweifel weit verfehlt hatte?

»Oh«, sagte sie lethargisch und zupfte an dem silbernen Hufeisen herum. »Ja, das ist wirklich ziemlich verrückt.«

Kate stand die Ernüchterung über diese Antwort ins Gesicht geschrieben. Unsicher machte sie einen Schritt ins Wohnzimmer hinein und faltete die Hände vor dem Schoß.

Sie bewegt sich wie ein Elefant im Porzellanladen, dachte Luca ergriffen. Hat Angst, mich durch eine falsche Bemerkung oder Bewegung zu verschrecken.

Die Erkenntnis half ihr, sich aufzusetzen.

Schluss damit. Schluss mit dem Verstecken, dem Davonlaufen. Sie durfte Kate nicht mit allem alleine lassen. Das hatte sie nicht verdient.

»Ich gehe raus«, verkündete sie mit allem Elan, den sie aufbringen konnte. »Einen kleinen Spaziergang machen. Das wird mir sicher guttun.« Als sie aufstand, flutete Schwindel ihre Schläfen. Wann hatte sie zuletzt etwas Richtiges gegessen?

»Vielleicht stärkst du dich erst mal ein bisschen«, schlug Katherine vor, der Lucas schwacher Kreislauf offenbar nicht entging. »Ivy und Brianna haben gestern Eintopf für dich vorbeigebracht, und schon kurz danach kam Doran mit Mrs Seymour. Von ihr gab es Blumen für dich, von Doran ein Glas mit ›Kopf-Hoch-Bonbons‹. Von Roxanne eine Flasche Schnaps, und Sophie hat eine von diesen lustigen Grußkarten aus Mr Darsons Papeterie gebracht. Außerdem hat sie wieder gebacken, und zwar nicht zu knapp. Steht alles in der Küche.«

Luca spürte, wie ein Hauch von Wärme über die fürchterliche Kälte in ihrem Inneren strich. Es war rührend, wie sehr die kleine Gemeinschaft sich umeinander kümmerte. Sie würde sich so bald wie möglich bei allen bedanken. Aber zuerst war die Person an der Reihe, ohne deren Fürsorge und bedingungslose Loyalität sie vermutlich in ihrem Schmerz ertrunken wäre.

Die Lippen fest aufeinandergepresst, um nicht jeden Moment loszuheulen, ging Luca auf ihre beste Freundin zu, schloss sie in die Arme und drückte sie so fest, dass ihre Muskeln zitterten.

»O Gott, Lu.« Katherine lachte erstickt. »Du zerdrückst mich.«

»Das muss sein. Danke für alles. Ganz ehrlich. Ich weiß nicht, was ich ohne dich tun würde.« Sie löste die Umarmung, schob Kate ein Stück von sich weg und sah sie eindringlich an.

»Dann sind wir ja quitt, mir geht's nämlich genauso.«

Sie warf einen Blick auf die von einem Rahmen aus Treibholz eingefasste Wanduhr schräg hinter Luca. »Weißt du, was wir jetzt noch schnell zusammen machen, bevor meine Pause vorbei ist?«

»Na?«

»Wir stoßen an. Mit KiBa. Auf bessere Zeiten.«

KiBa. Das Lieblingsgetränk ihrer frühen Jugend, mit dem sie alkoholische Cocktails imitiert und einander todernst zugeprostet hatten, wenn eine von ihnen traurig gewesen war.

Der Eisklumpen in ihrer Brust schmolz um ein weiteres Stück. Sie lächelte. »Auf bessere Zeiten«, wiederholte sie und hakte sich bei Katherine unter.

***

Nachdem sie ihren KiBa getrunken hatten und Katherine zurück in die Rainbow-Hearts-Library gegangen war, machte Luca sich noch einen kleinen Teller Eintopf warm. Mit dem Essen erwachte ihr Appetit, doch sie wollte ihren zuletzt so vernachlässigten Magen nicht überstrapazieren und beließ es daher bei einer Portion. Später würde sie sich noch an Sophies leckerem Kuchen gütlich tun, sich vielleicht ein Stück mit aufs Sofa nehmen und noch ein wenig fernsehen.

Die Aussicht darauf, es sich später schön zu machen, half tatsächlich, ihre Stimmung ein wenig aufzuhellen. Das Vogelgezwitscher, das Luca draußen begrüßte, tat sein Übriges. Überhaupt war der Tag herrlich; die Luft weder zu warm noch zu frisch und der indigoblaue Himmel nur vereinzelt von ein paar zerrupften Wolken benetzt.

Schon nach wenigen Schritten wusste Luca, dass sie mit der Prognose, ein Spaziergang würde ihr guttun, goldrichtig gelegen hatte. Sie nahm sich vor, von nun an jeden Tag eine kleine Runde zu drehen; morgen vielleicht sogar in aller Frühe, wenn das halbe Dorf noch schlief. Rituale dieser Art hatten ihr schon immer geholfen, Krisen zu bewältigen – auch wenn keine je so groß gewesen war wie jene, in der sie sich momentan befand.

Sie drängte die Schatten dieser Einsicht beiseite und lief die leicht ansteigende Straße hinauf. Heute zog es Luca nicht an den Hafen oder auf die Klippen, sondern zu den belebten Bürgersteigen oberhalb der Promenade. Sie sehnte sich nach den Klängen leiser Musik, dem Klappern von Geschirr und dem Stimmengewirr fröhlicher Menschen, die vor Cafés und Restaurants saßen und das Leben genossen.

Zwar waren längst nicht so viele Leute unterwegs wie an den Wochenenden, dennoch fand Luca auf einer kleinen Meile schon bald die Atmosphäre, die sie suchte. Kurz überlegte sie, sich an einen der freien Tische zu setzen und einen Eiskaffee zu bestellen, zögerte jedoch, als sie die vielen Pärchen ringsherum bemerkte.

Schaudernd wandte Luca sich ab und schlug den Rückweg ein.

Sie wusste, dass sie sich früher oder später mit dem auseinandersetzen würde müssen, was geschehen war – vor allem mit dem neuen Leben, das sie zu Hause in München erwartete – doch für den Moment war sie offenbar nur in der Lage, die Symptome der Traurigkeit zu lindern, anstatt sich ihrer Ursache zu widmen. Und wenn das Lindern dieser Symptome darin bestand, wegen verliebter Pärchen auf einen Eiskaffee zu verzichten und an einem anderen Tag wiederzukommen, dann war das eben so.

Weil sie ungern denselben Weg zurückging, auf dem sie gekommen war, lief Luca nun doch noch ein Stück weit parallel zum Hafen und näherte sich der Rainbow-Hearts-Library vom unteren Ende der Straße.

Als Mrs Redfords dunkle Fensterläden in Sicht kamen, schlich sich ein alberner Gedanke in Lucas Kopf: Ob Emilio unter dem Blumenkübel der alten Dame wohl eine Nachricht für sie hinterlegt hatte, nachdem er vorhin in der Bücherei gewesen war? Oder vielleicht schon viel eher?

So einfühlsam, wie er sich ihr zuletzt immer wieder gezeigt hatte, wäre ihm eine solche Geste durchaus zuzutrauen.

Luca rang mit sich. Je fester sie sich vornahm, nicht nachzusehen, desto größer wurde das Bedürfnis, genau das zu tun. Nach einem kurzen Abwägen des Für und Wider einer solchen Aktion gab sie ihre Rebellion gegen sich selbst auf und ließ ihre Neugier triumphieren.

Wie bereits zuvor, als sie ihren Brief für Emilio hinterlegt hatte, sah sie sich auch jetzt zu allen Seiten um, ehe sie sich bückte und den Kübel anhob.

Noch während Luca sich beharrlich einredete, dass sie nichts vorfinden würde, entdeckte sie die Ecke einen knallroten, mit kleinen zerquetschten Erdklümpchen versehenen Umschlags. Verblüfft zog sie ihn unter der blumigen Last hervor, wischte ihn an ihrem T-Shirt ab und öffnete ihn. Als sie den darin steckenden Zettel herauszog, fiel ihr ein Foto in die Hände. Darauf zu sehen war der Mond; gestochen scharf, seine silbergraue Oberfläche wie von Pockennarben übersät. Staunend fuhr Luca mit dem Finger über die Aufnahme.

Ein kleines Andenken an einen besonderen Abend stand auf dem unteren Bildrand geschrieben. Für einen kurzen Moment schloss sie die Augen und versetzte sich zurück in jene magischen Stunden auf dem Wasser. Schmeckte das Salz auf ihren Lippen, atmete den kühlen Geruch der Nacht.

Rückblickend erkannte sie, dass der Ausflug etwas in ihr verändert hatte. Etwas Wesentliches. Es war, als hätte sie durch das Teleskop hindurch nicht nur den Himmel, sondern auch ihre Seele wie unter einem Vergrößerungsglas betrachtet. Inklusive aller Verwinkelungen und Geheimnisse.

Luca öffnete die Augen wieder, steckte das Foto zurück in den Umschlag und widmete sich dem Brief:

Hi Luca,

ich hätte so gern ein paar tröstende Worte für dich, aber ich habe das Gefühl, alles, was ich sagen oder schreiben könnte, wäre unzureichend. Ich habe Katherine heute Früh nach dir gefragt, und sie sagte, dass es dir sehr schlecht geht.

Am liebsten wäre ich schon eher vorbeigekommen – viel eher –, aber ich habe mich damit begnügt, Cadan während der letzten Tage zu löchern, weil ich euch nicht bedrängen wollte.

Was ich hier jedenfalls so unbeholfen zu sagen versuche: Ich habe immer ein offenes Ohr für dich. Wenn du reden möchtest, lass es mich wissen, egal auf welchem

Weg. Und wenn nicht, dann fühl dich von mir bitte ein-
fach nur verstanden.
Ich weiß, wie es ist, jemanden gehen zu lassen, von
dem man dachte, man würde an seiner Seite alt wer-
den.
Der Schmerz frisst einen geradezu auf, die Welt steht
Kopf und verliert ihre Farben ... Es ist beängstigend,
durch und durch beängstigend. Aber lass nicht zu, dass
diese Angst dich lähmt, Luca. Du bist so viel stärker.
Das weiß ich einfach.
Emilio

Die Zeilen verschwammen vor ihren Augen.

Luca blinzelte. Eine dicke Träne löste sich von ihren Wimpern und zerplatzte auf dem E von Emilio.

Die Tinte zerfaserte sofort.

Stärker.

Sie war stärker als die Angst, die der radikale Umbruch ihres Lebens in ihr freigesetzt hatte. Emilio hatte recht.

Mit dem Handrücken wischte sie sich die feuchten Augen trocken, presste den Brief an ihre Brust und ging zurück zur Rainbow-Hearts-Library.

Kapitel 18

Der Spaziergang und sicher auch der unverhoffte Fund unter Mrs Redfords Blumenkübel hatten ihre Lebensgeister wieder erweckt. Luca spürte förmlich, wie die Farbe allmählich in ihr Gesicht zurückkehrte, und Kates erleichtertem Lächeln nach zu urteilen, lag sie mit dieser Vermutung richtig.

Dass ihre beste Freundin sie nicht auf den Brief ansprach, war ihr durchaus recht. Kate verfügte über feine Antennen, die ihr klar signalisierten, wann jemand über etwas reden wollte und wann nicht – so auch jetzt.

Beizeiten würde Luca mit ihr über Emilio sprechen. Über den großartigen Abend, der in eine Nacht auf dem Meer übergegangen war und sie wieder empfänglich gemacht hatte für den faszinierenden Zauber des Universums. Darüber, wie sehr sie ihn schätzte und vermutlich sogar darüber, dass sein Gesicht vor ihrem inneren Auge aufgetaucht war, bevor sie ihren Vater am Samstag in die Burg geschickt hatte, damit er Adrian herausholte.

Heute aber behielt sie all das erst einmal für sich und investierte die unter der Sonne neugewonnene Energie stattdessen darin, Kate beim Einstellen der Rückgaben und dem Abarbeiten der eingegangenen Vorbestellungen zu helfen.

Die Freundin bot ihr immer wieder an, dass sie nach nebenan gehen und sich schonen konnte, wenn ihr danach war, doch Luca merkte, wie gut es ihr tat, aktiv zu sein – und wie sehr es sie entspannte, die Leser dabei zu beobachten, wie sie durch die Gänge streiften, hin und wieder stehen blieben, um auf der Suche nach dem nächsten papiergewordenen Abenteuer durch ein Buch zu blättern oder ihm ihre Briefe anzuvertrauen.

Wenn sie eines Tages so weit war, dem Ausdruck zu verleihen, was in ihr vorhing, würde sie es ebenfalls niederschreiben. Vielleicht ja sogar bei einem der Abende unter Kates Leitung, die Menschen und Geschichten auf so wundersame Weise zusammenführte.

Ihr gefiel dieses unverfängliche »Irgendwann«, das sie den Dingen heute verlieh und ihnen die Bedrohlichkeit nahm. Es war leicht, sich auszumalen, was einmal sein könnte, ohne dabei einen konkreten Zeitplan zu verfolgen.

Die friedvolle Vorstellung eines von ihr geschriebenen, anonym gehaltenen Briefes, der in den Regalen der Bücherei ein Zuhause fand, begleitete sie bis in den Feierabend hinein. Jeden Moment würden Doran und Sophie vorbeikommen und mit ihnen gemeinsam zu Abend essen. Luca freute sich auf die Gesellschaft des ungleichen Duos, das in letzter Zeit immer wieder gemeinsam unterwegs war. Etwas, von dem Kate sagte, dass sie sehr dankbar dafür war – sie selbst nämlich war während der letzten Wochen so stark eingespannt gewesen, dass sie weitaus weniger Zeit als üblich für ihren guten Freund hatte aufbringen können.

Während Luca den Tisch deckte, zerschnitt die Melodie eines Handys ihre Tagträumereien über befreiende Zeilen auf buntem Regenbogenpapier und zwischenmenschliche Bande. Es war nicht ihr eigenes Telefon, das dort auf dem Küchentisch vor sich hin vibrierte und bimmelte, sondern Katherines. Die Freundin griff so hastig danach, als hinge ihr Leben davon ab, den Anruf innerhalb einer festen Anzahl von Sekunden anzunehmen.

»Ja?«, meldete sie sich hörbar aufgeregt. »Erzähl, wie geht's dir?«

Luca schloss die Besteckschublade, aus der sie gerade zwei kleine Gabeln genommen hatte, so leise wie möglich. Nicht, weil sie lauschen, sondern weil sie das allem Anschein nach schon ersehnte Gespräch keinesfalls stören wollte.

Kate indes war schon dabei, den Raum zu verlassen, als sie mitten im Türrahmen stehen blieb. »Was? Wann?« Etwas an ihrer Tonlage hatte sich verändert. Sie klang nicht mehr bloß aufgeregt, sondern … schrill. Alarmiert. »Mum! Nein, sag doch so was nicht.« Sie drehte sich zu Luca um, ihr Gesicht plötzlich kalkweiß.

Luca erwiderte ihren Blick, ohne zu blinzeln. Ihr Herzschlag, die letzten Tage über träge wie ein alter Esel, verfiel erstmals wieder in einen rasanten Galopp.

Etwas war mit Mary passiert, ganz eindeutig.

Die Frage war nur, was.

»Aber warum geht das jetzt so schnell? Sie haben doch gesagt –«

Luca verstand nicht, was Kates Mutter sagte, hörte jedoch, wie jemand am anderen Ende der Leitung sehr rasch und aufgebracht sprach.

»Nein! Natürlich akzeptiere ich das *nicht*, Mum! Was denkst du dir denn? Dass ich einfach … Ja. Ja, die Nummer habe ich. Ich rufe dort gleich an. Genau, dann werden wir ja sehen. Wir schaffen das, hörst du? Wir schaffen das.« Ein paar geräuschvolle Atemzüge lang herrschte Stille, dann ließ Katherine das Handy wie in Zeitlupe sinken. Ein Schatten huschte über ihr Gesicht und nistete sich in ihrem Blick ein; färbte das sommerliche Grün darin dunkel.

»Kate?«, fragte Luca behutsam, »alles okay?«

Ihre beste Freundin schüttelte den Kopf und holte zitternd Luft. Dann tastete sie nach einem Stuhl, schob ihn ohne hinzusehen zurück und setzte sich darauf. Ihr Handy legte sie mit so viel Schwung auf den Tisch, dass es der Kante gefährlich nahe kam.

»Mum geht es nicht gut. Überhaupt nicht. Sie ... Sie muss operiert werden. Gleich am Montag. Es ist ernst. So ernst, dass man nicht weiß, ob sie das alles übersteht. Die Chancen stehen wohl ziemlich schlecht.«

»O mein Gott.« Luca schlug sich eine Hand vor den Mund. »Wie kann das denn auf einmal sein? Was ist passiert?«

Katherine massierte sich die Nasenwurzel, wie sie es oft tat, wenn sie Kopfschmerzen bekam. Luca wusste, dass sie schon seit Teenagertagen mit Migräne zu kämpfen hatte. Sicher reichte eine solche Schocknachricht aus, um einen Anfall zu provozieren.

»Na ja ... so plötzlich kommt das nicht, ehrlich gesagt. Sie ist schon seit ein paar Wochen krank, weißt du?« Kate schluckte. »Also, nein, das ist falsch ausgedrückt. Sie ist schon länger krank, unentdeckt, weiß aber seit ein paar Wochen davon. Ein Tumor in der Lunge. Das wollte ich dir neulich sagen, als wir die Frisuren ausprobiert haben. Aber irgendwie ...« Sie zuckte hilflos die Achseln. »Irgendwie kam es mir falsch vor, dich damit zu belasten. Nicht so kurz vor deinem großen Tag. Mum hat mich seit der Diagnose total von sich weggestoßen. Du kennst sie ja. Es war praktisch unmöglich, an sie ranzukommen, und sie wollte partout keinen Besuch. Ich wollte nicht gefährden, was wir uns im letzten Jahr so mühsam aufgebaut hatten, indem ich mich über ihre Wünsche hinwegsetze. Die ganze Zeit meinte sie, es wäre nur ein kleiner Tumor, sie würde aber trotzdem bald eine Chemo anfangen. Im August.« Katherine war blass geworden. Sorge verzerrte ihre hübschen Gesichtszüge. »Also habe ich mich an ihre Beteuerungen geklammert, dass alles schon nicht so schlimm ist. Ich hätte mir denken können, dass sie das alles nur runterspielt, aber ich wollte ihr so gern glauben. Deswegen habe ich ihr gesagt, ich komme sie im August für ein Wochenende besuchen, ob sie nun will oder nicht, und bis dahin sollte sie mich bitte auf dem Laufenden halten. Und jetzt das ...« Die Stimme versagte ihr.

Luca standen die Tränen in den Augen. Sie konnte kaum fassen, was Kate da erzählte. Es kam ihr schlichtweg unwirklich vor. Unwirklich und unpassend.

Sie hatte Mary Madigan immer als unverwüstlich empfunden. Stark, stur und stolz – und ihrer körperlichen Gebrechen, wie etwa ihrem kaputten Knie, zum Trotz als jemanden, der selbst dem Tod diktierte, wann und wo er sie eines Tages zu holen hatte. Dass es nun so kritisch um die gebürtige Irin stand, erschütterte sie aufrichtig. Ebenso wie das Geständnis ihrer besten Freundin, zu ihrem, Lucas, Schutz nichts gesagt zu haben. Doch es war nicht die Zeit für irgendwelche wie auch immer gearteten Vorwürfe. Was Kate jetzt brauchte, war ein offenes Ohr, nichts anderes. Beherzt ging Luca neben ihrem Stuhl in die Knie, legte die Arme auf ihre Oberschenkel und griff nach ihren Händen. Versuchte, ihren Teil des erneuerten Fahrradschuppen-Versprechens einzuhalten und ebenfalls Katherines Fallschirm zu sein.

»Das tut mir so unglaublich leid.«

»Mir auch.« Kate schniefte. »Sie war auf einem so guten Weg, endlich wieder ins Reine mit sich selbst zu kommen. Und jetzt so was! Gott, das macht mich so wütend. Ist das der Fluch unserer Familie? Dürfen wir alle nicht alt werden? Wow. Wenn ich mich zwischen Autounfall und Krebs entscheiden muss, nehme ich den verdammten Unfall, nur fürs Protokoll.«

Luca wusste, dass ihre Freundin auf ihren Vater und Fiona

anspielte. Gunnar war in seinem Wagen tödlich verunglückt, als Kate noch ein Teenager gewesen war, und ihre Tante an einem metastasierenden Tumor gestorben. Nun drohte sie auch noch, ihre Mutter zu verlieren, zu der sie all die Jahre über ein so schwieriges Verhältnis gehabt und hinter deren harte Schale sie erst im letzten Oktober hatte blicken können. Sicher kam auch die Angst dazu, der fürchterlichen Volkskrankheit eines Tages ebenfalls zu erliegen.

Was auch immer das Schicksal da für ein Spiel spielte, es war kein faires.

»Hey. Denk bitte nicht mal an so was, ja? Es gibt keinen Familienfluch. Und Mary wird das schaffen. Mit deiner Unterstützung.«

Kate nickte langsam. Spuren aus nass glänzenden Tränen überzogen ihre Wangen. »Ich muss zu ihr. Am besten jetzt sofort, ich … ich muss die August-Flüge umbuchen, sie vorverlegen … und Cadan Bescheid geben.« Sie fuhr sich fast manisch durch die Haare, sah sich suchend nach ihrem Handy um, das doch direkt vor ihr auf dem Tisch lag. Dann sank sie plötzlich in sich zusammen, ließ die Schultern hängen wie ein verzweifeltes Kind. Es brach Luca das Herz, ihre beste Freundin so zu sehen.

»Verdammt, Lu, wie soll das nur alles funktionieren? Ich habe doch keine Ahnung, wie lange Cadan und ich weg sein werden. Es muss so vieles geregelt werden. Falls das Schlimmste eintritt. Und auch, wenn der Eingriff gut verläuft, wird Mum mich danach einfach brauchen. Sie … Sie kann dann erst mal nicht mehr allein wohnen, bestimmt nicht, und wenn ein Pflegedienst zu ihr nach Hause kommen muss, geht sie ein. Aber das geht doch alles nicht! Ich meine, wer soll mich so lange in der Bücherei vertreten?!«

Luca drückte Kates Hände fest und sah sie beschwörend an. »Ich. Ich mache das.«

»Was? Aber Lu, dir geht es nicht gut und –«

»Ja, eben deswegen. Ablenkung ist jetzt das Beste, was mir passieren kann, oder? Das hat der Tag heute doch deutlich gezeigt. Außerdem liebe ich die Rainbow-Hearts-Library, und ich bin mittlerweile gut eingearbeitet. Wir können auch alles noch einmal durchgehen, und ich schreibe mir die einzelnen Abläufe auf, wenn du dich dann sicherer fühlst.« Sie sah ihrer besten Freundin an, wie sehr diese mit sich rang. Noch bevor Kate protestieren konnte, fuhr Luca fort: »Mary braucht dich jetzt, ob sie es nun zugeben will oder nicht. Das hast du gerade selbst gesagt. Und es ist großartig, dass du für sie da sein willst, okay?«

Katherine schloss für einen Moment die Augen. »Okay.«

»Mach dir bitte keine Sorgen um mich. Ich halte hier die Stellung, und du und Cadan nehmt euch in München so viel Zeit, wie ihr braucht.«

»Okay«, sagte Kate wieder. »Morgen ist ja auch schon Freitag, dann hast du danach gleich das Wochenende zur Entlastung, richtig?«

»Genau! Alles ganz entspannt. Es wird nichts schiefgehen, mach dir keine Sorgen. Ich packe das, und du packst das auch. Und deine Mum sowieso.«

Wie in Zeitlupe schlug Kate die Lider auf. Lucas Händedruck erwidernd, rang sie sich ein Lächeln ab, das so fragil wirkte wie der zuckende Flügel eines Schmetterlings.

Kapitel 19

Luca war erstaunt, wie gut es ihr gelang, ihren eigenen Schmerz angesichts dieser unvorhergesehenen neuen Situation zu zähmen. Sie *funktionierte* wieder, war wach, klar und fest entschlossen, Kate zu helfen, wo es nur ging.

Es war ihnen gelungen, ganz spontan für den nächsten Morgen einen Flug zu buchen, und so verabschiedete sie ihre beste Freundin nicht einmal zwölf Stunden später im Hausflur.

Sie umarmten einander so fest, als wollten sie der jeweils anderen jedes bisschen Kraft spenden, das in ihnen wohnte.

Cadan indes stand mit den Koffern in der Tür, die bernsteinbraunen Augen voll aufrichtiger Sorge und Mitgefühl, und nickte Luca zu. »Tausend Dank, dass du Kate den Rücken freihältst. Und das gerade jetzt, wo –«

Sie unterbrach ihn, bevor er den Satz beenden und schlafende Dämonen wecken konnte. »Nicht der Rede wert, ehrlich.«

Luca löste sich vorsichtig aus der Umarmung und strich noch einmal ermutigend über Kates Schultern. Es würde sicher nicht leicht werden, den Spagat zwischen ihrer neuen Verantwortung als stellvertretende Büchereileitung und dem Aufkehren der Scherben ihres Lebens in München zu halten, darüber machte sie sich keine Illusionen. Immerhin hatte ein ausführliches Telefonat mit ihrer Mutter ergeben, dass sie übergangsweise bei ihr würde einziehen können, wenn ihre geschaltete Anzeige nichts ergab. Ein Angebot, von dem Luca nur ungern Gebrauch machen wollte, das sie aber dennoch zu schätzen wusste.

»Grüß Mary ganz lieb von mir. Melde dich, wenn ihr angekommen seid. Und halt mich unbedingt auf dem Laufenden.«

»Na klar. Das mache ich. Du mich bitte auch, okay?«

»Du kriegst jeden Abend eine Tagesbilanz über Ausleihzahlen und Verkäufe von Doran oder mir.« Luca zwinkerte verschwörerisch. Neben den Bemühungen um eine Umbuchung des Fluges hatten sie nämlich am Vorabend auch ihre Freunde über den spontanen Leitungswechsel der Bücherei in Kenntnis gesetzt. Alle hatten daraufhin ohne zu zögern ihre Unterstützung angeboten – da die meisten von ihnen aber ihre eigenen Geschäfte führen mussten, würde vor allem Doran Luca bei Bedarf zur Hand gehen. Dass er die Rainbow-Hearts-Library und ihre Kundschaft wie seine Westentasche kannte, war dabei überaus beruhigend. Denn an Kates Seite in der Rainbow-Hearts-Library auszuhelfen, war eine Sache gewesen. Die alleinige Verantwortung für das buchige Herzstück des kleinen Fischerdorfes zu tragen, wiederum eine ganz andere. Das jedoch ließ Luca sich vor ihrer Freundin selbstverständlich nicht anmerken. Es war wichtig, ihr Sicherheit zu vermitteln und sie mit einem guten Gefühl nach Deutschland fliegen zu lassen.

»Sehr gut. Ich zähle auf euch.«

Kate und Cadan bedankten sich noch ein weiteres Mal,

ehe sie zu ihrem am Straßenrand wartenden Taxi eilten, das sie auf direktem Weg zum Flughafen bringen würde.

Luca holte flach Atem und schloss die Tür.

Allein.

Nach dem Trubel der letzten zwei Wochen und dem ständigen Beisammensein mit anderen Menschen, das zum Wochenende hin seinen Höhepunkt erreicht hatte, fühlte sich die Einsamkeit schon nach wenigen Sekunden irgendwie befremdlich an – selbst wenn Luca sie mit ihrem lethargischen Couch-Dasein zuletzt frei gewählt hatte. Doch letztlich war auch das etwas anderes gewesen; immerhin hatte sie ja gewusst, dass außer ihr noch jemand im Haus gewesen und das Leben jenseits des Wohnzimmers auch ohne sie weitergegangen war. Nun jedoch lag es an ihr, dieses Leben, zumindest jenes hinter der Zwischentür zur Bücherei, aufrechtzuerhalten. Eine Herausforderung, derer sie sich für Katherine nur allzu bereitwillig annehmen würde.

Luca schlenderte in die Küche, schaltete die Kaffeemaschine ein und stützte sich mit den Unterarmen auf der Arbeitsplatte ab.

Es war noch so früh, dass die taufrische Kälte des erwachenden Tages durch das halb geöffnete Fenster kroch. Luca spürte die Müdigkeit als einen leichten Druck auf ihrer Stirn, dem sie gleich aber mit einer großen Tasse Kaffee den Kampf ansagen würde. Und wenn dieser keine Wirkung zeigte, bliebe ihr außerdem noch der Blick auf die Wanduhr und ihre stetig voranschreitenden Zeiger.

Bei Gott, war sie nervös! Wenn auch auf eine schöne Art.

Luca zwang sich zu einem kleinen Frühstück, bestehend aus einer Scheibe Brot mit Kräuterquark und einem gekochten Ei, trank in aller Ruhe von ihrem aufgebrühten Kännchen und machte sich im Anschluss oben frisch für den Tag.

Kate hatte ihr angeboten, dass sie in ihrer Abwesenheit vom Sofa ins Schlafzimmer umsiedeln konnte, doch Luca würde in dem kleinen, kaum genutzten Raum im Erdgeschoss bleiben. Sie fühlte sich wohl dort; vielleicht gerade, weil er durch seine nur seltene Nutzung im Vergleich zum Rest des Hauses noch so unberührt von Emotionen und Erinnerungen wirkte.

Im Bad allerdings hatte Luca sich bereitwillig ausgebreitet. Eine gute Stunde verbrachte sie damit, sich ein kleines Verwöhnprogramm zu gönnen, bei dem sie sich die Haare in seichte Wellen föhnte, Gesicht und Körper ausgiebig eincremte und ein wenig die Wimpern tuschte.

Die immer noch vorhandenen Schatten unter den Augen aber wollten sich nicht kaschieren lassen, und auch die leicht eingefallenen Wangen wusste Luca nicht zu verbergen.

Es war erstaunlich, dachte sie und fuhr mit den Zeigefingern an den Konturen ihrer Gesichtsknochen entlang, wie sehr Kummer einen doch zu zeichnen vermochte, und das innerhalb von Tagen.

»Dann wird es wohl Zeit, dass ich der Freude wieder den Pinsel in die Hand gebe«, murmelte sie vor sich hin, fing ihren eigenen Blick im Spiegel auf und nickte bekräftigend.

An keinem Ort würde ihr das besser gelingen als in der Rainbow-Hearts-Library.

Sie öffnete die Türen der Bücherei pünktlich um neun Uhr.

Sonnenlicht flutete den Raum und färbte das Eichenparkett honiggelb. Luca saß hinter dem Tresen auf dem hohen Hocker, das Kate mehr als Deko-Element denn als Möbelstück sah, und wartete gebannt auf die ersten Besucher.

Sie hatte alle von ihrer Freundin notierten Schritte berücksichtigt; zuallererst den Mahnlauf am Computer durchgeführt, den Scanner für den Leih- und Rückgabebereich eingeschaltet, dreißig Euro Wechselgeld in die Kasse gelegt und die frisch eingegangenen Mails gesichtet. Auch das Telefon lag aufgeladen bereit.

Luca stellte sich darauf ein, heute etliche Fragen zu Kates Verbleib beantworten zu müssen – gleich ob vor Ort, per Mail oder am Telefon. Sicher würde sich ihre Abwesenheit schnell herumsprechen, und die vielen Stammleser des Dorfes ganz genau wissen wollen, wo ihre allseits geschätzte Büchereileiterin sich aufhielt.

Nach Rücksprache mit Kate würde Luca sagen, dass die Freundin wegen eines familiären Notfalls kurzfristig nach Deutschland hatte fliegen müssen – also schlicht die Wahrheit.

»Ich habe vor den Leuten hier nichts zu verbergen«, hatte Katherine erklärt und dabei trotz aller Sorgen, die sie plagten, kurz vollkommen zufrieden und mit sich im Reinen ausgesehen.

Wie zuvor Fiona, war auch sie zu einem festen Bestandteil des Dorfes geworden, genau genommen sogar zu einem Teil seines bunten, gemeinschaftlich schlagenden Herzens.

Sie war ganz und gar angekommen, hatte in Howth ihre wahre Heimat gefunden. Etwas, um das Luca sie manchmal beneidete, ohne ihr dieses Glück je zu missgönnen.

»Guten Morgen!« Eine Stimme, so hell und melodisch wie die bimmelnde Türglocke, riss Luca aus ihren Gedanken.

Eine Frau mittleren Alters stöckelte auf sie zu, über dem Arm eine Handtasche baumelnd und mit dem bemerkenswert schlanken Körper in einem edlen Kostüm steckend.

Ihre im Marylin-Monroe-Stil geföhnten Haare waren so hell, dass sie gräulich-blau schimmerten. Ihre Ausstrahlung hatte etwas Einschüchterndes.

»Guten Morgen«, grüßte Luca zurück und setzte sich auf ihrem Hocker automatisch gerader hin. Sie erinnerte sich, dass Kate ihr die Frau flüchtig als eine der drei Brennan-Schwestern vorgestellt hatte – was diese allerdings beruflich machten oder wie sie gar mit Vornamen hießen, wollte Luca beim besten Willen nicht mehr einfallen. Vermutlich war sie damals von irgendetwas abgelenkt gewesen, und sei es nur von der erstaunlichen Präsenz der Schwester, oder aber ihrem schweren Parfum, das sich auch jetzt wie ein dichter Nebel um Lucas Sinne legte.

Das Wiedererkennen schien jedoch einseitig zu sein, jedenfalls gab der Blick der frühen Besucherin nichts in dieser Richtung zu erkennen. Dafür schenkte sie Luca ein neutrales perlweißes Lächeln, ehe sie sich suchend umsah.

»Ist Katherine gar nicht da?«, fragte sie in einem Ton, der weniger enttäuscht, sondern eher neugierig klang.

»Leider nicht, nein.« Luca fasste in wenigen Sätzen zusammen, was geschehen war.

»Wie furchtbar!« Die Brennan-Schwester schlug sich eine Hand vor den Mund.

Luca fand, dass ihre Gestik insgesamt ein wenig theatralisch wirkte.

»Hoffentlich wendet sich alles zum Guten.«

»Ganz bestimmt.«

Als hätte sie einen Schalter umgelegt, hellte sich die Miene der Frau wieder auf. »Ich wollte mich gern zum Schreibabend anmelden, wenn noch ein Plätzchen frei ist. Vermutlich findet er dann unter Ihrer Leitung statt?«

Luca spürte, wie sie rot wurde. »Ähm. Wenn Kate bis dahin nicht zurück sein sollte, ja. Warten Sie, ich gebe Ihnen die Liste.« Sie griff in das zwischen zwei Schubladen liegende offene Fach unter dem Tresen und holte den Zettel heraus. Noch am Vorabend hatte Kate ihr den Veranstaltungsplan für den kommenden Monat gezeigt – nicht, weil sie bereits fest einplante, so lange fortzubleiben, sondern weil am ersten August bereits der nächste Schreibabend stattfinden sollte, von dem die Brennan-Schwester nun sprach.

»Du kannst ihn selbstverständlich canceln«, hatte Kate angeboten, »und auch an den Öffnungszeiten drehen, wenn es dir zu viel wird. Die Leute werden das verstehen, glaub mir.«

Doch Luca hatte nichts dergleichen vor. Sie würde den regulären Betrieb ohne Kompromisse beibehalten. Wenn sie Katherine schon vertrat, dann richtig. Mit allem, was dazugehörte.

»Sie haben Glück. Noch drei freie Plätze.«

»Wirklich? Mein Timing ist mal wieder hervorragend.« Wimpernklimpernd griff die Frau nach einem der Kugelschreiber, die sich in einer auf der Theke stehenden Regenbogen-Tasse befanden, und trug sich unter dem Namen Delila Brennan in die fast volle Liste ein. Den i-Punkt ersetzte sie dabei tatsächlich durch ein Herz, so wie Luca es zuletzt bei ihren Tagebucheinträgen in der Mittelstufe gemacht hatte.

»Ich freue mich«, verkündete Delila, steckte den Kugelschreiber zurück und öffnete ihre Handtasche. »Wenn Bedarf besteht, versorge ich die Runde übrigens gern mit unseren neuesten Keks-Kreationen.« Sie ließ eine Visitenkarte über den Tresen wandern.

»Coast 'n Coffee«, las Luca laut vor. »Ecke Harbour Road. Wow! Das ist Ihr Café?«

Sie war schon das eine oder andere Mal an dem belebten, in Cappuccino-Tönen gestrichenen Laden vorbeigegangen, aus dem stets ein betörend aromatischer Geruch nach gerösteten Kaffeebohnen und süßem Gebäck strömte.

Delila nickte stolz. »Meine Schwestern und ich betreiben es zu dritt. Sie sollten bei Gelegenheit mal reinschauen. Einen besseren Kaffee finden Sie nirgendwo, versprochen.«

Einer so kühnen Behauptung würde Luca tatsächlich dringend auf den Grund gehen müssen. Sie nahm sich vor, es gleich morgen zu tun, denn das Wochenende würde, so ganz ohne Ablenkung, sicher nicht leicht zu überbrücken sein. Am besten verabredete sie sich außerdem noch mit Doran, Roxanne und den anderen. Je mehr sie vorhatte, desto besser.

»Das mache ich auf jeden Fall.«

»Schön. Ich sehe mich noch kurz bei den neuen Büchern

um«, informierte Delila sie und schloss ihre lederne Handtasche, aus der sie das Kärtchen gezogen hatte, wieder. »Wo finde ich die noch mal?«

»Zum Kaufen oder zum Leihen?«

»Zum Kaufen, bitte.«

Luca begleitete sie zu dem im maritimen Stil dekorierten Tisch vor dem Schaufenster. Da Kate gerade erst eine Lieferung erhalten hatte, war jeder freie Zentimeter des dunklen Holzes, auf dem keine Taue oder Muscheln lagen, mit Büchern bedeckt.

»Eine wirklich tolle Auswahl hat Katherine hier. Ich muss sagen, mir gefällt diese Kombination aus Bücherei und Buchhandlung wirklich gut. Ich meine, natürlich ist der Verkaufsbereich wesentlich kleiner als in einem reinen Laden, aber – oh, sehen Sie nur. Mein Gott, was stimmt bloß nicht mit ihr?«

Irritiert darüber, dass Delila mitten im Satz plötzlich das Thema gewechselt hatte, folgte Luca ihrem missbilligenden Blick nach draußen und entdeckte Penny Redford auf der gegenüberliegenden Straßenseite. In ihrer weiten Tunika und mit ihrer üppigen weißen Haarpracht sah sie irgendwie spirituell aus. Offenbar unentschlossen, ob sie sich näher an die Bücherei heranwagen sollte, setzte sie einen Fuß auf die Straße und zog ihn sofort wieder zurück. Auch ihre ringenden Hände verrieten ihre Unentschlossenheit.

Sicher verhinderte die spiegelnde Scheibe, dass Penny ihre Beobachter entdeckte – andernfalls, dachte Luca, hätte sie vermutlich sofort die Flucht ergriffen. Aber auch so entschied sie sich gleich darauf gegen ihr wie auch immer geartetes Vorhaben, bewegte kopfschüttelnd die Lippen und wandte sich dann abrupt ab, um die Straße hinunter und zurück zu ihrem Haus zu gehen.

Ob sie ernsthaft überlegt hatte, der Rainbow-Hearts-Library einen Besuch abzustatten? Immerhin hatte Luca ihr zu verstehen gegeben, dass sie jederzeit willkommen war. Auch, wenn sie ehrlicherweise nicht damit gerechnet hätte, dass die alte Dame ihre Einladung annehmen würde.

»Eine komische Frau«, tat Delila ihre Meinung ungeniert wie naserümpfend kund und widmete sich wieder den Neuerscheinungen.

»Ich mag sie«, sagte Luca sofort. Sie hatte kein Interesse daran, sich an irgendwelchen Lästereien zu beteiligen, und obendrein das starke Bedürfnis, Penny Redford zu verteidigen.

»Das ist ja auch ihr gutes Recht.« Delila nahm ein Buch an sich und las stirnrunzelnd den Klappentext. »Ich sage nur, was ich denke. Mir kommt sie seltsam vor. Ist immer nur für sich, redet mit kaum jemandem je ein Wort. Dabei ist es nicht einmal so, als würden wir alle es nicht immer wieder versuchen.«

Luca erinnerte sich, dass Kate etwas Ähnliches über Penny gesagt hatte. Offenbar ging sie wirklich sparsam mit Worten um. Umso erstaunlicher fand Luca, dass sie eine so offene Unterhaltung mit der fremden Frau hatte führen können.

»Wie dem auch sei ...« Delila drückte sich einen Liebesroman mit bunt-blumigem Cover an die Brust. »Den hier nehme ich mit. Manchmal braucht es einfach etwas Leichtes für die Seele, nicht wahr? Damit sie sich von allem erholen kann, was sie so mit sich herumträgt.«

Luca dachte an ihre eigene Seele und daran, dass sie ihr mindestens zwanzig solcher beflügelnder Geschichten schuldig war. Warum aber kamen ihr bei Delilas kleiner Alltagsweisheit zuerst ein unter dem Nachthimmel tuckerndes Boot und ein schwarzhaariger Mann mit eisgrauen Augen in den Sinn?

»Ja«, stimmte sie zu und spielte unwillkürlich am Anhänger ihres Armbands, »manchmal braucht es einfach etwas Leichtes.«

Kapitel 20

Nachdem Delila gegangen war, gab die Türglocke der Rainbow-Hearts-Library über eine halbe Stunde lang keinen Laut mehr von sich. Es war fast, als müsste die Bücherei sich erst einmal von Delila Brennans Anwesenheit erholen und halte weitere Besucher daher bewusst auf Abstand. Immer wieder sah Luca jemanden am Schaufenster vorbeilaufen und hin und wieder innehalten, um durch die Scheibe ins Innere zu sehen, doch hinein kam niemand.

Schließlich brach ein Rentner-Trio den unausgesprochenen Fluch. Bei den Männern handelte es sich um Touristen, weswegen Luca eine Erklärung für Kates Abwesenheit erspart blieb. Dafür verkaufte sie zwei weitere Bücher und klärte die interessierten Niederländer ausführlich über das Konzept der Rainbow-Hearts-Library auf, woraufhin jeder von ihnen einen begeisterten Brief schrieb, den er anschließend mit derselben Begeisterung versteckte.

Die nächsten Besucher zählten zur Stammleserschaft der Rainbow-Hearts-Library. Einige von ihnen hatte Luca schon einmal gesehen, andere waren ihr gänzlich fremd. Allen gemein war, dass sie sich sofort nach Kates Verbleib erkundigten und große Anteilnahme zeigten, als Luca ihnen erklärte, was los war. Bis auf eine untersetzte Frau, die warten wollte, bis »Miss Madigan« wieder zurück war, ließen die Bewohner des Küstendorfes sich allerdings nicht weiter von dem abbringen, wofür sie hergekommen waren: nämlich Bücher kaufen, leihen und zurückgeben, Fristen verlängern, sich das Prinzip des Online-Ausleihens erklären lassen und natürlich die Schreibecke nutzen. Luca freute sich aufrichtig darüber, dass sie auf Anhieb als Kates Stellvertreterin akzeptiert wurde, und war außerdem überaus dankbar dafür, dass alles zum Großteil reibungslos verlief.

Am frühen Nachmittag dann kam Doran vorbei. Im Gepäck hatte er eine Fuhre selbst gebackener Muffins in Lucas liebster Geschmackrichtung: Nuss. Ihre kurz aufflammende Sorge, er würde mit ihr über die Ereignisse am Samstag reden wollen, erwies sich als unbegründet. Doran beschränkte sich darauf, ihr sein Mitgefühl stumm mitzuteilen; sie las es in seinem Blick, spürte es in seiner langen festen Umarmung.

Nachdem diese heiklen Sekunden überwunden waren, in denen Lucas gerade erst errichtete Mauer bereits zu bröckeln begonnen hatte, sprachen sie zunächst kurz über Kate und Mary, ehe sie zu unverfänglicheren Themen wechselten, während sie sich die anfallenden Arbeiten untereinander aufteilten.

Doran half, wo er konnte – entweder nahm er Anrufe entgegen, suchte Vorbestellungen heraus, stellte Bücher ein oder führte Beratungsgespräche. Luca fühlte sich in seiner Gesellschaft pudelwohl. Zwar hatte sie am Vormittag durchaus den Eindruck gewonnen, auch allein einen guten Job zu machen, doch war es einfach etwas anderes, jemanden an ihrer Seite zu haben, der sogar die Geburtsstunde der Rainbow-Hearts-Library miterlebt hatte.

Kurz vor Feierabend machte Doran sich schließlich auf

den Heimweg, weil er Terry zu einer Partie Spoil Five erwartete. Luca versuchte angestrengt, bei der Erwähnung des freundlichen Rentners nicht an dessen Oldtimer zu denken, doch die notdürftig verdrängten Bilder ihrer unter dem Brautkleid zitternden Knie stiegen allzu schnell an die Oberfläche ihres Bewusstseins. Wie von selbst wanderte ihr Blick zu jener Stelle an der Straße, an der ihr Vater den Wagen am Samstag geparkt hatte. Glücklicherweise handelte es sich dabei um ebenjene Stelle, an der auch Penny vorhin von Delila Brennan entdeckt worden war. Bereitwillig klammerte Luca sich an die Gedanken, die ihr über die irgendwie geheimnisvolle Frau in den Sinn kamen. Sie nahm sich vor, ihr bei Gelegenheit einen Besuch abzustatten und sie nochmals zu ermutigen, in die Bücherei zu kommen. Vielleicht war alles, was die alte Dame brauchte, um über ihren Schatten zu springen, ein letzter kleiner Anstoß. Bei dieser Gelegenheit konnte sie auch gleich den Antwortbrief für Emilio hinterlegen – einen Brief, den sie jedoch erst einmal verfassen musste. Eigentlich hatte Luca das schon gestern tun wollen, doch die jüngste Entwicklung der Ereignisse hatte diesem Vorhaben Aufschub gegeben.

Vielleicht konnte sie ja die Ruhe des Augenblicks nutzen, sich kurz in die Schreibecke zurückziehen und –

Das Klingeln des Telefons zerschlug ihre Pläne, noch bevor sie sie zu Ende gedachte hatte. Sich räuspernd griff sie danach und sagte ihre zurechtgelegte Begrüßung auf: »Rainbow-Hearts-Library Howth, Luca Winkler hier, in Vertretung für Katherine Madigan. Wie kann ich Ihnen weiterhelfen?«

Sie hörte, dass der Anrufer im Begriff war, etwas zu sagen, und dann noch im Luftholen irritiert innehielt.

»Hallo?«, hakte sie nach.

»Oh. Ähm – Luca, hi. Sorry.«

Die Stimme am anderen Ende der Leitung schnipste wie ein unsichtbares Gummiband gegen ihren Magen.

»Emilio.« Sie lächelte seinen Namen mehr, als dass sie ihn

aussprach. Gerade noch hatte sie an ihn gedacht, und kaum ein paar Sekunden später rief er an.

»Ja. Ich wollte dir eigentlich nur sagen, dass es mir für Katherine wahnsinnig leidtut. Cadan hat mir erzählt, was passiert ist.« Er machte eine kurze Pause, ehe er weitersprach. »Und ich weiß ja nicht, ob du mal wieder unter Mrs Redfords Blumenkübel nachgesehen hast, aber ich hoffe einfach ... Puh. Ich hoffe wirklich, es geht dir schon etwas besser.«

Luca umfasste den Hörer fester. »Ja. Ja, danke. Auch für deinen Brief. Ich habe ihn schon entdeckt.«

Während der Zettel mit Emilios Zeilen sicher in ihrem Koffer ruhte, lag die wunderschöne Aufnahme des Mondes inzwischen unter ihrem Kopfkissen. Luca hoffte, sie würde ihr fortan eine Art Traumfänger sein und all die negativen Bilder, die wie ein träger Nebel durch ihr Bewusstsein waberten, fernhalten.

»Oh! Oh, sehr gut. Dann weißt du ja Bescheid. Melde dich einfach, wenn du mal reden möchtest. Und solltest du Hilfe in der Bücherei brauchen ... Du weißt schon. Ich bin da.«

Ungläubig schüttelte Luca den Kopf. Gerade erst hatte er seine Freizeit dafür geopfert, ihre Hochzeit mit ihr zu planen, und nun bot er ihr seine Unterstützung ohne mit der Wimper zu zucken ein weiteres Mal an.

»Danke, das ist wirklich superlieb von dir, aber dir sei dein Privatleben mal gegönnt. Doran hat sich sofort angeboten, und ich glaube, er hat richtig Lust auf den Aushilfsjob.«

»Oh, klar. Das kann ich mir gut vorstellen.«

Luca biss sich auf die Unterlippe. War es Einbildung, oder hatte Emilio gerade enttäuscht geklungen?

Während sie darüber nachdachte, breitete sich ein verlegenes Schweigen zwischen ihnen aus, das sie eilig brach, bevor es sich manifestieren konnte.

»Emilio?«

»Ja?«

»Ich werde mich auf jeden Fall noch persönlich bei deinem Dad entschuldigen.«

»Wofür?«

»Na, dafür, dass wir sein großzügiges Catering-Angebot so spontan abgesagt haben.«

Sie hörte ihn schnauben. »Ist doch kein Problem. Er ist fast alles losgeworden, und beim Vernichten der letzten Reste habe ich ihm ganz selbstlos geholfen. Wenn du allerdings unbedingt mit ihm reden willst, komm doch nachher vorbei. Auf eine Mitternachtspizza. Ich bin heute auch im Restaurant.«

»Eine Mitternachtspizza?«

»Ja. Also, nicht wirklich Mitternacht. Dad schließt freitags offiziell um 22 Uhr, meist sind aber noch bis halb elf Gäste da. Danach macht er die Schotten dicht, und wir backen hinten in der Küche aus den verbliebenen Zutaten manchmal noch etwas Leckeres. Eine kleine Vater-Sohn-Tradition.«

Emilios Schilderungen wärmten ihr das Herz. Nicht zuletzt, weil sie über das Verhältnis – oder eher das *Nicht*-Verhältnis – zu seiner Mutter im Bilde war, freute Luca sich aufrichtig darüber, dass er eine so enge Bindung zu seinem Vater zu haben schien. Eine, die sie jedoch auf keinen Fall stören wollte, indem sie sich in feststehende Rituale einbrachte.

»Aber da kann ich doch nicht einfach so zwischenfunken!«, protestierte Luca daher inbrünstig.

»Machst du Witze? Mein Dad ist so ziemlich der offenste und lockerste Mensch, den ich kenne. Wir haben unsere Mitternachtspizza schon oft mit anderen geteilt. Er freut sich, wenn er nicht immer nur das unwiderstehlich attraktive Gesicht seines Sohnes sehen muss.«

Luca grinste. »Der Ärmste. Du meinst also, es täte seinem Selbstbewusstsein gut, mal ein weniger attraktives zu sehen? Und da dachtest du als Erstes an mich? Charmant, Emilio, wirklich charmant.«

Sein raues Lachen kitzelte an ihrem Ohr.

»Nein, ich dachte eher daran, dass wir seinen Horizont in Sachen wunderschöne Menschen noch ein bisschen erweitern. Und da eignet sich nun wirklich keiner besser als du.«

Sein Kompliment brachte ihre Wangen zum Glühen.

Er albert nur herum, schalt sie sich. Das hat überhaupt keine Bedeutung.

»Tja … Dann möchte ich dieser selbstlosen Horizonterweiterung natürlich nicht weiter im Weg stehen.«

»Das ist also ein Ja zu heute Abend?«

Luca zupfte am Stoff ihres T-Shirts herum. »Sieht so aus.«

»Wie schön! Treffen wir uns direkt dort?«

»Machen wir. Halb elf?«

»Halb elf«, bestätigte Emilio hörbar zufrieden. »Ich freue mich.«

Luca schluckte das »Ich auch«, das ihr auf der Zunge lag, herunter. Ihr Gewissen rebellierte gegen dieses Eingeständnis; wollte ihr nicht erlauben, es auszusprechen.

»Bis später«, sagte die daher nur rasch, ehe sie auflegte.

Doch auch, wenn sie die Worte nicht gesagt hatte, konnte sie nicht verhindern, dass sie sie fühlte.

Kapitel 21

Die Sohlen ihrer Sandalen verursachten ein klackerndes Geräusch auf dem Asphalt, als Luca durch die samtig einsetzende Dunkelheit in die Bailey Green Road einbog.

Der Abend roch – und ihr kam schlicht kein treffenderer Ausdruck in den Sinn – südländisch: So, wie man es in den Gassen einer mediterranen Stadt vermutet hätte.

Sicher spielte ihr Gehirn ihr einen Streich, wo sie doch im Begriff war, eine waschechte italienische Mitternachts-Pizza zu essen.

Luca hatte die Zeit zwischen der Schließung der Bücherei und ihrem Aufbruch in Richtung des Restaurants unter anderem damit verbracht, Kate wie versprochen Bericht über den Tag zu erstatten und ihr sogar ein Selfie von sich und Doran hinter dem Tresen geschickt. Marys Zustand aber musste noch viel schlimmer sein als gedacht, denn die Freundin hatte kaum reagiert und regelrecht abwesend gewirkt, als wäre ihr für den Moment sogar der Fortbestand ihrer sonst so über alles geliebten Bücherei gleichgültig. Auf Lucas Nachfrage hin hatte sie lediglich geantwortet, dass Mary stur wie eh und je sei und den Ernst der Lage je nach Befinden mal absolut herunterspiele oder so schwarzmalerisch daherrede, dass jedem, der ihr zuhöre, angst und bange wurde. Luca hatte beinahe ein schlechtes Gewissen, dass sie in diesen schweren Stunden nicht bei Kate in München war, obwohl sie ihr doch gerade sicherlich den größeren Gefallen damit tat, das Tagesgeschäft der Rainbow-Hearts-Library aufrechtzuerhalten.

Du kannst nicht überall sein, machte sie sich klar, dich nicht zerreißen. Und Howth scheint gerade einfach der richtige Ort zu sein; richtig in jedweder Hinsicht.

Eine beruhigende Vorstellung, an der sie festhielt, während sie einem händchenhaltenden vorbeigehenden Pärchen Platz machte und kurz darauf einer mitten auf dem Fußweg sitzenden Katze auswich. Nach ein paar weiteren Gehminuten kam endlich die beleuchtete Fassade des Restaurants in Sicht und beendete ihren kleinen Slalomlauf.

Das Haus war in einem hübschen Olivgrün gestrichen, das jedoch nur bei Tageslicht richtig zur Geltung kam. Über der weiß gestrichenen, von zwei grünen Topfpflanzen flankierten Doppeltür, die den Eingang markierte, bildeten weiße geschwungene Buchstaben den Namen *Il Gusto*.

Luca merkte, wie ihr Herzschlag sich beschleunigte. Ganz egal, in welchem Zusammenhang und welcher Ausgangssituation geschuldet, sie empfand es immer als außerordentlich aufregend, jemandes Eltern kennenzulernen. Als sie im vergangenen Jahr mit Kate hier gewesen war, hatte sie niemanden gesehen, der im passenden Alter gewesen wäre, um Emilios Vater zu sein. Das Personal war durchweg sehr jung gewesen; vermutlich hatte der Chef des Hauses an diesem Abend anderweitig zu tun gehabt oder gar selbst in der Küche gestanden. Folglich wäre es heute das erste Mal, dass sie dem Inhaber des Il Gusto begegnete.

Unentschlossen, ob sie klopfen oder einfach hineingehen sollte, stand Luca einen Moment lang mit einer in der Luft schwebenden Hand da, ehe sie sich einen Ruck gab und an der messingfarbenen Klinke zog. Der Geruch, der ihr in dem mit rotem Teppich ausgelegten Flur entgegenschlug, strich zärtlich über ihre Geschmacksnerven. All die über den Tag zubereiteten Köstlichkeiten hatten der Luft ihre ganz eigene besondere Note verliehen. Luca bezweifelte, dass der Duft nach gutem Essen je aus den Wänden wich, ganz egal, wie gründlich auch gelüftet wurde. Sie ließ den kurzen Garderobenbereich hinter sich und betrat den Gastraum. Von den dunklen Tischen waren nur die Beine zu sehen; der Rest lag unter rot-weiß-karierten Decken verborgen.

»Luca!« Emilio steckte seinen Kopf durch die hölzerne Durchreiche, die links neben dem U-förmigen Bartresen eingebaut war, hinter dem sich auch die Tür zur Küche befand.

Sein fröhliches Gesicht, eingerahmt von der schwarzen, immer wilder werdenden Haarpracht, war wie ein Seelenbalsam, von dem sie nicht wusste, dass sie ihn gebraucht hatte.

»Da bin ich«, verkündete sie das Offensichtliche und konnte gerade noch verhindern, dass sie den Saum ihres langen Kleides raffte und sich wie eine Ballerina um die eigene Achse drehte.

Ihr Gehirn hatte schon immer eine seltsame Vorliebe für noch seltsamere Übersprungshandlungen gehegt.

»Da bist du«, stimmte Emilio zu, verzog die vollen Lippen zu einem schiefen Grinsen und musterte sie mit seinen durchdringenden Augen. »Komm gern zu uns.« Er nickte in Richtung der Küchentür, die Luca daraufhin folgsam ansteuerte und mit nochmals beschleunigtem Pulsschlag hindurchtrat.

Der appetitanregende Geruch, der ihr schon im Flur entgegengeschlagen war, bildete hier, zwischen Arbeitsplatten, Vorratsregalen, Herdplatten und einem großen Steinofen, sein Zentrum. Emilio lehnte noch immer lässig an der Durchreiche, hatte seine Aufmerksamkeit aber nun dem Geschehen innerhalb des gefliesten Raumes gewidmet. Er trug eine eng anliegende dunkle Hose, ein weißes Hemd, das er bis zu den Ellbogen hochgekrempelt hatte – und über der Schulter ein Geschirrtuch, das seinen schicken Stil auf charmante Weise brach. Ein Mann, der nur Emilios Vater sein konnte, stand hinter einer ganzen Reihe dickbauchiger Ölflaschen (in einer schwamm eingelegter Knoblauch, in der anderen Olivenscheiben und in einer wieder anderen Chilis) und hantierte mit geschnittenem Gemüse herum, das in offenen Edelstahlbehältern lag.

»Ah! Willkommen in meinem Reich, meine Liebe!« Er trat hinter der Arbeitstheke hervor und breitete die Arme aus wie ein König, der einem Gast stolz seinen Palast präsentierte.

Luca mochte ihn auf Anhieb.

»Es freut mich sehr, Sie kennenzulernen, Mr Morelli.«

Er war deutlich kleiner als Emilio und trug einen Bauch von beachtlichem Umfang vor sich her. Abgesehen von Gewicht und Größe sahen Vater und Sohn einander allerdings unverkennbar ähnlich, teilten sie doch die dichten dunklen Haare, die wohlgeformten Brauen und die bemerkenswert hellen Augen.

»Stefano«, korrigierte Emilios Vater sofort, machte einen Schritt auf Luca zu und umarmte sie zur Begrüßung. »Und es freut mich auch sehr, dich kennenzulernen.«

Luca meinte, einen ganz leichten verbliebenen italienischen Akzent aus seinem Englisch herauszuhören, doch als Nicht-Muttersprachlerin fiel es ihr schwer, solche Feinheiten klar zu bestimmen.

»Mein Junge hat schon so viel von dir erzählt«, fuhr Stefano fort, »endlich habe ich auch ein Gesicht zu deinem Namen.«

Die Art, wie er das sagte und Emilio darauf in peinlich berührter Teenager-Manier die Augen verdrehte, erheiterte Luca. »Ich hoffe, er hat nur Gutes erzählt?«, fragte sie schmunzelnd.

»Oh, nur das Allerbeste!« Sein herzliches Lächeln verblasste ein wenig, als würde er sich plötzlich an etwas weniger Erfreuliches erinnern. Sogleich erfuhr Luca auch, was es war.

»Dass die Hochzeit nicht stattgefunden hat, tut mir übrigens sehr leid.«

Luca ignorierte das Ziehen in ihrer Brust tapfer. »Und mir tut es leid, dass wir erst so kurzfristig die Pferde wild gemacht und dann sogar noch spontaner wieder abgesagt haben. Ich bin sicher, alle Gäste hätten das Essen geliebt. Als ich letztes Jahr mit Kate hier war, war ich schon ganz begeistert.«

Das Lob munterte Stefano unversehens wieder auf. »Wie schön, das zu hören. Und mach dir bitte keine Gedanken um das Essen. Wir haben genug Abnehmer gefunden, stimmt's, Emilio? Inklusive uns selbst.« Er klopfte sich demonstrativ auf den Bauch. Luca war ihm überaus dankbar, dass er die geplatzte Zeremonie nicht weiter thematisierte. »Die Mitternachtspizza muss heute allerdings ohne mich gegessen werden«, ergänzte er und wirkte plötzlich ein wenig verhalten. »Ich habe … noch etwas vor.«

»Dad. Echt jetzt?« Emilio hatte die Brauen so hochgezogen, dass sie fast unter seinem Haaransatz verschwanden. »Ich habe Luca gesagt, dass wir heute Abend zu dritt sind. Vielleicht wäre sie sonst gar nicht hergekommen.«

Stefano hob entschuldigend die Hände. »Marianne hat mich vorhin erst nach meinen Plänen für den Abend gefragt. Du weißt, wie selten sie in der Gegend ist.«

»Schon gut«, warf Luca eilig ein, »wirklich. Das ist doch überhaupt kein Problem.« Dass Emilio so darum bemüht war, sie nicht in Verlegenheit zu bringen, rührte sie. Ein weniger empathischer Mensch hätte wohl gar nicht erst in Betracht gezogen, dass es ihr so kurz nach dem Aus mit ihrem Verlobten unangenehm sein könnte, mit einem anderen Mann allein zu sein – noch dazu abends, in der heimeligen Atmosphäre eines leeren Restaurants. Doch sie log nicht, wenn sie sagte, dass ihr

Stefanos Spontanflucht nichts ausmachte. Emilios Nähe war nichts, wovor sie sich fürchten musste. Im Gegenteil.

»Na also«, freute sich Stefano, beugte sich über das rechts von ihm liegende Spülbecken und wusch sich die Hände. »Ich wünsche euch einen tollen Abend und einen guten Hunger. Und hol meinen Sohn ruhig mal von seinem hohen Ross runter, Luca. Er ist neuerdings der Meinung, seine Mitternachts-Pizza-Kreationen hätten einen Platz auf der Tageskarte verdient.«

Emilio verdrehte die Augen. »Das haben sie auch. Irgendwann muss das sogar ein alter Sturkopf wie du einsehen.«

»Ein alter Sturkopf bin ich also, sieh an. Nun werden die harten Geschütze aufgefahren.« Stefano lachte. »Dann werde ich mich mal schnell aus der Schusslinie manövrieren. Bis bald, Luca. Ciao, Sohnemann.«

Flinker, als seine Statur es vermuten ließ, schlüpfte er durch die Küchentür. Seufzend stemmte Emilio die Hände in die Hüften.

»Tut mir leid, so war das nicht geplant.«

Luca zuckte die Achseln. »Es war doch auch nicht geplant, dass ich heute dabei bin, das ist also nur fair.« Sie machte einen Schritt auf die Arbeitsplatte zu, hinter der Stefano eben noch gestanden hatte, und verschaffte sich einen Überblick über die ihnen zur Verfügung stehenden Zutaten. »Es lebe die Spontaneität.«

Emilio trat neben sie. Sofort stieg ihr der Duft seines Parfums in die Nase und verdrängte einen Herzschlag lang alles andere aus ihrer Sinneswahrnehmung.

Luca sah zu ihm auf und lächelte zaghaft. Sein Blick verhakte sich in ihrem und versteinerte Sekunden zu kleinen herrlichen Ewigkeiten.

»Das Armband«, sagte er leise. »Du trägst es noch.«

Automatisch griff sie danach, ließ den filigranen Anhänger

melodisch klimpern. »Ich trage es noch.« Sie sprach noch leiser als Emilio, flüsterte fast.

Die Luft zwischen ihnen veränderte sich. Luca spürte es, nahm es als irgendwie magisches Sirren wahr, das jeden ihrer Atemzüge begleitete.

Nein. Das durfte nicht sein.

Jäh wandte sie sich von Emilio ab und beendete so den gerade erst erwachten Sekundenzauber. Mit einer womöglich übertriebenen Entschlossenheit klatschte sie laut in die Hände. »So! Dann wollen wir mal starten, was? Ich bin so was von bereit für Pizza.«

Emilio legte einen ähnlich gekünstelten Enthusiasmus an den Tag, während er einen Klumpen Teig aus einer mit einem Handtuch abgedeckten Schüssel nahm und ihn bemehlte. »Möchtest du ihn ausrollen, oder die Tomatensoße ein bisschen – ähm – optimieren?«, fragte er Luca.

»Optimieren?«

»Ja. Nach deinen Vorlieben. Du könntest noch ein bisschen mehr Schärfe reinbringen oder mehr Knobi. Wie du willst. Das heute wird deine Schöpfung.«

Luca entschied sich für das Verfeinern der Soße, der sie Oregano, Salz, Pfeffer und geschrotete Chilis beifügte, bis sie eine pikant-dominante Note annahm.

Emilio probierte eine Messerspitze, neigte anerkennend den Kopf und verteilte die dunkelrote Masse großzügig mit einer Kelle auf dem Teig. Luca fand, dass es beinahe etwas Meditatives hatte, ihm dabei zuzusehen. Als er fertig war, ermutigte er Luca, die Pizza zu belegen, und beschaffte unterdessen eine Flasche Wein samt zweier Gläser.

»Dein Dad hat also ein Date?«, versuchte sie, die Unterhaltung zwischen ihnen wieder zum Laufen zu bringen. Es war nicht so, dass Luca sich unwohl fühlte, doch irgendwie herrschte zwischen ihnen eine gewisse Verlegenheit.

»Ich denke, das kann man schon so nennen, auch wenn er

das vehement abstreitet. Marianne lebt in London und besucht hin und wieder Verwandte in Dublin. Sie haben sich letzten Sommer kennengelernt und treffen sich seitdem immer mal wieder.«

»Verstehe.« Luca grinste und verteilte eine Handvoll Champignons auf dem bestrichenen Teig, den sie bereits mit Zwiebeln und ein paar wenigen Jalapeños verziert hatte.

Nur noch ein paar Scheiben Mozzarella, und fertig war ihre allererste Mitternachts-Pizza. »Meine Eltern sind übrigens auch geschieden, aber soweit ich informiert bin, tut sich da nichts an der Partner-Front. Dabei würde es gerade meinem Papa wirklich guttun, mal wieder jemanden kennenzulernen.«

Emilio füllte ihnen die Gläser. »Ich habe ihn ja nur kurz gesehen, aber er schien mir wirklich cool zu sein. Jemand, der seine Tochter über alles liebt und immer hinter ihr steht.«

Luca versteifte sich. Ja, indem er ihre Bitte anstandslos respektiert hatte, hatte er ihr genau das bewiesen. Sie wusste, dass ihre Mutter anders reagiert und alles getan hätte, um ihr Kind ›zur Vernunft zu bringen‹.

Doch es war nicht diese Tatsache, die ihr eine Gänsehaut bescherte, sondern schlicht die Erinnerung daran, wie sie haltsuchend am Auto gestanden hatte, während ihre ganze Welt unter ihren Füßen erzittert war.

»Du hast geschrieben, dass du weißt, wie es sich anfühlt«, griff sie Emilios Worte aus seinem Brief auf. »Woher? Was ist dir passiert?«

Es war nicht nötig, dieses »Es« näher zu definieren. Emilio schaltete sofort – Luca erkannte es an der Art, wie seine Kiefermuskulatur sich kaum merklich anspannte. Stumm griff er nach einer breiten, an der Wand lehnenden Schaufel, schob sie in einer gekonnten Bewegung unter die Pizza und trug sie zum Steinofen, in den er sie geschmeidig hineingleiten ließ.

»Tut mir leid«, warf Luca ein, »ich wollte dir nicht zu nahe treten.«

Emilio stellte die Schaufel wieder ab und massierte sich den Nacken. »Nein, Quatsch, alles gut. Ich freue mich, wenn du reden möchtest. Du kannst mir jede Frage stellen, die dir einfällt.«

Erleichtert drehte Luca sich zu ihren Gläsern um, die sie vorsichtshalber an den Rand der Arbeitsfläche gestellt hatte, und reichte Emilio seines.

»Okay. Hier, für die Nerven.«

Lachend prostete er ihr zu. »Danke. Also, so spektakulär ist die Story gar nicht. Aber ... na ja. Kurz nach meinem Abschluss an der Polizeiakademie habe ich mich verliebt. Zum ersten Mal so richtig. Bis dahin dachte ich immer, irgendwas stimmt mit mir nicht, weil ich keine Ahnung hatte, wie sich Schmetterlinge im Bauch anfühlten. Ich meine, ich war trotzdem nicht gerade die Unschuld vom Lande. Vielleicht aber auch gerade deswegen. Weil ich diese Gefühle richtig verzweifelt gejagt habe und dachte, irgendwann müssten sie ja automatisch kommen.« Er nippte an seinem Wein. »Aber das war erst der Fall, als ich Bonnie – so hieß die Frau – kennengelernt habe. Und sie hat wohl dasselbe für mich empfunden.«

Emilio machte eine Pause. Luca drängte ihn nicht zum Weiterreden, sondern gab ihm die Zeit, die er benötigte, um seine Gedanken zu ordnen.

»Riecht gut, nicht?«, fragte er schließlich.

Belustigt hob Luca die Brauen. »Das nenne ich mal einen Themenschwenk.«

Dennoch musste sie ihm recht geben: Aus dem Ofen drang schon jetzt ein ganz und gar betörender Duft nach gebackener Pizza, den ihr Magen mit einem vorfreudigen Knurren registrierte.

Emilio zwinkerte. »Nur ein kurzer Exkurs, keine Sorge. Wo war ich stehen geblieben?«

»Dabei, dass Bonnie deine Gefühle erwidert hat.«

»Richtig. Wir sind also eine Beziehung eingegangen, zusammengezogen – es wurde so richtig ernst. Anfangs war alles wie im Rausch. Ich war mir zu hundert Prozent sicher, die Frau fürs Leben gefunden zu haben. Aber nach circa einem Jahr hat dieser rosarote Nebel in meinem Kopf dann begonnen, sich zu lichten. Plötzlich sind mir Dinge aufgefallen. Komische Verhaltensweisen. Zum Beispiel, dass es Bonnie immer dann körperlich schlecht ging, wenn ich nach Feierabend mal etwas mit meinen Kollegen unternehmen wollte. Oder dass Freunde mich angerufen und gefragt haben, wieso ich ihnen nicht auf Nachrichten antworte, die ich doch nie bekommen hatte – weil Bonnie sie regelmäßig gelöscht hat. Sie war ... ein Kontrollfreak. Wollte mich nur für sich haben – und hat das letztlich auch geschafft. Cay und ich reden kaum über diese Zeit. Er sagt immer, dass er das Gefühl hatte, mich gar nicht mehr gekannt zu haben. Ich habe mich komplett isoliert, für mich gab es nur noch Bonnie. Keine Freunde, keine Hobbys, nichts. Sie war Dreh- und Angelpunkt meiner Welt. Auf eine absolut ungesunde Art und Weise. Das zu erkennen, hat wahnsinnig wehgetan. Ich habe mich ... geschämt. Vor allen Leuten, die ich regelrecht von mir gestoßen habe. Und vor allem dafür, dass ich mich überhaupt so habe manipulieren lassen. Rückblickend fühlt es sich manchmal an, als hätte sie mir damals eine Gehirnwäsche verpasst. Irgendwann wusste ich gar nicht mehr, was richtig und falsch war, weil sie es genau verstanden hat, mir jedes Wort im Mund umzudrehen, mir für jeden Streit die Schuld zu geben. Wie auch immer ... Je klarer mir wurde, dass ich mich selbst in dieser Beziehung verloren hatte, desto unvermeidlicher war natürlich auch der Schritt, mich von Bonnie zu trennen. Und ganz ehrlich? Das war schwer. Ich habe viele Anläufe gebraucht. Viel zu viele, um sie noch vor mir selbst rechtfertigen zu können. Bonnie hat ... sie hat am Ende sogar damit gedroht, sich etwas anzutun, wenn ich sie verlasse, und ich habe wirklich lang gebraucht, um zu verstehen, dass ich nicht für ihre Entscheidungen verantwortlich bin. So hart das klingt. Trotzdem bin ich natürlich froh, dass sie diese Drohungen nicht wahrgemacht hat.«

Hatte Emilio eben nur zaghaft an seinem Wein genippt, nahm er nun einen wesentlich größeren Schluck. Luca konnte es ihm nicht verübeln. Was er da erzählte, schockierte sie aufrichtig.

Wie schrecklich vergiftet die Strukturen seiner Beziehung doch gewesen waren, wie sehr ihn all das Erlebte erdrückt haben musste.

»Ich meine, ich weiß schon, dass immer zwei dazugehören und ich die Opferrolle nicht für mich beanspruchen kann«, führte Emilio aus und verzog das Gesicht, als würde der Schmerz seiner Erinnerungen dem Wein einen bitteren Geschmack verleihen. »Und ich möchte meine Situation außerdem gar nicht mit deiner und Adrians vergleichen oder gar auf eine Stufe stellen, wirklich nicht. Ihr wart viel länger zusammen, und ich habe keine Ahnung, wie eure Beziehung im Detail ausgesehen hat. Dann noch die Hochzeit …«

»Nein.« Luca legte ihm eine Hand auf den Arm. Emilios Blick wanderte zu der Stelle, an der sie ihn berührte, und verweilte dort. Räuspernd zog Luca ihre Hand wieder zurück, jedoch längst nicht so abrupt wie an jenem Abend auf dem Boot. »Das hier ist kein Wettbewerb, Emilio. Klar, ich habe Adrian vor dem Altar stehen lassen, und das ist heftig. Richtig heftig sogar. Aber das macht das, was du erlebt hast, nicht weniger schlimm. Außerdem …«

»Ja?«

»Außerdem haben unsere Geschichten doch auch eine wesentliche Gemeinsamkeit: Wir beide, du und ich, haben uns in unseren Partnerschaften verloren.«

Emilio nickte nachdenklich und sah zur Deckenlampe hinauf wie jemand, der im Licht nach einer Offenbarung suchte. Ob er sie fand, wusste Luca nicht, doch ihr Schein verwandelte das stürmische Grau seiner Augen in ein feuriges Orange.

»Nicht nur das«, sagte er leise. »Wir haben uns auch beide wiedergefunden.«

Kapitel 22

Das Wochenende verging im Eiltempo.

Luca hatte ihre zunächst locker gefassten Pläne wahr gemacht und sich so viel vorgenommen, dass fürs Grübeln kaum Zeit blieb.

Am Samstag besuchte sie zuerst mit Sophie den Markt, wo sie frisches Gemüse für einen gemeinsamen Kochvormittag einkauften. Nachdem sie Kates kleine Küche in den herrlichen Duft einer vegetarischen Lasagne gehüllt hatten, beschlossen sie, das gute Wetter zu nutzen und den Rest des Tages am Strand zu verbringen.

Luca war dankbar für die Gesellschaft der jungen Irin, die auf geradezu rührende Art und Weise versuchte, sie aufzumuntern. Ein ums andere Mal schaffte sie es, Luca zum Lachen zu bringen (in ihr schlummerte ein verstecktes Talent zum Imitieren von Prominenten), und auch sonst bot sie ihr im wahrsten Sinne des Wortes eine Schulter zum Anlehnen.

»Weißt du«, sagte sie am Abend, als sie mit sandigen Füßen in ihre Sandalen schlüpften und ihre Handtücher zusammenrollten, »ich finde dich wahnsinnig stark, Luca. Und auch, wenn du es dir jetzt vielleicht noch nicht vorstellen kannst, wirst du wieder glücklich werden. Ganz bestimmt. Es gab da mal einen Spruch, den meine Grandma gern zitiert hat: ›Wenn du den Hauch des Glücks mal nicht mehr im Nacken spürst, bedeutet das nicht, dass es dich verlassen hat. Es holt nur Atem, um dich danach in eine umso kräftigere Brise hüllen zu können.‹ So oder so ähnlich. Ich bin nicht besonders gut darin, mir so etwas zu merken.« Sie grinste entschuldigend.

Luca gefiel diese Vorstellung.

Sie schlief mit den Gedanken daran ein und erwachte am nächsten Morgen damit. Griff sich unwillkürlich in den Nacken, um nachzuspüren, ob das Glück seine Lunge wieder mit Luft gefüllt hatte – und meinte, tatsächlich ein leises Kitzeln wahrzunehmen.

Der Sonntag wurde mit einem üppigen Brunch eingeläutet, zu dem Luca all ihre neu gewonnenen irischen Freunde eingeladen hatte. Neben Sophie waren auch Doran, Ivy, Brianna, Roxanne und Mrs Seymour da gewesen.

Sogar bei Penny Redford hatte sie es versucht, doch die alte Dame war entweder nicht zu Hause gewesen, oder hatte Luca bereits kommen sehen und beschlossen, dass ihr nicht nach einem Gespräch zumute war. Auch in vertrauter Konstellation aber hatte Luca die gemeinsamen Stunden in der kleinen Küche genossen: Diesen wunderbaren Hauch von Normalität und das Gefühl von Gemeinschaft, für das sie der liebenswerten Truppe gar nicht dankbar genug sein konnte.

Am Nachmittag hatte sie dann mit Kate telefoniert und es während des Gesprächs sogar ein paarmal geschafft, die vernehmlich abgekämpfte Freundin zum Lachen zu bringen. Etwas, das angesichts der am Folgetag bevorstehenden OP wohl einem Wunder gleichkam.

Neben diesem Erfolgserlebnis war Luca von allen schönen Dingen, die sie während der letzten Tage erlebt hatte, vor allem der Abend im Il Gusto, ein Halt geworden. Es tat gut, die gemeinsame Zeit mit Emilio noch einmal Revue passieren zu lassen, wenn das schwere Gefühl in ihrer Brust wieder einmal zu viel Platz einnahm. Sie hatten die (bemerkenswert leckere) Pizza stehend in der Küche gegessen, und obwohl Luca für gewöhnlich jemand war, der seine Mahlzeiten ausgiebig am Tisch genoss, hatte sie gerade daran großen Gefallen gefunden. Es war ein bisschen wie früher gewesen, wenn sie als Kind mit ihren Eltern Plätzchen gebacken und die fertigen Kekse direkt vom Backblech genascht hatte. Obwohl sie das Beisammensein mit Emilio als so wohltuend empfunden hatte, war sie nach dem Essen jedoch nicht mehr lange geblieben, sondern nach einem weiteren Glas Wein nach Hause gegangen.

Da war eine unterschwellige Verlustangst in ihr, die ihr zuflüsterte, sie solle schöne Momente besser nicht so weit ausdehnen, dass die Gefahr bestand, sie könnten platzen. Diese Angst war neu – und woher sie kam, nicht schwer zu erraten.

Auf leisen Sohlen folgte sie Luca in die Nacht von Sonntag auf Montag hinein. Immer wieder wachte sie auf, schreckte aus wirren Träumen hoch und wälzte sich unruhig von einer Seite zur anderen. Um 6 Uhr morgens gab sie es auf, streifte ihr schweißnasses Nachthemd ab und ging nach oben, um eine Dusche zu nehmen. Ein paar Minuten lang ließ sie den kühlen Strahl ihren verspannten Nacken massieren (nur im tiefsten Winter brauste sie sich warm ab) und stellte sich vor, wie all die aufrührenden Bilder, die ihr Unterbewusstsein heraufbeschworen hatte, zusammen mit den Resten ihres Shampoos im Abfluss verschwanden.

In ein weiches Handtuch gehüllt und die nassen Haare auf ihren nackten Schultern kitzelnd, machte Luca sich wenig später auf den Weg in die Küche. Es blieb noch genug Zeit, bis sie die Bücherei öffnete; sie würde in aller Ruhe einen Kaffee trinken, vielleicht auch zwei, und sich aus den Resten im

Kühlschrank ein leckeres Frühstück zaubern. Soweit sie sich erinnern konnte, waren noch Eier, Bohnen, Champignons und Vollkornbrot da, genug Zutaten für die vegetarische Variante einer typisch irischen Morgenmahlzeit. Vielleicht konnte sie ja –

Mitten auf der Treppe verharrte sie. Ein leises, irgendwie unheilvolles Rauschen drang an ihre Ohren.

Was war das? Sie lauschte angestrengt, neigte mit vor Konzentration zusammengekniffenen Augen den Kopf. Es kam von irgendwo aus den Wänden, ganz sicher. Und zwar aus Richtung der Rainbow-Hearts-Library ...

Ein nervöses Kribbeln füllte Lucas Magen aus. Sie sprang die restlichen Stufen geradezu hinunter, stürzte durch die Zwischentür zur Bücherei – und stand knöcheltief im Wasser. Genauer gesagt in einer schmutzig-gräulichen Brühe.

»Nein.« Das Wort blieb ihr im Hals stecken.

Dunkle Flecken hatten sich wie Geschwüre an Decke und Wänden ausgebreitet, Bücher und Regale waren durchnässt, überall wellte sich beschriebenes Papier. Nur der kleine Treppenabsatz hinter der Tür verhinderte, dass das Wasser sich bis ins Haus ausbreitete.

Noch.

»Nein«, sagte Luca noch einmal, als könnte sie damit ungeschehen machen, was hier passiert war. Irgendwo musste ein Rohr gebrochen sein – mindestens eines –, und nun drohte Fionas Lebenswerk einfach so davonzuschwimmen. Zu ertrinken in schmutzigem, kaltem Wasser.

Die Briefe, dachte Luca getroffen, ich muss die Briefe retten.

Der Schock verdammte sie dennoch dazu, ein paar Sekunden lang einfach nur hilflos dazustehen, während das Unglück seinen Lauf nahm. Dann, endlich, besann sie sich, stolperte vor Eile beinahe über ihre eigenen Füße und hastete ins Wohnzimmer. Suchte fluchend nach ihrem Handy, fand es unter ihrem Kopfkissen und wählte die Nummer des erstbesten Installateurs, den die Suchmaschine ihr vorschlug. Nach dem fünften Klingeln nahm jemand ab.

»Farrell's Plumbing Sercive Dublin, Harris am Apparat, was kann ich für Sie tun?«

Lucas Kehle war vollkommen ausgedörrt. Der oberhalb ihrer Brüste angebrachte Knoten ihres Handtuchs löste sich, doch das kümmerte sie nicht. Achtlos ließ sie es zu Boden fallen.

»Hallo, Winkler hier, bei Madigan.« Sie kniff sich in die Nasenwurzel. »Hören Sie, hier gibt es ein riesiges Problem.« Mit einer Stimme, die wie Espenlaub zitterte, schilderte Luca, was geschehen war. Der Mann am Telefon erwies sich im Umgang mit aufgebrachten Anrufern glücklicherweise als geschult.

Ruhig leitete er Luca an, Hauptabsperrventil und vorsichtshalber auch den Strom abzudrehen und legte ihr außerdem nahe, die Feuerwehr anzurufen, damit diese das Wasser abpumpen könne. Zusätzlich gab er ihr den Tipp, sie solle sich rechtzeitig um alles Bürokratische kümmern – dazu gehöre auch, den entstandenen Schaden zu fotografieren. Luca schwirrte der Kopf, und sie wünschte sich mindestens zwei Paar Hände mehr, doch immerhin würde bald Unterstützung eintreffen. Wenigstens bis dahin wollte sie mit ihrer zu überbringenden Hiobsbotschaft an Kate warten, um eine erste fachmännische Einschätzung der Sachlage mit ihrer besten Freundin teilen zu können.

Fahrig fuhr sie sich durch die noch immer feuchten Strähnen, schlüpfte in kurze Jeans' und T-Shirt und ging zurück in die Bücherei, um mit ihrem Handy zu dokumentieren, was geschehen war. Danach suchte sie in der Küche nach Putzeimern. Obwohl es sicher müßig war, das Wasser per Hand abzuschöpfen, wollte sie auf keinen Fall tatenlos herumsitzen. Also befüllte sie Eimer für Eimer und machte sich daran zu retten, was an Büchern und Briefen zu retten war, bis sie durch die halb geöffneten Lamellen der Jalousie endlich ein Einsatzfahrzeug vorfahren sah. Sie ließ die Feuerwehrmänner im selben Moment herein, in dem sie klingeln wollten.

Von da an ging alles ganz schnell: Das Wasser wurde abgepumpt, der Installateur rückte mit zwei weißen Lieferwagen an, Luca beantwortete Fragen und leistete Unterschriften.

Sie wusste nicht, wie viel Zeit vergangen war, als die Feuerwehrleute sich schließlich verabschiedeten und die Handwerker ihre Arbeit vorerst für beendet erklärten.

»Die Leitungen sind alt«, erklärte einer der Klempner achselzuckend auf Lucas Frage hin, wie in aller Welt das nur hatte passieren können. »Da kann das leider schon mal vorkommen. Aber Sie haben den Schaden ja schnell entdeckt, das sollte die Spätfolgen in Grenzen halten.«

Seine Worte beruhigten sie nur wenig, denn Sanierung und Bautrocknung würden, wie er hinzufügte, dennoch Wochen dauern.

Wochen, in denen die Bücherei geschlossen und Katherine massive Verluste einfahren würde. Von den vielen enttäuschten Lesern, die täglich in die Rainbow-Hearts-Library kamen und darin eine unendliche Bereicherung ihres Alltags sahen, einmal abgesehen.

Es wäre leicht gewesen zu verzweifeln, doch Luca musste sich zusammenreißen. Für Kate.

»Die Versicherung schickt bestimmt einen Gutachter«, mutmaßte der Handwerker und kratzte sich im Nacken, »erst danach wird dann mit den Arbeiten begonnen, die Auslagerung der Möbel in Angriff genommen und so weiter. Der Rohrbruch ist aber jetzt behoben, es kann also nichts mehr passieren.«

Luca nickte. Dass nichts mehr passieren konnte, war ein schwacher Trost angesichts dessen, was alles schon passiert *war.* Der Seelenort eines ganzen Dorfes war zerstört, hatte, zumindest vorübergehend, einfach aufgehört zu existieren.

Luca hatte es noch nicht über sich gebracht, die Büchereibesucher über die Wahrheit in ihrem vollen Ausmaß zu informieren, und so einen Zettel mit den Worten *Außerplanmäßige Schließung* hinter den heruntergezogenen Jalousien befestigt.

Lange nachdem die Handwerker fort waren und sie allein im Haus zurückblieb, stand sie noch in der Verbindungstür und starrte fassungslos in den Raum hinein, der so unerwartet seiner Magie beraubt worden war.

Irgendwann sah sie ein, dass sie das Unvermeidliche nicht weiter aufschieben konnte: Kate musste informiert werden, allein schon des dringend nötigen Gesprächs mit der Versicherung wegen. Mit einem Gefühl, als würde ihr jemand die Kehle zuschnüren, schlurfte Luca in die Küche, zog sich einen Stuhl zurück und ließ sich kraftlos darauf fallen. Das Handy, das direkt vor ihr auf dem Tisch lag, kam ihr auf einmal unerreichbar fern vor.

Gott, es war so ungerecht, dass sie Kate diesem zusätzlichen Stress aussetzen musste. Was, wenn das Schlimmste eingetreten war und Mary ihre Operation nicht überstanden hatte?

Hör auf damit, rügte Luca sich sofort, so was darfst du nicht einmal denken.

Und doch drängten sich ihr weiterhin ungefragt wenig erbauliche Sprüche wie »Ein Unglück kommt selten allein« auf.

Sie atmete tief ein und aus, zwang sich zur Besonnenheit.

Als Erstes würde sie sich am Telefon bei Kate nach dem Befinden ihrer Mutter erkundigen und dann weitersehen.

Nervös öffnete sie ihre Kontaktliste, drückte auf Kates Namen und wartete. Bei jedem Freizeichen sank ihr das Herz ein klein wenig mehr. Sie glaubte schon, die Mailbox müsse jeden

Moment anspringen, als ihre Freundin sich doch noch meldete.

»Lu! Ist alles in Ordnung?«

Sie klingt okay, dachte Luca erleichtert, nicht wie jemand,
der gerade vom Tod seiner Mutter erfahren hat.

»Das frage ich dich lieber zuerst.« Der Versuch, ihre Antwort in ein harmloses Lachen zu kleiden, schlug fehl. Stattdessen klang sie wie jemand, der dringend ein Hustenbonbon nötig hatte.

»Mum ist eben erst wach geworden. Wir durften noch
nicht zu ihr, aber die Ärzte sagen, sie ist so weit stabil. Auch
wenn ... na ja. Wenn nicht alles entfernt werden konnte, was
hätte entfernt werden müssen, damit sie eine Chance hat, wieder gesund zu werden.« Kates Atem brachte die Leitung zum
Rauschen. »Sie hat bloß ein bisschen Zeit gewonnen. Aber
hey, das ist besser als nichts, oder?«

Luca schwankte zwischen Erleichterung und Ernüchterung. Wider besseren Wissens hatte sie Kate und Mary ein
Wunder gewünscht. Doch vielleicht war die gewonnene Zeit
ja bereits genau das.

»Ich bin so froh, dass sie erst mal wohlauf ist. Wir dürfen
jetzt nur Schritt für Schritt denken. Und das hier war der erste. Der wichtigste.«

»Mhm. Ja, wahrscheinlich hast du recht.« Wieder stieß
Kate hörbar die Luft aus. »Da sehe ich ein bisschen schwarz,
weißt du? Ich kann ja nicht ewig hierbleiben. Immerhin habe
ich eine Bücherei zu führen.«

Lucas Magen gefror zu Eis.

Jetzt. Sie würde Kate *jetzt* einweihen müssen.

»Ja, ähm, was das angeht ...«

Es war, als spräche jemand anderes für sie. Als wäre es
nicht sie selbst, Luca, die da abgehackt wiedergab, was sie am
Morgen so unerwartet vorgefunden hatte.

Kate sagte die ganze Zeit über kein einziges Wort. Nicht

während des schaurigen Tatsachenberichts und auch danach nicht. Luca ertrug die Stille kaum, fand jedoch, dass es Kate vorbehalten war, sie zu durchbrechen. Und das tat sie schließlich auch: mit einem ungläubigen, besorgniserregend schrillen Lachen.

»Du machst Witze.«

Es kostete Luca jegliche Überzeugungskraft, Kate klarzumachen, dass sie das *nicht* tat.

»Tja«, sagte die Freundin schließlich trocken, »wenigstens muss ich mir jetzt keine Sorgen mehr darüber machen, wie lange ich in Deutschland bleiben kann.«

»Es wird alles gut werden. Du musst nicht herkommen, noch nicht. Sei erst mal weiterhin für Mary da. Wenn du mir sagst, wo deine Versicherungsunterlagen sind, fotografiere ich sie dir ab, dann kannst du alles von München aus in die Wege leiten. Ob du hier bist oder nicht, macht gerade keinen Unterschied, Kate. Du kannst nichts tun.«

»Doch. Ich kann meinen Lesern erklären, was los ist. Ihre Fragen beantworten und mir überlegen, wie es weitergeht.«

»Das kann ich auch. Und das werde ich. Du kannst dich auf mich verlassen.«

Luca spürte, dass Kate zu schwach war, um zu protestieren.

Zumindest vorerst. Und tatsächlich gab sie einen resignierenden Laut von sich.

»Alle wichtigen Unterlagen liegen oben im kleinen Sekretär unter der Dachschräge. Dritte Schublade, ganz unten. Ein gelber Ordner. Ich bespreche mich mit Cadan und melde mich dann wieder.«

»Okay. Klar, mach das.«

»Lu?«

»Ja?«

»Danke. Schon wieder. Als mein Fallschirm hast du gerade wirklich einen ganz schön stressigen Job.«

Kapitel 23

Der Tag wollte kein Ende nehmen.

Während schönen Stunden zuverlässig Flügel wuchsen, hatten sorgenvolle die lästige Angewohnheit, quälend langsam dahinzuschleichen. Etwas, das Luca wieder einmal schmerzhaft bewusst wurde, während sie unter Zuhilfenahme von Ventilator und Föhn so viele nass gewordene Briefe wie möglich zu retten versuchte. Die schreckliche Unfähigkeit, etwas an der Gesamtsituation zu ändern, lähmte die Zeiger der Uhren zusätzlich. Alles, was Luca tun konnte – nebst ihren Bemühungen, die Botschaften der Büchereibesucher zu trocknen –, war, auf Kates Rückruf und somit die Mitteilung über das weitere Vorgehen zu warten. Doch ihr Handy blieb vorerst stumm, und so beschloss sie am späten Nachmittag schließlich, dass sie, wenn schon gerade nicht mit Kate, unbedingt mit jemand anderem reden musste.

Zuerst kam ihr Doran in den Sinn, doch dann dachte Luca daran, wie niedergeschlagen er wohl über die Neuigkeiten sein würde und dass sie es nicht ertrug, heute noch einem weiteren Menschen den Tag zu vermiesen. Es reichte, wenn sie morgen

Klartext redete und das provisorische Schild am Schaufenster gegen eine umfassendere Erklärung austauschte – wobei sie sich vermutlich ohnehin bloß Illusionen darüber machte, dass niemand etwas mitbekommen hatte. Howth war ein Dorf, und ein Feuerwehrfahrzeug fiel in einem Dorf auf. Vor allem, wenn es vor der allseits beliebten Rainbow-Hearts-Library parkte. Vermutlich hatte sich längst herumgesprochen, dass es dort einen Einsatz gegeben hatte. Den Leuten blieb somit nur, über den Grund zu spekulieren – und das taten sie sicher fleißig. Hoffentlich nicht innerhalb von Dorans Hörweite.

Morgen, sagte Luca sich beschwörend. Morgen würde sie ins Gespräch mit allen gehen, die wissen wollten, was los war. Heute hatte sie keine Kraft mehr dazu. So wie es aussah nicht einmal dafür, ihre Freunde einzuweihen.

Mit einer Ausnahme.

Emilio.

Obwohl Luca die Kommunikation über Penny Redfords Blumenkübel sehr schätzte, verfluchte sie sich doch einen Moment dafür, ihm nicht einfach ihre Handynummer gegeben zu haben. So nämlich musste sie erst im Il Gusto anrufen, sich zu Stefano durchstellen lassen und die Nummer bei ihm erfragen. Der Italiener merkte sofort, dass etwas nicht stimmte, bohrte aber nicht weiter nach.

Gut so. Er würde es früh genug erfahren.

Luca notierte sich Ziffer für Ziffer und tippte eine schnelle Nachricht an Emilio, in der sie ihn bat, sie nach seinem Feierabend zurückzurufen. Sie hatte kaum auf Senden gedrückt, als ihr Display auch schon seinen Namen anzeigte und ihr ein leichtes Ziehen in der Bauchgegend bescherte. Offenbar hatte er heute Frühschicht gehabt.

»Hey«, meldete sie sich unverfänglich, »alles klar?«

»Bei mir schon, aber wie sieht's bei dir aus?« Emilio klang alarmiert. Im Hintergrund waren das Knacken von Lautsprechern und eine nuschelige Durchsage zu hören. Befand er sich gerade an einem Bahnhof? Vielleicht hatte sie ja Glück (was für eine waghalsige Hoffnung an diesem Montag) und er war ohnehin gerade auf dem Weg nach Howth, um wieder bei seinem Vater auszuhelfen. Wenn ja, konnte er vielleicht noch ein paar Minuten entbehren, bevor er ins Restaurant ging.

»Das ... das würde ich dir gern persönlich erzählen, wenn es geht. Hast du Zeit?«

Emilio zögerte nicht mit seiner Antwort. »Für dich immer.« Er sagte es mit einer Selbstverständlichkeit, die Luca von innen heraus erwärmte. »Soll ich zu dir kommen?«

»Nur, wenn es dir keine Umstände macht.«

»Nein, überhaupt nicht. Ich bin pünktlich zur Schließung der Bücherei da.«

Luca schluckte. »Es gibt heute keine Schließung. Ich habe gar nicht erst aufmachen können.«

»Du ...« Emilio stockte und schien sich Lucas Bitte nach einem persönlichen Gespräch wieder zu entsinnen. »Okay. Ich bin so schnell wie möglich bei dir.«

Etwa anderthalb Stunden später saßen sie einander am Küchentisch gegenüber. Direkt nach seiner Ankunft hatte Luca Emilio einen Blick in die Rainbow-Hearts-Library werfen lassen und erst danach damit begonnen, haarklein zu berichten, was passiert war. Nun umklammerte sie ihren symbolischen Alles-wird-gut-KiBa, während Emilio konzentriert in sein Wasserglas starrte. Seine Stirn war zerfurcht, die dichten Brauen nachdenklich zusammengezogen.

»Ich weiß, das klingt jetzt vielleicht albern, aber irgendwie fühle ich mich ein bisschen wie eine Pechmarie«, schloss Luca ihren Bericht. »Als hätte ich das Unglück mit hergebracht. Seit ich hier bin, geht alles schief. Und damit meine ich jetzt nicht nur meine Hochzeit. Es ist nur ... kurz darauf erfährt Kate, dass ihre Mutter todkrank ist, und nur ein paar Tage später steht plötzlich die Bücherei unter Wasser.«

Emilio löste den Blick von seinem Glas und sah Luca offen an. Seine angespannten Züge glätteten sich sichtbar. »So solltest du nicht denken. Betrachte es mal so: Wenn du nicht hier wärst, wäre für Katherine alles noch viel schlimmer. Diese Sachen sind ja nicht passiert, *weil* du hier bist, sondern einfach nur *während* du hier bist.«

»Ja. Ja, du hast recht.«

Er lächelte. Trotz der misslichen Lage, in der sie sich befand, kam Luca nicht umhin, sein gutes Aussehen zu bemerken. Er hatte sich seit Tagen nicht rasiert, und auch Emilios Haare mit ihren leichten Wellen wirkten von Mal zu Mal ein bisschen länger. Dieser leicht verwegene, irgendwie wilde Look gefiel ihr an ihm ganz besonders.

»Wie viele Bücher müssen ersetzt werden?«, fragte er zu Lucas Irritation nun ganz sachlich. Den anfänglichen Schock, der auch ihm beim Anblick der Bücherei anzusehen gewesen war, hatte er erstaunlich schnell überwunden.

»Etwa der halbe Bestand. Alles, was auf der rechten Seite des Raumes oder zum Schaufenster ausgerichtet stand, ist noch mal glimpflich davongekommen. Jedenfalls in den obersten Regalfächern. Der Rest eher weniger. Feuchtigkeit gezogen haben leider so gut wie alle Bücher, die Seiten sind also ziemlich wellig. Aber da wird sich ja wohl die Versicherung drum kümmern. Ich warte noch auf Neuigkeiten von Kate.«

Kurz dachte Luca daran, wie ironisch es doch war, dass ausgerechnet Fords allertraurigste Geschichte heil davongekommen war. Dort, wo der Roman normalerweise hätte stehen sollen, hatte das Wasser großen Schaden angerichtet, doch Luca hatte noch am Vorabend darin geblättert und ihn auf der Theke liegen lassen.

»Und diese Wellen kriegt man nicht beseitigt?«, hakte Emilio trotzdem nach. Skeptisch musterte Luca ihn. Worauf wollte er hinaus?

»Höchstens durch Buchpressen, aber da gibt es auch keine hundertprozentige Erfolgsgarantie. Warum interessiert dich das so?«

»Na ja.« Er stützte die Ellbogen auf den Tisch, beugte sich vor und nagte an seiner Unterlippe. »Weil ich vielleicht einen Weg kenne, wie wir die Menschen trotzdem mit Büchern versorgen könnten. Vorausgesetzt natürlich, wir kriegen genügend intakte Exemplare zusammen. Zugegeben, ein paar andere Faktoren sollten auch stimmen. Aber dann ...«

Lucas Augen weiteten sich. »Wie meinst du das?«

»Hast du schon mal was von Fahrbüchereien gehört?«

Sie schüttelte den Kopf.

»Ich habe mal irgendwo eine Doku darüber gelesen. Über einen Bücherbus in der Provinz, der durch die Gegend fährt und die Leute mit Lesestoff versorgt. Mal hier und mal dort parkt, um sie einen Blick hinein werfen und im Bestand stöbern lassen zu können. Wer sagt, dass wir das nicht auch machen können? Dass wir die Bücher – und die Briefe – nicht einfach zu den Lesern bringen, bis die Rainbow-Hearts-Library wieder ihre Türen öffnen kann?«

Ein Bücherbus.

Die Rainbow-Hearts-Library auf Rädern.

Luca spürte, wie in ihr eine leise Hoffnung erwachte.

Hauchzart, wie das Schlagen eines Schmetterlingsflügels, und doch deutlich wahrnehmbar. Aber so schnell, wie das Gefühl erwacht war, verpasste ihm die Realität auch wieder einen Dämpfer.

»Emilio ... Das ist eine wundervolle Idee, wirklich! Aber wie soll das funktionieren, so ganz ohne Van? Oder besitzt du zufällig einen?«

»Ich nicht.« Er lehnte sich wieder zurück und verschränkte die Arme vor der Brust. »Aber ich kenne jemanden, der welche verkauft. Und der mir mit etwas Glück einen Freundschaftspreis anbieten wird.«

Kapitel 24

Luca konnte kaum glauben, wie schnell sich das Blatt gewendet hatte. Kate, zunächst zweifelnd, war nach minutenlangen Überzeugungsversuchen seitens Emilio schließlich doch recht angetan von dessen Idee gewesen. Sie hatte sich mit Cadan per Videochat in die kleine gemütliche Küche schalten lassen und sich aktiv am Brainstorming rund um das mögliche Rettungsprojekt beteiligt.

Zu viert hatten sie Ideen gesammelt und diskutiert, bis ihnen die Köpfe geraucht hatten. Da laut Kate einige Zeit vergehen würde, ehe alles Behördliche geregelt war und sie mithilfe ihrer Versicherung für einen neuen Bestand gesorgt hatte, waren sie zu dem Schluss gekommen, selbst eine Auswahl an Büchern bereitstellen zu müssen – und zwar über Flohmärkte, Tauschbörsen im Internet und Bücherspenden.

»Da kriegen wir schnell was zusammen«, orakelte Emilio optimistisch, »ich frage auch noch mal bei meinen Kollegen nach. Bestimmt findet sich da einiges an ausrangierter Lektüre.«

Gemeinsam mit jenen Büchern aus Kates Originalbestand,

die noch zu retten waren (darunter vor allem ein paar der neuen, noch eingeschweißten Verkaufstitel), würden sie vermutlich tatsächlich bald eine kleine Auswahl auf die Beine gestellt haben, die alle beliebten Genres bereithielt: Liebesromane, Spannungsliteratur, Fantasy und historische Geschichten, aber auch den einen oder anderen Klassiker. Von dieser Auswahl wollten sie eine Übersicht erstellen und sie den Dorfbewohnern bei einer Rundfahrt in gedruckter Form aushändigen. Außerdem würden sie die E-Mail-Adresse für Buchbestellungen auch weiterhin nutzen und wie gehabt am Telefon für Reservierungen zur Verfügung zu stehen.

Luca fand, dass das Konzept etwas von einem Lieferservice hatte. Einem der etwas anderen Art – aber je mehr Ideen sie zusammentrugen, desto angetaner war sie von der Aktion. Als ganz besonders wichtig empfand sie allerdings, den Lesern die Möglichkeit des Briefeschreibens und -versteckens zu erhalten; etwas, das auch Kate natürlich sehr am Herzen lag.

»Bestimmt will nicht jeder seinen Brief in den eigenen vier Wänden schreiben«, argumentierte sie. »Es braucht die richtige Atmosphäre.«

Also musste für ausreichend Papier und Umschläge gesorgt sowie zumindest eine Sitz- und Schreibmöglichkeit bedacht werden. Auch an der Veranstaltungsplanung wollten sie festhalten.

»Wir können da ein richtiges kleines Abenteuer draus machen«, schlug Emilio vor. »Einen Schreibabend unter freiem Himmel. Mit Campingstühlen, Thermoskannen und allem Drum und Dran.« Seine Begeisterung war ansteckend. Überhaupt faszinierte Luca sein Engagement, das er neben seinem normalen Berufsalltag für die Rettungsaktion der Bücherei aufbrachte. Dennoch fürchtete sie, dass das Ganze am Ende eine allzu kostspielige Angelegenheit werden würde. Emilio aber ließ sich davon nicht beirren.

»Ich habe während der letzten Jahre ganz gut gehaushaltet

und mir ein bisschen was zusammengespart. Das strecke ich gern vor.«

Kates Protest ignorierte er geflissentlich. Luca wusste, dass ein Großteil der Summe, die Fiona ihr vererbt hatte, in die Rainbow-Hearts-Library geflossen war, und die Rücklagen ihrer Freundin daher erschöpft waren. Sie selbst hatte finanziell, ähnlich wie Emilio, seit einiger Zeit einen kleinen Puffer. Etwas, das vor allem Adrians ständiger Erinnerung daran zu verdanken war, dass sie für die Aufnahme eines Kredits zum Hausbau ausreichend Eigenkapital benötigten.

»Ich beteilige mich auch gern an den Kosten«, ließ sie ihre beste Freundin wissen, deren Gesichtsfarbe daraufhin selbst durch den Bildschirm hindurch eine erkennbar dunklere Nuance annahm. Kate war jemand, der sich ohne schlechtes Gewissen nicht einmal einen Euro leihen würde, und sei es von ihren engsten Vertrauten.

»Wir teilen alles untereinander auf«, warf Cadan mit seiner ruhigen Art ein und strich seiner Freundin sanft über den Rücken, »ich hatte zuletzt auch ein, zwei ganz gut laufende Aufträge. Keiner von uns bewegt sich dadurch am Existenzminimum, Kate.«

»Genau«, stimmte Emilio zu, »und nennt mich gern naiv, aber wir kriegen einen Großteil des Geldes bestimmt durch Spenden wieder rein. Dafür könnten wir uns doch auch ein Konzept überlegen.«

Luca schlug vor, sich dieser Sache anzunehmen. Sie würde versuchen – mithilfe von Kates Kontakten und deren journalistischem Gespür –, einen Termin bei einem lokalen Zeitungsverlag zu ergattern, um auf das gemeinsame Projekt aufmerksam zu machen. Außerdem schwebte ihr eine Art Eröffnungsfahrt vor, im Rahmen derer sie an so vielen Türen wie möglich klingeln und die Leute die neue Bücherei aus nächster Nähe begutachten lassen wollte.

Für all das allerdings fehlte ihnen noch das Wichtigste: der

Van selbst. Luca war gespannt, ob und wie schnell Emilio seine erwähnten Kontakte spielen lassen konnte.

»Okay.« Kates Seufzen war durch die Handylautsprecher so deutlich zu hören, als säße sie direkt neben ihnen. »Ihr wollt das also wirklich durchziehen? Mir mal so ganz nebenbei diesen riesengroßen Gefallen tun und die Rainbow-Hearts-Library retten, während wir hier in München sind und uns um meine Mum kümmern?«

Luca und Emilio wechselten einen Blick.

»Ja. Ja, absolut.«

Kurz legte Kate den Kopf in den Nacken und blinzelte. Eine Geste, mit der sie oft ausdrückte, dass sie den Tränen nahe war. Als wollte sie die salzigen Tropfen damit wieder zurückfließen lassen, bevor sie sich überhaupt ihren Weg nach außen bahnten.

»Das ist mehr, als ich jemals von euch verlangen könnte.«

Luca nahm das Handy, das sie gegen eine Vase auf dem Tisch gelehnt hatte, in beide Hände und sah ihre beste Freundin eindringlich an. »Dann ist es ja gut, dass du das erst gar nicht verlangen musst. Wir machen das nämlich, weil wir es wollen. Weil uns die Bücherei am Herzen liegt. Stimmt's, Emilio?«

»Ich hätte nicht gedacht, dass ich das mal sagen würde, aber ja. Ja, das stimmt.« Er wandte sich Luca zu und grinste. »Obwohl ich doch die allertraurigste Geschichte bin, die die Rainbow-Hearts-Library je gesehen hat.«

Kapitel 25

So hoffnungsvoll Luca seit der Video-Konferenz doch gestimmt war, so bestürzt reagierten die Dorfbewohner am nächsten Tag auf die Neuigkeiten zu den Hintergründen der Bücherei-Schließung. Luca hatte den Zettel am Fenster der Rainbow-Hearts-Library gegen eine ausführlichere Info ausgetauscht und darauf verwiesen, dass sie am (glücklicherweise vom Wasser verschont gebliebenen) Telefon für Rückfragen zur Verfügung stehe. Zwar hatte sie durchaus damit gerechnet, dass die Leute auch von ihrem Angebot Gebrauch machten, doch kam sie mit dem Beantworten der Anrufe kaum hinterher.

Dennoch versuchte sie, sich für jeden einzelnen der besorgten Leser ausreichend Zeit zu nehmen. Geduldig hörte sie ihnen zu, schilderte ein ums andere Mal, was genau sich am Vortag ereignet hatte und tat ihr Möglichstes, um die Gemüter zu beruhigen. Die bei Weitem meistgestellte Frage bezog sich eindeutig darauf, wann die Rainbow-Hearts-Library ihre Türen wieder öffnen können würde.

Was das anbelangte, hielt Luca sich allerdings bedeckt,

auch wenn es ihr schwerfiel. Solange das Rettungsprojekt sich noch in der Planungs- und nicht in der Umsetzungsphase befand, wollte sie keine Hoffnung schüren, die sich am Ende womöglich doch noch als falsch herausstellen konnte. So beließ sie es bei einem unverbindlichen »In ein paar Wochen wird alles wieder beim Alten sein«, das zwar sicher nicht zu hundert Prozent zufriedenstellend, aber immerhin eine grobe Zeitangabe war, an der die Leute sich orientieren konnten.

Die Truppe rund um Roxanne stattete Luca persönlich einen Besuch ab – allerdings über den Tag verteilt und, bis auf Doran, je nachdem, wie es ihre Pausenzeiten hergaben.

Ihnen gegenüber war sie auf Kates Wunsch hin ehrlich und berichtete von der Idee, die Emilio gestern scheinbar mühelos aus dem Ärmel geschüttelt hatte und die nun ganz langsam Gestalt annahm. Vor allem Doran war hellauf begeistert von dem Einfall und versprach, gleich einen ganzen Karton Klassiker zum Bestand der Fahrbücherei beizusteuern.

»Sind allesamt in einem tadellosen Zustand«, hatte er betont, »ich staube meine Regale und ihren Inhalt regelmäßig ab. Mir entwischt kein Staubkorn, jedenfalls nicht auf guter Literatur.«

Luca war mehr als erleichtert über seine Reaktion gewesen, hatte sie doch befürchtet, dass der alte Freund Fionas ganz besonders unter den Umständen leiden würde. Doch er blieb tapfer. Bis auf ein verräterisches Glitzern in seinen Augen, das nur einem aufmerksamen Beobachter auffiel, verriet nichts seinen Schmerz darüber, dass er die Bücherei, die seine enge Freundin einst an seiner Seite eröffnet und die er im vergangenen Sommer mit Kate wieder auf Vordermann gebracht hatte, nie wieder in ihrem ursprünglichen Zustand sehen würde.

Inzwischen nämlich war die Rainbow-Hearts-Library bis auf das letzte Buch leergeräumt worden. Kate hatte, in Absprache mit ihrer Versicherung, eine Firma beauftragt, die sich um die Lagerung des Interieurs kümmerte – jedenfalls um jenen Teil, der nicht ersetzt werden musste. Es war seltsam, keine einzige jener Geschichten und Briefe mehr um sich zu wissen, die so eine einzigartige Anziehungskraft auf die Menschen ausgeübt hatte. Stattdessen wurde der Raum nun von Bautrocknern bevölkert, deren Geräuschpegel sich glücklicherweise in Grenzen hielt und an das durchgehende Rauschen eines Föhns erinnerte.

Am schwersten aber wog die Tatsache, dass so viele dieser persönlichen Zeilen für immer verloren waren. Der Gedanke an all die verwässerten Schicksale, Träume und Wünsche machte Luca unendlich traurig – und nicht nur sie. Auch ein Großteil der Anrufer beklagte den schmerzlichen Verlust der doch bisher so gut gehüteten Briefe.

Als der Tag sich dem Ende neigte, war Luca von den unzähligen geführten Gesprächen so erschöpft, dass ihr die Augen beinahe im Stehen zufielen. Während sie sich ein schnelles Abendessen zubereitete, wurden ihre Lider immer schwerer. Sie kam zu dem Schluss, dass sie sich darüber wirklich nicht zu wundern brauchte. Zuletzt hatte ein einschneidendes Erlebnis das nächste gejagt, und Körper und Geist kamen mit dem Verarbeiten mehr schlecht als recht hinterher.

Luca nahm die Pfanne vom Herd, in der sie sich ein paar Eier gebraten hatte, und schnitt sich zwei Scheiben Brot von dem dunklen Laib ab, den sie am Wochenende auf dem Markt gekauft hatte. Noch bevor sie Eier und Brot aufeinander vereinen konnte, spürte sie, wie ihr Handy in der Hosentasche vibrierte. Nervös zog sie es heraus. Am liebsten hätte sie es ganz ausgeschaltet, die ständige Erreichbarkeit machte sie ganz kribbelig. Hinter jeder neuen Nachricht und jedem eingehenden Anruf vermutete sie zunächst etwas Schlechtes; egal, ob es Kate war, die ihr schrieb, ihre Eltern oder ihre Schwiegereltern. Ganz zu schweigen von Adrian, wobei dieser sich nach seiner Bitte, sie möge ihre Sachen doch zeitnah aus der gemeinsamen Wohnung räumen, nicht mehr gemeldet hatte.

Auch jetzt war es nicht sein Name, der auf dem Display auftauchte, sondern Emilios.

Ein warmes erleichtertes Gefühl verdrängte die Anspannung aus ihrem Bauch.

»Hey«, meldete sie sich, schlagartig wieder wacher.

»Hey. Bereit für gute Neuigkeiten?«

Luca glaubte, ein »Ja« nie mit mehr Inbrunst ausgesprochen zu haben.

»Sehr gut. Wir haben morgen Nachmittag einen Termin zum Van aussuchen. Wenn alles gut läuft, kann das Projekt ›fahrbare Rainbow-Hearts-Library‹ also bald starten.«

Luca ballte die freie Hand zu einer jubilierenden Faust.

Es ging voran. Viel schneller als gedacht. Gestern Morgen hatte sie sich noch am Rande der Verzweiflung befunden, und heute … heute konnte sie ihn schon vor sich sehen, einen bunt bemalten Bus mit kostbarer Fracht aus Briefen und Büchern, der die Magie zurück nach Howth bringen würde.

Ihre Mundwinkel wanderten steil nach oben. »Ich kann es kaum erwarten.«

∗∗∗

Emilios Kontakt wohnte in Sligo – einer Stadt an der Westküste Irlands. Er holte Luca am frühen Nachmittag mit dem Wagen seines Vaters ab; einem etwas in die Jahre gekommenen rostroten Nissan, an dessen Rückspiegel eine ganze Armada Schutzengel und Glücksbringer baumelte. Emilio selbst besaß, wie er ihr erzählt hatte, kein eigenes Auto, sondern legte alltägliche Strecken mit öffentlichen Verkehrsmitteln zurück. Nur für längere Ausflüge setzte er sich selbst lieber hinters Steuer, und da Howth an der Ostküste lag, fiel dieser Ausflug zweifellos in jene Kategorie. Sie mussten im wahrsten

Sinne des Wortes einmal quer durch das Land fahren, um an ihr Ziel zu gelangen; insgesamt waren sie etwas über drei Stunden unterwegs, ehe sie in den hübschen, an einem Fluss gelegenen Ort einfuhren.

Emilio musste sich wirklich viel von seinem Kontakt erhoffen, dachte Luca, wenn er eine solch lange Fahrt auf sich nahm. Immerhin gab es in Dublin und Umgebung sicher genug Autohändler, die alte Busse und Transporter zum Verkauf anboten. Wenn auch vermutlich nicht so günstig wie hier – denn letztlich war natürlich der Preis ausschlaggebend.

Und dabei galt zweifellos: je niedriger, desto besser.

Emilio drehte das Radio leiser. Die erste Hälfte der Fahrt hatten sie wie üblich viel miteinander geredet, während sie die zweite Hälfte hauptsächlich damit verbracht hatten, einträchtig schweigend Musik zu hören.

Auf den letzten Kilometern hatte Emilio dann einen Irish-Folk-Sender entdeckt und zunächst verhalten, dann immer lauter mitgesungen. Wieder hatte er sie überrascht, dieses Mal mit seiner wunderschönen Singstimme. Luca hätte ihm noch stundenlang zuhören können, weswegen sie es nun durchaus ein klein wenig bedauerte, dass die Fahrt allmählich ein Ende nahm.

»Schön hier, nicht?«, fragte Emilio, setzte den Blinker und bog von der Hauptstraße auf eine schmalere ab, die zwischen mit Pflanzen berankten Steinhäusern hindurchführte.

»Ja«, stimmte Luca ihm zu, »wirklich schön.«

»Ich habe mal überlegt herzuziehen. Mir gefällt dieser nordisch-raue Charme. Nicht so gut wie die Idylle in Howth, aber nahe dran. Hier herrscht so eine abenteuerliche Unruhe. Weißt du, was ich meine?«

Luca nickte. Bereits die Andeutung der wilden Natur jenseits der N3 hatte ausgereicht, um ihre Fantasie anzukurbeln und sich mystische Wesen vorzustellen, die über im Nebel liegende Hügel und zerklüftete Klippen herrschten. Doch auch die Stadt selbst besaß diese wunderbare Mischung aus maritimem Flair, altirischer Verwunschenheit und einer pulsierenden Modernität.

Am Ende der Straße bremste Emilio ab und steuerte auf den großen Hinterhof eines ausladenden Gebäudes mit stark beschädigter Fassade zu. Neben der Zufahrt, windschief an einem Zaun befestigt, stand in handgeschriebenen Lettern *Henry's Used Cars.*

»Da wären wir.«

Auf dem Hof tummelten sich Gebrauchtwagen aller Art und Marken: Kombis, Limousinen, Coupés, Geländefahrzeuge, SUVs, Kleinbusse und sogar Sattelschlepper – es schien nichts zu geben, was es *nicht* gab. Hie und da lagen lose Blechteile herum, und vor einer offenen Doppelgarage türmten sich aufeinandergestapelte Reifen. Emilio parkte direkt neben dem Haufen.

»Lass dich von dem Chaos nicht abschrecken.« Er zwinkerte. »Hier gibt es so manche Schätze zu entdecken.«

Luca war gespannt, ob er damit recht behalten würde.

Kaum dass sie ausgestiegen waren, kam ein Mann um die Hausecke gehumpelt. Luca hörte eine Tür ins Schloss fallen – wahrscheinlich gab es irgendwo dort einen Seiteneingang zu einem Büro.

Emilio bemerkte den Mann im selben Moment wie Luca und setzte ein irgendwie gezwungenes Lächeln auf, das weniger aussah, als würde er sich freuen und mehr, als würde er Schmerzen leiden.

»Sieh an, sieh an. Emilio Morelli, heute ganz in Zivil unterwegs. Konnt's ja kaum glauben, als du angerufen hast. Hätte nicht gedacht, dass es dich noch gibt.« Der Mann lachte hustend. Er trug eine mit Ölflecken übersäte Latzhose und darunter ein kurzärmeliges T-Shirt, das den Blick auf ein paar unter der Haut merkwürdig zerlaufene Tattoos freigab. Die Beine des älteren Mannes steckten in schwarzen Gummistiefeln, von denen Luca dachte, dass sie darin bei den sommerlichen Temperaturen entsetzlich schwitzen würde. In seinem Mundwinkel steckte eine Zigarette, die träge vor sich hin glühte.

»Hi, Henry. Ja, ist eine Weile her, dass ich hier war. Schön, dich zu sehen. Was macht das Leben?«

Henry gab ein Grunzen von sich. »Keine Ahnung. Das Leben spielt seine eigenen kleinen Spielchen. Wie immer. Aber davon hab ich mich noch nie beeindrucken lassen.«

»Stimmt, das hast du nicht. Jedenfalls …«, Emilio machte eine kurze Pause, wie um den Übergang vom Small Talk zum Wesentlichen zu markieren, »brauchen wir, wie schon am Telefon gesagt, dringend ein Auto. Einen Van, besser noch einen Kleinbus. Oder einen Transporter. Möglichst geräumig und möglichst preiswert. Baujahr und Kilometerstand sind erst mal egal, Hauptsache, er fährt noch ein paar Monate und verkraftet einen Umbau.«

Nun, da Emilio von einem Wir gesprochen hatte, schien der alte Mann Luca erstmals wahrzunehmen. Argwöhnisch musterte er sie; geradezu, als wäre sie ein exotisches Tier.

»Entschuldige, wie unhöflich von mir. Das ist eine Freundin aus Deutschland«, stellte Emilio sie vor, woraufhin Luca dem Autoverkäufer die Hand darbot. Er ergriff sie nur kurz, brummte etwas Unverständliches und widmete seine Aufmerksamkeit dann wieder Emilio.

»Hab einen alten Transporter da. 'nen Transit. Und einen Sprinter. Passen beide perfekt auf deine Beschreibung. Da hinten, ganz links, neben dem roten Pritschenwagen. Ein bisschen was will ich aber schon dafür haben, sind noch gut in Schuss, die Dinger.«

Lucas Blick folgte seinem krummen Zeigefinger, mit dem er in die entsprechende Richtung deutete. »Ich schicke gleich jemanden mit den Schlüsseln zu euch. Hab heute noch 'ne Menge andere Interessenten. Auf den letzten Drücker. Ob ich pünktlich Feierabend machen kann, hat noch nie jemanden interessiert.«

Er zog noch einmal tief an seiner Zigarette, ehe er sie zwischen Daumen und Zeigefinger nahm, auf den Boden warf und austrat. Dann wandte er sich ab und stapfte in Richtung der großen Doppelgarage davon.

»Soso.« Luca schirmte mit der Handfläche die Sonne ab, die ihr ins Gesicht schien, und grinste Emilio von der Seite an. »Du glaubst also wirklich, hier gibt's für dich einen Freundschaftspreis, ja? Ich bin gespannt. Man wird nicht alle Tage Zeuge eines so innigen Verhältnisses.«

Emilio ging nicht auf die Neckerei ein. Luca fand, dass er plötzlich eigenartig nervös wirkte.

»Hey, alles klar?«

Emilio nickte steif. »Komm, sehen wir uns die Wagen schon mal von außen an.«

Es stellte sich heraus, dass Henry eine ziemlich eigenwillige Vorstellung davon hatte, was »gut in Schuss« bedeutete.

Der Lack beider Fahrzeuge (beide mussten einmal weiß gewesen sein und besaßen nun einen unschönen Gelbstich) war stark beschädigt, und überhaupt geizten sie nicht mit rostigen Stellen. Geräumig aber waren beide Modelle zweifellos. Das, was sich durch die Scheiben hindurch erkennen ließ, sah zumindest vielversprechend aus. Und wenn der Schein nicht trog – und die Maße, von denen Emilio auf der Hinfahrt gesprochen hatte, stimmten – würden sie in beiden problemlos aufrecht stehen können.

»Hauptsache, mit Motor und Getriebe stimmt alles. Die Schönheitsmakel sind nebensächlich«, befand Emilio, nachdem er mehrfach um die Wagen herumgeschlichen war.

»Denke ich auch«, stimmte Luca ihm zu, »außerdem kriegt er von uns ja sowieso einen neuen Anstrich, oder?« Am Heckscheinwerfer des Transits fiel ihr ein Vogelschiss von beachtlicher Größe ins Auge. Sie musste grinsen. An *so einen* Anstrich hatte sie nicht gedacht.

»Auf jeden Fall. Vielleicht könnten wir –« Mitten im Satz brach er ab.

Gleich darauf hörte Luca jemanden sagen:

»Wunder gibt's wohl immer wieder.«

Neugierig trat sie hinter dem Van hervor und sah sich nach dem Ursprung der Stimme um, die jedes Wort, ihrem lieblichen Klang zum Trotz, in einen Peitschenknall verwandelt hatte.

Eine Frau kam in weiten Schritten und mit einem klimpernden Schlüsselring in der Hand auf sie zu. Sie war hochgewachsen, entsprechend langbeinig, hatte ein auffallend attraktives Gesicht und lange schwarze Haare.

Luca erkannte sie, ohne sie je zuvor gesehen zu haben.

Es war ihr Blick, der verriet, wer sie war. Dieser funkenstiebende, einnehmende Blick und die Art, wie Emilio ihn erwiderte. Wie sein Körper sich anspannte und die Muskeln an seinem Kiefer in Erscheinung traten, als die Frau vor dem Van zum Stehen kam und sich lässig an die Motorhaube lehnte.

»Bonnie. Schön, dich zu sehen.«

Kapitel 26

Lucas Magen zog sich schmerzhaft zusammen.

Es fühlte sich an, als hätte ihr jemand mit voller Kraft hineingeboxt. Sie war so schrecklich überrumpelt, dass sie am liebsten davongelaufen wäre.

Ungläubig sah sie von Emilio zu Bonnie und wieder zurück. Wieso hatte er verschwiegen, dass sie hier auf seine Ex-Freundin treffen würden, wenn er doch bereit gewesen war, mit ihr über seine Vergangenheit zu sprechen?

»Ja, die Freude steht dir wirklich ins Gesicht geschrieben, Milo. Du strahlst ja förmlich.« Sie lachte.

Milo.

Luca wusste zwar nicht, wann sich die Gelegenheit dazu ergeben sollte, aber wenn sie Emilio je bei einem Kosenamen nennen würde, dann gewiss nicht bei diesem.

Alles an Bonnies Art war ihr zuwider. Es kam selten vor, dass Personen in Luca von Anfang ein so intensives Gefühl von Kälte und Antipathie hervorriefen, doch jetzt, in diesem Moment, fröstelte sie regelrecht unter der empfundenen Abneigung.

Du bist voreigenommen, machte sie sich klar, weil du weißt, dass sie Emilio wehgetan und ihn schlecht behandelt hat.

»Wir würden gern eine Probefahrt machen«, sagte Emilio, ohne auf ihre Bemerkung zu seiner Wort-Gesichtsausdruck-Differenz einzugehen. Die Veränderung seiner Haltung war erschreckend. Keine Spur mehr von der Lässigkeit und der positiven Ausstrahlung, die ihn sonst ausmachte.

Er wirkte mechanisch. Ernst.

»Eine Probefahrt, na klar. Mit welchem zuerst?«

»Mit diesem hier«, sagte Luca entschieden und klopfte gegen den Transit. Der anfängliche Schock verflog allmählich und machte einem nur schwer zu verbergenden Ärger darüber breit, dass sie nun schon zum zweiten Mal innerhalb kürzester Zeit wie Luft behandelt wurde.

Bonnie tat, als wäre Luca aus dem Nichts aufgetaucht, und griff sich theatralisch an die Brust. »Huch, wo kommst du denn her?«, fragte sie in einem Ton, der nahelegte, sie würde gerade mit einem verschreckten Tier sprechen, das sich aus seinem Versteck gewagt hatte. Fehlte nur noch, dass sie sich zu ihr herunterbeugte und ihr den Kopf tätschelte.

Luca biss sich auf die Zunge. Obwohl sie für gewöhnlich nicht zu verbalen Entgleisungen neigte, weckte Bonnie ein nur schwer zu kontrollierendes Bedürfnis danach.

»Wie auch immer«, seufzte Bonnie, der Lucas Antwort offenbar zu lange dauerte. Provozierend langsam nahm sie ihren Schlüsselring in Augenschein und tat, als könnte sie die passenden nicht finden. Dabei entdeckte Luca den zum Transporter gehörenden auf Anhieb.

»Gib uns am besten einfach gleich die Schlüssel für beide Autos«, schlug Emilio vor, »wir kommen dann nachher wieder damit ins Büro.«

»Moment mal. Nicht so eilig. Ich komme natürlich mit!«

Dieses Mal konnte Luca sich ein ungläubiges Stöhnen nicht verkneifen. »Natürlich«, murmelte sie in sich hinein.

»Aber –«, setzte Emilio an, doch Bonnie unterbrach ihn sofort. »Das sind die Regeln, Milo. Du weißt, Dad und ich hatten hier immer wieder mit Diebstählen zu tun. Da kann ich euch nicht einfach allein losfahren lassen. Wer garantiert mir denn, dass ihr wiederkommt?«

Dad.

Sie war also Henrys Tochter.

»Ich bin Polizist, Bonnie.«

»Eben darum. Am Ende sind es doch immer diejenigen, von denen man es nicht erwartet, oder?«

Im Vergleich zu den rund vierzig Minuten, die sie mit Bonnie in den Gebrauchtwagen verbrachten, kamen Luca die drei Stunden Fahrt nach Sligo wie ein Katzensprung vor.

Die Anwesenheit der schwarzhaarigen Frau machte sie auf eine unangenehme Art so nervös, dass sie während ihrer kurzen Runde um den Block beinahe vergaß, sich an den geltenden Linksverkehr zu halten. Die Situation war absurd: Sie saßen zu dritt auf der Sitzbank, Bonnie stets in der Mitte von ihnen, ob nun Emilio fuhr oder Luca. So kam es, dass sie einfach nur erleichtert war, als sie auch die zweite kleine Probetour endlich beendeten.

»Und?«, fragte Emilio sie mit diesem seltsamen neuen Gesicht ohne Lachen, »was sagt dir vom Fahrgefühl mehr zu?«

Luca hätte am liebsten geantwortet, dass sie das leider nicht beurteilen könne, weil sie die ganze Zeit über zu abgelenkt gewesen sei, doch sie wollte nicht, dass Emilio sich noch schlechter fühlte, als er es augenscheinlich ohnehin schon tat.

Und immerhin war ihr aufgefallen, dass keines der Fahrzeuge ratternde Geräusche von sich gab, was nach Emilios Einschätzung schon einmal dafür sprach, dass mit dem Getriebe alles in Ordnung war.

»Ich glaube, der Transporter. Der Transit. Und dir?«

Bonnie stand mit vor der Brust verschränkten Armen neben ihnen und betrachtete gelangweilt ihre Fingernägel.

In welchem Universum das eine gute Verkaufstechnik sein sollte, war Luca ein Rätsel.

»Sehr schön. Mir auch.« Er wandte sich an seine Ex-Freundin. »Ich würde mir gern noch mal den Motorraum ansehen.«

Sie hob nicht einmal den Blick. »Nur zu.«

Auch jetzt ließ Bonnie ihnen keinerlei Privatsphäre. Sie rührte sich nicht vom Fleck, während Emilio den Transporter im Rahmen seiner Kenntnisse auf Herz und Nieren prüfte. Luca hätte ihm gern geholfen – allein schon, um nicht weiter stumm neben der eisern schweigenden Frau zu stehen, die ihr gegenüber kaum weniger wohlgesonnen sein könnte. Doch da ihr kaum etwas fremder war als das Innenleben von Maschinen, musste sie die Situation wohl oder übel erdulden.

»Alles klar.« Endlich schlug Emilio die Motorhaube wieder zu. »Luca? Was meinst du? Nehmen wir ihn, wenn der Preis stimmt?«

Eine Beratung unter vier Augen würde es also auch nicht geben. Hervorragend. Vermutlich startete Emilio erst gar keinen Versuch in diese Richtung, weil er ohnehin wusste, dass Bonnie sich ihnen erneut aufdrängen würde. Und sich auch, weil er ihr keinen Anlass geben wollte, die Verkaufssumme zu erhöhen.

Luca schluckte ihre Wut herunter. Hier ging es um die Zukunft der Rainbow-Hearts-Library, um nichts weiter.

So gern sie Bonnie auch die Meinung gesagt hätte, es war vermutlich klüger, es nicht zu tun.

»Ja. Ja, den nehmen wir.«

Emilios Ex-Freundin erbarmte sich dazu, von ihren Fingernägeln aufzusehen. »Wundervoll, diese Einigkeit.« Sie sah aus, als wollte sie noch etwas hinzufügen, doch in diesem Moment gesellte sich Henry zu ihnen. Wie bereits vorhin, hing ihm die Zigarette auch jetzt in Schieflage aus dem Mund. Außerdem presste er sich ein klobig aussehendes Handy ans Ohr, das große Ähnlichkeit mit einem alten Funkgerät besaß.

Luca war richtiggehend erleichtert, ihn zu sehen. Vielleicht wusste seine Tochter sich ja wenigstens in seiner Gegenwart zu benehmen.

»Mhm. Ja«, brummte Henry in sein Telefon. »Na, dann viel Glück dabei. Niemand verkauft zu faireren Preisen als ich, und das weißt du. Jap. Jap, sag ich doch. Das Angebot gilt bis morgen um zehn. Überleg's dir.« Er legte auf und sah Emilio grimmig an. »Fündig geworden?«

»Der Transit soll's sein. Und da du gerade von fairen Preisen sprichst ... Für wie viel gehört er uns?«

Die kleinen Augen des Händlers blitzten. »Neuneinhalb.«

Emilio schnaubte. Nun, da sie nicht mehr mit Bonnie allein waren, fühlte er sich sichtlich freier.

»Neuneinhalb? Der Wagen hat über zweihunderttausend Kilometer drauf, Henry. Und davon sieht man ihm auch jeden einzelnen an. Wo ist das denn fair?«

»Ich muss hin und wieder auch mal dreist sein, mein Guter. Einen Versuch war es wert. Für sechseinhalb gehört er euch.«

»Fünfeinhalb. Keinen Cent mehr.« Emilio machte eine Pause. »Für einen alten Freund, der dir mal einen so großen Gefallen getan hat, würdest du das doch bestimmt tun, oder?«

Die Stimmung veränderte sich unvermittelt. Henry wurde von einer Sekunde auf die andere merklich blasser.

Freundschaftspreis.

Hatte Emilio das nicht bereits in Kates Küche mit einem leicht ironischen Unterton gesagt?

Möglicherweise hatte er etwas gegen den Gebrauchtwarenhändler in der Hand. Eine Karte, die er zunächst vielleicht gar nicht hatte ausspielen wollen. Doch nun ließ Henry ihm keine Wahl.

»Ah. So weit sind wir jetzt also schon.« Der Händler drückte seine Zigarette zwischen den Fingern aus und warf sie achtlos auf den Boden. Dabei fixierte er Emilio mit einer so unverhohlenen Wut, dass es Luca nicht gewundert hätte, wenn Funken aus seinen Nasenlöchern gestoben wären.

Neben ihr regte Bonnie sich erstmals. Ihrem Gesichtsausdruck nach zu urteilen hatte sie keine Ahnung, was hier vor sich ging – und obwohl Luca nicht den geringsten Wert darauf legte, irgendetwas mit Bonnie zu teilen, entlockte ihr diese Gemeinsamkeit doch eine gewisse Schadenfreude.

»Schön. Dann also fünfeinhalb«, knurrte Henry. »Du regelst das Vertragliche. Keine Anzahlung nötig«, wies er seine Tochter an und humpelte ohne ein weiteres Wort von dannen.

Verblüfft sah Luca ihm nach.

Diese kleine Schlacht hatte Emilio also gewonnen.

Kapitel 27

Mit jedem Kilometer, den sie Sligo hinter sich ließen, presste Luca die Lippen ein wenig fester aufeinander. Sie musste die Worte zurückhalten, die sie in die Zunge zwickten. Durfte ihnen nicht nachgeben, denn ansonsten fürchtete sie, dass sie ganz und gar die Fassung verlieren und unkontrolliert zu weinen anfangen würde.

All die Emotionen, die sie zuletzt so sorgsam weggeschlossen und nur wohldosiert an die Oberfläche gelassen hatte, waren nun bereit, über ihr zusammenzuschlagen wie eine Flutwelle. Die Ereignisse der letzten Tage waren einfach zu viel gewesen; zuerst die geplatzte Hochzeit, dann die furchtbaren Neuigkeiten um Marys Gesundheitszustand, der Rohrbruch und zu guter Letzt die unvorhergesehene Begegnung mit Bonnie.

Hätte sie geahnt, dass sie Emilios Ex-Freundin treffen würden, wäre Luca jedenfalls ohne zu zögern in Howth geblieben.

Aus dem Augenwinkel sah sie, wie Emilio immer wieder kurz den Kopf in ihre Richtung drehte. »Es tut mir leid, Luca«, brach seine Stimme ihr selbst auferlegtes Schweigegelübde.

»Warum hast du mir nicht erzählt, dass wir zu ihr fahren?«, fragte sie leise.

Emilio stieß geräuschvoll die Luft aus den Wangen. Mit einer Hand hielt er das Lenkrad fest umklammert, mit der anderen strich er sich durchs Gesicht. Hatte er sie eben noch angesehen, richtete er den Blick nun fest auf die Straße.

»Ich dachte, du würdest es mir ausreden wollen.«

Fassungslos starrte Luca ihn an. »Was? Welches Recht hätte ich denn dazu gehabt?!«

Dass Emilio tatsächlich glaubte, sie könne sich derartig verhalten, entsetzte sie.

Alte Muster, dachte Luca plötzlich. Diese ganze Geschichte mit Bonnie sitzt noch tief.

Ja, hinter seiner Fassade der Selbstsicherheit war Emilio vermutlich oft genau das Gegenteil, nämlich zutiefst verunsichert. Aber war das verwunderlich, nach allem, was er erlebt hatte? Nein. Nein, sicher befand er sich noch immer mitten in einem Heilungsprozess, der Monate, unter Umständen noch Jahre andauern konnte. Obwohl Luca selbst sich der Schwierigkeiten nach und nach bewusst wurde, die Adrian und sie in ihrer Partnerschaft gehabt hatten, war sie doch nie Teil eines so toxischen Geflechtes gewesen wie Emilio. Sie kannte Frauen, die Ähnliches erlebt hatten wie er, stellte jedoch überrascht fest, dass sie noch nie die andere Seite der Medaille betrachtet hatte. Dass Männern genau dasselbe widerfahren konnte.

Ihre Enttäuschung darüber, dass Emilio nicht ganz ehrlich zu ihr gewesen war, verebbte unter dieser Erkenntnis.

»Ich weiß, es war unfair von mir, so zu denken. Aber ich wollte diese Sache einfach durchziehen, ohne Gefahr zu laufen, einen Rückzieher zu machen. Und auf deine Meinung lege ich großen Wert. Wenn du gesagt hättest, wir schauen lieber woanders nach Autos und zahlen dafür eben mehr Geld, hätte ich bestimmt eingelenkt.«

Luca staunte über diese Beichte. Ihr war nicht klar gewesen, dass sie einen solchen Einfluss auf Emilio hatte.

Dabei musste sie feststellen, dass es umgekehrt genauso war – sogar, als sie einander noch lange nicht so nahe gewesen waren wie jetzt, hatte sie sich seine Meinung zu Herzen genommen. So auch seine Beobachtung am Abend des Junggesellinnenabschiedes; die zuerst für so dreist befundene Behauptung, dass sie nicht glücklich war. Rückblickend hatte Emilio damit den Stein ins Rollen gebracht, dessen Einschlag alles verändert hatte.

»Außerdem standen die Chancen ganz gut, dass Bonnie aktuell gar nicht bei ihrem Dad arbeitet«, führte er weiter aus. »Sie hat dort immer nur unregelmäßig ausgeholfen, weißt du? Henry hat am Telefon auch nichts in der Richtung verlauten lassen.«

»Du musst dich nicht rechtfertigen. Nicht vor mir. Niemals.«

Endlich schlich sich das verlorene Lächeln zurück auf seine Lippen. »Danke. Ich werd's verinnerlichen.«

Luca spürte, wie er sich entspannte. »Sehr gut. Aber, sag mal, eine Frage hätte ich dann doch noch …« Ihre Gedanken wanderten zu Henry. »Wie kommt es, dass du den Preis so arg drücken konntest?«

Emilios Zähne schabten über seine Unterlippe. »Sagen wir mal so: Ich habe bei einem Kollegen, dem Henry sehr negativ aufgefallen war, mal ein gutes Wort für ihn eingelegt. Das hat ihm eine Menge Ärger erspart, und ich hatte die Hoffnung, dass er daran nicht extra erinnert werden muss, wenn ich seine Hilfe brauche.«

Luca nickte nachdenklich. Etwas in der Art hatte sie schon vermutet. »Ich finde, du hast alles richtig gemacht«, sagte sie und meinte es auch so. Der auf dem Armaturenbrett liegende Kaufvertrag war der beste Beweis dafür.

Erstmals begriff Luca, dass sie nun tatsächlich frischgebackene Besitzer eines Transporters waren, in dem sie schon bald Bücher, Menschen und Briefe zusammenführen würden – und das ganz ohne eine Bonnie, die auf der Sitzbank zwischen ihnen saß.

Sie lehnte sich in ihrem Sitz zurück und lächelte zaghaft.

Von nun an würde alles bergauf gehen. Ganz bestimmt.

***

Nachdem der Transporter von einem externen Werkstattmitarbeiter noch einmal auf Herz und Nieren überprüft und der Kaufbetrag von Luca und Emilio überwiesen worden war, holten sie den Transporter am Samstag ab.

Dieses Mal borgten sie sich nicht nur Stefanos Auto für die Anfahrt – der Italiener erklärte sich sogar kurzerhand bereit, seinen Angestellten die Aufsicht für das Il Gusto zu überlassen, um Luca und Emilio nach Sligo zu fahren.

»So könnt ihr euren Bücherbus zusammen nach Hause bringen«, hatte er sich gefreut, »und außerdem muss die arme Luca sich dann nicht gleich drei Stunden lang dem Linksverkehr aussetzen.«

Letzteres würde sie zwar sowieso spätestens dann tun müssen, wenn sie mit dem Ausbau des Vans fertig waren, doch der Gedanke, das gemeinsame Projekt auch gemeinsam von A nach B zu befördern, gefiel ihr.

Bonnie ließ sich zu Lucas Verwunderung nicht blicken, doch das war ihr nur recht. Auf diese Weise warf immerhin niemand einen Schatten über das freudige Ereignis, als das Luca die Übergabe von Schlüsseln und Papieren empfand – ein unerwartetes Glück, von dem sie sich hüten würde, es zu hinterfragen.

Kate hatte vor Dankbarkeit zu weinen angefangen, als sie ihr von den Neuigkeiten berichtet hatten, und war nicht müde geworden zu betonen, dass sie niemals würde gutmachen können, was Emilio und Luca gerade für sie taten. Dabei sah Luca das vollkommen anders: In ihren Augen gab es nichts gutzumachen. Wenn überhaupt, war *sie* diejenige, die sich bei ihrer Freundin bedanken musste. Dafür, dass sie ihr vertraute, sie in ihrem Haus wohnen ließ und es ihr ermöglichte, fernab der Heimat zu heilen. Denn genau das tat sie. Jeden Tag ein Stückchen mehr, ob sie nun mit Doran und den anderen zusammen war, auf den Klippen spazieren ging, Zeit mit Emilio verbrachte oder einfach nur einen Kaffee in der irischen Morgensonne trank.

»Woran denkst du?«, fragte Emilio interessiert.

Luca blinzelte. Ihre Blicke trafen sich. Die Abendsonne, die durch die Frontscheibe des Fords schien, ließ seine Augen beinahe unnatürlich hell aussehen. Wie die Tore zu einer anderen Welt.

Ein wohliger Schauder kroch Luca über den Rücken.

»Daran, wie gut Howth mir tut.«

Sie hatten inzwischen einen Großteil der Rückfahrt hinter sich gebracht. In gemächlichem Tempo fuhren sie die Nationalstraße entlang. Stefano war schon vorausgefahren, um sein Personal gegebenenfalls doch noch ein wenig entlasten zu können.

Auch Emilio und Luca waren nun nicht mehr weit von dem Fischerdorf entfernt, wie die Beschilderung verriet.

»Und irgendwie auch daran, dass ich es kaum erwarten kann, unserem Bus hier ein neues Gewand zu geben.« Liebevoll strich sie über die abgewetzten Polster.

Vor ihnen lag eine Menge Arbeit. Der Transporter war jahrelang von einer Handwerksfirma genutzt worden – hinter der integrierten Wand, die Sitzbank und Laderaum trennte, waren nichts als von Werkzeugen und Fracht zerkratztes Blech und ein mit Spanplatten ausgelegter Boden.

Alles würde gedämmt und verkleidet werden müssen, ehe sie sich überhaupt erst dem Wesentlichen widmen konnten: den Regalen für die Bücher, mit denen alle lesefreudigen Dorfbewohner versorgt werden sollten.

»Gut, dass du's ansprichst. Ich dachte, wir könnten gleich vielleicht noch eine kleine Gestaltungs-Brainstorming-Runde abhalten. Was meinst du?«

Luca lächelte. Da war er wieder, der spontan-kreative Emilio. Sie fragte sich, ob sein Schöpfergeist wohl je ganz zur Ruhe kam.

»Klar. Da bin ich dabei.«

»Sehr gut.« Er setzte den Blinker und nahm die Ausfahrt Richtung Howth. Als wenig später die vertraute Silhouette des Dorfes in Sicht kam, stellte Luca fest, dass der Anblick mehr als bloße Wiedersehensfreude in ihr auslöste. Schon als sie von ihrem ersten Termin aus Sligo wiedergekommen waren, hatte ihr Herz diesen riesengroßen euphorischen Hüpfer gemacht. Heute tat es dasselbe, wurde dabei jedoch noch von einem warmen Gefühl der Geborgenheit begleitet. Einem Gefühl des Nachhausekommens, das sie an eine tröstende Umarmung erinnerte.

Luca schmiegte sich seufzend hinein, während Emilio den Van am Hafen vorbeifuhr und von dort aus hinauf in Richtung Bailey-Green-Road lenkte. Zuerst dachte sie, er würde ihn vor dem Il Gusto abstellen wollen, doch Emilio fuhr die ansteigende Straße weiter entlang, bis ein öffentlicher Parkplatz in Sicht kam – ein Parkplatz mit einer so fantastischen Aussicht, dass es Luca den Atem verschlug. Das Meer, die hineinragende Landzunge mit ihrem hellen Leuchtturm und schräg dahinter, in der Ferne, die blassen Umrisse einer Hügellandschaft.

Am beeindruckendsten aber war das Farbenspiel, das der

Abend darbot. Es sah aus, dachte Luca, als würde die Nacht langsam eine Schablone über den Tag legen. Lila, Blau und Orange trafen sich über dem Wasser und tauchten seine Oberfläche in einen mystischen Schein.

Emilio fuhr bis an den Rand einer kniehohen Mauer heran, schaltete den Motor ab und kurbelte das Fenster herunter. Mit einem Klicken löste er seinen Anschnallgurt und lehnte sich entspannt in seinem Sitz zurück.

Luca tat es ihm gleich. Ein erfrischender Windzug strich ihr über Haare und Wangen.

»Hat was, oder?«, fragte Emilio verträumt. »Wenn der Himmel so wolkenlos ist wie jetzt gerade, kann man die Mourne-Berge selbst in der Dämmerung sehen.«

Die Mourne-Berge. Luca mochte, wie verwunschen das klang.

»Es ist wunderschön«, sprach sie das Einzige aus, was ihr angesichts dieser malerischen Idylle angemessen schien.

Aus dem Augenwinkel sah sie, wie Emilio nickte und etwas aus dem Seitenfach der Fahrertür angelte. Es war der Beutel, den er bereits auf der Hinfahrt dabeigehabt und den er stoisch verschlossen gehalten hatte. Bis jetzt.

Seine Augen leuchteten, als er zwei Notizbücher herauszog – beide in zarten regenbogenfarbenen Aquarell-Tönen gehalten und mit einem glitzernden Schimmer versehen. Die bunten Farben flossen je um einen skizzenhaften Umschlag, dessen Siegel ein Herz bildeten. Zusammengehalten wurden die aufwendig verzierten Klappen von filigranen Metallbügeln, die als Verschluss fungierten.

»Handgemacht von Mr Darson«, erklärte er und legte Luca eines der Bücher behutsam auf die Oberschenkel.

Staunend nahm sie es in die Hände, drehte und wendetet es, bewunderte in aller Ruhe, was der Papeterie-Inhaber Wunderbares gebastelt hatte.

»Wow! Das nimmt einem ja richtig den Graus vor der Buchführung.«

Emilio lachte. »Absolut. Also, dann erzähl mal. Wie würdest du das Projekt ›Rainbow-Book-Bus‹ aufziehen wollen?«

Rainbow-Book-Bus. Luca schmunzelte. Obwohl ebenso simpel wie naheliegend, gefiel ihr dieser Name für das gemeinsame Projekt.

»Puh.« Sie blies die Wangen auf. »Ähm, na ja. Mit viel … Holz?«

Emilio lachte. »Du hast doch bestimmt ein Bild vor Augen, oder? Wie sähe die perfekte Rainbow-Hearts-Library auf Rädern für dich aus? Komm schon, der Fantasie sind keine Grenzen gesetzt. Zumindest nicht auf dem Papier.« Er griff erneut in seine Tasche. Dieses Mal, um einen Bleistift herauszuschütteln. »Hier. Versuch's mal.«

Sie nahm den Bleistift ungläubig entgegen. »Wie? Du willst eine Skizze von mir?«

»Ja.« Ein Leuchten hatte sich in Emilios Augen geschlichen. »Tob dich aus.«

»Das kann ich nicht!«, protestierte sie halb grinsend, halb ernst. »Weißt du, wie schlecht ich in Kunst war? Ich konnte nicht einmal Strichmännchen malen. Ich würde sagen, du übernimmst das Zeichnen.«

Luca wollte Buch und Stift auf den freien Platz zwischen ihnen legen, doch Emilio berührte sanft ihre Hand, um sie in der Bewegung innehalten zu lassen.

Wie bereits an ihrem gemeinsamen Abend auf dem Boot reagierte ihr Körper auch jetzt deutlich auf den zaghaften Druck seiner Finger. Auf einmal verstummten die Geräusche des Abends; kein Möwenkreischen war mehr zu hören, kein Flüstern des Windes, das durch Gräser und Büsche strich. Alles, was blieb, war ihr eigener rasanter Pulsschlag. Doch dieses Mal rührte sie sich nicht, zog ihre Hand nicht zurück.

Auch in Emilio schien etwas vorzugehen. Wie hypnotisiert

starrte er auf die Stelle, an der sie einander berührten, und hob dann langsam den Kopf, um Luca anzusehen. Das Leuchten in seinem Blick war noch stärker geworden und färbte das stählerne Grau seiner Iris beinahe eisblau. Seine feinen, wohldefinierten Gesichtszüge wurden weich, seine Lippen öffneten sich ein Stück. Er sieht aus, dachte Luca, als wäre er mit einem Zauberbann belegt worden.

Ob sie ihn auch so ansah? So vollkommen entrückt?

Vermutlich.

Es war Emilio, der ihre Hand schließlich losließ. Er blinzelte ein paarmal, wie um Traumbilder loszuwerden und zurück in die Realität zu finden.

Luca fühlte sich genauso. Auf einmal waren die Geräusche wieder da, und der Zauber des Moments verflogen. Es war wie ein jäh abfallender Rausch: Sie fühlte sich plötzlich schrecklich erschöpft und hatte das Gefühl, Kopfschmerzen zu bekommen. Außerdem biss ihr Gewissen ihr mahnend ins Herz. Sie hatte gerade erst ihren langjährigen Freund vor dem Altar stehen lassen. So etwas wie eben, dieses verheißungsvolle Prickeln, durfte sie nicht empfinden. Nicht jetzt, nicht so früh.

Einfach alles daran war falsch.

»Versuch es mal«, nahm Emilio das Gespräch wieder auf. »Niemand hat gesagt, dass eine Skizze schön sein muss. Und mich interessiert wirklich, wie du den Van gestalten möchtest.«

Luca hatte plötzlich einen solchen Kloß im Hals, dass sie wusste, sie würde zu weinen anfangen, wenn sie auch nur ein Wort sagte. Also klappte sie das Notizbuch auf und versuchte, sich einzig und allein auf ihre Vorstellung von einer fahrbaren Rainbow-Hearts-Library zu konzentrieren. Und tatsächlich funktionierte das Ablenkungsmanöver: Je mehr Striche Luca auf das Papier setzte, desto ruhiger wurde sie.

Emilio unterbrach sie nicht in ihrer Arbeit und saß still

und geduldig neben ihr, bis sie ihm schließlich ein wenig verlegen das Ergebnis präsentierte.

»Ich hab dich gewarnt. Das kann kein Mensch erkennen, aber ich erkläre dir gern, was du da siehst.«

Emilio nahm Luca die Skizze ab und drehte sie stirnrunzelnd in alle Himmelsrichtungen. »Ein abstraktes Meisterwerk«, sagte er mit übertrieben feierlicher Stimme, »ich halte hier etwas in den Händen, das die Kunstszene revolutionieren wird.«

»Hey!« Luca lachte auf und boxte ihn in die Seite. »Erst ermutigst du mich, und dann machst du dich über mich lustig? Ganz dünnes Eis, mein Freund. Ganz dünnes Eis.«

»Entschuldige, ich bin einfach zu gern albern. Also schieß los, ich bin gespannt.«

Er drehte das Buch wieder richtig herum und hielt es so, dass Luca mit hineinsehen konnte. Sie widerstand dem Drang, näher an ihn heranzurutschen.

»Okay, also ich habe mich wirklich nur auf die Inneneinrichtung konzentriert. In Sachen Dämmung, Beleuchtung und Co. kenne ich mich überhaupt nicht aus, aber da werden wir uns ja sicher von einem Profi beraten lassen, oder? Jedenfalls ... dachte ich, es wäre schön, alles mit Holz zu vertäfeln. Sodass es am Ende aussieht wie ein kleines Wohnzimmer.« Sie klopfte mit dem Ende des Bleistifts auf die schraffiert eingezeichneten Bretter. »Die meisten Bücher könnten wir dann in offen einsehbaren Wandregalen zur Schau stellen. Ich dachte, dass wir dazu vor den einzelnen Fächern Plexiglastüren anbringen. Das ist besser, als wenn wir da auch mit Holz arbeiten, so hat man nämlich freien Blick auf die Buchrücken. Und das hier«, Luca deutete auf einen quadratischen Schrank an der Hintertür des Wagens, »soll eine Art Überraschungsbox sein. Für Leute, die ein Blinddate mit einem von Kates beschädigten Büchern haben wollen. Ich meine, es wäre doch schade, alle wegzuwerfen. Zumindest die, die noch lesbar sind und bloß Schönheitsfehler haben. Also können wir sie verschenken.«

Sie machte eine kurze Pause, um abzuwarten, ob Emilio etwas zu ihren Ausführungen zu sagen hatte, doch er wirkte völlig vertieft in ihre Skizze. Also fuhr sie fort.

»Unter den Regalen würde ich gern ein paar Schubladen anbringen. Stauraum ist wichtig. Wir brauchen Platz für Briefpapier, Stifte, Umschläge, neue Mitgliedsausweise und anderen Papierkram. Für die Statistik können wir alles auf dem Handy oder Tablet dokumentieren. Apropos Technik: Online stehen den Lesern ja auch weiterhin etliche Titel zur Verfügung, fällt mir gerade ein. Darauf weisen wir dann einfach alle hin, die ihre Lieblingstitel im neuen Bestand vermissen.«

Luca merkte, wie sie langsam in Fahrt kam und der graue Entwurf vor ihr in ihrem Kopf Farben annahm. Auf einmal konnte sie alles ganz deutlich vor sich sehen.

»Das da soll ein fest verschraubter kleiner Sessel sein. Ich meine, er darf uns ja nicht während der Fahrt durch die Gegend rutschen. Und diese Konstruktion da«, sie tippte beschwörend auf ein Wirrwarr aus Quer- und Längsstrichen, »soll einen aufklappbaren Tisch darstellen. So hätten wir eine eigene kleine Schreibecke. Das ist jetzt vielleicht etwas dick aufgetragen, aber wir könnten den Lesern theoretisch sogar frischen Kaffee oder Tee anbieten. Ich habe so etwas mal bei Instagram gesehen. Wenn man hier eine Schiene einbaut«, sie kreiste die entsprechende Stelle neben der Schiebetür des Vans ein, »und darauf einen Gaskocher verbaut, hat man eine kleine ausziehbare Herdplatte.« Atemlos sah sie Emilio an. Noch immer ließ er keine Reaktion erkennen. Ob er seine Vorstellungskraft wohl allzu sehr bemühen musste? Oder verlor auch er sich gerade mühelos in den Bildern, die sie mit ihren Schilderungen heraufbeschwor?

»Hier wäre noch Platz für ein kleines Foto – wir könnten

ja eins nehmen, das Cadan geschossen hat. Tja ... Das wär's so weit, jedenfalls mit der Innengestaltung. Von außen ist es ja klar, oder? Wir müssen den Bus auf jeden Fall noch in Regenbogenfarben lackieren und ein paar Briefe und Bücher aufmalen. Damit uns auch jeder sofort zuordnen kann.« Sanft nahm sie Emilio das Buch aus der Hand. »Also, was sagst du?«, fragte sie vorsichtig. Ihr Enthusiasmus drohte wieder in sich zusammenzufallen. Vielleicht bedeutete sein Schweigen ja, dass er ihre Vorschläge für unsinnig hielt, für wenig durchdacht ...

Emilio blinzelte ein paarmal, wie um sich selbst zurück in die Wirklichkeit zu holen. »Genial«, sagte er endlich.

Perplex sah Luca ihn an. »Was?«

»Ich sagte: Genial. So machen wir's. Lass uns eine Liste mit Materialien zusammenstellen, die wir brauchen, und dann einkaufen gehen. Oh, und einen Profi, den wir jederzeit um Rat fragen können, kenne ich praktischerweise auch.« Emilio zwinkerte. »Dem Ganzen steht also nichts mehr im Wege.«

Er schien es ernst zu meinen. Luca ging auf, dass sie insgeheim mit einem nachsichtigen Lächeln und einer Antwort à la »Schöne Ideen, *aber*« gerechnet hatte. Wann immer sie gemeinsam mit Adrian ein Projekt angegangen war – und sei es nur die Renovierung eines Zimmers oder das Umstellen von Möbeln gewesen –, hatte er ihr das Gefühl gegeben, sie hätte ihre Vorschläge nicht richtig durchdacht.

»Okay«, sagte Luca verblüfft, und dann noch einmal, mit einem Lächeln, »okay!«

Eine wahnwitzige Vorfreude ergriff von ihr Besitz. Sie war schon immer gut darin gewesen, zu träumen. Doch wie sich herausstellte, war sie mit Emilio an ihrer Seite ebenfalls gut darin, diese Träume auch wahr werden zu lassen.

Es war der Blick durchs Teleskop, dachte sie entrückt. Seitdem ist alles anders. Und in diesem Fall musste ›anders‹

nichts Schlechtes bedeuten. Nein, in diesem Fall war ›anders‹ gut.

Sehr gut sogar.

Kapitel 28

Der Rainbow-Book-Bus erfüllte seinen Zweck bereits, bevor er auch nur ansatzweise die Gestalt einer fahrenden Bücherei angenommen hatte – er brachte Menschen zusammen.

Doran, Ivy und die anderen halfen, wo sie konnten. Jeder von ihnen wusste etwas beizusteuern; sei es Werkzeug, Baumaterialien (Roxanne etwa hatte den halben Keller voller alter Möbel, für deren Einzelteile Emilio seiner Aussage nach durchaus Verwendung finden würde), Tassen, Kannen oder gebrauchte Bücher. Was sie einander intern nicht besorgen konnten, kauften Luca und Emilio im Fachhandel und erhielten dabei einen üppigen Zuschuss von der Freundestruppe. Einen, der ursprünglich als Geschenk für die Hochzeit gedacht gewesen war.

Luca hatte das Geld zunächst nicht annehmen wollen, doch die Gruppe hatte darauf bestanden. Vor allem Doran war, entgegen seines sonst so sanftmütigen Wesens, richtig beharrlich gewesen.

»Es kommt von Herzen«, hatte er nachdrücklich gesagt, »und was von Herzen kommt, darf man nicht ablehnen.«

Auch Kate steuerte die Summe, die sie Luca hatte schenken wollen, sowie einen wesentlichen Teil ihrer noch vorhandenen Rücklagen für die Beschaffung der Materialien bei, und Cadan überwies Emilio einen großzügigen Anteil seines jüngsten Auftragshonorars. Lucas Plan, bei einer Art Eröffnungsfahrt Spenden zu sammeln, nahm indes mehr und mehr Gestalt an. Am Ende würden sie schwarze Zahlen schreiben müssen, damit der Aufwand sich – zumindest aus finanzieller Sicht – lohnte.

Es galt also, ebenfalls einen Veranstaltungsplan auszuarbeiten, um an der Tradition der Rainbow-Hearts-Library festzuhalten und Einnahmen über kreativ gestaltete Nachmittage und Abende zu generieren. Dabei war Luca das Beibehalten der Schreibabende besonders wichtig. Emilios Idee, sie unter freiem Himmel stattfinden zu lassen, empfand sie als besonders verlockend. Vielleicht ließe sich ja ein Plätzchen mit schöner Aussicht aufs Meer finden, an dem sie ein sommerliches Barbecue veranstalten konnten, während sie ihre Geschichten miteinander (oder nur mit dem Papier) teilten.

Während Emilio am späten Samstagnachmittag unterwegs war, um eine Ladung ausgesonderter Bücher von einem Bekannten abzuholen, deckte Luca sich bei Mr Darson großzügig mit Briefbögen ein und ließ außerdem Visitenkarten drucken, auf deren Rückseiten eine vom talentierten Papeterie-Inhaber höchstselbst gezeichnete Version des Rainbow-Book-Busses zu sehen war. Sie hatte vor, sie in so viele Hände und Briefkästen wie irgend möglich zu bringen. Wenn nötig, würde sie an jeder einzelnen Tür klingeln, um die Dorfbewohner auf das Projekt aufmerksam zu machen.

Am Dienstmittag hatten Luca und Emilio schließlich alles Nötige für die erste Etappe des großen Umbaus beisammen.

Der Hinterhof der Pizzeria wurde ihr neuer Arbeitsplatz.

Sie tüftelten von früh bis spät, sägten unter den Anweisungen von Emilios über Videotelefonie zugeschalteten Fachmanns Bretter zurecht, maßen Winkel aus, lackierten Schranktüren und schnitten das Dämmmaterial aus Schaumstoff und Kautschuk zurecht.

In den wenigen Pausen, die sie sich gönnten, aßen sie Pizza, die Emilios Vater ihnen brachte, und stießen mit Orangenlimonade an. Obwohl Luca sich nicht erinnern konnte, körperlich je anstrengender gearbeitet zu haben, hatte sie selten größeren Spaß gehabt als in den schweißtreibenden Stunden hinter dem Il Gusto.

Dennoch wünschte sie sich hin und wieder, der Umbau würde schneller vorangehen. Am Ende eines arbeitsreichen Vor- oder Nachmittages (Emilio würde erst in ein paar Tagen Urlaub bekommen und ging bis dahin seinem normalen Schichtdienst nach) war der Fortschritt stets überschaubar.

»Gut Ding will Weile haben«, erinnerte Stefano sie und Emilio, der ihre Ungeduld teilte, immer wieder. Damit hatte er natürlich recht, doch je mehr Zeit ohne leuchtende Leseraugen verstrich, desto schwerer wurde es, sich dessen gewahr zu bleiben. Vor allem in Anbetracht der Tatsache, dass Lucas Aufenthalt in Howth begrenzt war. Etwas, das sie wiederum nur allzu gern einfach vergessen hätte – vor allem auch, weil sie ihrer besten Freundin ermöglichen wollten, so lange wie nötig für ihre Mutter da zu sein.

»Es ist hart«, seufzte Kate am frühen Donnerstagmorgen ins Telefon, »ich habe gedacht, wenn Mum erst mal aufhört, sich gegen unsere Unterstützung zu wehren, wird alles leichter, aber das Gegenteil ist der Fall. Ich habe das Gefühl, sie verliert ihren Kampfgeist. Sie erduldet alles nur noch, weißt du? Und das ist noch viel schlimmer als ihr Protest.«

Obwohl Luca selbst glücklicherweise noch keine Erfahrungen in dieser Richtung hatte sammeln müssen, konnte sie sich gut vorstellen, was ihre Freundin meinte. Es war sicher schlimm, mit anzusehen, wie das Wesen eines Menschen sich durch eine Krankheit nach und nach veränderte. Wie er die Eigenschaften verlor, die ihn vorher ausgemacht hatten.

Mary war inzwischen aus dem Krankenhaus entlassen worden und Kate und Cadan vollauf damit beschäftigt, ihr den Alltag so gut es ging zu erleichtern. Dazu zählten Dinge wie Kochen, Einkaufen, Mary zu ihren Arztterminen begleiten und sich um den Haushalt kümmern, aber auch pflegerische Tätigkeiten wie Waschen oder Baden.

»Sie hat einen so starken Willen«, sagte Luca beschwichtigend, »der wird sie nicht im Stich lassen. Vielleicht dreht er eine kleine Runde, um Kraft zu tanken, aber er kommt ganz bestimmt zu ihr zurück.«

Katherine gluckste leise. »Du bist süß. Kann schon sein, ja. Ich hoffe einfach mal, dass du recht hast. Außerdem gibt es streng genommen immer noch eine Sache, gegen die sie sich jetzt schon wehrt: den Pflegedienst, den sie nach Chemo und Reha sicher benötigen wird. Darüber sollte ich froh sein, was?«

Luca hörte, wie im Hintergrund jemand – vermutlich Cadan – Wasser anstellte und dann klappernd Geschirr spülte. Wieder einmal war sie unendlich dankbar für den Rückhalt, den er Kate gab. »Zwar kann ich hier solange auch nicht weg, aber immerhin weiß ich so, dass noch ein kleiner Rest Mum geblieben ist. Wie auch immer. Jetzt erzähl mal ... Wie läuft's mit dem Bus? Schafft ihr's bis Samstag?«

Kate hatte für Emilio und Luca den Kontakt zu einem Dubliner Redakteur hergestellt, der sich bereit erklärt hatte, in der Tageszeitung über den Rainbow-Book-Bus zu berichten – und zwar pünktlich zum Wochenende. Am Sonntag nämlich wollten sie bereits ihre große Eröffnungsfahrt durch das Dorf machen – ungeachtet der üblichen Öffnungszeiten der Rainbow-Hearts-Library. Sie hatten einhellig beschlossen, dass der Bus auch an Samstagen und Sonntagen hin und wieder fahren sollte. Dafür würden sie die Arbeitszeiten an Werktagen ein wenig kürzen.

Dennoch – theoretisch blieb ihnen keine andere Wahl, als bis zum Wochenende mit allem fertig zu werden.

Doch was die Praxis anbelangte, hatte Luca dahingehend ein bisschen Bedenken. Die Dämmung und das Bauen des Grundgerüsts waren unheimlich zeitaufwendig gewesen, und ihnen blieben nur noch anderthalb Tage für die Verkleidung und das Bemalen des Vans. Darüber hinaus würden sie erst heute die Holzbretter aus Dublin abholen können, die sie Anfang der Woche in ihrer Wunschfarbe bestellt hatten – vorausgesetzt, es waren keine Probleme mit der Anlieferung aufgetreten, vor denen der Hersteller schon gewarnt hatte. Schneller an die gewünschten Maße zu kommen, war allerdings schier unmöglich gewesen. Ganz egal wo, Holz schien gerade überall knapp und teuer zu sein.

Selbstverständlich wollte sie ihre beste Freundin aber nicht beunruhigen. Luca ahnte, dass Kate ein Stein von der Größe eines Berges vom Herzen fallen würde, wenn in Howth endlich wieder Bücher und Briefe im Umlauf waren.

Also beschränkte sie sich darauf, ihr von den Fortschritten zu berichten und ihr den Spaß, den sie beim gemeinsamen Arbeiten mit Emilio empfand, so gut es ging zu vermitteln.

»Jedenfalls haben wir –«, holte Luca gerade zu einer Erläuterung der für Sonntag geplanten Eröffnungsfahrt aus, als das Türklingeln sie unterbrach. Skeptisch warf sie einen Blick auf die Küchenuhr. Es war inzwischen halb acht. Nicht mehr früh genug, um einen Besuch für besorgniserregend zu befinden, aber definitiv ausreichend, um ihn zumindest der Kategorie »unhöflich« zuzuordnen.

Sie selbst war nur deswegen schon seit fünf Uhr kaffeetrinkend und frisch geduscht auf den Beinen, weil sie sich ohnehin die halbe Nacht schlaflos hin und her gewälzt und irgendwann aufgegeben hatte. Da es Kate ebenso ergangen war, hatten sie im Laufe des Morgens beschlossen, zu telefonieren, und quatschten seit nunmehr einer Stunde miteinander.

»Da ist jemand an der Tür«, sagte Luca irritiert. »Kann ich dich zurückrufen?«

»Oh, ein Überraschungsgast? Da bin ich ja mal gespannt. Klar, bis gleich.«

Luca beendete die Verbindung und huschte in den Flur. Noch während ihre Finger die Klinke berührten, wusste sie plötzlich, wer dort draußen auf sie warten würde.

Emilio.

Ihr Herz stolperte ungalant, als sie ihm öffnete. Wie vertraut seine Züge ihr doch geworden waren!

»Hi«, begrüßte sie ihn atemlos.

»Hi.« Er wirkte erleichtert. »Ich habe dich nicht aus dem Bett geholt. Gut.«

Luca hob die Schultern. »Meinst du, ja? Vielleicht schlafe ich ja immer so.«

Er musterte sie so ausgiebig, dass ihr, der am Morgen noch angenehm kühlen Temperaturen zum Trotz, spürbar warm in ihrem Kleid wurde.

»Hm. Ich wäre ja nicht abgeneigt rauszufinden, ob das stimmt, aber ...« Er unterbrach sich. »Entschuldige. Alte Muster. Noch mal von vorn: Weißt du, diese Handysache hat auch ihre Vorteile gegenüber Mrs Redfords Blumenkübel. Ich konnte sehen, dass du schon sehr früh online warst und dachte mir daher, ich riskiere mal einen kurzen Besuch.«

Allzu deutlich registrierte Luca ein dumpfes Gefühl der Enttäuschung, das sich von ihrem Magen aus in ihr Brustbein ausbreitete. Irgendwo jenseits der Schatten, die ihr Schuldbewusstsein auf ihre Seele warf, schlummerte das Bedürfnis, das von Emilio selbst auferlegte Flirt-Verbot zum Teufel zu wünschen. Sie lächelte gepresst.

»Ich dachte, du hättest heute Frühdienst?«

»Dachte ich auch, aber ich musste mit einem Kollegen tauschen.«

»Oh. Okay.« Angespannt rieb Luca sich den Nacken. Frühdienste waren in der Regel besser, denn so blieb mehr Zeit, um am Rainbow-Book-Bus zu werkeln. Und der heutige Tag war, ebenso wie der morgige, bisher zweifellos der wichtigste von allen. Allein würde sie nur halb so produktiv sein, da machte sie sich nichts vor. Wenn es ihr gelang, in Eigenregie auch nur ein Drittel des Vans mit dem hoffentlich endlich abholbereiten Holz zu verkleiden, wäre das schon ein großer Erfolg.

Einzig die Tatsache, dass sie immerhin die Möbel bereits zusammengezimmert hatten, bewahrte sie davor, angesichts der Neuigkeiten in Panik auszubrechen. »Dann sollten wir am besten direkt loslegen, oder? Ab wann können wir unsere Lieferung abholen? Warte, ich schnappe mir nur noch kurz meine Tasche und dann –«

»Lu. Alles gut. Deswegen bin ich hier.«

Lu. Hatte Emilio sie je zuvor so genannt?

Aus seinem Mund klang ihr Spitzname noch um ein Vielfaches sanfter als gewöhnlich. Sie hielt mitten in der Bewegung inne.

»Ähm. Wie meinst du das?«

Er lächelte beruhigend. »Komm. Ich zeige es dir.«

Verblüfft zog Luca den Schlüssel aus dem Schloss (Gott sei Dank dachte sie noch in letzter Sekunde daran) und trat zu Emilio nach draußen.

»Da, gleich um die Ecke.«

Sie gingen in Richtung Straße – und Luca stockte der Atem.

Vor ihr, in perfektem Abstand zum Bordstein geparkt und mit offener Seitenschiebetür, stand er: der Rainbow-Book-Bus. Allerdings nicht so, wie sie ihn in Erinnerung gehabt hatte, sondern … bunter. Strahlender.

Fertig.

»O Gott, Emilio, das ist einfach … Wie hast du …«

Glück sprudelte wie geschüttelte Limonade in Lucas Brust.

Alles, was sie während der spontanen Brainstorming-Session auf dem Parkplatz geplant und seither fest in ihrer Vorstellung verankert hatte, hatte Emilio umgesetzt. Und zwar schöner, als sie es sich je hätte träumen lassen. Er war auf jeden ihrer Gestaltungswünsche eingegangen, hatte jedes noch so kleine Detail ihrer Skizze berücksichtigt.

Den Sessel. Den Blumentopf. Die gerahmte Fotografie. Jedes einzelne Regal, jede Schublade und jeder Griff sah aus, als hätte Emilio die jeweiligen Entwürfe aus Lucas Vorstellungskraft transplantiert.

Da war es also, ihr kleines fahrbares Wohnzimmer.

Ungläubig machte Luca einen weiteren Schritt auf den Wagen zu. Auch sein äußerliches Gewand hatte er gewechselt; fort war das vergilbte Weiß. Stattdessen leuchtete er in allen (noch feuchten) Farben des Regenbogens, die mit groben Pinselstrichen gemalte Bücher und Briefumschläge umflossen. Unordentlich, ineinander verlaufen und gerade deswegen einzigartig schön.

Wann nur hatte Emilio all das gemacht?

Seit er sich gestern Abend am späten Nachmittag mit dem Bus in Richtung Dublin verabschiedet hatte, weil er dort noch eine Ladung Bücher von einem Nachbarn in Empfang nehmen und anschließend wegen eines vermeintlich harmlosen Quietschens kurz in einer Werkstatt vorbeischauen wollte, war immerhin nicht allzu viel Zeit vergangen.

Und er würde ja wohl kaum die Nacht durchgemacht haben … oder?

Immer noch staunend, kletterte Luca in den Bus. Alles roch so neu, so verheißungsvoll. Sie berührte jeden einzelnen Zentimeter dessen, was während der vergangenen sechzehn Stunden wie von Zauberhand geschaffen worden war.

Emilio steckte den Kopf durch die offene Tür. »Gefällt es dir?«

»Ob es mir gefällt? Das ist einfach ein Traum!«

Luca konnte sich gar nicht sattsehen. Kate würde begeistert sein – und die lesenden Dorfbewohner sowieso. Eben noch hatte sie mit einem flauen Gefühl auf den anstehenden Pressetermin und das Wochenende geblickt, jetzt wollte sie am liebsten an den Zeigern sämtlicher Uhren drehen, um den Rainbow-Book-Bus baldmöglichst auf seine erste Fahrt zu schicken.

»Das freut mich.« Emilio machte Anstalten, sich mit der Hand an der Außenseite des Wagens abzustützen, bis ihm offenbar siedend heiß einfiel, dass das aufgrund der teilweise noch feuchten Farbe wohl keine gute Idee wäre. »Ich dachte mir, ich ziehe das Tempo noch mal an, damit wir zum Pressetermin auch auf jeden Fall fertig sind. Hoffentlich war das in Ordnung. Ich wollte dich natürlich nicht übergehen.«

Luca zog die Nase kraus. War das zu fassen? Emilio überraschte sie immer wieder aufs Neue. Dieses Mal damit, dass er sich dafür entschuldigte, mir nichts, dir nichts ein solches Mammutprojekt finalisiert zu haben.

»Das hast du nicht. Ich bin nur völlig baff. Sag, wie hast du das bloß geschafft?«

Ihre Knie waren butterweich vor Aufregung. Vorsichtig nahm sie in dem am Boden verschraubten Sessel Platz. Emilio verfolgte jede ihrer Bewegungen mit einem Leuchten in den Augen. Es kam ihr vor, als würde es heller, je glücklicher sie war.

»Um ehrlich zu sein, bin ich gestern nicht wegen der Bücher losgefahren, und diesen Kontrolltermin in der Werkstatt gab es auch nicht. Ebenso wenig wie das Quietschen, das ich angeblich gehört habe.« Er lächelte entschuldigend. »Dafür habe ich spontan Bescheid bekommen, dass unser Holz abgeholt werden kann. Und, na ja, ein Kollege von mir hat so eine

Art Tüftlergarage, in der man jederzeit hämmern und bohren kann, ohne jemanden zu stören. Also … habe ich das ausgenutzt. Nur gemalt habe ich heute Morgen auf Dads Hinterhof. Ich wollte nicht riskieren, dass die Farbe zu sehr verschmiert, wenn ich von Dublin herfahre. Wie du siehst, hat sie aber trotzdem ein bisschen gelitten.«

Luca schüttelte den Kopf. »Aber das bedeutet doch bestimmt, dass du gar nicht geschlafen hast, oder?«

»Keine Sekunde«, bestätigte Emilio grinsend.

»Das ist einfach unglaublich. Wow. Da machst du mal eben alles allein fertig.«

Emilio war sichtlich verlegen. »Na ja, streng genommen bin ich noch nicht ganz fertig«, räumte er ein.

»Ach nein?«

»Nein. Ich hab für dich in Sachen Außengestaltung noch etwas freigelassen. Auf der anderen Seite. Damit du dich auch auf unserem Bus verewigen kannst – schlechte Kunstnote hin oder her.«

Luca lachte ungläubig. Gab es irgendetwas, an das Emilio *nicht* dachte? Vermutlich nicht.

»Danke. Ich weiß auch schon, was ich versuchen werde zu malen.«

»Ja? Was denn?«

»Penny Redfords Blumenkübel. Weil damit alles seinen Anfang genommen hat.«

Beinahe widerwillig stand Luca wieder aus dem Sessel auf, dessen Polster sich schon jetzt wie ein Versprechen für Inspiration und Kreativität anfühlten, ging auf den immer noch in der Tür stehenden Emilio zu und umarmte ihn wortlos.

Ihm war etwas gelungen, was sicher auch den treuen Besuchern der Bücherei auffallen würde: nämlich, die Magie der Rainbow-Hearts-Library auch auf knapp fünf Quadratmetern gedeihen zu lassen. Und dafür würde sie ihm, so viel stand fest, auf ewig dankbar sein.

Kapitel 29

Das leise, gleichmäßige Rattern des Motors vermischte sich mit den dynamischen Tönen eines Irish-Folk-Songs.

Sonnenlicht, von zerrupften Wolken in feine Strahlen gefiltert, schien durch die Windschutzscheibe in den Rainbow-Book-Bus hinein und kitzelte Lucas Wangen. In der Fahrerkabine roch es nach Kaffee, Parfum, Holz und frischer Farbe. Ein Duft, den sie am liebsten in einer Flasche verkorkt hätte und von dem sie wusste, dass sie ihn für immer mit diesem verheißungsvollen Augustmorgen in Verbindung bringen würde.

»Bist du bereit?«, fragte Emilio neben ihr.

Heute saß nicht er, sondern Luca hinterm Steuer. Seit der Probefahrt in Sligo war sie den Van nicht mehr gefahren, weswegen ihr Herz bei der Vorstellung, es bald tun zu müssen, die halbe Nacht über vor Aufregung geflattert hatte – und genau deswegen wollte sie es sein, die nun die allererste Rainbow-Book-Bus-Tour fuhr. Es war gut, sich seinen Ängsten zu stellen, solange sie sich noch im Wachstum befanden. Diese

Herangehensweise hatte sich in ihrem Leben stets bewährt und würde es sicher auch wieder tun.

»Bin ich«, bestätigte sie ihm und lenkte den Wagen vom Hinterhof des Il Gusto hinauf auf die Straße.

Es war verrückt. Noch beim Frühstück hatte sie sich neben Emilio und vor ihrem Bus in der Zeitung gesehen – zwei bis über beide Ohren strahlende Menschen vor einem bunten Bus voller Bücher, die gemeinsam ein handbeschriebenes Schild festhielten: *Rettet die Rainbow-Hearts-Library.* Der Redakteur, ein freundlicher bebrillter Mann mittleren Alters, war ihnen von Anfang an zugetan gewesen. Immer wieder hatte er betont, wie begeistert er bereits zu Fionas Zeiten von der Bücherei gewesen sei und dass er nichts lieber tue, als ihnen nun zu einem bestmöglichen Start mit ihrem Projekt zu verhelfen. Genauso las sich auch sein Artikel – informativ, wohlwollend und mit einer Prise schnulziger Dramatik versehen. Wenn es nach Luca ging, hätte sie auf Letzteres verzichten können (insbesondere auf jenen Part, in dem der Journalist sie als »die aufopferungsvolle hübsche Deutsche an der Seite eines heißblütigen Bücherwurms« bezeichnete).

Doch da es ihm gelungen war, die Geschichte der Rainbow-Hearts-Library in weitaus angenehmere Worte zu kleiden und ihrem Zauber gerecht zu werden, nahm Luca ihm diesen kleinen Ausrutscher nicht übel.

Am Ende des Berichts war außerdem der Veranstaltungsplan abgedruckt, den sie beide sich, zunächst für die kommenden zwei Wochen, überlegt hatten. Neben einem Schreibabend würde es auch ein »Speed-Reading« geben. Dabei sollten innerhalb eines begrenzten Zeitraums abwechselnd Zitate vorgelesen werden. Wer diese richtig zuordnen konnte – entweder einem Titel, einem Autor oder beidem –, bekam einen Punkt. Am Ende der Aktion würden sie dann denjenigen, der die meisten Punkte gesammelt hatte, zum Sieger küren, dessen Gewinn wiederum aus einer kleinen Goodie-Box bestand. Kate hatte Luca am Telefon zu den unter ihrem Schreibtisch aufbewahrten Überbleibseln der im vergangenen Jahr ausgerichteten Wiedereröffnungsfeier gelotst, die aus einem Schlüsselanhänger mit Bücherei-Logo, einem Kugelschreiber und einem von Mr Darsons schönen Notizblöcken bestanden. Nicht viel, aber sicher eine Kleinigkeit, an der sich ein Leserherz erfreuen würde.

Luca konnte die gemeinsamen Stunden unter dem Sommerhimmel kaum erwarten. Doch bis es so weit war, würden sie Howth erst einmal mit seiner neuen Bücherei vertraut machen.

»Und?«, fragte sie zappelig, »Wohin zuerst?«

Emilio kniff die Augen zusammen und hielt in alle Richtungen Ausschau. »Hmm. Wie wär's da drüben? Bei dem Haus hinter der schiefen Laterne?«

Dass sie nicht an jeder einzelnen Tür des Dorfes klingeln konnten, verstand sich von selbst. Stattdessen waren sie übereingekommen, im Schritttempo von Straße zu Straße zu rollen und ihr Bauchgefühl entscheiden zu lassen, wo sie anhielten.

An der Promenade wollten sie dann einen längeren Stopp einlegen und den Menschen so die Möglichkeit bieten, von selbst auf den Rainbow-Book-Bus zuzukommen.

Doran und Terry hatten angeboten, derweil so viele Briefkästen wie möglich mit den Visitenkarten der Fahrbücherei zu füllen. Nach Feierabend wollten Roxanne, Sophie, Ivy, Brianna und Mrs Seymour das Rentner-Duo dabei unterstützen.

»Okay, klar«, kommentierte Luca die Laternen-Idee. »Kennst du die Leute, die dort wohnen?«

»Nein.« Emilio grinste verschmitzt. »Jedenfalls nicht, dass ich wüsste. Deswegen dachte ich mir, es wäre doch ein guter Zeitpunkt, das zu ändern.«

Dem hatte sie nichts entgegenzusetzen.

Behutsam fuhr Luca bis vor die Einfahrt des Hauses, dessen graustichige, wenig einladende Fassade in einem auffallenden Kontrast zu dem in üppiger Blumenpracht erblühenden Vorgarten stand. Mit beinahe synchron zuschlagenden Autotüren stiegen sie aus und gingen auf den Eingang zu, neben dem sich eine silberne Klingel und ein Tonschild mit der Inschrift *Die Whelans* befand.

Noch ehe Luca läuten konnte, brach im Haus ein aufgeregtes Gebell los, das sogleich von einem beruhigenden »Ist ja gut, mein Kleiner« kommentiert wurde. Gleich darauf öffnete sich die Tür, und ein Dackel schoss heraus.

Ihm folgte ein freundlich aussehender Mann mit rundem Gesicht und leicht abstehenden Ohren. Die Haare an seinen Schläfen waren ergraut, und auch in seinem ansonsten dunklen Bart befanden sich hie und da helle Stoppeln. Luca schätzte, dass er etwa so alt war wie ihr Vater.

»Piper, reiß dich zusammen.«

Der Dackel dachte nicht daran. Noch immer fröhlich bellend wedelte er so wild mit dem Schwanz, dass es aussah, als würden seine kleinen Pfoten jeden Moment die Bodenhaftung verlieren. Er begrüßte Luca und Emilio ausgiebig, indem er mehrmals um ihre Beine herumlief, und warf sich sofort auf den Rücken, als sie sich kurz bückten, um ihn zu streicheln.

Offenbar besänftigt, flitzte der Hund zurück ins Haus und gestattete ihnen so, sich endlich bei seinem Besitzer vorzustellen.

»Hallo, Mr Whelan. Ich hoffe, wir kommen nicht ungelegen. Mein Name ist Luca, und das ist Emilio. Wir leiten die neue Fahrbücherei, bis die Rainbow-Hearts-Library wieder ihre Türen für Besucher öffnen kann. Heute ist unsere Eröffnungsfahrt. Haben Sie Lust, einen Blick hineinzuwerfen?«

Der rundgesichtige Mann setzte ein Strahlen auf, das immer breiter wurde, je weiter Luca sprach. Sein Blick wanderte zwischen ihr und Emilio hindurch und fing dann mit einem Funkeln den an der Straße stehenden Van ein.

»Ach, das ist ja eine tolle Überraschung! Und ob ich Lust habe! Einen Moment.« Er machte einen Schritt zurück in den Hausflur und schlüpfte in ein Paar heller Pantoffeln. »Schatz, komm schnell«, rief Mr Whelan über die Schulter, »der Bücherbus aus der Zeitung ist da!«

»Bin unterwegs«, tönte es von irgendwo zurück.

Mr Whelan konnte vor Neugier offenbar kaum an sich halten. »Darf ich mich schon mal umsehen?«, fragte er mit der spritzigen Vorfreude eines Kindes.

»Klar. Kommen Sie mit.« Emilio ging voraus und öffnete die Schiebetür des Vans. »Hereinspaziert.«

Schmunzelnd beobachtete Luca die Männer dabei, wie sie hintereinander in den Bus kletterten. Während Emilio stolz jeden Winkel präsentierte und mehrfach betonte, dass sie es gewesen war, die sich die Einrichtung überlegt hatte, untermalte Mr Whelan jede seiner Ausführungen mit einem Laut des Staunens.

»He, du unruhiger Geist. Kannst du wieder nicht warten?« Mrs Whelan kam, einen Umschlag in der Hand, aus dem Haus geeilt. Piper folgte ihr auf dem Fuße.

»Entschuldige.« Ihr Mann erschien in der Tür und zog ertappt die Schultern hoch. »Du kennst mich doch, Liebling.«

»O ja, das tue ich.« Mrs Whelan zwinkerte Luca zu. »Hallo. Schön, Sie kennenzulernen!«

»Das kann ich nur zurückgeben.« Sie schüttelten einander die Hand. Die Irin war gut einen Kopf größer als ihr Mann und um einiges drahtiger. Sie hatte ein ovales, aber durchaus hübsches Gesicht und eine Haarpracht, die für ihren dünnen Hals fast ein bisschen zu üppig wirkte.

Emilio sprang behände aus dem Van und begrüßte sie ebenfalls.

»Ahh, Stefanos Sohn, richtig? Bewundernswert, dass Sie sich neben ihrem eigentlichen Job auch noch Zeit für dieses Projekt nehmen.«

»Das mache ich gern, wirklich. Aber die treibende Kraft dabei ist eigentlich diese junge Dame hier. Ohne sie gäbe es den Rainbow-Book-Bus nicht.«

Luca spürte, wie sie rot anlief. Es war rührend, wie sehr Emilio sie hervorhob und wie wenig ihm gleichzeitig an der Anerkennung anderer zu liegen schien. Wieder einmal wurde sie sich bewusst, wie falsch sie ihn anfangs eingeschätzt hatte: eitel und abhängig von der Anerkennung anderer.

»Er ist zu bescheiden«, räumte sie eilig ein. »Eigentlich war das Ganze seine Idee.«

Mrs Whelan lachte entzückt. »Sie beide sind reizend, wissen Sie das? Ich bin sicher, jeder von Ihnen hat den gleichen Anteil an dieser tollen Rettungsaktion. Womit wir auch schon beim Thema wären. Hier, bitte nehmen Sie das.« Sie überreichte Luca den Umschlag, den sie mit sich führte.

»Eine kleine Spende. Nichts Großes. So. Und nun möchte ich mir auch mal ansehen, was da von nun an Tolles durch die Straßen unseres schönen Dorfes rollt.« Mrs Whelan ergriff die ausgestreckte Hand ihres Mannes und ließ sich von ihm in den Van ziehen. »Was für eine grandiose Auswahl an Büchern. Sieh nur, Fred, sogar Seamus Heaney steht im Regal!«

Luca lächelte. Die Begeisterungsfähigkeit war den Ehepartnern Whelan schon einmal gemein.

Geistesabwesend öffnete sie das Kuvert und erschrak kurz über die vielen Scheine darin. Emilio schien es ähnlich zu gehen, denn er sog neben ihr scharf die Luft ein und murmelte ein fassungsloses »Das ist doch viel zu viel«. Dabei war sein Mund so nahe an ihrem Ohr, dass eine Gänsehaut an ihrem Hals hinaufkroch und sich über ihre gesamte Kopfhaut zog. Obwohl es unmöglich war, dass er diese heftige Reaktion ihres Körpers bemerkte, wandte Luca sich rasch von Emilio ab und trat an die Tür des Busses heran.

»Das ist so großzügig von Ihnen. Vielen Dank.«

Die Whelans unterbrachen ihr vergnügtes Regal-Gestöber und sahen sie wohlwollend an.

»Das ist selbstverständlich für uns, wirklich. Die Rainbow-Hearts-Library hat uns schon immer wahnsinnig viel bedeutet, und wenn wir etwas dazu beitragen können, dass sie uns trotz Schließung auf diese Weise erhalten bleibt, dann tun wir das sehr, sehr gern. Wir verdanken Fiona nämlich unser Kennenlernen, wissen Sie.«

Mrs Whelan lächelte und faltete die Hände über ihrem Herzen. »Ich habe damals einen Brief von Fred in der Lektüre gefunden, die ich mir ausgeliehen hatte. Ein alter Abenteuerroman. Er hatte darin ein selbst geschriebenes Gedicht versteckt und es Gott sei Dank mit seinem Namen unterzeichnet. So konnte ich es ihm zuordnen.«

Fred Whelan nickte bekräftigend. »Wir hatten uns davor schon ein paarmal gesehen, aber irgendwie wirkte es immer so, als würde Leah mich nie richtig wahrnehmen.« Er wandte sich nun direkt an seine Frau. »Das Gedicht hat dann alles verändert. Ich werde nie vergessen, wie aufgeregt ich war, als du mich plötzlich angesprochen hast.«

Leah kicherte mädchenhaft. »Tja. Deine Poesie hat eine Saite in mir zum Klingen gebracht, die ich bis dahin längst vergessen geglaubt hatte. Da konnte ich gar nicht anders, als mich zu verlieben.«

Die Blicke, die sie einander schenkten, gingen Luca bis ins Mark. Eine bisher ungekannte Sentimentalität trieb ihr die Tränen in die Augen. Geschichten wie diese waren die Geheimzutat für die einzigartige Magie der Bücherei – und gleichzeitig etwas, wonach sie selbst sich mehr sehnte, als sie es sich eingestehen wollte.

»Wenn Sie möchten, können Sie uns gern ein paar Zeilen dalassen. Ein Gedicht vielleicht«, schlug Luca vor, nachdem die Whelans ihre Entdeckungstour beendet und sich jeder eines der beschädigten Bücher aus der im Heck des Wagens eingebauten Blinddate-Box gesichert hatten. »Darf ich?« Vorsichtig griff sie an ihnen vorbei und zog die unter dem Tisch eingebaute Schublade auf. Ihr war am Vorabend spontan die Idee gekommen, für die Eröffnungsfahrt eine Art Gästebuch der guten Wünsche bereitzustellen – eines, das im Prinzip aus nichts anderem als einem Notizblock bestand, dessen Seiten sich leicht heraustrennen ließen und als Andenken in den Büchern versteckt werden konnten. Wer wollte, konnte dem Rainbow-Book-Bus ein paar liebe Worte widmen, oder einem künftigen Finder einfach eine freundliche Botschaft hinterlassen. Erwartungsfroh reichte Luca den Whelans Block und Stift, die sich sogleich daranmachten, abwechselnd Satz für Satz niederzuschreiben, bis daraus ein Gedicht entstand:

Wir suchten nach Worten
und fanden die Liebe
zwischen Himmeln aus Papier.
Denn jenseits seiner Pforten
sät das Glück seine Triebe,
stillt des Menschen älteste Gier
Gemeinsam ist kein Weg zu weit,
das weiß sogar die Mutter Zeit.
Doch wer träumen will, muss leben lernen,
sonst verbrennt er sich an kalten Sternen.
F & L

Es bedurfte keiner weiteren Worte zwischen Luca und Emilio, um sich auf ein Versteck zu einigen – nämlich das gerettete Exemplar von Fords allertraurigster Geschichte. Jenes Buch, mit dem alles seinen Anfang genommen hatte.

Wenige Minuten später verabschiedete das Ehepaar sie fröhlich winkend. Die Art, wie Mr und Mrs Whelan Arm in Arm dastanden, ein Sinnbild herrlicher Eintracht, wärmte Luca das Herz.

»Weißt du«, sagte sie zufrieden, während sie den Motor wieder startete, »es gibt so viele Gründe, Bücher zu lieben. Aber das hier ist der wohl schönste von allen.«

Aus dem Augenwinkel nahm sie wahr, dass Emilio ihr den Kopf zuwandte. »Dass sie Menschen zusammenführen, meinst du?«

»Ja. Ja, genau das meine ich.«

Kapitel 30

Es stellte sich heraus, dass sie gar nicht bis zu ihrem Halt am Hafen warten mussten, um die Leute anzulocken. Entweder gab es in Howth ausschließlich so viele fleißige Zeitungsleser wie die Whelans, oder die Neuigkeiten hatten sich – womöglich unter dem Zutun der Truppe rund um Doran – von selbst großflächig herumgesprochen. Fast überall wurde zuerst neugierig durch Fenster und Vorhänge gesehen, bevor sich Türen öffneten und lachende Menschen hinaustraten.

Jedenfalls lachte ein Großteil von ihnen – vereinzelt wurden klagende Stimmen laut, die noch immer einen großen Redebedarf ob Katherines Abwesenheit und des Rohrbruchs in der Rainbow-Hearts-Library hatten. Doch auch diese wenigen traurigen Gesichter hellten sich schließlich auf, als sie den bunt bemalten Van betraten. Staunend wurde die Innenausstattung ins Visier genommen, die Vielfalt der angebotenen Bücher gelobt, der Sessel Probe gesessen und haufenweise gute Wünsche notiert und versteckt. Es war ein durch und durch erfüllender Tag mit ebenso erfüllenden Gesprächen, die selbst Lucas hartnäckigste Befürchtungen zerstreuten. So gewannen sie nicht nur neue Leser dazu, sondern konnten auch die Stammleser restlos von ihrem Rainbow-Book-Bus- überzeugen. Am Ende des Tages hatte sich die Spendenkasse außerdem mit einer stattlichen Summe gefüllt.

»Wenn das mal keine erfolgreiche Jungfernfahrt war«, seufzte Emilio zufrieden. So gut er konnte, streckte er im Fußraum die langen Beine aus und lehnte sich zurück.

Sie hatten den Bus vor einem kleinen Wafflehouse unweit der Promenade zwischengeparkt, von dem Luca sich nun fragte, warum Kate mit ihr noch nie hergekommen war. Das mit Früchten garnierte Gebäck nämlich, das sie sich zum Feierabend gegönnt hatten, hatte einfach himmlisch geschmeckt. Satt und glücklich knüllte sie das rot-weiß-gestreifte Papier zusammen und stopfte es in die Ablage der Seitentür.

»Du sagst es. Einen letzten Besuch würde ich für heute allerdings gern noch machen, wenn du nichts dagegen hast.« Emilio schmunzelte.

Luca konnte in seinem Gesicht lesen, dass er genau wusste, wo sie die Tour enden lassen würde. Sein Lächeln erwidernd, drehte sie den Schlüssel im Zündschloss und fuhr los.

Penny Redford gehörte nicht zu jenen Leuten, die nach dem Rainbow-Book-Bus Ausschau gehalten hatten wie ein Kind nach einem Eiswagen. Sie hatte das Fenster über dem Blumenkübel sperrangelweit geöffnet und lehnte mit den Ellbogen auf dem Rahmen, als sie kamen. Dennoch sah sie in eine vollkommen andere Richtung. Eine, die sich nicht einmal dann nachvollziehen ließ, wenn man ihr mit den Augen zu folgen versuchte. Erst der ersterbende Motor des Vans und die daraufhin schlagenden Autotüren weckten ihre Aufmerksamkeit.

»Ah, da sind ja die fleißigen Briefeschreiber.«

Ihre unergründliche Miene hellte sich auf. Unvermittelt dachte Luca, dass sie einen guten Tag erwischt hatten. Penny wirkte offen – empfänglich für einen Versuch, sie aus ihrer Komfortzone herauszulocken.

»So kann man uns wohl nennen, ja.« Emilio stellte sich vor das Fenster und grinste die alte Dame an. Luca positionierte sich neben ihm. »Danke noch mal, dass du uns deinen Blumentopf zur Verfügung gestellt hast, Penny«, setzte er hinzu.

Luca verkniff sich ein Glucksen. Hatte sich je jemand für etwas Absurderes bedankt?

»Nichts zu danken. Ich freue mich, wenn ich einer jungen Liebe Auftrieb verleihen konnte.«

Luca und Emilio wechselten einen Blick, ehe sie beide zu protestieren begannen.

»Oh, nein, wir sind nur Freunde.«

»Freunde und Geschäftspartner, nichts weiter.«

»Genau. Keine Liebe.«

»Nicht zwischen uns.«

»Absolut nicht.«

Penny zog eine Augenbraue hoch. Synchron dazu wanderte auch ihr rechter Mundwinkel in die Höhe. »Mein Fehler. Dabei wärt ihr beide ein wirklich schönes Paar.«

Rasch wechselte Luca das Thema. »Ich habe Sie neulich gesehen. Gegenüber von der Bücherei. Es sah so aus, als würden Sie reinkommen wollen und hätten es sich dann im letzten Moment anders überlegt.« Sie hatte nicht vor, Penny bloßzustellen, indem sie die Situation zum Thema machte und hoffte, dass die Irin es auch nicht so aufnahm. Doch diese blieb gelassen.

»Ja«, gab sie ohne Umschweife zu. »Ich habe wirklich kurz darüber nachgedacht, mich der Versuchung all dieser schlafenden Geheimnisse zu stellen.«

»Was hat Sie aufgehalten?«

»Mein eigenes Geheimnis.«

Bevor Luca die Gelegenheit hatte nachzuhaken, deutete Penny auf den Van. »Ich habe in der Zeitung von eurem Bus gelesen. Ihr bringt die Bücherei zu den Menschen, solange es umgekehrt nicht möglich ist. Eine schöne Sache.«

»Ja«, bekräftigte Luca. »Was meinen Sie? Wollen Sie ihn sich mal ansehen? Wir sind um jedes neue Mitglied dankbar.«

Wie aufs Stichwort öffnete Emilio die Schiebetür der Bücherei. In der Bewegung schwang ein unausgesprochenes »Tada!« mit. Luca empfand seinen Stolz auf den Rainbow-Book-Bus als rührend. Noch vor wenigen Wochen hatte Emilio nicht das Geringste mit Büchern zu tun gehabt – nun las er nicht nur in ihnen, sondern fuhr sie auch noch in seiner Freizeit durch die Gegend.

Penny lachte leise. »Ihr gebt nicht auf, was? Na gut. Ich sehe mich mal um. Mit einer Versuchung im Kleinformat sollte ich fertig werden.«

Zwinkernd verschwand sie vom Fenster und kam kurz darauf durch ihre Haustür getreten. Erst jetzt fiel Luca auf, wie klein die ältere Frau war. Emilio bot ihr seinen Arm dar, um ihr in den Wagen hineinzuhelfen, doch Penny schob ihn sanft beiseite. »Ich bin fitter, als ich aussehe«, ließ sie ihn wissen und kletterte tatsächlich erstaunlich behände ins Innere des Wagens.

Dort angekommen, drehte sie sich ein paarmal langsam um die eigene Achse. Luca nahm deutlich wahr, wie ihre Haltung sich veränderte. Zuerst sanken die Schultern nach unten, dann trat ein Ausdruck von Weichheit in den Blick der alten Frau. Sie inspizierte Regal für Regal, bewegte stumm die Lippen, während sie die Titel auf den Buchrücken las. Schließlich öffnete sie eine der Plexiglastüren, streckte die Hand nach einem alten Krimi aus und setzte sich damit in den gepolsterten Schreibsessel. Weltvergessen blätterte sie durch die Seiten, bis sie schließlich innehielt und den Blick hob. Luca glaubte schon, Penny wäre tatsächlich auf einen der wenigen heute versteckten Briefe gestoßen, doch was sie dann fragte, war nicht minder überraschend: »Habt ihr vielleicht etwas zu schreiben für mich?«

Lucas Herz machte einen Hüpfer. »Na klar!« Eilig suchte sie Stift und Papier heraus, während Emilio den Tisch aufklappte.

Um Penny ihre Privatsphäre zu gönnen, lehnten sie sich außer Sichtweite gegen den bunten Bus.

Minuten vergingen, ehe Penny den Kopf aus der offenen Schiebetür steckte und selig in ihre Richtung lächelte. Sie sah aus wie jemand, dem gerade eine erhebliche Last von den Schultern genommen worden war.

»Sie sehen aus, als ginge es Ihnen gut«, stellte Luca fröhlich fest.

Penny nickte zustimmend. »Schreiben löst die Zunge. Und meine möchte plötzlich eine Geschichte erzählen.«

Luca tauschte einen erwartungsfrohen Blick mit Emilio. Würde die alte Dame sich ihnen tatsächlich anvertrauen? Es musste die Magie der sie umgebenden Geschichten sein, die ihr den nötigen Mut für diesen Schritt verlieh.

»Bitte«, forderte Emilio sie auf, »Wir hören gern zu.«

»Wenn das so ist ... Ich habe mal eine Flaschenpost gefunden«, begann Penny ihre Erzählung. Die Erinnerung färbte ihre Wangen rosig. »Vor etlichen Jahren war das.« Sie strich sich eine weiße Haarsträhne hinters Ohr und brachte damit die daran baumelnden Ringe zum Klimpern. »Ich war noch eine junge Frau. In meinen späten Zwanzigern, mit Hoffnung im Herzen und einer naiven Vorstellung vom Leben und der Welt. Entsprechend ist meine Fantasie sofort mit mir durchgegangen. Ich war schon immer allein, hatte nie einen Partner. Nur hin und wieder mal flüchtige Bekanntschaften. Deshalb habe ich mir ausgemalt, dass in der Flasche die Worte eines einsamen Witwers auf mich warten würden, der in seiner Einsamkeit nach einer neuen Liebe suchte ... und dass es das Schicksal war, das uns jetzt zusammenführte. Diese Vorstellung war einfach wunderbar. Ich habe mich richtig daran geklammert. Natürlich musste ich damit rechnen, dass es nicht die große Liebe war, die dort in dem zusammengerollten Papier auf mich wartete. Aber es war erstaunlich leicht, diese Möglichkeit einfach auszublenden.« Die Andeutung eines Lächelns huschte über Pennys Gesicht. »Ein Jahr lang stand die Flaschenpost auf meinem Nachttisch, ohne dass ich sie angerührt habe. Dann kam der Tag, an dem mein Bruder gestorben ist – meine einzige Bezugsperson –, und plötzlich hatte ich Angst. Ich meine, ich kannte die Einsamkeit, das Alleinsein. Aber zum ersten Mal hatte das alles eine erschreckende Endgültigkeit. Kein Kontakt zu den Eltern, keine weitere Verwandtschaft, keine Freunde … Es war an der Zeit, die Flasche zu öffnen.«

Luca hielt vor Aufregung die Luft an. Sie hatte das Gefühl, sich mit der jungen Penny Redford in einem Raum zu befinden. Neben ihr auf der Bettkante zu sitzen und zu sehen, wie sie nach der Flasche griff, um den Korken aus ihrem Hals zu lösen.

»Also habe ich es getan. Und was ich dann vorgefunden habe …« Sie schüttelte den Kopf. »Es war nicht die Schrift eines Mannes. Auch nicht die einer Frau. Sondern die eines Kindes. Ganz krakelig und kaum lesbar.« Penny rutschte auf dem Sessel ein Stück nach vorn, griff sich in die linke Tasche ihrer weiten Stoffhose und zog einen Zettel heraus, der so porös aussah, dass Luca fürchtete, der nächste Windstoß würde ihn in seine Einzelteile zerstäuben. Die Finger, mit denen sie ihn festhielt, zitterten. Die Lippen fest aufeinandergepresst, streckte sie ihn Luca und Emilio so weit entgegen, dass sie lesen konnten, was mit blasser Tinte darauf geschrieben stand: *Hallo.* Nicht mehr und nicht weniger.

»Das Papier war noch in zwei weitere Blätter eingewickelt, sodass es unmöglich war, etwas durchschimmern zu sehen. Sonst hätte ich mich sicher schon eher von meiner Traumvorstellung verabschiedet. Aber so ... so konnte das Geheimnis bewahrt werden, bis ich die Flasche geöffnet habe.« Anstatt den Zettel wieder in ihrer Tasche verschwinden zu lassen, öffnete sie den Briefumschlag, der in dem aufgeschlagenen Krimi auf dem Tisch lag, und steckte ihn hinein. Dann schlug sie das Buch zu. Die Symbolkraft, die diese Geste besaß, ergriff Luca tief.

Sie stieg zu Penny in den Van, ging vor ihr in die Hocke und umfasste ihre Hände. »Danke, dass Sie uns das erzählt haben.«

»Nein«, widersprach die alte Frau leise, »danke, dass ihr zugehört habt.«

Luca hatte das Gefühl, dass sie nicht nur zu ihr und Emilio sprach, sondern auch zu den Büchern, die sie umgaben.

Kapitel 31

Es war erstaunlich, dachte Luca, wie schnell der Mensch sich an einen neuen Alltag gewöhnen konnte.

Aufstehen, Kaffee kochen, frühstücken, die Thermoskanne füllen, sich von Emilio einsammeln lassen, bestellte Bücher ausliefern, Briefe einsammeln und an belebten Orten parken, um von dort aus neue Leser zu gewinnen – binnen weniger Tage fühlte es sich an, als hätte sie nie etwas anderes gemacht.

Zwar fehlte die Rainbow-Hearts-Library nach wie vor, doch war ihr »kleiner Bruder«, der Rainbow-Book-Bus, zu einem würdigen Ersatz geworden. Das Lächeln, mit dem die Menschen dem bunten Wagen hinterhersahen oder sich ihm näherten, sprach Bände. Und überhaupt hatte Luca das Gefühl, dass jeder, der Zeit darin verbrachte, mit einem Strahlen wieder hinausging. Das Lesen, Schreiben und Ausleihen auf engem Raum schien für viele wie ein willkommener Kurzurlaub zu sein.

Luca verstand das nur allzu gut, hatte sie doch selbst manchmal den Eindruck, sich mitten in einem Camping-Abenteuer zu befinden. Vor allem dann, wenn sie in der Mittagspause mal wieder zu einem besonders schönen Aussichtspunkt fuhren und mit Blick auf ein in der Sonne glitzerndes Meer Sandwiches und Kaffee vertilgten. Manchmal kam es ihr vor, als wären die regelmäßigen Telefonate mit Kate ihr einziges Bindeglied zur Wirklichkeit; einer Wirklichkeit, die hier, in Howth und an Emilios Seite, kaum weiter entfernt liegen könnte. Und dennoch existierte sie, diese Wirklichkeit, und sie würde Luca zurück in Deutschland vermutlich mit aller Macht einholen. Noch ließ sich der Gedanke daran, angesichts des hart umkämpften Wohnungsmarktes vorläufig bei ihrer Mutter einzuziehen, fortschieben – ebenso wie die Jobsuche, die sie doch vorhatte zu forcieren. Spätestens auf dem Heimflug aber, das wusste Luca, würde ihr bei der Aussicht, komplett bei null anfangen zu müssen, angst und bange werden.

Inzwischen suchte dieses hohle Gefühl der Ungewissheit über ihre Zukunft sie sogar bereits immer öfter im Schlaf heim. Doch schon mit dem ersten morgendlichen Kaffee gelang es ihr für gewöhnlich, sich aus dem Klammergriff dieser Träume zu befreien und auf einen neuen Tag einzulassen.

Einen Tag voller Bücher, guter Gespräche und der angenehmsten Gesellschaft, die sie sich vorstellen konnte. Emilio hatte inzwischen seinen Urlaub angetreten. An seiner Seite zu arbeiten, war schnell zu etwas Selbstverständlichem geworden, ohne dabei seine besondere Note eingebüßt zu haben. Sie verstanden einander blind, lachten viel und machten jede Pause zu einem Erlebnis. Mal wurde gespielt (Emilio hatte eine alte Reise-Brettspielsammlung von seinem Onkel mitgebracht), mal am Strand gegessen und mal auf dem Kocher mit Kaffee- und Teesorten herumexperimentiert. Hin und wieder gingen sie auch zusammen in die Rainbow-Hearts-Library, um den Fortschritt der darin vonstattengehenden Arbeiten für Kate zu dokumentieren. Emilio filmte dabei, während Luca die Wände abging und Bericht erstattete.

Abends nach Feierabend trafen sie sich oft mit Doran und den anderen unten am Hafen, um in einem der Pubs gemeinsam zu essen und sich über die Arbeit auszutauschen. Luca hatte Penny angeboten, jederzeit dazuzustoßen, doch mit jedem Tag, der ohne ihr Auftauchen verging, schwand die Hoffnung darauf, dass sie das Angebot annahm.

»Irgendwann wird sie kommen«, sagte Emilio optimistisch, als nur noch sie beide in der samtigen Dämmerung des Montagabends einer neuen Woche saßen und eine erfrischende Kälte über Lucas inzwischen sonnengeküsste Oberarme strich. Und er sollte tatsächlich recht behalten: Nur wenige Tage später verließ Penny Redford ihren Platz hinter dem Fenster, um ihnen Gesellschaft zu leisten. Zunächst wirkte sie wie ein scheues Reh und sprach kein Wort. Erst als die Gespräche am Tisch langsam wieder an Fahrt aufgenommen hatten, entspannte auch die alte Dame sich allmählich.

Luca kam nicht umhin, Emilio immer wieder stolze Blicke zuzuwerfen. Denn wenn schon nicht das Schicksal, so hatte doch zumindest der Rainbow-Book-Bus gezaubert, indem er Pennys Geheimnis an sich genommen und ihr so ein Stück verlorene Leichtigkeit zurückgegeben hatte. Luca war sicher, dass der Rainbow-Book-Bus seine magischen Fähigkeiten ein ums andere Mal unter Beweis stellen würde – so lange zumindest, bis Kate und Cadan wieder da waren und die Bücherei ihre Türen wieder öffnete. Bei ihrem letzten Telefonat hatte die Freundin gemutmaßt, noch etwa eine Woche in München zu bleiben. Bei allem Positiven, das Kates Rückkehr bringen würde, versetzte die Aussicht darauf ihr doch einen leisen Stich. Das gemeinsame Projekt wieder aus der Hand zu geben, würde ihr alles andere als leichtfallen, auch wenn sie angesichts ihres bald endenden Urlaubs ohnehin dazu gezwungen war. Dennoch: Der bunt bemalte Van war längst mehr als nur ein vorübergehender Ersatz für die Rainbow-Hearts-Library, sondern gehörte ebenso nach Howth wie die Bücherei selbst.

Luca hoffte, dass Emilio den Bus in Ehren halten würde, wenn sie erst einmal fort war, doch darüber würde sie mit ihm zu gegebener Zeit sprechen.

Nicht hier. Nicht an diesem Freitagabend, der doch ein ganz besonders schöner zu werden schien.

Die allabendliche Pub-Runde nämlich hatte sich heute bereits ungewöhnlich früh aufgelöst, weswegen Luca und Emilio sich in spontanem Einvernehmen dazu entschlossen hatten, noch einen Spaziergang auf den Klippen zu unternehmen.

Obwohl die Steilküste im Sommer lange nicht so verlassen und mystisch dalag, wie Luca sie im vergangenen Jahr und auch im Februar wieder kennengelernt hatte, genoss sie den kleinen Ausflug. Es tat gut, in die rosigen Gesichter der Touristen und Einheimischen zu sehen, die ihren Weg kreuzten. Niemand, dem sie hier oben je begegneten, strahlte etwas Negatives aus; es war, als pustete der stets präsente, vom Meer getragene Wind zuverlässig jeden noch so düsteren Schatten von trägen Seelen.

Nachdem sie etwa zwanzig Minuten gegangen waren, blieb Emilio plötzlich stehen. Rechts von ihnen tat sich die Luca bereits vertraute, zur Hälfte hinter hohen Gräsern, Buschwerk und lila Blüten verborgene Schafweide auf. Die Tiere bewegten sich heute weiter oberhalb der Wiese und waren nur als kleine weiße Knäule zu erkennen.

»Ich würde dir gern etwas zeigen«, sagte Emilio geheimnisvoll. Ein Grinsen schlich sich auf seine Lippen.

Luca versuchte zu ignorieren, was dieses Grinsen in ihrer Bauchgegend auslöste, doch das Gefühl – ein Kribbeln, als würde ein Körperteil taub werden – war zu intensiv. Also entschied sie sich, es mit einem lauten Räuspern zu ersticken. »Natürlich. Gern.«

»Siehst du den kleinen Hügel dort hinten? Bei der Hütte?«

Luca folgte seinem Blick. »Ja.«

»Lass uns hingehen.« Emilio kletterte auf einen Stein am Rande des Weges und streckte ihr die Hand entgegen.

»Du willst über den Zaun steigen?«, fragte sie ihn irritiert.

»Ja. Kein Problem, ich kenne den Besitzer.«

Luca zögerte immer noch.

»Hey. Vertraust du mir etwa nicht?«

Da sie diese Frage nach all der gemeinsamen Zeit unmöglich verneinen konnte, ließ sie sich von Emilio auf den Stein ziehen. Die Weide lag nur einen beherzten Sprung entfernt, der ihr einen albernen kleinen Adrenalinstoß versetzte.

Wir tun hier nichts Verbotenes, erinnerte Luca sich und hätte es am liebsten laut ausgesprochen, als ein vorbeigehendes Pärchen ihnen missbilligende Blicke zuwarf. Doch Emilio lachte nur.

»Komm schon, du Verbrecherbraut.« Er wandte sich um und eilte in großen Schritten auf die Hütte zu.

Hie und da ein paar Schafsködeln ausweichend, bahnten sie sich ihren Weg über die Wiese, bis die das aus Holz gezimmerte Gebäude erreichten. Die Witterung hatte ihre Spuren an Dach und Wänden hinterlassen, doch die fehlenden Ziegel und teilweise maroden Bretter besaßen einen eigenwilligen Charme.

»Hier bin ich als Kind oft hergekommen. Mr Evans, der Besitzer des Grundstücks, war und ist ein guter Freund meines Onkels.« Ohne jede Vorwarnung ließ Emilio sich ins Gras fallen, das den hungrigen Mäulern der Schafe an dieser Stelle erstaunlich wacker getrotzt hatte und den Hügel großzügig bedeckte. »Das ist besser als jeder Liegestuhl, glaub mir. Gut für den Rücken – und noch besser für die Seele.«

Wieder zögerte Luca.

»Was?« Emilio streckte sich genüsslich aus, sah zu ihr auf und schirmte die Augen mit der linken Hand von der Sonne ab. »Angst vor Ködeln, Stadtmädchen?«

Luca schnaubte. »Nein. Durch und durch Ködel-angst-frei.«

Um es ihm zu beweisen, legte sie sich neben ihn. Zuerst fühlten sich ihre Arme und Beine noch seltsam steif an, doch mit jeder verstreichenden Sekunde entspannte sie sich ein wenig mehr.

Hatte sie je so unter der Sonne gelegen? Auf einer richtigen Wiese, draußen in der Natur? Nein. Nein, wenn man künstlich angelegte Parks nicht mitzählte, tatsächlich nicht.

»Was hast du als Kind hier gemacht?«, fragte sie Emilio nach einer Weile, während derer sie nichts getan hatte, außer in den Himmel zu sehen.

»Ich bin zur Ruhe gekommen. Oder habe es wenigstens versucht.«

Luca konnte an seiner Stimme hören, dass er grinste. »Früher war ich ein ziemlich unruhiger Geist. Hier konnte ich mich entspannen. Meistens jedenfalls. Dann habe ich meine Fantasie spielen lassen und mir Geschichten zu den Gesichtern ausgedacht, die ich in den Wolken gesehen habe.«

Luca lächelte. »Wie schön! Was waren das für Geschichten?«

»Darüber spricht man nicht. Das ist wie mit Wimpern, die man von Fingerspitzen pustet.«

»Ach ja?« Ihr Lächeln wurde noch breiter. »Davon habe ich ja noch nie etwas gehört.«

»Doch, doch. Das ist die oberste Wolkengucker-Regel.«

»Ich werde sie verinnerlichen.« Luca verschränkte die Arme hinter dem Kopf und seufzte.

Die Magie der vergangenen Tage, der Zauber des Neuanfangs und nun dieser besondere Moment mit Emilio – all das ruhte tief in ihrer Brust, glomm herrlich warm um ihr Herz herum. Auf einmal empfand sie eine überwältigende Dankbarkeit.

Bei allen Strapazen der letzten Wochen war sie an Emilios

Seite doch gewachsen; weit über sich selbst und ihre Grenzen hinaus.

Und es hatte sich gelohnt.

Wie glücklich die Dorfbewohner doch waren, wie angetan von der fahrenden Rainbow-Hearts-Library! Ihre leuchtenden Augen erfüllten Luca jeden Tag aufs Neue mit Stolz – Stolz auf das, was sie da in kürzester Zeit auf die Beine gestellt hatten.

Der Rainbow-Book-Bus war der beste Beweis dafür, dachte sie, dass jedem Unglück auch eine Chance innewohnte. Dass es für alles eine Lösung gab und man nicht verzagen durfte, ganz egal, wie ausweglos eine Situation auch erscheinen mochte.

»Das waren übrigens die schönsten zwei Arbeitswochen meines Lebens«, sprach Luca nun aus, was sie während all der sonnigen Stunden hinter dem Steuer und im Sessel der neuen Schreibecke gedacht hatte.

Sie hörte am Rascheln der Gräser, dass Emilio ihr das Gesicht zuwandte, und drehte sich ebenfalls zu ihm um.

Die Abendsonne färbte seine gebräunte Haut golden.

»Ganz ehrlich? Geht mir genauso.« Emilio zog die Nase kraus. »Ich bin fast schon enttäuscht darüber, dass wir beschlossen haben, das Wochenende freizumachen. In meinem Hauptjob würden mir solche Gedanken nie kommen.« Er gluckste. »Das sollte ich meinen Chef wohl lieber nicht hören lassen.«

»Nein«, gab Luca ihm recht, »lieber nicht.«

Sie sahen einander schweigend an. Es war keine unangenehme Stille wie jene, die auf der Rückfahrt aus Sligo zwischen ihnen geherrscht hatte, nachdem Luca so sehr von Bonnies Anwesenheit überrascht worden war. Nein, heute lag der wortarmen Ruhe etwas Vertrautes zugrunde. Etwas, in dem man sich bedenkenlos fallen lassen konnte – und in dem zugleich etwas Sehnsuchtsvolles lag. Luca spürte, dass auch Emilio sich dessen bewusst war. Auf einmal veränderte sich sein Blick; wurde heller. Durchdringender. Unwillkürlich sog Luca die Luft ein. Es war unmöglich, unter dem Glühen seiner Augen nicht rot zu werden, wobei sie die Hoffnung hegte, dass der immer dunkler werdende Himmel und seine Schatten diese Röte verbargen.

»Erzähl mir von deinem Leben in Dublin«, bat sie hastig, um der Situation die Spannung zu nehmen. »Bestimmt ist es ganz anders als das hier in Howth, oder?«

Die Erwähnung seines Jobs hatte sie wieder daran erinnert, dass Emilio normalerweise nicht den ganzen Tag vor Ort sein konnte. Nur jetzt, während seines Urlaubs, konnten sie den Rainbow-Book-Bus von morgens bis abends gemeinsam durch die heimeligen Straßen lenken. In wenigen Tagen würde Emilio Luca, je nach Schicht, entweder vormittags oder abends unterstützen.

Irgendwie war es seltsam, sich ihn in diesem so fern liegenden Alltag vorzustellen. Wie er wohl wohnen mochte? Was er wohl nach Feierabend gern tat? Durch die belebten Gassen ziehen, sich mit Kollegen in Pubs treffen, Live-Musik aufstrebender Künstler lauschen und dazu ein kühles Bier trinken?

Als sie in der Stadt unterwegs gewesen waren, um ihre Besorgungen für den Rainbow-Book-Bus zu machen, war ihr gar nicht in den Sinn gekommen, Emilio in diese Richtung zu befragen. Jetzt stellte sie fest, dass sie gern einen genaueren Einblick in sein Leben vor Ort gewonnen hätte.

»Schon, ja. Es hat jedenfalls einen anderen Rhythmus. Ich liebe beides; dieses Urbane, aber auch das Urlaubsfeeling, das sich sofort einstellt, wenn man hier aus der Bahn steigt. Howth und Dublin liegen so wahnsinnig nah beieinander, aber manchmal fühlt es sich an, als wären Welten dazwischen. Das fasziniert mich.«

Luca nickte. Sie verstand genau, was Emilio meinte. Oft

schon hatte sie gedacht, dass auf halber Strecke ein Portal sein müsste, das die so unterschiedlichen Orte miteinander verband wie Traum und Realität. Howth haftete etwas Märchenhaftes an, Dublin etwas Buntes, Ungezügeltes. Ein Kontrast, der durch die geringe Distanz zwischen ihnen umso deutlicher wurde.

»Luca?«

Sie erschrak ein wenig, als sie sah, dass Emilio sich auf den linken Ellenbogen gestützt und ihr den Oberkörper zugewandt hatte – und noch mehr, als sie realisierte, dass sie es ihm gleichgetan hatte. Zwischen ihnen war kaum noch Platz. Ein paar heuchlerische Anstandszentimeter, die sekündlich weiter in sich zusammenschrumpften.

Nun ließ es sich nicht länger leugnen:

Etwas lag in der Luft.

Ein Sirren, eine Verheißung, ein Versprechen.

Luca hatte das untrügliche Gefühl, dass heute etwas passieren würde. Etwas, das die Kraft besaß, alles auf den Kopf zu stellen. Die Frage war nur, ob sie bereit dafür war.

Sie hielt für einen Moment den Atem an und musterte Emilio aufmerksam. Ob er ähnlich nervös war wie sie?

Lucas Herz schlug hart und fest gegen ihre Rippen. »Ja?«, hauchte sie.

»Ich weiß, das kommt vielleicht etwas plötzlich. Aber ... es gibt da etwas, das ich wirklich gern tun würde.« Die Art, wie Emilio das sagte, entsandte ein lustvolles Ziehen in ihre empfindlichen Körperregionen.

O Gott, dachte Luca schockiert, reiß dich zusammen. Am Ende möchte er bloß irgendetwas Verrücktes machen, wie zum Beispiel in den kleinen Schuppen einbrechen, und du machst dich mit deinen Gedanken noch lächerlich.

»Was denn?«, fragte sie und konnte dennoch nicht verhindern, dass das Ziehen in ihrer Mitte sich verstärkte.

Emilios Blick senkte sich auf ihre Lippen. Offenbar hatten

seine Pläne doch nichts mit der kleinen Hütte hinter ihnen zu tun.

»Etwas, das ich mir schon sehr lange wünsche.«

Luca schluckte.

Allmählich wurde es gefährlich. Brandgefährlich.

Es lag in ihrer Hand. Was sie als Nächstes sagte, konnte entscheidend sein. Sollte sie ihn herausfordern? Oder das Feuer löschen, solange sie noch konnte? Gewissen und Verlangen lieferten sich einen erbitterten Kampf. Doch insgeheim wusste Luca längst, wer diesen Kampf gewinnen würde.

»Zeig es mir.«

Sie sah, wie Emilios Pupillen sich weiteten. Wie Begehren seinen Blick dunkel färbte.

»Wirklich?«

Er möchte ganz klar mein Einverständnis haben, dachte Luca und wünschte fast, er hätte nicht gefragt. Denn nun musste sie eine weitere Gelegenheit, die Situation zu beenden, ganz bewusst verstreichen lassen. Und das tat sie.

»Ja«, hauchte sie, jeder Muskel ihres Körpers in einer prickelnden Erwartungshaltung angespannt.

Es war kaum auszuhalten.

Das Bedürfnis danach, Emilios Nähe zu spüren, war verzehrend.

Sie verringerte die letzte Distanz zwischen ihnen im selben Moment, als er den Arm um ihren Oberkörper legte, um sie an sich zu ziehen. Seine Finger umschlossen ihren Nacken, und Luca keuchte unter der Berührung hörbar auf.

Sein Geruch, der ihr nun in die Nase strömte – diese Mischung aus seinem Parfum und dem ganz eigenen Duft seiner Haut –, hatte dieselbe Wirkung wie ein Aphrodisiakum und bescherte Luca eine Gänsehaut.

»Komm her«, murmelte Emilio dicht an ihrem Ohr und verstärkte den wohligen Schauder, der ihr über die Glieder kroch, damit nur noch. Luca gab all ihre Selbstbeherrschung auf (Hatte sie heute überhaupt welche besessen, oder sich nur der Illusion hingegeben, über sie zu verfügen?) und ließ sich förmlich in Emilios Arme fallen.

Dem Verlangen nachzugeben, das doch schon so verräterisch lange in ihr schwelte, fühlte sich an wie ein Befreiungsschlag. Sie vergrub ihre Hände in Emilios Haaren, streifte seine Wangen mit den Lippen. Ehe sie seinen Mund finden konnten, übernahm er wieder die Kontrolle. In einer energischen Bewegung, die Lucas Blut in Wallung brachte, packte er ihr Kinn und hob es an, während die andere Hand sich aus ihrem Nacken löste. Mit dem Daumen strich er über ihre Unterlippe, fixierte sie mit diesem raubtierhaften Ausdruck auf dem schönen Gesicht, der ihr schier den Verstand raubte.

Fast hätte sie ihn angefleht, sie endlich zu küssen, so sehr riss die Sehnsucht an ihrem Herzen. Doch dann tat er es, ohne dass sie noch etwas hätte sagen müssen. Zuerst mit einer bittersüßen Sanftheit, dann immer fordernder. Ihre Zungen erkundeten einander in einem hektischen, drängenden Tanz, und Luca war, als explodierten tausend Feuerwerkskörper in ihrer Brust. Eine ganze Palette an Empfindungen brauste in schwindelerregender Geschwindigkeit durch ihre Adern; Euphorie und Lust, Erleichterung und Nervosität, Leichtigkeit und … Schuld.

Da war es wieder, ihr Gewissen, das mahnend den Zeigefinger hob. Luca merkte, wie sie sich versteifte. Wie der Kuss, eben noch so intensiv und wunderbar, plötzlich an seiner wilden Ungehemmtheit einbüßte.

Und dann sah sie plötzlich Adrians Gesicht vor sich; sah ihn in seinem Anzug vor der Burg stehen und die Hoffnung auf eine gemeinsame Zukunft in seinen Augen sterben. Hörte Emilio an jenem Abend ihres Junggesellinnenabschieds darüber reden, dass er mit ihr durchbrennen würde, wenn sie es sich anders überlegen und doch nicht vor den Altar schreiten wolle.

Jäh löste Luca sich von ihm. Tränen schossen ihr in die Augen.

»Es tut mir leid.« Sie schnappte nach Luft, erdrückt von der unliebsamen Erinnerung, und sprang auf. »Ich kann das nicht.«

»Luca, warte …« Emilio wirkte fahrig und – zurecht – überrumpelt. Sie konnte nicht länger warten. Auch ihn enttäuscht zu erleben, wäre mehr, als sie im Augenblick verkraften konnte.

»Es tut mir leid«, sagte sie noch einmal, drehte sich um und rannte davon, ohne sich noch einmal umzusehen.

Kapitel 32

Das Meer spülte seichte, von zarten Gischthauben gekrönte Wellen an den Strand. Es war ein herrlicher Sonntag gewesen; durchgehend sonnig, aber nicht zu heiß, und die Luft erfüllt von einem erfrischenden Wind.

Luca saß am Red Rock Beach und ließ Sand durch ihre geschlossene Faust rieseln. Wie hypnotisiert beobachtete sie den Strahl aus feinen Körnchen, der sich vor ihre Knie ergoss.

Während sie sich gestern tagsüber mit Sophie getroffen hatte, um sich ein wenig abzulenken, und am Abend mit Doran zum Essen in einem Pub gewesen war, wollte sie heute niemanden sehen.

Zwar hatte sie kurz überlegt, Kate anzurufen, dieses Vorhaben jedoch schnell wieder verworfen. Ihre beste Freundin hatte wahrlich genug eigene Probleme – und eine todkranke Mutter hatte gegenüber einer Kuss-bedingten Panikreaktion definitiv Vorrang.

Luca seufzte. Sie wusste, dass es feige gewesen war, am Freitag einfach davonzulaufen, doch ihr Körper hatte ihr gar keine andere Wahl gelassen. Wie von selbst hatten ihre Beine sie von Emilio und den grässlichen Schuldgefühlen davongetragen, die so erbarmungslos über sie hereingebrochen waren.

Sie hatte ihm noch eine Nachricht geschickt, nachdem sie in Kates Haus angekommen war, und sich abermals entschuldigt.

Emilio hatte beteuert, dass es nichts gäbe, wofür sie sich entschuldigen müsse, und vorsichtig gefragt, ob zwischen ihnen trotzdem alles in Ordnung sei. Doch mehr als ein knappes *Ja* war ihr nicht über die Lippen (oder eher über die Tasten) gekommen. Seither herrschte Funkstille zwischen ihnen. Luca war sicher, dass Emilio nur deswegen nicht weiter nachhakte, weil er sie nicht bedrängen wollte, dennoch graute ihr nun vor der nächsten gemeinsamen Arbeitswoche.

Emilio hatte noch bis zum kommenden Mittwoch frei, war also theoretisch vierundzwanzig Stunden am Tag einsatzbereit. Ob er davon ausging, dass sie ab morgen wie gehabt gemeinsam durch Howth fahren und die Dorfbewohner mit Büchern und Briefen versorgen würden? Oder schlug er gar von sich aus vor, dass Luca die Schichten lieber allein übernahm? Und wenn ja, was würde dann aus dem geplanten nächsten Schreibabend werden, den sie doch beide hatten moderieren wollen? Was aus dem Speed-Reading?

Luca rauchte der Kopf. Vielleicht mache ich es mir gerade nur selbst schwer, dachte sie und füllte ihre Hand erneut mit Sand, vielleicht ist es zwischen uns jetzt nur komisch, weil ich es durch mein Verhalten komisch gemacht habe.

Dennoch kam es ihr geradezu unmöglich vor, nach dem Kuss wieder zurück zu einer Normalität, einer unverbindlichen Freundschaft zu finden. Ihr Verdrängungsmechanismus war defekt und ratterte wie ein altes Uhrwerk. Und außerdem ... Hatte es diese unverbindliche Freundschaft denn überhaupt je gegeben? Wenn nicht, war die Sache ohnehin gelaufen. Immerhin konnte etwas, das nie dagewesen war, auch nicht repariert werden.

Luca zuckte zusammen, als sie einen sich nähernden Schatten bemerkte. Kurz dachte sie, Emilio wäre vielleicht hergekommen (auch wenn das wohl ein allzu großer Zufall gewesen wäre), erkannte jedoch schnell, dass es die Silhouette einer Frau war, die sich dort auf dem Sand abzeichnete. Neugierig drehte sie sich um.

»Entschuldigung, ich wollte Sie nicht erschrecken und vor allem nicht stören.« Die Frau lächelte schüchtern. Ihre Haare waren lang und blond wie Lucas, ihre Augen groß und von einem bemerkenswerten Grünton.

Sie stutzte. Wo hatte sie die Frau schon einmal gesehen?

Es dauerte einen Moment, bis Luca ihr Gesicht jener Büchereibesucherin zuordnen konnte, die durch ihren Brief im letzten Jahr maßgeblich dazu beigetragen hatte, das Rätsel um die Beziehung zwischen Fiona und Kates Vater zu lösen.

Was genau damals ans Licht gekommen war, wusste Luca nicht, und sie hatte Kate dahingehend nie weiter behelligt. Ihre beste Freundin würde sicher irgendwann von selbst auf das Thema zu sprechen kommen, wenn ihr danach war – und selbst, wenn sie es nie tat, respektierte Luca ihre Entscheidung. Sie erinnerte sich, dass Kate angedeutet hatte, sie wolle Ava, so lautete der Name der Frau, nichts vorwegnehmen.

»Oh, Sie stören nicht, alles gut.« Luca stand auf und klopfte sich die sandigen Hände an ihren Shorts ab, bevor sie Ava die rechte hinhielt. »Wir kennen uns noch vom Schreibabend letztes Jahr, stimmt's?«

»Stimmt.« Sie ergriff die ihr dargebotene Hand und schüttelte sie. »Luca, richtig?«

»Ja. Und Sie sind Ava?«

Ein Nicken.

»Ich war eine Weile nicht in Howth und habe gestern erst von einer Freundin gehört, was in der Rainbow-Hearts-Library passiert ist. Das mit dem Bus war ja eine wunderbare Idee von Ihnen. Ich hatte Ihre Visitenkarte im Briefkasten und wollte den Service gleich morgen mal in Anspruch nehmen. Und auch gern einen kleinen Betrag spenden.«

»Wie schön! Vielen Dank. Wir … Wir freuen uns sehr, dass das Konzept bisher von allen so gut angenommen wird. Und ich bin wirklich froh, dass wir Katherine damit unter die Arme greifen können.«

Das »Wir« fühlte sich vor dem ungewissen Fortgang der Geschichte mit Emilio irgendwie hohl und falsch an, doch immerhin war in ganz Howth bekannt, dass sie das Projekt zur Rettung der Bücherei gemeinsam ins Leben gerufen hatten. Sogar in der Zeitung hatte man sie beide namentlich benannt und obendrein vor dem handbemalten Van abgelichtet.

»Die Rainbow-Hearts-Library ist und bleibt etwas ganz Besonderes. Ob auf Rädern oder nicht. Die Menschen werden froh sein, dass Sie sie ihnen erhalten.« Ava sah plötzlich abwesend aus. Der Wind wehte ihr eine dicke Strähne ins Gesicht, die sie zuerst gar nicht zu bemerken schien.

»Ja«, stimmte Luca zu, »das denke ich auch.« Sie war sich nicht sicher, ob ihre Worte überhaupt zu der anderen Frau durchdrangen, doch nach einigen unbehaglichen Sekunden kehrte wieder Leben in Avas Züge zurück.

»Darf ich Ihnen denn eigentlich gratulieren?«, fragte sie unvermittelt.

In einem seltsamen Reflex versteckte sie die linke Hand hinter ihrem Rücken. Dort, wo sie für gewöhnlichen ihren Verlobungsring getragen hatte, kribbelte ihre Haut unangenehm.

»Gratulieren?«, fragte Luca heiser. Ihre Kehle war wie ausgedörrt.

»Als ich Katherine das letzte Mal getroffen habe, steckte sie gerade mitten in den Vorbereitungen für Ihre Hochzeit. Ich hoffe, ich trete jetzt nicht in ein Fettnäpfchen und der Wasserschaden hat Ihrer Feier einen Strich durch die Rechnung gemacht.«

Luca befeuchtete ihre trocken gewordenen Lippen mit der Zungenspitze und schmeckte Salz. Doch es war nicht das Meer, das ihr diesen Gruß geschickt hatte. Sondern Tränen, die ihr unkontrolliert über Wangen und Nase liefen.

»O nein, was ...« Hilflos sah Ava sie an, ihre ohnehin schon großen Augen weit aufgerissen. »Es tut mir so leid, ich weiß auch nicht, was momentan mit mir los ist. Normalerweise bin ich nicht so zudringlich.«

»Nein«, schluchzte Luca und lachte gleich darauf erstickt, »das ist es nicht. Es geht gleich wieder.«

Offenbar unschlüssig, ob sie sie in den Arm nehmen sollte, machte Ava vor Luca ein paar abgehackte Bewegungen.

»Schon vorbei.« Sie fuhr mit den Fingern unter ihren Augen entlang, um die sicherlich dramatisch aussehenden Mascara-Spuren zu beseitigen. »Alles in Ordnung.«

Ava sah nicht überzeugt aus.

Das läuft ja wirklich hervorragend, resümierte Luca im Stillen.

War sie neuerdings eine Spezialistin dafür, andere mit ihrem Verhalten in Verlegenheit zu bringen?

»Sie sind nicht zudringlich«, versicherte Luca der nun zunehmend nervösen Frau, »überhaupt nicht. Sie ... Sie konnten das ja nicht wissen. Dass ich die Hochzeit abgeblasen habe, meine ich.« Luca hatte nicht vor, ein Geheimnis daraus zu machen. Schon allein deswegen nicht, weil sie Ava nicht mit dem Gefühl zurücklassen wollte, sie hätte etwas falsch gemacht.

»Oh.« Ein Ausdruck von Erkenntnis schlich sich auf das Gesicht der blonden Frau.

»Ja.« Luca betrachtete ihre mit Sand bedeckten Zehen, die aus den offenen Sandalen lugten. »Ich reagiere darauf noch ein bisschen empfindlich.«

»Das ist ja auch kein Wunder«, sagte Ava behutsam. Fast erwartete Luca, dass sie etwas wie »Es ist ja auch noch nicht lange her« hinzufügen würde, und wappnete sich innerlich schon einmal gegen das Erwachen neuerlicher Schuldgefühle.

Ava aber wählte keines dieser Worte. »So eine Entscheidung trifft man nicht leichtfertig. Das muss Sie ungeheuer viel Kraft gekostet haben.«

Wieder hätte Luca weinen mögen, dieses Mal jedoch vor Erleichterung. Diese eigentlich so fremde Frau, die da vor ihr stand und sie mitfühlend ansah, heuchelte nicht bloß Verständnis, sie verstand *wirklich*. Sie kannte sich aus mit folgenschweren Entscheidungen. Das spürte Luca.

»Das hat es.«

»Ich tue jetzt wieder etwas für mich Ungewöhnliches, aber möchten Sie vielleicht darüber reden? Wir können ein Stück zusammen gehen, wenn es Ihnen recht ist. Vielleicht geht es Ihnen danach ein bisschen besser.«

Luca schenkte Ava ein dankbares Lächeln. »Wie lieb von Ihnen. Sehr gern. Einen Versuch ist es wert.«

Was ihr seit Kates Abreise weder mit Doran, Roxanne, Ivy, Brianna, Mrs Seymour oder Sophie gelungen war, würde sie nun ausgerechnet mit jemandem wagen, den sie nicht kannte.

Vermutlich war genau das der entscheidende Punkt, denn dass sie einander so gut wie unbekannt waren, machte es leichter. »Ich weiß nur gar nicht, wo ich anfangen soll.«

Ava nickte wissend. »Nicht leicht, sich in so einem Dschungel aus Gefühlen zurechtzufinden, ich weiß. Setzen Sie irgendwo an. Dann geht es ganz von allein.«

Luca holte tief Atem. Langsam gingen sie los.

»Er hatte immer diesen genauen Plan vom Leben, wissen Sie? Erst die Hochzeit, dann das erste Kind, ein Haus, und irgendwann Kind Nummer zwei. Irgendwie habe ich mich nie gefragt, ob das auch *mein* Plan ist, oder ob ich seine Vorstellungen einfach übernommen habe, weil es so bequemer für uns war. Ich meine, ich wusste ja, dass er nicht davon abweichen würde. Er hat Routinen geliebt und Unvorhergesehenes gehasst. Das alles ist mir erst hier in Howth so richtig klar geworden. Nachdem meine Gefühle schon über lange Zeit so ... abgekühlt waren.« Kurz vor dem Aufgang zum Cliff Walk bückte Luca sich, um einen Stein aufzuheben, der im Schein der Sonne perlmuttfarben schimmerte. Da der Red Rock Beach nicht besonders weitläufig war, hatten sie wohl in stiller Übereinkunft beschlossen, noch ein wenig oberhalb der Klippen zu wandern.

»Sicherheit war ihm so wichtig. Auch im Job. Wann immer ich angedeutet habe, dass ich mich noch mal umorientieren will, hat er sofort abgeblockt und darauf gepocht, wie wichtig es wäre, dass ich einen entfristeten Arbeitsplatz habe. Wegen meiner Kreditwürdigkeit.« Sie lachte freudlos. »Ganz der Banker.«

Ava hörte aufmerksam zu, während Luca erzählte. Es kam ihr vor, als analysierte sie ihre Beziehung zum allerersten Mal, ohne dabei irgendetwas zu beschönigen. Ungefiltert strömten Empfindungen und Gedanken aus ihr heraus, und als sie geendet hatte – mit der desillusionierenden Erkenntnis, dass sie zuletzt nur noch aus Gewohnheit mit Adrian zusammen gewesen war und ihn als Menschen nicht hatte verlieren wollen –, fühlte sie sich wie von zentnerschweren Gewichten befreit.

Doch der Rest einer Last war geblieben. Ein Rest, den sie ihren aufkeimenden Gefühlen für Emilio verdankte. Ja, an diesem Nachmittag, in Begleitung von Ava und unter der tröstend warmen irischen Sonne, gestand Luca sich diese Tatsache zum allerersten Mal wirklich und wahrhaftig ein.

Sie war dabei, sich in Emilio zu verlieben, und das schon eine ganze Weile. Im Grunde war die gegenseitige Anziehung schon dagewesen, als sie einander im vergangenen Jahr zum ersten Mal gesehen hatten. Ihr Herz hatte nie eine Chance gegen das gehabt, was an jenem Tag seinen Anfang genommen hatte.

»Sie haben so viel Stärke bewiesen in dieser kurzen Zeit«, sagte Ava anerkennend. »Wirklich. Nicht jeder schafft es, aus solchen Strukturen auszubrechen. Kennen Sie diesen Spruch darüber, dass ein Ende mit Schrecken besser sein soll als ein Schrecken ohne Ende? Da ist so viel Wahres dran. Die Trennung kam wohl für alle, Sie inklusive, wahnsinnig überraschend. Aber dafür haben Sie einen sauberen Schnitt gemacht und können sich jetzt darauf konzentrieren zu heilen.«

Luca warf ihrer Gesprächspartnerin einen verstohlenen Seitenblick zu. »Na ja ... Was das betrifft ...« Sie wurde langsamer, vergrub die Hände in den Taschen ihrer Jeansshorts. Noch ein Geständnis. Ava muss sich vorkommen wie eine Priesterin, dachte Luca aufgedreht.

»Ja?«

»Da gibt es noch etwas, das die ganze Situation verkompliziert.«

Wieder erzählte Luca, wieder hörte Ava aufmerksam zu.

Sie berichtet von ihrer ersten Begegnung mit Emilio, von ihrem Junggesellinnenabschied, seiner Entschuldigung, den Briefen unter Mrs Redfords Blumenkübeln, seiner Hilfe bei den Hochzeitsvorbereitungen, dem Abend unter den Sternen und schließlich von ihrer gemeinsam veranlassten Rettungsaktion der Bücherei, die sie einander nur noch näher gebracht hatte.

Schließlich auch über den Kuss und ihre überstürzte Flucht zu sprechen, fiel Luca ganz besonders schwer. Sie merkte, dass sie ihre Worte mit Bedacht wählte und Angst hatte, von Ava verurteilt zu werden.

Doch diese berührte Luca nur leicht am Arm und fragte ernst: »Warum haben Sie deswegen ein schlechtes Gewissen?«

Luca war so perplex, dass sie unvermittelt stehen blieb. »Weil das nicht in Ordnung ist. Ich war gerade noch verlobt und küsse nur ein paar Wochen später einen anderen Mann. Das ... das macht man doch nicht.«

Ava schüttelte den Kopf. »Wo steht das geschrieben? Selbst, wenn es dafür ein Gesetz gäbe, was definitiv nicht so ist: Ein Herz hält sich nicht an Fristen. Es hält sich an überhaupt keine Vorgaben, sondern macht, was es will. Und das ist auch gut so.« Sie sprach mit einer glühenden Überzeugung, die Luca erstaunte. Denn es war die Überzeugung einer Frau, die schon einmal Ähnliches gefühlt hatte. Bevor Luca etwas erwidern konnte, fuhr Ava fort: »Warum denken Sie, Sie hätten es nicht verdient, glücklich zu sein? Wenn Sie sich an seiner Seite wohlfühlen, lassen Sie es zu. Verstecken Sie Ihre Gefühle nicht, nur weil sie glauben, irgendwelche Normen erfüllen zu müssen. Glauben Sie mir, das ist der größte Fehler, den Sie machen können.«

»Haben Sie diesen Fehler schon mal gemacht?«

Ava schlug die schönen Augen nieder und lächelte traurig. »Katherine hat es Ihnen nicht erzählt, oder?«

»Mir was erzählt?«

»Was zwischen mir und Fiona war.«

»Nein. Nein, ich weiß von nichts.« Das also hatte Kate mit dem Missverständnis gemeint? Dass ihre Tante gar nicht mit ihrem Vater, sondern mit einer Frau zusammen gewesen war?

So, wie Ava es formuliert hatte, klang es jedenfalls ganz danach.

Luca horchte in sich hinein und stellte fest, dass diese Wendung sie kaum überraschte, obwohl sie sie doch nicht im Entferntesten vorhergesehen hatte. Jedenfalls nicht bewusst.

Vielleicht aber war ihr tief im Inneren doch klar gewesen, dass Gunnar nicht der wahre Grund für die zerstörten Familienverhältnisse im Hause Madigan gewesen war. Andernfalls, dachte sie, wäre Mary wohl auch niemals nach Howth gekommen, um Frieden mit ihrer toten Schwester zu schließen.

»Sie hat meine Bitte respektiert«, sagte Ava mehr zu sich selbst als zu Luca, ehe sie den Blick wieder hob. Im selben Moment frischte der Wind auf und bescherte Luca eine Gänsehaut. Auch Ava schlang die Arme um ihren Oberkörper. »Ich weiß gar nicht, warum ich diese Geheimniskrämerei noch weitergeführt habe. Eigentlich hätte ich Katherine sagen müssen, sie solle es in die Welt hinausschreien.«

Sie gingen weiter. Luca wartete geduldig, bis Ava fortfuhr. »Mein Mann wusste längst Bescheid. Aber irgendwie hatte ich immer Angst, dass Fiona es nicht gutheißen würde, wenn ich unser Geheimnis nach außen trage. Dabei glaube ich inzwischen, dass ich genau das tun muss. Mutig sein, weil wir es damals versäumt haben. Und wissen Sie was, Luca? Sie sollten auch mutig sein. Laufen Sie nicht vor dem davon, was sein könnte. Heißen Sie es willkommen. Andernfalls werden Sie es eines Tages ganz bestimmt bereuen.«

Kapitel 33

Mutig sein.

Luca straffte die Schultern und beschleunigte ihren ohnehin schon schnellen Schritte noch ein wenig.

Das Gespräch mit Ava war wie eine Erleuchtung. Der nötige Schubs, den sie gebraucht hatte, um aus dem Irrgarten ihrer Gefühle herauszufinden und den Weg zu gehen, den zu betreten sie sich so sehr gefürchtet hatte.

Sie hatten sich auf dem Parkplatz des Cliff Walk voneinander verabschiedet und waren mit dem Vorhaben verblieben, sich bald einmal auf eine Tasse Kaffee oder Tee zu treffen und ihre Unterhaltung fortzuführen. Luca war noch immer überwältigt davon, dass sie einer bis zu diesem Nachmittag vollkommen fremden Person so viele intime Gedanken anvertraut hatte. Doch Ava hatte dieses Vertrauen erwidert, und diese Tatsache war mehr als beruhigend. Es stellte ein gesundes Gleichgewicht her, das eine essenzielle Grundlage für diese beginnende Freundschaft sein würde.

Beflügelt von einer wiedererwachten, ausgeschlafenen Leichtigkeit, schlug sie den Weg in Richtung Pizzeria ein.

Emilio ging nicht ans Handy, doch Lucas Intuition sagte ihr, dass er sich im Il Gusto aufhielt, daher würde sie ihr Glück zuerst dort versuchen. Wenn nötig, konnte sie danach immer noch mit dem Van, der sich ja ohnehin auf dem Hof des Restaurants befand, auf direktem Wege nach Dublin zu seiner Wohnung fahren.

So oder so, Davonlaufen war keine Option mehr. Emilio hatte ein Recht zu erfahren, woran er bei Luca war – und für sie galt dasselbe. Wenn auch er Gefühle für sie hegte, was sein Verhalten während der letzten Wochen durchaus vermuten ließ, täten sie beide gut daran, über diese Gefühle zu sprechen.

Die Aufregung ließ ihr Blut Wellen schlagen, als sie das Restaurant endlich erreichte. Der Duft, der ihr entgegenschlug, als sie durch die weiße Doppeltür trat, war wie erwartet auch heute sinnesberauschend. Lucas Magen meldete sich vernehmlich, während sie durch den belebten Gastraum auf den Bartresen eilte.

»Entschuldigung«, machte sie einen Kellner auf sich aufmerksam, der gerade ein Tablett mit randvoll gefüllten Gläsern bestückte, »ist Emilio da?«

Ein rascher Blick durch die hölzerne Durchreiche offenbarte Luca nur die Mütze eines Kochs, doch sie wollte ihre Hoffnung nicht vorschnell begraben. Und tatsächlich verwies der junge Kellner sie auf den Hinterhof.

Sie schmeckte die Nervosität bitter wie Galle auf ihrer Zunge, als sie durch den Hinterausgang nach draußen trat. Nicht einmal der Anblick des bunten Transporters besaß heute die Macht, ihre Angespanntheit zu lindern – und vor allem nicht der des Mannes, der sich dort mit Schwamm und Putzeimer ausstaffiert an der Außentür des Vans zu schaffen machte. Wie verrückt schrubbte Emilio an der Farbe herum und sah sich dabei gehetzt nach links und rechts um.

Das Geräusch der ins Schloss fallenden Tür ließ ihn herumfahren. Kaum dass er Luca entdeckte, nahm die sonst so tiefe Sonnenbräune in seinem Gesicht die Farbe von Porzellan an. Ertappt ließ er den beißend nach Reiniger stinkenden Schwamm, mit dem er gerade noch die leuchtenden Regenbogenfarben der fahrbaren Bücherei bearbeitet hatte, in den Eimer zu seinen Füßen fallen.

Schlagartig wich Lucas Aufregung einem unheilvollen Kribbeln. Irgendetwas stimmte nicht.

»Emilio?« Unsicher trat sie auf ihn zu.

Er sah nicht aus, als würde er sich freuen, sie zu sehen. Im Gegenteil: Wenn sie seine Mimik hätte deuten müssen, wäre sie zu dem Schluss gekommen, dass er in diesem Moment überall lieber wäre als in ihrer Gegenwart. Tapfer kämpfte sie die Enttäuschung nieder und versuchte einen Blick auf jene Stelle zu erhaschen, die er so frenetisch gesäubert hatte.

Luca stutzte.

Farbe und Lack waren dort sichtbar abgeplatzt und sahen aus, als wären sie zuvor mit einem Spachtel bearbeitet worden.

»Was ist denn passiert?«

Emilio fuhr sich durch die Haare. Seine Kiefermuskulatur war angespannt, die Lippen – diese verflucht schönen, weichen Lippen – zu einem Strich zusammengepresst. Er sah erschöpft aus. Nicht wie er selbst.

Das weite, halb offen stehende graue Hemd und die ausgeblichenen Jeans unterstrichen diesen Eindruck. Für Emilios Verhältnisse war ein so legerer Kleidungsstil beinahe nachlässig.

»Schmutz«, sagte er knapp.

»Schmutz?«

»Ja. Ich habe noch eine kleine Fahrt zur Schafswiese unternommen. Du weißt schon, von der anderen Seite aus, nicht über den Parkplatz beim Cliff Walk. Der Weg zum Gatter ist nicht asphaltiert.«

Luca hob die Brauen. Sie hätte schwören können, dass der

Wagen genauso dastand, wie sie ihn am Freitag geparkt hatten, behielt diese Ansicht aber für sich. Es war offensichtlich, dass Emilio ihr etwas verschwieg.

Nein, korrigierte sie sich, er verschweigt mir nicht nur etwas, sondern lügt. Er lügt mir direkt ins Gesicht.

Ihr Unbehagen wuchs. Warum verhielt er sich so eigenartig; wirkte so kühl und distanziert? Hatte er nicht versichert, dass er nicht sauer auf sie war? War er nicht derjenige gewesen, der gefragt hatte, ob zwischen ihnen alles in Ordnung war?

Luca schluckte. Am Ende hatte sie seinem Stolz übler mitgespielt, als sie dachte.

»Ich ... ich bin hergekommen, um mit dir zu reden. Über Freitag.«

Er hob abwehrend die Hände. »Kein Problem, von meiner Seite aus gibt's da nichts zu bereden.«

Er sagte es mit einer fast trotzigen Bestimmtheit, die Lucas Mut um ein Haar in sich zusammenfallen ließ. Doch so leicht durfte sie sich nicht verschrecken lassen. Vielleicht war Emilio nur verletzt und die abwehrende Haltung seine bevorzugte Art, damit umzugehen.

»Doch ... doch, ich finde, das gibt es eine Menge, über das wir reden sollten.«

Ein gequälter Ausdruck trat in Emilios Augen. Das Grau darin flackerte unstet. »Zum Beispiel?«

Bring es auf den Punkt, ermunterte Luca sich. Denk an das, was Ava gesagt hat. Sei mutig.

Sie holte tief Luft, wie vor einem Sprung in kaltes Wasser. Und dann tat sie es. Nahm Anlauf und stürzte sich ins Ungewisse. »Ich glaube, ich verliebe mich gerade in dich, Emilio.« Ihr Herz schlug schnell wie die Flügel eines Kolibris. Nun war es gesagt, ehrlich und unwiderruflich. Ein Geständnis, das sie nicht einfach löschen konnte wie eine WhatsApp-Nachricht, obwohl sie bei Emilios Anblick das Bedürfnis hatte, genau das zu tun.

»Luca. Das …« Er unterbrach sich, fuhr sich seufzend übers Gesicht. Sie wusste, was er sagen wollte, noch bevor er es aussprach. Ein Gefühl von Taubheit breitete sich von ihrem Herzen bis in ihre Gliedmaßen aus.

»Du empfindest nicht dasselbe«, sagte sie tonlos.

Etwas in ihr starb.

Nein, nicht bloß irgendetwas. Hoffnung.

»So einfach ist das nicht …«

Luca lachte freudlos. »Nein, schon gut, wirklich. Du musst dich nicht rechtfertigen. Vergiss es. Ich hätte das nicht sagen sollen.«

Am liebsten hätte sie sich einfach umgedreht und wieder die Flucht ergriffen. Jede Sekunde, die unter Emilios mitleidigen Blick verstrich, war demütigender als die vorherige. Dennoch wollte sie sich nicht ein weiteres Mal die Blöße geben, eine unangenehme Situation auf diese Weise zu beenden. Sie musste stark bleiben, um ihrer selbst willen.

»Ich bin froh, dass du es getan hast. Aber … aber das mit uns, das wäre –«

»Falsch«, half Luca ihm auf die Sprünge, »total verrückt, bescheuert, überstürzt und was weiß ich nicht alles.«

»Keine gute Idee«, korrigierte Emilio sanft. »Ich würde dir nicht guttun, Luca. Du verdienst jemanden, der dich auf lange Sicht glücklich machen kann. Und diese Person bin nicht ich.«

Ihr war schwindelig.

Hatte sie sein Interesse an ihr wirklich so grundlegend missverstanden, oder war alles für ihn am Ende doch nur ein Spiel gewesen, ein spannendes kleines Abenteuer, dessen Ziel er mit dem gefallenen Kuss erreicht hatte?

Lucas Wangen brannten. Sie fühlte sich verraten, hatte jedoch keine Kraft mehr, Emilio zu konfrontieren.

Müde, sie war einfach nur noch müde.

»Diese Person bist nicht du«, wiederholte Luca und ahnte, dass dieser Satz das Mantra werden würde, das sie ihrer Seele von nun an Nacht für Nacht aufsagen musste. Sie lächelte mechanisch. »Macht es dir etwas aus, wenn ich die nächsten Touren erst mal alleine fahre?«

Emilio sah plötzlich genauso aus, wie Luca sich fühlte: hoffnungslos.

Das wünschst du dir nur, dachte sie resigniert, für ihn ist es ganz sicher auch angenehmer, nicht mit einer Frau auf engstem Raum sein zu müssen, der er gerade erst einen Korb gegeben hat.

»Nein … nein, kein Problem.« Ruckartig nahm er den Eimer an sich, in dem Schwamm, Lappen und schmutziges Wasser umherschwappten. »Nimm dir die Zeit, die du brauchst. Du kannst den Wagen direkt mitnehmen.«

Luca nickte tapfer. »Das werde ich. Mach's gut, Emilio.«

Er trat zur Seite, damit sie ungehindert in den Rainbow-Book-Bus einsteigen konnte. In ihre gemeinsame Schöpfung; das Projekt, das sie doch gerade erst so nahe zusammengebracht hatte.

»Mach's gut, Luca.«

Sie tauschten einen letzten Blick, der ihr Folgendes verriet: Sie beide wussten, dass es von hier an keinen Weg mehr zurück zu einer Normalität zwischen ihnen geben würde.

Diese Erkenntnis im Sinn, die sich schwer und bitter auf ihr Gemüt legte, stieg Luca ein und startete den Motor.

Kapitel 34

Sie hatte vermutet, weinen zu müssen, sobald sie den Hinterhof der Pizzeria im Rückspiegel verschwinden sah, doch die Tränen wollten nicht fließen. Nicht auf dem Weg zu Kates Haus, nicht, als Luca in der Küche Teewasser aufsetzte und auch später nicht, als sie sich mit einem Buch auf die Couch zurückzog, durch dessen Seiten sie blätterte, ohne auch nur ein darauf gedrucktes Wort zu lesen. Zeitweise kam es Luca vor, als wäre der Zugang zu ihren Gefühlen blockiert, als behielte ihr Herz jede noch so kleine Empfindung hinter unüberwindbaren Mauern für sich. Doch wann immer sie zu dem Schluss kam, dass sie diese sich ausbreitende Taubheit eigentlich für ein willkommenes Geschenk hielt, das es ihr zumindest ermöglichen würde, die verbleibenden Tage bis zu Kates Rückkehr – wann auch immer diese nun letztlich stattfinden würde – einigermaßen zu funktionieren, fiel der Schutzwall wieder in sich zusammen. Und auch ohne Tränen war der Schmerz, der sich dann hell und pulsierend meldete, stark genug, um Luca das Atmen zu erschweren.

Wie nur hatte sie sich so schrecklich irren können?

Wenn sie so darüber nachdachte, trieb vor allem diese Frage sie um. All das, was sie geglaubt hatte, zwischen Emilios Zeilen zu lesen … Aus seinen Blicken, seinem Handeln …

Zum wiederholten Mal berührte sie das Hufeisen-Armband an ihrem Handgelenk. Wieso nur brachte sie es nicht über sich, es abzunehmen?

Niedergeschlagen nestelte sie daran herum, als es plötzlich an der Tür schrillte. Das Geräusch jagte Lucas Puls von einer auf die andere Sekunde in die Höhe. Sie sprang vom Sofa auf, als hätte das Polster unter ihr Feuer gefangen, und schoss pfeilschnell in den Flur.

Emilio, dachte sie hitzig, das muss Emilio sein.

Vielleicht hatte auch er erst vor seinen Gefühlen fliehen müssen, bis er sich dazu entschieden hatte, mutig zu sein.

Luca riss die Tür auf, ihr Herz zu einem riesigen Ballon angeschwollen und ein Lächeln auf den Lippen, das ihr die Mundwinkel spannen ließ.

»Gott, ich habe so gehofft, dass du –«

Mitten im Satz verstummte sie. Der Mann, der da mit einem Strauß Blumen vor ihr stand, war nicht Emilio.

»Was machst *du* denn hier?!«

Luca widerstand der allzu klischeehaften Versuchung, sich die Augen zu reiben oder in den Oberarm zu kneifen, um sicherzugehen, dass sie nicht träumte.

Niemals hätte sie damit gerechnet, Adrian hier, in Howth, noch einmal wiederzusehen. Schon gar nicht an einem Sonntagabend. Nein, eigentlich war Luca sogar der festen Überzeugung gewesen, ihn selbst in München eine ganze Weile nicht mehr zu Gesicht zu bekommen. Alles an seinem Verhalten hatte darauf hingedeutet.

Und nun stand er hier, vor Katherines Tür, und lächelte so vertraut, dass es wehtat.

Ich kenne diesen Menschen von Kopf bis Fuß, dachte Luca ungläubig, jede Macke, jede dieser widerspenstigen braunen

Haarspitzen, jede Narbe auf seinem Körper, jedes noch so kleine Detail in seinen Augen. All seine Stärken und Schwächen.

Ob sie je wieder jemanden so intensiv kennenlernen würde?

Nichts schien in diesem Moment ferner.

»Hi, Lu. Ich weiß, es ist Wahnsinn, einfach so hier aufzukreuzen. Aber ich musste dich sehen. Ich … ich wollte noch einmal mit dir sprechen. In Ruhe.«

Er war in ein Flugzeug gestiegen, um mit ihr zu reden. Obwohl sie ihn so verletzt und ihren großen Tag zum Albtraum hatte werden lassen.

Zerstreut nickte Luca. »Ja. Ja, klar. Ähm, komm doch rein.«

Adrian zögerte. »Wollen wir vielleicht ein Stück gehen? Nichts gegen Katherine, du weißt, ich mag sie wirklich gern, aber es wäre schön, wenn wir kurz unter uns wären.«

»Oh. Oh, du weißt es noch nicht. Natürlich.«

Froh, sich zumindest kurz auf ein anderes Thema stürzen zu können, berichtet Luca knapp, was seit Adrians Abreise geschehen war. Emilio ließ sie in ihrer Erzählung – zumindest namentlich – vorerst unerwähnt. Zu groß wäre die Gefahr gewesen, dass eine Gefühlsregung sie verriet; dass die Tränen sich doch noch entschlossen zu fließen. Dennoch verschwieg sie Adrian nicht, dass der Rainbow-Book-Bus ein Gemeinschaftsprojekt war. Jeder im Dorf wusste darüber Bescheid, was es unwahrscheinlich machte, dass Adrian nicht auch Wind davon bekam. Doch dankenswerterweise galt sein Interesse im Augenblick nur Luca allein.

»Das heißt, du bist jetzt die stellvertretende Leitung der Bücherei?«, fragte er stirnrunzelnd, als sie geendet hatte.

»Ja. Und es ist wirklich großartig. Aber vielleicht reden wir drinnen weiter? Es sei denn, du bevorzugst diese Hauseingangs-Atmosphäre.«

Adrian lachte ein wenig zu lange und zu laut über ihre Wortwahl, was Luca sofort verlegen stimmte.

Unter dem Schein, den sie im betont lockeren Umgang miteinander gerade zu wahren versuchten, stand ihre Begegnung auf fragilem Grund. Die Stimmung konnte jederzeit kippen, Vorwürfe laut und Wunden wieder aufgerissen werden. Etwas, das Luca so lange wie möglich hinauszögern wollte.

Sie setzten ihr Gespräch in der Küche des Hauses fort – jeder bei einem Glas Wein, an dessen Stiel sie sich festhalten konnten.

»Ich weiß, dass ich viel falsch gemacht habe«, räumte Adrian reumütig ein. »Ganz ehrlich. Unsere Beziehung war irgendwann selbstverständlich für mich. *Du* warst selbstverständlich für mich.«

Sie hatte ihn noch nie so ehrlich, so reflektiert reden gehört. Es stand außer Frage, dass er sich seine Gedanken gemacht hatte – während sie mit einem anderen Mann zusammen gewesen war.

Es war eigenartig. Obwohl sie doch nicht mit Emilio geschlafen hatte, kam ihr der Kuss im Nachhinein wie das Intimste vor, das sie je mit einem anderen Menschen geteilt hatte.

Schuldbewusst presste sie die Lippen aufeinander.

»Du hast allen Grund, enttäuscht von mir zu sein«, fuhr Adrian fort, der ihre Mimik offensichtlich fehldeutete. »Als du Nein zu mir gesagt hast, war ich völlig fassungslos. Ich hätte nie damit gerechnet, dass das passieren könnte. In hundert Jahren nicht. Arrogant, oder? Und, na ja … als ich zurück in Deutschland war, ist aus dieser Fassungslosigkeit dann Wut geworden. Ich war tierisch wütend auf dich, weil ich nicht verstanden habe, woher deine Entscheidung so plötzlich kam. Und genau darin lag mein Fehler. Es kam nicht plötzlich. Du hast mir schon so lange signalisiert, dass du nicht mehr glücklich bist. Eben auf deine ruhige, dich selbst zurücknehmende Luca-Art.«

Sie fragte sich, wie oft ein Herz wohl brechen konnte, bis seine Selbstheilungskräfte endgültig versiegten – und warum ihr die Wahrheit so schrecklich wehtat. Denn es stimmte, was Adrian sagte: Es *hatte* Signale gegeben. Weniger Worte, weniger Blicke, weniger Lachen. Alarmzeichen, die Luca jedoch nicht einmal selbst als solche hatte wahrnehmen sollen.

Wie also sollte sie Adrian einen Vorwurf machen?

»Ich hätte trotzdem etwas sagen müssen«, räumte sie ein. »Mir eingestehen, dass ...« Sie wollte den Satz nicht zu Ende führen, ihm nicht wieder wehtun. Doch Adrian bat sie mit einem leisen »Ja?« weiterzureden.

»Dass uns eigentlich nur noch Gewohnheit zusammengehalten hat.«

Er legte den Kopf leicht schräg. »Nicht nur. Jedenfalls nicht von meiner Seite aus. Ich habe nie aufgehört, dich zu lieben, Luca.« Tapfer sah er ihr in die Augen. »Auch jetzt nicht.«

Sein Geständnis wog schwer. Ebenso wie das sekundenlange Schweigen, das darauf folgte. Gnädigerweise zerschnitt Adrian es wieder, bevor Luca vollständig darunter zusammenschrumpfen konnte.

»Ich könnte theoretisch bis Dienstag bleiben. Was meinst du? Wollen wir morgen vielleicht zusammen essen gehen?«, fragte er vorsichtig.

Das hoffnungsvolle Glitzern in seinen Augen war kaum zu ertragen. Luca wusste, wie viel von ihrer Antwort abhing.

Wenn sie Ja sagte, käme das aus seiner Sicht womöglich einem Einverständnis gleich, es noch einmal zu versuchen. Ihnen beiden noch einmal eine Chance zu geben. Sagte sie Nein ... war der Bruch zwischen ihnen endgültig. Etwas Unumkehrbares.

Sie erinnerte sich, was eine Freundin, die in einer jahrelangen On-Off-Partnerschaft festgesteckt hatte, ihr einmal gesagt hatte: »Stell dir vor, dein Lieblingsglas fällt runter. Was tust du? Es wegwerfen, oder einen Versuch starten, es wieder zu kitten? Vermutlich Letzteres. Aber ein Glas, das einmal zerbrochen ist, egal in wie viele Teile, lässt sich nicht mehr reparieren. Du verletzt dich bloß daran.«

Und trotzdem, obwohl sich ihr diese Anekdote und ihre unmissverständliche Moral geradezu aufdrängten, brachte Luca es nicht übers Herz, die Scherben liegen zu lassen, sondern bückte sich zaghaft nach ihnen. Lauschte dem Nachhall von Emilios Stimme in ihrem Bewusstsein, der ihr sagte, er sei nicht derjenige, der sie auf lange Sicht glücklich machen konnte.

Nicht er. Nicht er. Nicht er.

Die Zusage lag ihr bereits auf der Zunge, ehe sie im letzten Moment den Kopf schüttelte.

»Ich glaube, das ist keine gute Idee. Es tut mir leid.« Hastig schlug sie die Augen nieder und nahm einen Schluck von ihrem Wein, um nicht ein weiteres Mal mit ansehen zu müssen, wie das Leuchten in Adrians Blick erlosch.

»Okay«, sagte dieser und klang dabei erstaunlich gefasst. »Das ist zwar nicht die Antwort, die ich mir erhofft habe, aber immerhin bist du ehrlich zu mir. Das schätze ich sehr. Danke.«

Er räusperte sich. Luca mochte sich kaum vorstellen, wie er sich gerade fühlte. Er war extra nach Irland geflogen, um sie zurückzuerobern, hatte Tage seines Urlaubs dafür geopfert.

»Ich glaube, dann bleibe ich doch nicht bis Dienstag«, setzte er hinzu, als hätte er ihre Gedanken gelesen.

Luca wagte es nun doch wieder, ihn zu mustern. Ein müdes Lächeln nahm seiner Aussage die Schärfe. Er sah einfach nur unsagbar erschöpft aus. Ganz genau so, wie sie sich fühlte.

»Dass du hergekommen bist, war wirklich groß von dir«, sagte sie aus einem plötzlichen Bedürfnis heraus. Denn das war es wirklich; er hatte die Initiative ergriffen und gezeigt, dass er willens war, um ihre Beziehung zu kämpfen. Etwas, das sicher nicht jeder getan hätte, nachdem er am Tag der Hochzeit vor dem Altar stehen gelassen worden war.

Adrian zuckte die Schultern. »Ich glaube, das war wichtig für mich. Damit ich einen richtigen Abschluss finden kann.« Auch er trank nun von seinem Wein, stellte das Glas ab und sah gedankenverloren hinein. »Zu meiner Nachricht, dass du die Wohnung schnellstmöglich räumen sollst ... Vergiss bitte, dass ich das geschrieben habe. Du kannst selbstverständlich bleiben, bis du etwas Neues gefunden hast, und brauchst dich meinetwegen nicht zu stressen. Wenn du möchtest, kann ich mich im Kollegium mal umhören, ob jemand gerade einen Geheimtipp hat.«

»Danke.« Luca widerstand dem Drang, seine Hand zu drücken. »Aber vielleicht ist das gar nicht mehr nötig.«

Adrian hob den Blick und blinzelte irritiert. »Wie meinst du das?«

Lucas Herzschlag verfiel in einen stürmischen Galopp.

Der Entschluss reifte in aller Heimlichkeit bereits seit Tagen in ihr heran. Immer wieder hatte sie vorsichtig daran getastet, ohne recht zu wissen, ob er die nötige Festigkeit besaß, um in die Tat umgesetzt zu werden. Nun aber, als hätte Adrians unerwartetes Auftauchen ihr den Anstoß gegeben, den sie brauchte, waren alle Zweifel fort: Sie würde München den Rücken kehren. Ihrem Job, ihrem Umfeld, überhaupt ihrem ganzen bisherigen Leben. Nicht, weil sie fliehen wollte – ihre Heimat würde immer ein Teil von ihr bleiben, die Erinnerungen lebendig – sondern, weil sie Howth brauchte.

Sie brauchte das Meer und die Klippen, die Menschen und ihre Geschichten, die geheimnisträchtigen Bücher im bunt bemalten Rainbow-Book-Bus. Das Rauschen der Brandung, das Kreischen der Möwen und die salzige frische Luft. Und obwohl es wehtun würde, Emilio in der Nähe zu wissen und stets vor Augen zu haben, was in einem anderen Leben vielleicht hätte sein können, wollte Luca ihren Entschluss nicht davon abhängig machen.

Es war Zeit, an sich selbst zu denken.

»Ich brauche einen Neuanfang. Und den möchte ich gern hier wagen.«

Adrian machte keinen Hehl aus seiner Überraschung. »Aber was ist mit deinem Job? Du kannst doch nicht einfach so kündigen! Dein Gehalt ist klasse. Willst du diese Sicherheit wirklich einfach so wegwerfen?«

Da war er wieder, der stets vernünftige, fest im Leben stehende junge Mann, dachte Luca und empfand dabei fast so etwas wie Mitgefühl. Wenn sie etwas sicher wusste, dann, dass Adrian seine Komfortzone nie verlassen würde. Höchstens, um einmal den großen Zeh herauszustrecken.

»Ich bin gut ausgebildet und spreche gutes Englisch. Ich finde auch hier einen Job. In Dublin gibt es etliche Möglichkeiten. Und bis ich eine Stelle gefunden habe, könnte ich Kate bitten, den Rainbow-Book-Bus weiter betreiben zu dürfen. Wenn sie mich als Angestellte aufführt, kann ich immerhin schon mal meine Aufenthaltsgenehmigung beantragen.«

Es war ein unheimlich großer Schritt, den sie da wagen würde, und doch machte Luca der Gedanke daran keine Angst.

Sie sah alles glasklar vor sich: Sobald ihr Urlaub endete, würde sie nach München zurückkehren, bei ihrem Chef kündigen und für die Dauer der Frist in Deutschland bleiben. Während dieser Zeit konnte sie dann ihre Eltern mit ihrem Vorhaben vertraut machen, schon einmal ein paar Bewerbungen verschicken und sich nach bezahlbaren Wohnungen umsehen. Der bunte Bücherbus würde ihr in diesen Wochen fürchterlich fehlen, doch es nützte nichts, eine Weile musste sie ohne ihn auskommen, ehe sie zu ihm zurückkehrte. Insgeheim hoffte Luca, eine Stelle zu finden, die ihr dauerhaft die Möglichkeit ließ, nebenbei noch am Steuer des Vans zu sitzen.

Adrian indes wirkte von Lucas Plänen nicht im Geringsten besänftigt. Sorgenfalten ließen sein sonst so jugendliches Gesicht um Jahre älter wirken.

»Aber … das ist doch Wahnsinn.«

Lucas Mundwinkel zuckten. »Und wenn schon. Muss Wahnsinn denn immer etwas Schlechtes sein?«

»Ich erkenne dich nicht wieder, Lu.«

So, wie er es sagte, klang es nicht wie ein Vorwurf, sondern wie eine Feststellung.

Sie lachte erstickt. Plötzlich sammelten sich Tränen in ihren Augen; aber sie gehörten nicht der Traurigkeit, sondern einem herrlichen Übermut.

»Ich mich auch nicht, Adrian. Ich mich auch nicht. Und weißt du was? Irgendwie bin ich darüber verdammt froh.«

Kapitel 35

Luca behielt ihren Entschluss vorerst für sich. Ganz gleich, wem sie auch begegnete und mit welchen vertrauten Gesichtern sie nach Feierabend zusammensaß, vorerst blieb Adrian der Einzige, der um ihr Vorhaben wusste.

Nicht einmal Sophie, zu der Luca seit dem gemeinsamen Ausflug zum Strand von all ihren irischen Freunden die engste Verbindung spürte, weihte sie in ihre Pläne ein.

Sie genoss es, jedes noch so kleine Szenario ihres Umzugs ihrer Fantasie zu überlassen.

Zeitweilen fühlte sie sich ein wenig wie Penny, während sie sich vorstellte, wie die anderen auf die Neuigkeiten reagieren würden. In den Pausen, die sie zwischen ihren Fahrten durchs Dorf einlegte, setzte sie sich in den gemütlichen Sessel und beschrieb in manischem Eifer das Regenbogenbriefpapier. Wünsche und Pläne, von dunkler Kugelschreibertinte sichtbar gemacht, stolperten bereitwillig aus ihrem Kopf. Doch auch diese Zeilen – Briefe an ihr Zukunfts-Ich – wollte Luca mit niemandem teilen. Nicht einmal mit den Büchern um sie herum, die doch jedem erdenklichen Geheimnis ein passendes

Zuhause boten. Etwas, das sich leicht begründen ließ: Denn bei allem Wohlgefühl, das sie für gewöhnlich auf diesen zauberhaften, mit Holz verkleideten fünf Quadratmetern empfand, waren da doch die allseits präsenten Erinnerungen an Emilio, die Lucas Freude trübten.

Ganz gleich, wie oft sie auch die Türen und Fenster des Vans öffnete, sein Geruch wollte nicht verschwinden. Schmerzhaft betörend hing er in der Luft, drang Luca in jede Pore. Überhaupt war Emilio überall präsent; er war es schließlich gewesen, der den Wagen in einer Nacht- und Nebelaktion fertiggezimmert und sogar bemalt hatte. Es war unmöglich, nicht an ihn zu denken, während sie den Rainbow-Book-Bus durch die Straßen lenkte, Bücher und Briefe verteilte und mit den aufgeregten Lesern über das anstehende Speed-Reading sprach. Vor allem Letzteres lag Luca schwer im Magen. Immerhin hatte sie mit Emilio noch nicht besprochen, ob sie die Veranstaltung trotz allem gemeinsam begleiten würden oder nicht – und sie konnte sich schlicht nicht dazu überwinden, ihm eine Nachricht zu schreiben. Kaum nahm sie das Handy in die Hand und öffnete ihren Chat, türmten sich die seit Sonntag ungeweinten Tränen hinter ihren Augen zu einer Welle von zerstörerischer Kraft auf. Jedes Wort an ihn wäre eines zu viel gewesen, und dabei doch nicht genug.

Doch nicht nur der Rainbow-Book-Bus oder die gemeinsam geplanten Veranstaltungen hielten Emilio in Lucas Gedanken präsent.

»Wo ist denn Mr Morelli? Er wird doch wohl nicht krank geworden sein?«, wollte Sarah, eine ehemalige Pub-Besitzerin, die inzwischen für ihren Reichtum an Hauskatzen bekannt war, am Mittwoch von Luca wissen. Und damit war sie bei Weitem nicht die Einzige; kaum jemandem war Emilios plötzliche Abwesenheit entgangen.

»Er hat im Hauptjob gerade viel zu tun«, wiederholte sie, was sie sich als Antwort auf diese so beliebte Frage zurechtgelegt hatte. Noch gaben sich die meisten damit zufrieden, doch Luca ahnte, dass sie bald für klare Verhältnisse würde sorgen müssen.

Bald.

Wenn sein Name nicht mehr mit Dornen gespickt und sein Lächeln aus ihren Träumen verschwunden war. Was vermutlich erst der Fall sein würde, wenn ihr Urlaub geendet hatte und sie längst zurück in München war.

Als Luca den Bus am späten Nachmittag vor der Rainbow-Hearts-Library parkte, tat sie etwas, von dem sie hoffte, dass es ihr helfen würde, einen Abschluss zu finden: Sie überquerte die Straße, ging zügig auf Pennys Blumenkübel zu, bückte sich danach und hob ihn an. Und obwohl sie doch eigentlich nichts anderes als die gähnende Leere darunter erwartet hatte, versetzte der Anblick ihr einen fürchterlichen Stich. Einen, der nötig war, um auch den allerletzten Hoffnungsschimmer auf eine Wendung der Ereignisse zu begraben. Behutsam ließ Luca den Topf wieder sinken. Ton und Asphalt berührten einander geräuschvoll.

»Hast du es nun endlich verstanden, du doofes Herz?«, murmelte sie, während sie sich aus der Hocke wieder aufrichtete.

Ein paar Sekunden lang blieb ihr Blick noch an den Fuchsien haften, deren Aufgabe als stumme und schöne Briefwächter nun wohl für alle Zeit erfüllt war. Dann wandte sie sich ab. Ließ dieses bis vor Kurzem noch als so zauberhaft empfundene Fleckchen hinter sich, und mit ihm das Sehnen nach Emilio.

Nach diesem Menschen, der so viel Licht in ihr Leben gebracht hatte und nun doch zu etwas geworden war, für das sie ihn niemals gehalten hätte: ihre allertraurigste Geschichte.

***

Am Donnerstag erreichten Luca Neuigkeiten aus Deutschland.

Marys Chemotherapie hatte begonnen und eine Pflegekraft den Dienst im Hause Madigan aufgenommen. Laut Kate war die junge Frau genau die richtige Person, um ihre Mutter zu versorgen, legte sie doch eine ganz ähnliche Art an den Tag.

»Sie lässt sich genauso wenig die Butter vom Brot nehmen wie Mum«, hatte Kate geklärt und dabei so viel lebendiger geklungen als noch vor ein paar Tagen, dass Luca regelrecht das Herz aufgegangen war. »Zwischen den beiden herrscht quasi ein ständiger Schlagabtausch, aber das ist genau das, was sie braucht.«

Lucas vorsichtige Frage danach, ob sie den Rainbow-Book-Bus in Zukunft vielleicht noch eine Weile betreiben und auf Kates Kontakte in Sachen Wohnungssuche zurückkommen konnte, hatte ihrer besten Freundin dann sogar ein begeistertes Kreischen entlockt – und gleich mehrfache ungläubige Fragen danach, ob Luca Witze mache oder ihre Umzugspläne tatsächlich ernst meine.

»Wir reden über alles, wenn wir wieder da sind«, hatte Kate das Gespräch hörbar glücklich beendet, »aber selbstverständlich fährst du den Rainbow-Book-Bus so lange durch diese Straßen, wie du möchtest.«

Bereits im Laufe der nächsten Woche würden Cadan und sie aus Deutschland zurückkommen – ein Zeitpunkt, der besser kaum hätte gewählt werden können. Die Arbeiten in der Rainbow-Hearts-Library nämlich neigten sich allmählich dem Ende zu, was bedeutete, dass die Bücherei ihre Türen in nicht allzu ferner Zukunft wieder für Besucher öffnen würde. Sie hatte Kate versichert, ihr bei allem, was vorher noch anfiel – sei es Streichen, das Aussuchen neuer Möbel oder das Erneuern des Bestandes – mit vollem Tatendrang zur Seite zu stehen. Jedenfalls, solange es ihre rasant schwindenden Urlaubstage noch hergaben. Auch die Truppe um Doran war mit von der Partie und stürzte sich bereits in erste Planungen in Richtung einer Wiedereröffnungsfeier, wie Kate sie letztes Jahr erst ausgerichtet hatte.

Bevor Luca sich in die Organisation der Freunde einklinkte, wollte sie jedoch erst einmal dafür sorgen, den Rückkehrern einen schönstmöglichen Empfang zu bereiten. Sie hatte vor, ein kleines Festmahl zu kochen, das ganze Haus mit den herrlichsten Blumen aus Mrs Seymours Laden zu bestücken und Kates Lieblingskuchen zu backen.

In der Mission unterwegs, sich dafür schon einmal mit ein paar Zutaten einzudecken, schlenderte Luca nach Feierabend nun durch die Straßen. Der Himmel hatte sich zugezogen, und ein feucht-frischer Wind kündigte Regen an. Ohnehin war es schon seit Beginn der Woche deutlich kühler als die vergangenen Tage. Luca hatte sich sagen lassen, dass der Übergang vom Sommer zum Herbst in Howth kein sanfter, sondern ein sehr abrupter war. Trotzdem wagte sie zu hoffen, dass die Sonne sich für den Rest ihres Aufenthalts noch ein paar warme Strahlen aufgehoben hatte.

Neun Tage. Anderthalb Wochen, ehe sie dem Küstendorf vorübergehend Lebewohl würde sagen müssen. Einem Ort, der sich so sehr nach Zuhause anfühlte, dass es an Wahnsinn grenzte, ihm den Rücken zu kehren.

»Hey, Luca! Hier drüben!«

Irritiert blieb sie stehen und wandte den Kopf nach der angenehmen Stimme, die sie nicht auf Anhieb zuordnen konnte.

Nach kurzem Suchen entdeckte sie Sophie im Außenbereich des Coast 'n Coffee vor einem Eiskaffee sitzen, der selbst auf die Distanz so lecker aussah, dass Luca das Wasser im Mund zusammenlief. Die Brennan-Schwestern schienen weder mit Sahne noch mit Eis oder Schokoladengarnitur zu geizen.

»Sophie! Schön, dich zu sehen.«

Luca hatte gar nicht bemerkt, dass sie sich bereits auf Höhe des Eck-Cafés befand. An dem kleinen Bio-Supermarkt, den sie eigentlich hatte ansteuern wollen, war sie kurzerhand vorbeigelaufen.

»Setz dich doch kurz zu mir, wenn du Zeit hast«, rief Sophie ihr zu.

Zwar war Luca nicht unbedingt nach Gesellschaft zumute, doch konnte sie zu dem strahlenden Gesicht der neu gewonnenen Freundin einfach nicht Nein sagen. Vor allem in Anbetracht der Tatsache, dass sie sich seit Tagen nicht bei ihr gemeldet hatte. Lächelnd bahnte sie sich einen Weg durch die Tische.

»Was machst du hier denn so allein?«, begrüßte sie sie, während sie einen Stuhl zurückzog.

Sophie saugte vergnügt an ihrem Strohhalm. »Ich warte auf Penny.«

»Ach, wirklich? Wie schön, dass ihr euch so gut versteht!« Luca freute sich aufrichtig für die alte Irin und konnte außerdem nicht umhin, Delila gegenüber eine gewisse Schadenfreude zu empfinden. Diese würde Augen machen, wenn ausgerechnet jene Frau, die sie so uncharmant als komisch bezeichnet hatte, sich hier mit einer beliebten jungen Boutique-Besitzerin traf.

»Ja. Seitdem sie ihren Brief geschrieben hat, ist sie richtig aufgetaut, was? Ich freue mich übrigens riesig, dass es mit dem Rainbow-Book-Bus so gut läuft. So gut offenbar, dass ihr schon Verstärkung einstellen musstet. Ich bin ja fast ein bisschen enttäuscht, dass du mich nicht gefragt hast, ob ich in meinen Pausen oder nach Ladenschluss mal aushelfen möchte.« Sie zwinkerte scherzhaft.

Perplex hob Luca die Brauen. »Verstärkung? Wie meinst du das?«

Sophie imitierte ihren sicherlich verwirrten Gesichtsausdruck. »Diese schwarzhaarige Frau ... Ich habe sie vor ein paar Tagen von Weitem bei eurem Bus gesehen, auf dem Parkplatz hinter der Pizzeria in der Bailey Green Road. Sie wollte gerade anfangen, die Tür neu zu lackieren, als ich kam. Auf den ersten Blick dachte ich doch glatt, das wäre Emilios Ex-Freundin.«

Luca setzte das Glas, aus dem sie gerade hatte trinken wollen, so energisch wieder ab, dass dessen Inhalt über den Rand schwappte und sich über den Tisch ergoss. Sämtliche Alarmglocken in ihrem Inneren hatten soeben begonnen, ohrenbetäubend laut zu schrillen.

»Was? Wann war das?!«

»Puh … Muss am Sonntag gewesen sein.«

Am Sonntag. Dem Tag, an dem Luca mit Ava gesprochen und beschlossen hatte, Emilio ihre Gefühle zu gestehen.

Auf einmal betrachtete sie sein unerwartet abweisendes Verhalten – inklusive des Rätsels um seinen frenetischen Putzanfall – in einem ganz anderen Licht.

»Entschuldige mich. Ich muss los. Grüß Penny von mir, ja?«

Eine völlig verdutzt dreinblickende Sophie zurücklassend, rannte Luca los und scrollte gleichzeitig in der Anrufliste ihres Handys nach Emilios Namen. Zitternd tippte sie darauf, hielt sich das Handy ans Ohr. Mit jedem erklingenden Freizeichenton zog ihr Herz sich ein weiteres Stück zusammen.

Wenn er doch nur rangehen würde!

Endlich knackte es in der Leitung.

»Luca? Alles in Ordnung?«

»Wo steckst du?«, fragte sie ihn anstelle einer Begrüßung. Sie hatte instinktiv den Weg in Richtung Rainbow-Hearts-Library und somit auch Richtung Van eingeschlagen, um, wenn nötig, sofort nach Dublin fahren zu können.

»Warum möchtest du –«

»Emilio, bitte. Wir müssen reden. Nur ein paar Minuten, okay?«

Er atmete geräuschvoll aus. Ein Laut, der einem resignierten Seufzen nachkam. »Ich bin mit der ›Betty‹ draußen. Kannst du zur Anlegestelle kommen? So in, sagen wir, zwanzig Minuten?«

Luca machte auf dem Absatz kehrt und lief in Richtung Hafen. »Schon unterwegs.«

Kapitel 36

Luca wartete bereits am Pier, als Emilio das kleine Boot zu seinem Platz lenkte. Der Anblick des schippernden Kutters, auf dem sie so wundervolle nächtliche Stunden verbracht hatten, war das bisher vielleicht größte Salzkorn in ihrer Wunde.

Am Morgen hatte sie endlich Emilios Armband abgenommen, doch nun fiel ihr ein, dass das Teleskop-Foto des Mondes sich noch immer unter ihrem Kopfkissen befand. Wie hatten sie innerhalb weniger Wochen nur so viele gemeinsame Erinnerungen sammeln können?

»Luca.« Emilio schaltete den Motor aus, trat aus der halb offenen Fahrerkabine und sah zu ihr auf. Der Wind hatte seine Haare zerzaust und seine Augen scheinbar heller gefärbt. Er hätte beinahe wild ausgesehen, doch die Abenddämmerung zeichnete seine Züge mit ihren sanften Pinselstrichen weich.

»Emilio.«

Sie sahen einander an, als begegneten sie sich zum ersten Mal. Und gewissermaßen taten sie das ja auch; immerhin standen sie einander nun als zwei Menschen gegenüber, die zuerst ein Band des Vertrauens zwischen ihnen geschmiedet und es dann jäh zerschnitten hatten.

Lucas Herz zog sich so schmerzhaft zusammen, dass sie nach Luft japste. Ganz offensichtlich war der Versuch, Emilio und die Sehnsucht nach ihm und seinen Berührungen hinter sich zu lassen, kläglich gescheitert. Doch sie war nicht hier, um sich von ihrem Kummer überwältigen zu lassen. »Darf ich?«, fragte sie vorsichtig und deutete auf das Boot.

Emilio nickte. »Klar.«

Noch beim letzten Mal hatten ihre Beine vor Aufregung gezittert, während er ihr die Hand gereicht und ihr in die ›Betty‹ geholfen hatte. Erst jetzt, rückblickend, realisierte sie, wie sehr die Funken schon damals zwischen ihnen geflogen waren. Und doch …

Sie schluckte und ging zur Reling. Zog Kraft aus einem intensiven Blick aufs Meer, ehe sie sich zu Emilio umdrehte.

»Es ist wegen Bonnie, oder?«, fragte sie ihn geradeheraus.

Sein Mienenspiel ließ keinen Zweifel daran, dass sie recht hatte.

Immerhin unternimmt er keinen Versuch, es zu leugnen, dachte Luca, als er nickte.

»Woher weißt du das?«

Knapp gab sie wieder, was Sophie erzählt hatte.

Emilio rieb sich die Nasenwurzel und lehnte sich leise stöhnend gegen die Fahrerkabine des Bootes.

»Es tut mir so leid.«

»Was denn? Was tut dir leid? Lass mich raten: Sie hat den Bus mit irgendwelchen Beleidigungen beschmiert. Deswegen hast du ihn wie von Sinnen geputzt, als ich am Sonntag gekommen bin.«

Wieder nickte Emilio.

Luca stieß ein ungläubiges Lachen aus. Wie konnte es sein, dass sich eine erwachsene Frau so verhielt? Sie musste besessen von ihm sein. Selbst nach Jahren der Trennung noch zerfressen von Eifersucht.

Plötzlich kam Luca ein Gedanke. »Erzähl mir bitte nicht, dass du mich deshalb von dir weggestoßen hast«, sagte sie leise, obwohl sie doch insgeheim genau das hoffte. Denn so wenig nachvollziehbar sie es auch fände, wenn Emilio sich von einer so unreifen Aktion ins Bockshorn hätte jagen lassen, so wäre es immer noch die bessere Alternative gegenüber der Möglichkeit, dass er wirklich nicht mehr als Freundschaft für sie empfand.

»Ich wollte dich schützen.«

»Mich schützen?« Luca stieß sich ein Stück von der Reling ab und machte einen Schritt auf Emilio zu. »Das klingt, als ...«

»Als wäre Bonnie verrückt? Ich weiß, dass man niemanden leichtfertig so bezeichnen sollte. Aber Luca, nachdem wir in Sligo waren, ist sie völlig ausgetickt. Ich hatte schon auf dem Rückweg das Gefühl, dass ich mit unserem gemeinsamen Besuch bei ihr zu weit gegangen bin und schlafende Hunde geweckt haben könnte, wollte es aber nicht wahrhaben, weil ich unser Projekt so gern vorantreiben wollte. Also war es einfacher, sich einzureden, dass sie sich mit den Jahren geändert und weiterentwickelt und dass sie es geschafft hätte, aus den alten Mustern auszubrechen. Aber das war nicht so. Im Gegenteil.« Er schnaubte verächtlich. »Ich würde sogar sagen, es ist noch viel schlimmer geworden.«

Luca schüttelte langsam den Kopf. »Ich verstehe nicht ganz.«

Was auch immer Emilio als Nächstes zu sagen gedachte, fiel ihm erkennbar schwer. Fahrig rieb er sich das Kinn und wippte mit dem linken Bein unruhig auf und ab.

»Weißt du, als ich dir von ihr erzählt habe, habe ich über eine Seite von ihr nicht gesprochen. Darüber, dass sie ... nicht loslassen konnte. Seit der Trennung gab es immer mal wieder

Phasen, in denen sie auf sehr exzessive Art und Weise versucht hat, wieder in mein Leben zu treten. Ich möchte das nicht Stalking nennen, weil es dazu an Regelmäßigkeit gefehlt hat und es eher episodenweise aufgetreten ist. Aber es kommt schon nahe heran.«

»Emilio, das … wow. Das ist furchtbar.«

Luca selbst hatte glücklicherweise nie Berührungspunkte mit derart übergriffigem Verhalten gehabt. Doch allein der Gedanke daran genügte, um ihr einen Schauder über das Rückgrat laufen zu lassen. Es musste sich schrecklich anfühlen, wenn die eigenen Grenzen von einer anderen Person achtlos überschritten wurden. Mitfühlend musterte sie Emilio und wartete darauf, dass er weitersprach.

»Zuletzt war es eine ganze Weile gut. Na ja, bis zu unserem Besuch. Danach hat sie wieder angefangen, mir Nachrichten und Mails zu schreiben und mich anzurufen. Erst relativ harmlos, aber als ich nicht reagiert habe, ist die Stimmung schnell gekippt. Ich weiß jetzt, dass es ein riesengroßer Fehler war, noch einmal mit ihr das Gespräch zu suchen, aber ich wollte einfach nicht riskieren, dass es so wird wie damals. Dass dieser ganze Terror noch mal von Neuem anfängt. Also habe ich einem Treffen zugestimmt.«

Ihm war anzusehen, dass sein Gewissen ihn quälte. Überrascht fragte Luca sich, ob er ihretwegen so empfand. Immerhin war er ihr zu keinem Zeitpunkt Rechenschaft darüber schuldig gewesen, mit wem er sich traf.

»Es ging dabei die ganze Zeit nur um dich und um unser Projekt, von dem sie in der Zeitung gelesen hatte«, fuhr Emilio fort. »Sie war richtig besessen davon, mich über dich auszufragen und herauszufinden, ob ich irgendwas für dich fühle. Ich habe steif und fest behauptet, dass du nur eine gute Freundin bist.«

Der Satz bohrte sich scharf wie eine Messerklinge in Lucas Brust.

»Tja«, fügte Emilio hinzu, »ich finde, ich war schon immer ein erbärmlicher Lügner.«

Lucas Magen machte einen Salto. »Wirklich?«, hauchte sie hoffnungsvoll in den immer samtiger werdenden Abend hinein.

Dieses Mal war es Emilio, der auf sie zutrat. So nahe, dass er nach ihren Händen greifen konnte. Luca ließ es geschehen und schloss unter der Berührung für einen Moment die Augen.

Emilios Finger strichen so zärtlich über ihre Haut, dass sie vor Wonne hätte seufzen mögen.

»Wirklich«, bestätigte er. »Und natürlich hat Bonnie mich durchschaut. Von da an hatte ich Angst um dich. Nicht, weil ich dachte, sie würde dir körperlich irgendwas antun. So ist sie nicht. Aber ... Aber sie beherrscht diese Psycho-Spielchen wie kein anderer.«

Luca schlug die Lider wieder auf. Emilio war ihr so wunderbar nahe. Noch bis vor einigen Minuten hatte sie nicht geglaubt, je wieder auf diese Weise von ihm angesehen zu werden, wie er es jetzt, in diesem Augenblick, tat. Da war sie wieder, die einzigartige Vertrautheit zwischen ihnen, die ihr vorkam, als würde sie schon ein ganzes Leben lang existieren.

»Du musst doch keine Angst um mich haben«, sagte Luca und erwiderte den sanften Druck seiner Hände. Tränen der Erleichterung benetzten ihre Wimpern. Das also war der Grund dafür, dass er auf Abstand gegangen war. Sie hatte sich nicht in ihm, in seinen Gefühlen getäuscht.

»Vielleicht nicht, aber ... ich wollte kein Risiko eingehen. Weißt du, ein paar Monate nach meiner Trennung habe ich wieder angefangen, hin und wieder zu daten. Meist nichts mehr als lockeres Kennenlernen, aber irgendwann hat sich etwas Ernsteres angebahnt. Über Social Media hat Bonnie dann Wind davon bekommen, und von da an ist die Hölle losgebrochen. Sie hat meiner damaligen Freundin unheimliche

Nachrichten und Briefe geschickt, Gerüchte im Internet verbreitet und am Ende sogar bei ihrem Arbeitgeber angerufen und irgendwelche Unwahrheiten gestreut, die sie fast den Job gekostet hätten. Es war richtig, richtig übel.«

»Das klingt schrecklich«, gab Luca ihm recht. Sie konnte nur erahnen, was Bonnie mit ihren Aktionen angerichtet und was für einem Stress sie Emilio und seiner Ex ausgesetzt hatte.

»Ich wollte mich davon nicht beeinflussen lassen, wirklich nicht, aber dann kam der Sonntag. Mein Dad war unterwegs, und Bonnie wusste, dass ich in seiner Wohnung war. Dementsprechend ist sie wohl auch davon ausgegangen, den Rainbow-Book-Bus dort zu finden. Auf dem Hinterhof der Pizzeria.«

»Und dann hat sie einfach angefangen, den Van zu verunstalten?«

»Ja. Ich habe leider überhaupt nichts gemerkt, weil sie auf der Seite des Busses stand, die ich vom Fenster aus nur schlecht sehen konnte. Außerdem hing ich die ganze Zeit vor dem Fernseher und habe Trübsal geblasen.« Er lachte freudlos. »Es war nur Zufall, dass ich ihre Parolen entdeckt habe. Ich … ich wollte mir nämlich irgendwann gern ein Buch aus dem Bus holen.«

Luca wurde von warmer Zuneigung übermannt. »Der Buchmuffel wollte lesen.«

Endlich grinste Emilio wieder. »Wollte er. Jedenfalls habe ich die unschöne Überraschung dann entdeckt und bin erst mal aus allen Wolken gefallen. Ich möchte ungern wiederholen, was genau Bonnie da über dich geschrieben hat.« Er knurrte die letzten Worte fast.

Luca bemerkte, wie die Sehnen an seinem Hals hervortraten und sein Kiefer sich anspannte. »Jedenfalls war es etwas wirklich Schlimmes. Absolut unter der Gürtellinie. Ich war außer mir vor Wut und habe Bonnie natürlich sofort angerufen. Mir war klar, dass das keiner außer ihr gewesen sein konnte, und sie hat auch nicht mal einen Versuch unternommen, es abzustreiten. Im Gegenteil. Tja … Und da habe ich beschlossen, dass es unfair und egoistisch von mir wäre, dich ihrer unkontrollierbaren Eifersucht auszusetzen, nur weil ich süchtig danach bin, Zeit mit dir zu verbringen. Dass du es verdient hast, endlich mal zur Ruhe zu kommen und niemanden gebrauchen kannst, der dir noch mehr Probleme bringt.«

Lucas Herz blähte sich auf wie ein Ballon.

Nur weil ich süchtig danach bin, Zeit mit dir zu verbringen.

Sie teilte diese Sucht, hatte es von Anfang an getan.

Nun, da sie sich endlich erlaubte, ehrlich zu sich selbst zu sein, betrachtete sie die letzten Wochen in einem vollkommen anderen Licht. Ein Licht, das die Anziehung, die die ganze Zeit über zwischen ihnen geherrscht hatte, schonungslos sichtbar machte.

»Schade, dass du mich nicht früher eingeweiht hast. Dann hätte ich dir sagen können, dass es mir ganz egal ist, für wie unfair oder egoistisch du dich hältst und ich mich ganz bestimmt nicht von Bonnie unterkriegen lasse.«

Emilio wirkte ehrlich erstaunt. Stirnrunzelnd ließ er seinen durchdringenden Blick über ihr Gesicht wandern. »Wirklich? So denkst du darüber?«

»Ja. Ich hätte mich mit dir zusammen gegen sie gewehrt. Das wäre es mir wert gewesen.« Luca machte eine kurze Pause, ehe sie sich korrigierte. »Das *ist* es mir wert. Immer noch. Wenn du willst.«

Emilio ließ ihre Hände los und zog sie an den Schultern in seine Arme. Umfasste ihren Oberkörper, hauchte Küsse auf ihren Scheitel und strich ihr über den Rücken. »Das will ich. Das will ich unbedingt. Gott, Luca.« Er lachte erstickt in ihre Haare. »Weißt du, ich habe immer mit mir gerungen und Bonnie trotz allem nie angezeigt. Obwohl es gerade in meiner Position ja ein Leichtes gewesen wäre, das zu tun. Aber bisher wollte ich ihr das einfach nicht antun … Sie sollte es nicht schwerer haben, als sie es sowieso schon hat. Ich wollte ihren Weg auf der schiefen Bahn nicht besiegeln, indem ich ihre Strafakte fülle.«

»Und jetzt denkst du anders darüber? Warum? Was ist anders als vorher?« Luca schmiegte sich eng an seine Jacke, atmete den Duft seines Parfums ein. Wenn in großen Geschichten davon die Rede war, dass am Ende alles gut wurde, mussten Momente wie diese damit gemeint sein.

»Du. Du bist da, und seitdem ist nichts mehr, wie es war.«

Emilio löste die Umarmung. Lucas Körper antwortete mit einem erschreckenden Gefühl der Leere darauf – sie wollte ihn festhalten, keine Sekunde mehr ohne seine Berührung sein.

Dieses Mal waren es ihre Hände, die die seinen suchten.

»Wenn das so ist, dann hoffe ich, es ist jetzt besser als vorher«, sagte sie heiser, stellte sich auf die Zehenspitzen und küsste ihn.

Es war ein anderer Kuss als jener auf Emilios Sofa.

Frei von jeder Unsicherheit, ohne dabei ungestüm zu sein.

Ein süßes Versprechen darüber, dass sie einander nicht noch einmal verlieren würden. Dass zwischen ihnen ein Wir-Konstrukt erwuchs, an dem jeder, der es zerstören wollte, sich die Zähne ausbeißen würde.

»Ich bleibe hier, Emilio«, sagte Luca irgendwann. »Hier in Howth.« Sie mussten ewig ineinander verschlungen gewesen sein, denn inzwischen hatte der Himmel über ihnen die Farbe von Tinte angenommen und Leuchtturm und Laternen ihre Lichtkegel entzündet. »Und das habe ich übrigens schon vor unserer Versöhnung beschlossen«, ergänzte sie auf das dringende Verlangen ihrer Würde hin.

»Das verrätst du mir mal so ganz nebenbei?« Emilio klang, als würde er sich an seinem eigenen Atem verschlucken. Sanft umfasste er Lucas Gesicht.

»Ja. Sieh es als kleine Rache für deine Geheimniskrämerei wegen Bonnie.«

Emilio lächelte zittrig. Wenn Luca sich nicht täuschte, schimmerten seine Augen feucht. Ob er gerade wohl dieselbe wilde Freude empfand wie sie?

»Du hättest dir keine schönere Art einfallen lassen können, dich an mir zu rächen.«

Verschmitzt kniff Luca die Augen zusammen. »Nicht?«

»Nein. Ganz bestimmt nicht. Eine wichtige Frage brennt mir da allerdings noch auf der Seele ...«

Emilio neigte ihr den Kopf entgegen, sodass ihre Nasenspitzen sich berührten. Lucas Herz trommelte eine feurige Melodie.

»Ja?«

»Bin ich immer noch deine allertraurigste Geschichte?«

Sie lachte auf. »Nein«, flüsterte sie gegen seine Lippen. »Meine glücklichste.«

Epilog

Drei Monate später. Schreibabend in der Rainbow-Hearts-Library

Liebe Vergangenheits-Luca,
gerade sitze ich zwischen Kate und Emilio in einem großen Stuhlkreis in der Rainbow-Hearts-Library. Die Luft ist erfüllt von einem zimtigen Duft nach selbst gebackenen Keksen und dem Kratzen von zehn Kugelschreibern auf buntem Briefpapier.
Ich dachte mir, dass heute ein guter Zeitpunkt wäre, dir ein paar Zeilen zu widmen. Damals nämlich, bei meinem allerersten Schreibabend in Howth, habe ich meinem Zukunfts-Ich einen Brief geschrieben. Also ist es nur fair, wenn ich heute einer Version von mir schreibe, die nicht mehr existiert. Vielleicht der rebellischen, immer etwas melancholisch angehauchten Teenie-Luca mit der pinken Haarsträhne, die ihr Tagebuch gefragt hat, was das Leben jenseits der eigenen, mit Postern zugekleisterten Zimmertür bereithält. Oder dem sechs-

jährigen Mädchen, das davon geträumt hat, eines Tages eine große Zuckerwatte-Fabrik zu leiten und damit reich zu werden.

Aber vielleicht muss ich auch gar nicht so weit in die Vergangenheit reisen. Vielleicht reicht es, wenn ich jener Luca schreibe, die im Sommer aus dem Zug gestiegen ist und eine unausgesprochene Frage im Herzen trug. Nämlich die danach, ob der Weg, den sie eingeschlagen hat, wirklich der richtige ist, und ob der Mensch je ganz und gar glücklich sein kann, ohne dass seine Freude von irgendetwas getrübt wird.

Die Juli-Frage, wie ich sie im Nachhinein nenne.

Darauf komme ich gleich noch zu sprechen.

Erst einmal zu den Fakten: Inzwischen hat der Winter in Howth Einzug gehalten. Ich habe die Vorweihnachtszeit schon immer geliebt, aber hier, obwohl ganz anders, ist sie noch viel schöner als in München. Um einiges ruhiger, aber dadurch eben auch besinnlicher.

Im ganzen Dorf hängen schon seit Anfang November Lichterketten, die dem grauen Wetter tapfer trotzen. Es gibt zwar keinen Weihnachtsmarkt, wie ich ihn kenne, dafür wird in den Pubs warmer Whisky ausgeschenkt. Außerdem kann man in den Geschäften und auf dem Markt inzwischen ausgefallene Tee-Sorten, Gebäck und kleine Geschenktüten erstehen.

Am 8. Dezember wird beim jährlichen Tree Lightning in der Main Street ein großer beleuchteter Weihnachtsbaum aufgestellt, und auch der Howth Market quillt über vor weihnachtlichen Spezialitäten wie Tees, Gebäck und kleinen Geschenken. Es gibt sogar einen Singkreis! Kate und ich stehen in Kontakt mit dem Organisator, denn wir würden gern zu einem Auftritt in der Bücherei laden.

Aber auch jenseits davon haben wir uns, gemeinsam

mit Emilio, Cadan und Doran, ein paar Veranstaltungen für die kommende Zeit überlegt. In zwei Wochen wollen wir in der Rainbow-Hearts-Library ein Treffen stattfinden lassen, bei dem Glühwein getrunken, Musik gehört und aus Charles Dickens Weihnachtsgeschichte vorgelesen wird. Ich werde die Leitung des Abends übernehmen, da Kate und Cadan über Weihnachten zu Mary nach München fliegen werden. Aktuell geht es ihr besser, aber das kann sich jederzeit ändern. Ich denke oft an sie und wünsche ihr so sehr, dass sie aller Prognosen zum Trotz noch ein paar schöne Jahre vor sich hat. Ihr Schicksal macht mir einmal mehr bewusst, was die Zeit für ein kostbares Gut ist und dass man nicht zögern sollte, seine Träume zu leben.

Das bringt mich auch gleich schon zum nächsten wichtigen Punkt: Seit letztem Monat bin ich offiziell Sophies Nachbarin.

Ja, ich habe meine Pläne wahr gemacht und bin nach Howth gezogen. Habe den Sprung ins Ungewisse gewagt, wie man so schön sagt, wobei das in meinem Fall ja eigentlich gar nicht zutrifft. Immerhin wusste ich, was mich hier erwartet: meine Freunde, der Rainbow-Book-Bus und eine neue Liebe, auf die ich mich endlich voll und ganz einlassen konnte.

Na gut, fast voll und ganz – ich fand es irgendwie wichtig, das Zusammenziehen zumindest auf dem Papier nicht zu überstürzen, und habe mich mit dem Entschluss ungeheuer vernünftig gefühlt.

Dass Emilio und ich seit meinem Umzug trotzdem kaum eine Nacht getrennt voneinander verbracht haben und die arme Sophie ganz schön auf Trab halten, ist eine andere Sache.

Jedenfalls, liebe Vergangenheits-Luca, kann ich dir dei-

ne unausgesprochene Juli-Frage inzwischen zuverlässig beantworten:

Ja, der Mensch kann ganz und gar glücklich sein.

Das durfte ich in Howth lernen. Hinter dem Steuer des Rainbow-Book-Busses, den ich noch immer durch diese geliebten engen Hügelstraßen lenken darf. Als Teil einer Gruppe, die mich gelehrt hat, was wahre Freundschaft bedeutet.

Und zu guter Letzt an der Seite eines Mannes, der selbst meine ältesten und tiefsten Wunden hat heilen lassen und mich jeden Tag aufs Neue daran erinnert, dass der Alltag voller Wunder steckt. Etwas, das ich vermutlich nie wieder vergessen werde.

Nicht, solange mein Herz in Howth schlägt.

ENDE

Danksagung

Liebe Leserinnen, liebe Leser,

wie schön, dass wir der Rainbow-Hearts-Library gemeinsam einen neuerlichen Besuch abstatten konnten. Ich für meinen Teil konnte es kaum erwarten, wieder nach Howth zurückzukehren, und habe mich riesig gefreut, Lucas Geschichte erzählen zu dürfen.

Ein paar der Charaktere aus Band 1 liegen mir ganz besonders am Herzen, und Kates beste Freundin gehört definitiv dazu.

Umso glücklicher macht es mich, sie nun dort zu wissen, wo sie hingehört: an Emilios Seite, hinter dem Steuer eines bunt bemalten Bücherbusses.

An dieser Stelle möchte ich mich ganz herzlich für eure Unterstützung bedanken. Für all die lieben Worte, die mich bisher bereits zu meiner kleinen Bücherei erreicht haben.

Ein großes Dankeschön möchte ich auch, wie stets, meiner Familie aussprechen. Dass ihr mich auf meinem Weg begleitet (ihr alle – auch du, Basti), bedeutet mir die Welt.

Und ich denke, auch meinem Körper bin ich wohl einen Dank schuldig, denn wie sich herausgestellt hat, ist es alles andere als leicht, im dritten Trimester einer Schwangerschaft ein Buch zu schreiben (beziehungsweise es im Wochenbett zu beenden). Also: Super, dass du so gut durchgehalten hast, Kumpel. Das werde ich dir nie vergessen!

In diesem Zuge möchte ich mich auch bei dem tollen Verlagsteam von beHeartbeat bedanken, mit dem die Zusammenarbeit einfach stets so herrlich angenehm und unkompliziert ist. Danke für euer immer offenes Ohr, eure tolle Unterstützung und euer entgegengebrachtes Verständnis für jedwede Situation. All das weiß ich sehr zu schätzen.

Aber nun wieder zu euch, liebe Leserinnen und Leser.

Ich freue mich darauf, euch auf weitere romantische Abenteuer mitzunehmen. Bis dahin wünsche ich euch alles Gute. Behaltet sie euch bei, eure Liebe zu Geschichten. Sie ist das Licht, das eure Herzen durch jede noch so dunkle Nacht führt.

Vom Zauber der Bücher und der Liebe

Jana Schikorra
DIE KLEINE BÜCHEREI
DER HERZEN
Ausgezeichnet mit dem
Lovelybooks Community
Award

352 Seiten
ISBN 978-3-404-19274-8

Katherine erbt eine kleine Bücherei in der irischen Kleinstadt Howth. Die liebenswerten Dorfbewohner wünschen sich sehnlichst, dass Kate die Bücherei wieder eröffnet. Den Grund dafür findet sie zwischen den Seiten der Bücher: Briefe der Dorfbewohner. Was immer sie beschäftigt, aufwühlt oder glücklich macht, dort kann sich jeder seine Gedanken von der Seele schreiben und in seinen Lieblingsbüchern verstecken. Während Kate noch mit sich hadert, ob sie in Howth bleiben und dieses besondere Erbe fortführen will, trifft sie auf Cadan. Der charmante Fotograf bahnt sich schnell einen Weg in ihr Herz, und bald hat Kate mehr als nur einen Grund, um in Irland zu bleiben ...

Lübbe

Ein Roman voller Liebe und sommerlichem
Blumenduft in einer kleinen Gärtnerei

Jana Schikorra
HIBISKUSTRÄUME
IN DER BRETAGNE
Ein Roman voller Liebe
und sommerlichem
Blumenduft in einer
kleinen Gärtnerei

ISBN 978-3-7413-0380-7

Während ihrer Reise durch die sommerliche Bretagne strandet Alicia im kleinen Rochefort-en-Terre. Sie ist sofort verzaubert von den Bewohnern und deren einzigartigen Geschichten. Dabei sticht vor allem Théo heraus, der Besitzer einer Gärtnerei mit einem besonderen Konzept: Blumensamen können im Hinterhof gepflanzt werden, und wer anderen eine Freude machen will, kann eine gediehene Pflanze verschenken. Alicia ist fasziniert von dem attraktiven Franzosen und seinem Laden. Doch der steht kurz vor dem finanziellen Ruin. Mit ihrer Aktion zur Rettung der Gärtnerei ruft Alicia allerdings Erinnerungen in Théo wach, die er lieber verdrängen wollte …

Ein Neuanfang zwischen Moseltal und Weinbergen

Barbara Erlenkamp
DIE KLEINE PENSION
IM WEINBERG

288 Seiten
ISBN 978-3-404-19254-0

Katie ist eine wahre Weltenbummlerin. Doch vor Kurzem hat sie an der Mosel einen Gutshof inmitten von Weinbergen erworben und in dem alten Gebäude die kleine Pension »Gutshof Moselthal« eröffnet. Weder die Wünsche der Gäste noch die manchmal recht eigenwilligen aber stets liebenswerten Dorfbewohner von Wümmerscheid-Sollensbach können Katie aus der Ruhe bringen. Zu ihrem Glück fehlt eigentlich nur noch ein eigener Garten. Die passende Fläche hat sie schnell gefunden, aber sie hat die Rechnung ohne den benachbarten Winzer Oliver gemacht. Denn der legt Katie nicht nur so manche Steine in den Weg, sondern trifft sie auch mitten ins Herz ...

Lübbe

Ein Sommer im Land der Liebe

Claire Bonnett
DAS ROMANTISCHE
CHÂTEAU IN
FRANKREICH – EIN
NEUANFANG FÜR
ÉLODIE

320 Seiten
ISBN 978-3-404-19342-4

Élodie kann es kaum glauben! Ausgerechnet im Schloss ihres ver-
schlafenen kleinen Heimatdorfs Courléon soll ein Historienfilm
gedreht werden. Alle Dorfbewohner sind furchtbar aufgeregt
und wollen beim Dreh dabei sein. Als sich das Team vor Ort
nach Komparsen umsieht, landet Élodie prompt als Hofdame
am Filmset. Schon bald lernt sie den attraktiven Hauptdarsteller
Paul kennen, der ihr ein wenig länger in die Augen sieht als allen
anderen. Sehr zum Missfallen des jungen Schlosserben Nicolas,
der seit Kindheitstagen eine heimliche Schwäche für Élodie hat.
Ein trubeliger Sommer voller Gefühlschaos nimmt seinen Lauf ...

Lübbe

In dieser Straße schlagen Herzen höher

Kerstin Garde
DIE KLEINE
STRANDBOUTIQUE IM
SANDDORNWEG
Roman

336 Seiten
ISBN 978-3-404-18528-3

Um in der Schneiderei ihrer Oma auszuhelfen, reist Louisa von Berlin an die Ostsee. Doch dem Geschäft im Sanddornweg droht die Pleite. Das möchte Louisa um jeden Preis verhindern. Und sie hat auch schon bald eine rettende Idee: Aus der alten Schneiderei soll eine moderne kleine Strandboutique werden. Voller Begeisterung stürzen sich Louisa und ihre Oma in den Umbau – tatkräftig unterstützt von den Bewohnern des Sanddornwegs. Und als wäre das nicht Aufregung genug, bringt auch noch der sympathische Henrik Louisas Herz zum Hüpfen.

Ein warmherziger Küsten-Roman, der zum Träumen, Wohlfühlen und Verlieben einlädt.

Lübbe

Sonja Flieder
HOCHZEIT AUF DEM
KLEINEN APFELHOF

194 Seiten
ISBN 978-3-7413-0336-4

Kalle macht Oma Luise einen Heiratsantrag! Alle auf dem Apfelhof stürzen sich voller Freude in die Hochzeitsvorbereitungen. Inklusive Emma, die ihren Lukas eigentlich auch endlich heiraten möchte. Aber der hat zwischen Babywindeln und Tierarztpraxis gerade gar keinen Kopf dafür.

Und es gibt tierischen Zuwachs: Lukas' neue Kollegin Miri rettet ein verwahrlostes Alpaka. Doch für ein Alpaka mehr ist der Stall zu klein. Da muss Schreiner Sven ran - der Miri auf Anhieb besser gefällt, als sie zugeben will. Sie bleibt schließlich nur ein paar Monate und will sich auf gar keinen Fall zwischen Sven und seine kleine Tochter drängen. Wenn ihr Herz in Svens Nähe nur nicht immer so laut klopfen würde ...

An der Ostsee wartet dein Glück

Kerstin Garde
DER KLEINE
TRÖDELLADEN IM
LÖWENSTEG
Ostsee-Liebesroman

272 Seiten
ISBN 978-3-404-19257-1

Stellas Leben gerät aus den Fugen, als ihre Oma überraschend stirbt – und sie deren Trödelgeschäft im Löwensteg in Travemünde erbt: Ein Laden voll mit zauberhaftem Klimbim. Obwohl das Geschäft seit Jahren keinen Gewinn mehr macht, bringt Stella es nicht übers Herz, es zu verkaufen. Also beginnt sie, den Laden gemeinsam mit ihrer Schwester Emilie auf Vordermann zu bringen. Unterstützt werden die beiden dabei nicht nur von den Löwensteg-Bewohnern, sondern auch vom sympathischen Sam. Noch ahnt Stella nicht, welche Schwierigkeiten die Renovierung mit sich bringen wird. Und ihr Herz schlägt immer verdächtig laut, wenn Sam in ihrer Nähe ist.

Lübbe